UN DADDY PER NATALE

Leta Blake

Traduzione di: Ester Manzini per "Quixote Translations"
Edizione italiana a cura di: Alessandra Magagnato

Informazioni sul libro che avete acquistato

Questa è un'opera di fantasia. Nomi, personaggi, luoghi e avvenimenti sono il prodotto dell'immaginazione dell'autore o sono usati in modo fittizio e ogni somiglianza con persone reali, vive o morte, imprese commerciali, eventi o località è puramente casuale.

Cover Artist: Morningstar Ashley

AVVERTENZE:
La lettura di questo libro è consigliata a un pubblico di soli adulti in quanto contiene scene di natura sessuale tra due o più uomini consenzienti.

"Un Daddy per Natale"
Copyright © 2023 Leta Blake
Print Edizione
Traduzione: Ester Manzini per Quixote Translations
Edizione italiana a cura di: Alessandra Magagnato
Tutti i diritti riservati

ISBN: 979-8-88841-034-9

Altri libri di Leta Blake

In ogni singola vita
Cuore di ghiaccio
Un fiume in piena
Smoky Mountain Dreams
Angelo imperfetto
Un uomo fortunato

The Training Season Series
Training Season. La stagione dell'allenamento
Training Complex. Il complesso dell'allenatore

Home for the Holidays
Cuore di ghiaccio
La lista dei cattivi
Mr. Jingle Bells

Serie Calore d'amore
Calore inatteso
Calore proibito
Calore amaro
Calore pericoloso

'90s Coming of Age Series
Ritratti di te
Tu non sei me

Leta Blake e Indra Vaughn
Vespertine
Cowboy cerca marito

Ringraziamenti

Famiglia: mamma e papà, Brian e Cecily.

Il gruppo dietro le quinte: Keira Andrews (editing), Amy Schaeffer (beta che si è trasformata in editor), Sue Laybourn (sviluppo, copyediting e correzione di bozze), Devon Vesper (correzione di bozze), Willow Board (copyediting e correzione bozze) ed Emily Hernandez (beta).

Senza la Gang del Dietro le Quinte questo libro sarebbe un disastro. Grazie a tutti per la dedizione e l'impegno che hanno portato questo libro ai lettori.

Amici: Kim, Punny, Danielle, Keira, Cara, Cynthia, Geralynn e Wendy per l'infinito amore e sostegno.

Soprattutto, grazie ai miei lettori per aver dato un senso a tutto il mio duro lavoro. Mi date tanta gioia e rendete possibile questa carriera.

Ringraziamenti speciali alla community

Grazie a Sherry, Melinda, Gary, Mark, Griff, Chris e Rob per aver parlato con me, nel corso degli anni, dei loro rispettivi giochi tra Daddy e boy e viceversa. Sono particolarmente grata per le nostre più recenti e sentite conversazioni su ciò che questo gioco significa per voi e su ciò che vi soddisfa. Ovviamente, non esistono due esperienze uguali ma è molto utile, soprattutto quando si scrive al di fuori della propria area di competenza, parlare con persone disposte a essere sincere e oneste, per non dire consapevoli di sé.

Grazie ad alcune vecchie comunità di LiveJournal per avermi fatto conoscere le persone di cui sopra e per avermi insegnato molto sulle attività non convenzionali in camera da letto. Quelle comunità online protette e dedicate sono state un luogo d'incontro sicuro e protetto. Il fatto che le nostre amicizie siano continuate al di fuori della comunità è un bonus.

Grazie a Melanie per avermi aiutato a trovare il giusto materiale di ricerca sulla storia della cultura Daddy/boy nella comunità queer. E, naturalmente, grazie agli uomini che nel corso degli anni hanno scritto e parlato apertamente di queste attività, in particolare della responsabilità che i Daddy sentono nei confronti di tutti gli aspetti dei loro boy, nonché delle tradizioni di lunga data che stanno alla base di questi ruoli.

Parlando con i praticanti e studiando il background del Daddy/boy è emerso chiaramente come questo gioco sia molto più di un kink. È un modo meraviglioso, sexy, intenso ed emotivo per due uomini di entrare in contatto. Spero con questa storia di aver onorato le vostre esperienze attraverso la rappresentazione di Matthew ed Erik.

Lo ammetto, non avevo previsto di scrivere un libro su Daddy e boy. Non è mai stata una mia passione, e in passato avevo pensato non mi avrebbe mai ispirata. Ma quando i personaggi sono apparsi nella mia immaginazione, insistendo perché raccontassi la loro storia, mi sono dedicata a conoscere le dinamiche Daddy/boy, a studiarne la storia nella comunità queer e a parlare con gli operatori del settore. Nel processo, i miei occhi si sono aperti a nuovi orizzonti e spero che anche quelli dei lettori si aprano (se non lo sono già) alla bellissima intimità di questa opera.

Per le muse, che hanno insistito

&

Per Willow, che è andata oltre

Trama

Matthew Angel è bloccato. Ha quarantuno anni e ha passato la vita a negare chi è e cosa vuole veramente, finché non si imbatte in un'offerta unica a un'asta di beneficenza.

Un'esperienza natalizia con un Daddy.

Erik Garner ha rinunciato alle relazioni. Dopo che il suo ultimo ragazzo lo ha lasciato, ha deciso che è meglio evitare le pene d'amore e limitarsi ad avventure occasionali e a breve termine. La sua offerta di un incontro esclusivo di una sola notte a Natale è tutto ciò che è disposto a dare.

Matthew è più maturo del previsto, ma il suo sorriso timido e la voglia di arrendersi affascinano Erik. Ciò che inizia come una transazione d'affari lascia rapidamente il posto a un'intensità selvaggia ed eccitante che nessuno dei due si aspettava.

Una notte non è sufficiente.

Meno male che c'è una bufera di neve in arrivo…

Content warning: Dinamica Daddy/boy, omofobia interiorizzata, shame play, clistere, NO age play

PARTE PRIMA

Un Daddy per Natale

CAPITOLO UNO

Matthew

IL DESTINO È una cosa strana, vero?

Se non avessi bevuto troppo ieri sera, seduto senza compagnia e *solo* al bar dell'hotel, dopo la conferenza mortalmente noiosa che ho seguito per conto del mio studio contabile, forse non avrei puntato per sbaglio la sveglia alle sette di sera invece che alle sette del mattino.

Se non avessi perso l'aereo, non sarei tornato in albergo per prenotare un'altra notte mentre cercavo di trovare un nuovo volo o un'auto a noleggio a un prezzo non esorbitante il giorno successivo.

E se non fossi tornato all'hotel, non avrei mai saputo che nel fine settimana avrebbe ospitato un pubblico molto diverso per un intrigante evento speciale.

E se…

Beh, si è capito il senso.

Se non fosse stato per tutto quello, ora non sarei qui, nel bel mezzo dell'asta natalizia del Blue Ridge Kink Club, dopo aver pagato trenta dollari all'ingresso per il privilegio di sorseggiare un cocktail annacquato e guardare persone in ogni tipo di abbigliamento bondage e attrezzatura kink che si scatenano. Non avrei nemmeno spulciato le varie offerte kinky dell'asta.

Per prima cosa, non sono esperto dell'ambiente, quindi molte di queste cose, come le frustate, per esempio, sarebbero difficili da comprendere, e per seconda cosa, non sono nemmeno sicuro di essere kinky in generale.

Sono gay dichiarato solo da pochi anni, dopo aver aspettato la morte dei miei genitori per essere sincero con me stesso. Durante quei lunghi e bui anni di clandestinità, ho fatto (più che altro in ruolo passivo) la mia parte di pompini rapidi e sconvolgenti, ma quelle esperienze non sono più quelle che voglio o di cui ho bisogno.

È una cosa che sto ancora cercando di capire. Che cosa voglio? Di cosa ho bisogno?

Le app per rimorchiare sono state istruttive. I veri e propri *incontri* lo sarebbero ancora di più, ma finora le app sono state utili soprattutto per evidenziare ciò che *non* voglio. Non che io sia in grado di spiegare nei dettagli la questione.

So solo che tutto ciò che ho fatto per esplorare la mia sessualità, che si tratti delle cose losche e furtive della mia giovinezza o della valutazione di possibili incontri, non è stato appagante o adeguato.

Tutto ciò che ho sempre voluto è sentirmi *bene*.

Durante il mio soggiorno per una riunione di lavoro, avevo già esplorato i vari servizi dell'hotel. Il solito, niente da segnalare. Avevo già passeggiato per Asheville e apprezzato le sue offerte, anche se ci si sente sempre soli quando si è in un posto nuovo senza nessuno con cui condividerlo.

Così, dopo una cena solitaria in un ristorante locale, quando sono tornato in albergo e ho notato i cartelli dell'asta di beneficenza natalizia del Blue Ridge Kink Club, che indicavano che i membri maggiorenni del pubblico erano invitati a pagare l'ingresso e ancor più a fare offerte, ho deciso di vedere di cosa si trattava. Perché non ho ancora trovato quello che sto cercando, e chi lo sa? Forse è qui.

In questo momento, mentre mi soffermo davanti a un'offerta in particolare, non sono sicuro di come mi sento riguardo alla mia scelta di venire all'asta stasera. Potrebbe essersi aperto un vaso di Pandora per me.

Perché sono interessato.

L'offerta è presentata su un poster a tre pannelli nero, come quello che usavo a scuola per mostrare i risultati dei miei progetti scientifici sulla tossicità del suolo o sull'effetto della luce ultravioletta sulla crescita dei batteri. Solo che è sexy. Nella parte centrale e superiore sono state scritte delle parole intriganti con un pennarello argentato che risalta sullo sfondo scuro: *Sarò il tuo Daddy di dicembre.*

Il lato sinistro del pieghevole presenta una manciata di foto incorniciate con carta stagnola che scintilla nella scarsa luce della sala da ballo dell'hotel. Nelle immagini, un uomo alto e affascinante non indossa altro che un paio di jeans abbastanza stretti da mettere in mostra le cosce possenti e il sedere massiccio.

In una foto, è in piedi con le gambe aperte con un giovane poco più che ventenne inginocchiato ai suoi piedi. Anche il ragazzo è a torso nudo; le spalle sono magre e la muscolatura della schiena ne rivela la giovane età. Ma ciò che cattura la mia attenzione è la combinazione tra la mano dell'uomo più grande tra i capelli del ragazzo e l'adorazione negli occhi spalancati del giovane.

Deglutisco con forza.

La successiva è simile: il ragazzo è di nuovo inginocchiato, ma questa volta entrambi sono vestiti di tutto punto e indossano maglioni natalizi. L'uomo tiene una mano sulla spalla del ragazzo, che si appoggia alla sua gamba muscolosa con un'espressione felice e soddisfatta. Mi fa male il petto e me lo massaggio con ansia. Non ho mai provato una simile soddisfazione in vita mia. Nemmeno una volta.

Ma la desidero. E può sembrare sciocco, ma il pensiero di avere qualcuno con cui indossare un maglione delle feste mi fa stringere la gola per il desiderio. Non ho mai avuto nemmeno questo. I miei genitori hanno sempre sostenuto che l'unico motivo delle festività era Gesù e, a causa della loro rigida devozione religiosa, le feste non sono mai state frivole o particolarmente gioiose a casa mia.

La foto successiva ritrae il ragazzo da solo. Sta aprendo una calza di Natale con un sorriso di gioia. Poi ci sono loro due accoccolati su un divano di pelle scura, con l'albero di Natale illuminato accanto e il ragazzo rannicchiato al fianco dell'uomo più grande. Al sicuro, cullato tra le braccia del suo Daddy. A occhi chiusi. Dorme.

Immagino che ci siano dei canti che suonano dolcemente e che sia tardi, la vigilia di Natale. *Tutto è tranquillo, tutto è luminoso.* Mi lecco le labbra, chiedendomi come sarebbe essere abbracciati in quel modo, essere amati, fidarsi e adorare un uomo come fa quel ragazzo. Anche solo per qualche giorno, una notte o, diavolo, anche solo per un'ora o due.

E a *Natale*? Ancora più allettante.

Naturalmente, se perdessi la testa e facessi un'offerta per quel "Daddy per Natale" e in qualche modo me lo aggiudicassi, non sarebbe davvero il mio Daddy il venticinque. Quell'uomo avrà sicuramente i suoi impegni. Ma sarebbe quasi la stessa cosa. Non ho mai festeggiato il Natale come ho sempre sognato. Anche quando i miei genitori erano vivi, a parte la sera in cui decoravamo l'albero, abbiamo sempre tenuto una festa sobria e seria.

Non sono mai stato trattato da nessuno, nemmeno da mio padre, con la forte e tenera gentilezza che irradia il Daddy di quelle foto, né ho mai provato la gioia palese che vedo scritta sul volto del giovane.

Stordito, distolgo lo sguardo per leggere cosa viene effettivamente messo all'asta, perché non può trattarsi di una relazione come quella che i due condividono. Nessuno può mettere all'asta qualcosa di così intenso.

Daddy Erik offre per una notte non troppo placida un'esperienza a tema natalizio per un ragazzo fortunato. Offrirà una dinamica da Daddy/boy e una finta mattina di Natale molto allegra, con una calza di peluche, i regali di Babbo Natale e altri "doni" concordati per il suo bravo bimbo. Non è richiesta alcuna esperienza precedente. I kink e tutte le altre interazioni fisiche sono negoziate in anticipo. Entrambe le parti possono annullare l'accordo in qualsiasi momento e per qualsiasi motivo. *È* richiesto *un test delle malattie sessualmente trasmissibili.* Non *più di una notte. Non sono ammesse ripetizioni.* Assolutamente non è *consentito bere o assumere droghe durante il tempo trascorso insieme.* Referenze disponibili.

Bevo un sorso di whisky, sentendo già che gli occhi di Daddy Erik sono puntati su di me e che sto infrangendo una delle sue regole. Senza fiato, rivolgo la mia attenzione al foglio sotto il pieghevole dove le persone possono fare le loro offerte anonime, curioso di sapere quanti soldi sono già stati puntati su quell'uomo e sull'esperienza offerta.

Sul lato sinistro del foglio c'è una colonna per il numero privato che ci è stato dato all'ingresso e, accanto, una riga per l'offerta.

Entrambe le colonne sono vuote.

Nessuno ha puntato su Daddy Erik. Non riesco a capire perché. Molti degli altri kink all'asta hanno già diverse offerte. C'è qualcosa in quell'uomo che lo rende indesiderabile? Una reputazione nota alla comunità kink di Asheville ma che io, straniero in città, non conosco?

Mentre rifletto su quella possibilità, il mio sguardo si sofferma di nuovo sulle foto. Non recepisco nessun segnale di allarme. Tra i due uomini ritratti l'atmosfera è rilassata e piacevole. Quel Daddy ovviamente sa come rendere felice il suo ragazzo e regalargli il Natale perfetto.

Mi immagino in ginocchio, con la sua mano tra i capelli, e il mio sangue corre tutto verso il basso. È eccitante pensarmi ai piedi di un uomo come Daddy Erik, ma soprattutto so che nel profondo mi sentirei *sollevato* di essere lì. Ai suoi piedi. Sotto la sua mano.

Riprendo le immagini, scrutando il volto di Daddy Erik alla ricerca di qualsiasi accenno di cattiveria o crudeltà, cercando di capire perché nessuno qui voglia accettare la sua offerta. Non vedo altro che l'adorazione sincera del giovane e una disinvoltura tra loro che invidio.

Come se potessi riconoscere una persona cattiva solo dal suo aspetto. È così sciocco.

Eppure…

Dubbioso, lancio occhiate in giro per la stanza per vedere se qualcuno mi sta osservando, qualcuno che potrebbe mettermi in guardia da quell'uomo e dalla sua allettante "Esperienza da Daddy Natalizio". Ma nessuno bada al nerd silenzioso e al suo whisky annacquato. Come al solito.

Prendo la penna e, prima di rendermi conto di quello che sto facendo, mi chino sul foglio per scrivere il mio codice in cima alla prima colonna. A metà strada, vengo bloccato da qualcosa che vedo impresso in cima al foglio d'asta.

L'offerta minima di apertura.

Le mie sopracciglia scattano verso l'attaccatura dei capelli. Non c'è da stupirsi che le colonne siano vuote. L'offerta d'apertura è altissima. Abbastanza da farmi fermare e riconsiderare l'idea.

Schiarendomi la gola, penso al mio conto in banca e passo di nuovo lo sguardo sulle foto. La stretta del desiderio al cuore, così forte e primordiale, rende difficile riprendere fiato.

Fino a stasera, fino agli ultimi minuti, non avevo mai saputo di volerlo, eppure ora lo desidero così tanto che sono più che disposto a spendere una somma assurdamente alta solo per provare un'approssimazione di ciò che quel ragazzo sta provando ai piedi del suo Daddy.

Eppure, tutti quei soldi per una notte sono più che uno sfizio e al limite dell'imprudenza. Mi chiedo quando sia stata l'ultima volta che mi sono concesso qualcosa. Durante la malattia dei miei, mi sono dedicato solo al lavoro e alla loro cura. Alla loro morte, ho passato due anni a sistemare il loro patrimonio.

Quando ho deciso di dichiararmi gay, l'ho ammesso a tre amici e non ho mai fatto altro. Non sono uscito con nessuno. Non ho fatto festa. Non ho giocato né mi sono concesso né ho cazzeggiato.

Sono stato noioso. Un cartonato. Ho avuto paura e sono stato prudente. Sono stato *solo*.

Quindi, se voglio spendere una vagonata di soldi per farmi abbracciare da un bell'uomo che mi compra regali e mi dà il tipo di Natale che ho sempre sognato, che mi insegna cosa significa essere gay e amato... beh, è un mio diritto. E se è solo per una notte tanto meglio, no? Posso fare una prova. Soddisfare i miei bisogni fisici per la prima volta e vedere se quella dinamica Daddy/boy è davvero qualcosa che voglio. Senza legami.

E se *è quello* che voglio? Se mi piace, quanto penso che mi piacerà?

Dovrò valutare di rielaborare e riattivare i profili delle mie app di incontri, come minimo. Forse di più.

Aggiungo al foglio il resto del mio codice, imposto un'offerta massima molto più alta di quella minima, già elevata, e butto giù il resto del drink in un solo sorso.

Poi lascio l'asta.

In preda all'ansia e all'eccitazione, faccio un salto al bar dell'hotel. Questa volta ho bisogno di qualcosa di forte e chiedo un whisky doppio per smorzare la tensione. Quando lo sorseggio, con il liquore che mi brucia la gola, è come se potessi levitare dallo sgabello del bar e volare verso il soffitto. Non riesco a credere a quello che ho appena fatto.

Quando ho partecipato all'asta, mi hanno detto che se avessi fatto un'offerta avrebbero usato le informazioni di contatto associate al codice per farmi sapere se avevo vinto. Continuo a controllare il telefono, come se mi aspettassi la notifica da un momento all'altro.

Assurdo.

Solo quando torno in camera a lavarmi i denti prima di andare a letto, le preoccupazioni iniziano a emergere da sotto l'eccitazione. E se non fosse sicuro? Se fosse pericoloso? E se fosse scortese? E se non fossi abbastanza bravo per un uomo affascinante come Daddy Erik? Sembra più giovane di me, e il ragazzo ritratto con lui lo era *di gran lunga*. Forse non è normale che una persona di quarant'anni voglia essere un boy. Forse è strano o qualcosa del genere. E se mi stessi rendendo ridicolo? E se lui non mi volesse?

Rido con amarezza della mia immagine riflessa. Perché il pensiero che Daddy Erik possa non volermi mi spaventa più dell'idea che possa farmi del male? Mi sono detto che d'ora in poi troverò il modo di amarmi, eppure se Daddy Erik mi facesse del male, sento che, in fondo, forse me lo sarei meritato.

Ma non posso smettere di volere che mi desideri.

E se non ci riuscisse? E se non volesse?

Ma se *lo facesse*?

Mi infilo nell'ampio letto dell'albergo, in preda al desiderio e all'ansia. Ho l'uccello mezzo duro al pensiero di una notte con Daddy Erik, accoccolato contro di lui, al sicuro e adorato, così mi sforzo di darmi sollievo, ma non ci riesco. Le mie paure continuano a spingere. Lascio con riluttanza la presa sul mio cazzo, mi raggomitolo su un fianco e guardo fuori dalla finestra, osservando le decorazioni natalizie che scintillano e lampeggiano in tutta la città di montagna.

I pensieri seguono lo stesso ritmo delle luci lampeggianti. Sono esausto, ma non riesco ad addormentarmi.

E se… e se… e se…

CAPITOLO DUE
Erik

«ESPRESSO DOPPIO CON ghiaccio, con latte d'avena, per favore.» Ordino al bancone prima di voltarmi a scrutare gli angoli decorati a festa di Caffeine Dream, alla ricerca di un giovane uomo che sembra anch'egli in cerca di qualcuno.

Matthew Angel, il tizio che con un'enorme offerta ha vinto la mia proposta per un'esperienza da Daddy natalizio all'asta di beneficenza del Kink Club della scorsa settimana, è stato restio a mandarmi una foto. Forse teme che io sia il tipo che giudica e che si preoccupa troppo della pelle chiara, del peso o altro.

Non sono fatto così. Mi piacciono i tipi umani, con dei difetti, qualcuno di cui prendersi cura e da correggere, ma non mi sono mai preoccupato molto del fatto che l'aspetto soddisfacesse gli standard di bellezza troppo rigidi della cultura gay.

Il mio primo boy era un angioletto paffuto, e il secondo aveva l'acne e l'occhio pigro, e li ho amati tanto quanto il mio terzo partner, che era, da ogni punto di vista, uno schianto. Non che io *ami* Matthew Angel. I sentimenti non sono qualcosa che si può mettere all'asta.

Ma lo rispetterò e lo tratterò bene per il tempo che si è aggiudicato, come dovrebbe fare ogni Daddy. E se in qualche modo ci sarà sintonia, se vorrà di più? Può scordarselo. Non voglio spezzarmi di nuovo il cuore. Perché è così che finiscono sempre queste cose, e il fatto è che *non sono* pronto per questo. L'ultima volta ha fatto troppo male.

Scaccio il pensiero infelice e scruto di nuovo la stanza.

Quali che siano le paure di Matthew, non ho idea del suo aspetto. Ho provato a cercare il suo nome su Google, ma ho ottenuto solo una serie di risultati riguardo un regista di Hollywood e altri su un pattinatore artistico che si allena con il mio vecchio preferito, Matty Marcus.

Troppi risultati da spulciare per trovare una foto di un twink a caso che si è aggiudicato i miei servizi. Quindi non mi resta che scrutare ogni tizio potenzialmente gay presente nella stanza. Dato che il Caffeine Dream si trova proprio accanto al più recente club gay di Asheville, quella descrizione si adatta a più della metà della clientela in questo sabato mattina presto, dopo un venerdì sera divertente.

Nessuno dei giovani incontra il mio sguardo. Non riesco a capire chi di loro possa essere Matthew Angel, ovvero l'unico che ha fatto un'offerta per me.

Tuttavia, c'è un uomo maturo, minuto e sexy. È in piedi vicino alla finestra, con il cappotto drappeggiato sull'avambraccio, una tazza di caffè tra le mani; mi fissa a occhi spalancati. Ha i capelli sale e pepe e un bel corpo sodo, avvolto in un paio di pantaloni aderenti e in una camicia verde con il bordo di una canottiera bianca che fa capolino dal colletto. Ha una borsa a tracolla. È un po' trafelato e ha le guance rosse perché l'ho sorpreso a fissarmi.

Mi piace.

Diavolo, non mi dispiacerebbe mettergli le mani addosso più tardi, nel bagno della caffetteria, se sarà ancora in giro dopo il mio incontro con Matthew. Suppongo di aver bisogno di intingere l'uccello in qualcuno di nuovo. Strappare il cerotto. Brandon se n'è andato da più di sei mesi, e io devo superare questa stupida cosa del celibato post-rottura, alimentato dal dolore.

Soprattutto se voglio essere un buon Daddy per Matthew Angel, il prossimo fine settimana. Non è il caso di affrontare una situazione del genere con sei mesi di bisogni repressi dentro. Faccio scorrere di nuovo gli occhi su quel bel bocconcino arrossato. Sì, quel ragazzo sarà un boccone appetitoso…

Ma per ora, devo concentrarmi sulla ricerca del mio ragazzo temporaneo, solo per Natale.

Riporto l'attenzione sul barista mentre finisce di prepararmi il caffè, e mi accorgo che fa confusione e lo rovescia dappertutto.

«Mi dispiace tanto,» dice, prendendo uno straccio per pulire. «Gliene preparo un altro.»

«Nessun problema,» gli assicuro. Gli incidenti capitano. Nessuno è perfetto. Sulla punta della lingua ho ogni sorta di facile cliché, ma mi trattengo. Il naso e il mento del barista mi ricordano qualcosa di Brandon. Mi si contorce lo stomaco. Sospiro. Quando smetterà di far male?

I ricordi mi scorrono addosso mentre il barista inizia a preparare il mio ordine.

Il primo, come sempre, è Brandon il giorno in cui ci siamo incontrati alla mia palestra. Era così adorabile, dondolava da un piede all'altro, con le mani infilate nelle tasche del parka, senza sapere cosa lo aspettasse. Non era sicuro di avere le carte in regola per avere successo. Quello prima di capire che ci volevamo e che potevo aiutarlo con qualcosa di più dell'allenamento anaerobico con la kettlebell.

Dio, era stato così giovane e bisognoso di essere guidato. Era stato perfetto…

Altri ricordi mi attraversano la mente. Brandon nudo nel mio letto, che ride mentre ballo davanti a lui. Brandon in ginocchio per me, con gli occhi spalancati e adoranti. Brandon che beve il suo primo sorso di caffè ungherese. Brandon che cammina mano nella mano con Ferko, con i campi ungheresi che si estendevano davanti a loro, invitandoli a un nuovo futuro. Brandon che mi dice addio.

Dopo che Brandon se n'è andato, non ho tenuto duro come gli

avevo promesso. È difficile passare dall'essere l'amante, l'allenatore, il consigliere e il Daddy di Brandon per tre anni a non essere più nulla per lui. Non è inaspettato, ma è difficile.

Mi sono preso del tempo per elaborare quella tristezza. So almeno chi sono quando non sono il Daddy di qualcuno? Quando non sono il Daddy *di Brandon*? Tutte le domande. Tutti i dubbi. Cristo, ho provato *tutto* da quando mi ha lasciato. Dolore, tristezza, solitudine, rimpianto.

Tutto.

A dire il vero, non riesco a credere di essermi messo in una situazione in cui giocherò di nuovo al Daddy per la prima volta dopo averlo perso, e sarà con un perfetto sconosciuto. È una mossa da idioti.

«Mi scusi ancora, signore.»

«Tranquillo.» Lascio una mancia al barista prima di prendere il mio espresso ghiacciato. Sorseggiandolo, mi avvicino a un tavolo vicino alla finestra, scelto perché ha due posti a sedere: uno rivolto verso la porta e uno verso l'interno del bar. Mi tolgo il cappotto e la sciarpa, li lascio cadere sullo schienale e mi siedo guardando la porta.

Controllo l'orologio e noto che sono in anticipo di tre minuti, quindi Matthew non è ancora in ritardo. Tuttavia, preferisco che i miei boy arrivino con un po' di anticipo piuttosto che puntuali. È rispettoso ed è lusinghiero per un Daddy, quando il suo boy è impaziente. Se io e Matthew Angel decidiamo di passare una notte insieme, dovrò insegnarglielo.

Ci siamo messaggiati un paio di volte da quando Nick mi ha inviato le informazioni di contatto del ragazzo che ha vinto l'asta, e ho suggerito una telefonata via FaceTime, ma Matthew, evidentemente timoroso di non farmi sentire a mio agio in qualche modo, ha insistito per incontrarmi prima di persona. Anche se ciò significa che ha dovuto guidare fin qui da Nashville, che è un bel viaggio solo per incontrare qualcuno faccia a faccia.

Ma lo capisco e lo rispetto. Non c'è niente di meglio di un incontro di persona per valutare se c'è chimica con qualcuno e, dato che l'esperienza Daddy/boy a cui Matthew ha fatto un'offerta è una faccenda intima e privata, penso che abbia tutto il diritto di ispezionare la merce di persona.

Tutto è importante in uno scambio come questo: il profumo, il suono della voce di una persona, il modo in cui gestisce l'imprevisto. Tutto. Ha fatto bene a chiedere un incontro personale. Questo è anche il motivo per cui ho fissato la mia offerta iniziale così alta. Non gioco con chiunque e, da quando Brandon mi ha lasciato, non gioco più con *nessuno*. Ho accettato l'asta solo perché…

Sospiro.

Beh, c'erano alcune ragioni, ma ho accettato soprattutto perché il mio migliore amico, Nick, pensava che sarebbe stato un buon modo per tornare in pista, per così dire. È stato inflessibile al riguardo, esortandomi a partecipare all'asta finché non ho ceduto. Pensavo di aver fissato un prezzo abbastanza alto da scoraggiare gli offerenti. Matthew Angel deve essere un ricco ragazzo con un fondo fiduciario per avere tutti i soldi che ho chiesto. Viziato. Abituato a fare a modo suo.

Potrebbe essere divertente dargli una o due lezioni per una notte.

Il mio stomaco è in subbuglio e non riesco a distinguere se si tratta di eccitazione o di ansia.

Okay, forse dopotutto sono uno stronzo giudicante, perché più aspetto che Matthew si presenti, guardo l'orologio, non è ancora in ritardo, più mi preoccupo di tutto questo. E se non riuscissi a farlo? E se non mi piacesse quel tipo? E se non sopportassi il suo aspetto, la sua voce o il suo odore? A parte altre due aste di beneficenza anni prima, non ho mai fatto da Daddy a qualcuno che non conosco.

Tutti i miei ragazzi sono stati speciali per me, scelti con cura, ma Brandon è stato *davvero* unico.

Ora sono in grado di ammetterlo: ero perdutamente innamorato di lui. Anche se non era quello il nostro accordo, e anche se sapevo fin dall'inizio come sarebbe finita. Ma all'amore non interessano gli accordi, i piani o i finali. Salta dentro e afferra una persona a suo piacimento. Mischiare kink e amore è una combinazione esplosiva. Ha cambiato per sempre la mia idea di ciò che voglio da un partner.

Quindi un estraneo, per di più potenzialmente poco attraente, non è il modo in cui avevo immaginato di tornare a immergermi nella piscina del kink. Fare questa cosa proprio prima di Natale faceva parte del mio piano per evitare proprio questo scenario. Ho scelto una data scomoda e ho fissato una cifra di apertura elevata, perché volevo che Nick mi lasciasse in pace, ma volevo anche assicurarmi che nessuno facesse offerte per me.

Ma qualcuno lo ha fatto e ora, mio malgrado, sono incuriosito.

Matthew è stato vago via messaggio, non solo sul suo aspetto ma anche sui suoi desideri e sulla sua esperienza nel kink, dicendo che avrebbe preferito "discuterne di persona". Il che mi incuriosisce da morire: perché mi ha fatto un'offerta se è così timido?

Non importa. Indipendentemente dal suo livello di esperienza nel kink, definirò comunque con lui, con largo anticipo rispetto alla nostra serata insieme, quali sono le sue aspettative e preferenze, quali saranno le nostre scelte e i nostri limiti, e discuterò se entrambi possiamo accettarli. Se vuole fare tutto questo di persona piuttosto che per messaggio, lo capisco. Forse vuole valutare le mie reazioni facciali, osservare il mio linguaggio del corpo durante la discussione... O forse è preoccupato per alcune delle mie stesse cose.

Ho molte domande per lui. Cosa ci faceva a un'asta BDSM ad Asheville, quando vive a Nashville? Ha avuto precedenti esperienze negative con i club kink laggiù e quindi si sta espandendo? Perché è disposto a coinvolgermi per una serata kink natalizia, solo un giorno prima della vigilia? Più aspetto, più le domande si accumulano. La mia gamba comincia a ballonzolare, facendo tintinnare il tavolo. È davvero sconveniente, quindi appoggio la mano sul ginocchio per fermarlo.

In quel momento entra un ragazzo che indossa leggings attillati, stivali pelosi fino alle ginocchia e una felpa grigia oversize con la scritta "YES, DADDY" a grandi lettere rosse. Ha anche un paio di corna da renna in feltro sulla testa e le sue cosce robuste potrebbero stritolarmi.

Inclino la testa mentre lui inizia a perlustrare la stanza. Mentre si gira avanti e indietro, la felpa si solleva sul retro, esponendo il suo culo, rotondo e sodo come una mela. Niente male. Se quello è Matthew Angel, non ha nulla di cui preoccuparsi. Fisicamente è proprio il mio tipo.

Mi raddrizzo sulla sedia, pronto a fargli cenno di raggiungermi mentre continua a perlustrare la stanza.

«Ciao.» Una voce si intromette nel mio tentativo di attirare l'attenzione di Matthew.

Alzo lo sguardo. È il tipo sexy e brizzolato che mi ha osservato quando sono entrato. Da vicino è ancora più carino, con grandi occhi nocciola e labbra morbide che starebbero benissimo intorno al mio cazzo. I suoi pantaloni calzano bene, mettendo in mostra un bel culo, e la camicia gli sfiora il petto, dimostrando che è magro e in forma. Sexy. Virile in quel modo da uomo maturo, ma delicato, con quel sorriso timido.

Confermo il mio gradimento, e sono pronto per un pompino e una scopata in bagno una volta che Matthew Angel e io avremo stabilito le nostre condizioni per l'esperienza di Daddy natalizio e avremo concluso la giornata, *se la concluderemo*, perché potrei essere disposto a dare a Yes-Daddy-La-Renna un assaggio di Daddy Erik *stasera*, se vorrà. Con un culo come quello, sono più che tentato.

«Ehilà,» dico, cercando di scrutare il ragazzo, pronto a fare cenno a Matthew da dove mi sta ancora cercando dalla parte sbagliata del locale.

L'uomo si muove goffamente. «Devo sedermi qui?»

«Mi dispiace, no, sto aspettando una persona.»

«Lo so,» dice. «Stai aspettando me.»

Ridacchio, pensando per un attimo che mi abbia appena fatto una battuta sdolcinata per rimorchiare, e lo ammiro per questo, quando mi rendo conto che no, è serio e imbarazzato. E...

Oh.

Beh, è interessante. E non è quello che mi aspettavo. Credo che quello che si dice sulle supposizioni sia vero. Ho fatto la figura dell'idiota e l'ho fatto sentire tale con una semplice risata. Non va bene. No, non va bene per niente.

«Tu sei Matthew.» E non è una domanda. Lo so già. In verità, avrei dovuto indovinare appena l'ho visto. Non c'è dubbio che quello sguardo fosse sottomesso, desideroso e allo stesso tempo un po' intimidito dalla presenza di un uomo dominante, ma lo avevo ignorato. Stereotipi e tutto il resto. Non va bene.

Ma, andiamo, avrei dovuto saperlo.

Matthew deglutisce con forza e stringe un po' di più la sua tazza di caffè. Indica con un cenno del capo il posto vuoto. «Allora, posso?»

«Certo. Accomodati.» Mi rimprovero di non essermi alzato al suo arrivo, di non avergli porto la sedia e, in generale, di non essermi comportato affatto come un buon Daddy. Guardo verso il ragazzo che pensavo fosse Matthew e lo vedo cingere con un braccio un uomo più maturo, di qualche anno più vecchio di me. L'uomo gli bacia la fronte. Quindi quello è il suo Daddy. E okay.

Ripartiamo da capo.

Rivolgo la mia attenzione al vero Matthew di fronte a me. Trema e avvampa mentre stende il cappotto sullo schienale della sedia e vi appoggia anche la borsa. Piccole gocce di sudore gli imperlano la fronte lungo l'attaccatura dei capelli e, mentre lo studio, ansima di nuovo.

A parte la mia sorpresa per la sua età, non ho proprio nulla di cui lamentarmi di ciò che vedo.

Matthew è sexy, quasi un silver fox. Notando il ciuffo di peli scuri che spunta da sotto la canottiera, rivedo la mia descrizione mentale e da volpe argentata diventa lontra quasi argentata. Ora, tutto ciò che riguarda l'asta ha molto più senso.

L'uomo che ha fatto un'offerta per me non è un ventenne con un fondo fiduciario da bruciare. No, questo ha i suoi soldi, come dimostrano gli abiti di marca, l'orologio alla moda e il portamento, che è professionale, anche se piuttosto timido.

A essere onesti, Matthew mi potrebbe interessare per una botta e via, ma non è affatto la mia fantasia preferita in ambito Daddy/boy. Ma non ho messo all'asta *la mia fantasia*, vero? Ho messo all'asta quella di qualcun altro e ora è mio dovere soddisfarla.

Inoltre, la fantasia non è mai realtà. Brandon ha finito per essere molto di più di quanto avessi immaginato quando l'ho incontrato per la prima volta, e mi sono trovato attratto dalla sua rappresentazione perfetta e giovanile del mio ragazzo ideale. È stato molto di più, nel bene e nel male.

Quindi, sì, fanculo la fantasia.

La realtà è che di fronte a me ho un uomo attraente, quindi dovrei essere felice per i piccoli miracoli. Poteva andare molto peggio.

Ma l'incontro con Matthew mi ha lasciato spiazzato. Mi aspettavo un ragazzo, un giovane uomo e, sebbene il ruolo di *boy* non sia definito dall'età, tutti i *miei* boy sono sempre stati più giovani di me.

Sorseggio il caffè per mascherare la perplessità e Matthew si rigira le mani in grembo, guardando il tavolo con le guance rosa sopra la linea della barba appena rasata. Diavolo, è così insicuro in questo momento, che posso quasi sentirne il sapore. Devo fare qualcosa. Dire qualcosa. La cosa *giusta*.

Ma che cos'è?

«Non l'ho mai fatto prima,» sussurra Matthew prima di capire come impedirmi di incasinare ulteriormente la situazione.

Oh, beh... wow. Daddy/boy con un vergine, eh? Quell'informazione cambia le carte in tavola. Devo darmi una regolata. Ora.

«Non c'è problema,» dico, compiacendomi che la mia voce sia stridula e non lasci trapelare altra inquietudine. «Per tua fortuna, io sì.» Lui ridacchia, un suono basso e dolce, e io mi rilasso un po'.

«Come per ogni kink, l'importante è essere completamente onesti l'uno con l'altro. Voglio sapere esattamente cosa stai cercando durante la nostra notte insieme, e sarò sincero su ciò che posso offrire. Ci stai?»

Lui si mordicchia il labbro inferiore prima di rispondere. «Vuoi la completa onestà?»

«Sì.»

Le labbra di Matthew si storcono. «Un mio amico dell'ambiente mi ha detto che l'impegno alla totale onestà è l'unico modo per avere un'esperienza Daddy/boy veramente buona.»

«Ha ragione.» Inclino il capo; qualcosa in Matthew mi fa pensare a quanto sia davvero inesperto in fatto di kink. «Non preoccuparti. Possiamo andarci piano.»

«Preferirei, sì,» dice, alzando lo sguardo con un altro timido sorriso. «Mi piace prendermi tempo. Fare il tutto con delicatezza.»

La fossetta sulla guancia destra mi dà un curioso brivido. «È questo che vuoi?» chiedo. «Delicatezza?»

Deglutisce e si guarda intorno, controllando se qualcuno ci sta ascoltando: non è così. A nessuno frega niente di quello che si dice qui dentro. Asheville è conosciuta come la Seattle del Sud, quindi è piena di artisti, bifolchi, appassionati di birra artigianale, strambi e stravaganti, e tutti sono ormai abituati a tutto. Non c'è più nulla che possa sconvolgere qualcuno da queste parti.

«Penso di sì. Non so con certezza cosa voglio.» Matthew trae un breve respiro e mi guarda negli occhi. «Voglio quello che ho visto nelle foto. Coccole sul divano. Baci accanto al fuoco. Regali. Dormire tra le tue braccia.» Diventa ancora più rosso.

Sono preoccupato per lui. Non può essere salutare per un uomo adulto imbarazzarsi con tanta facilità. Inoltre, se Matthew è nuovo al gioco Daddy/boy, e forse anche al mondo dei kink in generale, dovremo andarci con i piedi di piombo. Già questo primo incontro ci ha spinti troppo in là e troppo in fretta. Dovrei rimediare.

«Ripartiamo da capo,» dico, e allungo una mano a toccare le sue dita che ancora si attorcigliano sopra il tavolo. «Torniamo indietro fino all'inizio.»

«Va bene.»

Mi alzo e tiro su anche lui, prima di tendergli la mano. «Sono Erik Garner. Piacere di conoscerti.»

«Matthew Angel,» risponde dandomi una stretta decisa e onesta. Sono tentato di portarmi alle labbra le sue dita e baciarle, ma non è il momento per gesti del genere. È decisamente sottomesso e quello mi attrae molto di più di quanto avrei mai pensato in un uomo più maturo. Perlomeno, sarà utile per giocare facilmente al Daddy/boy.

«Accomodati,» dico, indicando il tavolo.

Matthew si siede di nuovo. Noto che è meno teso.

Sorrido, prendendo la sedia di fronte a lui. Mi chino in avanti, con i gomiti sul tavolo, e poso il mio caffè. «Allora, com'è andato il viaggio da Nashville?»

«Benissimo. Il tempo è stato bello. Il cielo blu e le nuvole bianche sono ancora più belle contro le montagne grigie dell'inverno, sai? Un sacco di bei panorami.»

«E non è stato un viaggio troppo impegnativo per te?»

«No.» Si schiarisce la gola. «Tu sei di qui? Di Asheville?»

«Non da sempre, ma ora è la mia casa.»

«Asheville è cambiata molto nel corso degli anni.»

«Ci sei venuto spesso?»

«Certo. Da piccolo la frequentavo. Ai miei genitori piaceva organizzare fine settimana da queste parti. Sai, vedere la Biltmore House e poi passare la notte in un hotel con piscina e servizio in camera prima di tornare a casa.»

«Ah, la Biltmore.»

«Probabilmente ormai sei abituato alla sua grandezza, eh? Forse per te avrà perso il suo fascino.»

«Oh, no, mi piace ancora,» dico con un sorriso. «È troppo bella e troppo esagerata per non amarla.»

«Ho sempre voluto dedicare più tempo all'esplorazione dei sentieri escursionistici, ma non l'ho mai fatto.»

«Alcuni sono molto belli,» proseguo, cercando di capire meglio la sua personalità. «Allora, in base a quello che hai appena detto, deduco tu sia di Nashville.»

«In realtà di Murfreesboro. Mi sono trasferito a Nashville per l'università. Sono andato alla Belmont.»

«Oh? Sei un musicista?» Mi siedo un po' più dritto, curioso. Non sembra un musicista, quanto piuttosto un contabile.

«Non proprio. Non fraintendermi, amo la musica e sotto sotto ho sempre sognato di avere un talento sufficiente da trasformarlo in un lavoro, ma si è scoperto che quella carriera non faceva per me. Ci sono troppe persone molto più dotate di me, ed emergere è difficile.»

«Ma tu suoni o canti?»

«Suono un po' di chitarra, un po' di pianoforte, ma a essere sinceri la mia voce è pessima,» risponde Matthew con un bel sorriso, sfoggiando adorabili fossette. «Dopo un semestre, un professore gentile e onesto mi ha fatto sedere per spiegarmelo.» Scrolla le spalle come se fosse in imbarazzo. «La musica per me è stata una chimera.

Non ho nulla di speciale.»

Sbuffo. «Cosa ne sa un professore?»

«Basta così.» Agita la mano in un cenno secco, e anche quello mi attrae. Mi piacciono gli uomini dalla gestualità precisa, che non si sbracciano con fare da macho. Matthew continua: «Comunque, sono passato alla MTSU e mi sono laureato in Economia.»

Bingo. Ci avevo preso.

«Ah.»

«E tu?» chiede Matthew di colpo sornione, nonostante il sorriso ancora timido. «In cosa deve specializzarsi un ragazzo per diventare un Daddy?»

Rido. Ha il senso dell'umorismo. Eccellente. Tra quello, il corpo sexy, il bel viso e la sua evidente natura sottomessa, sento che potremo divertirci insieme. Rilasso le spalle e l'ansia che mi attanagliava lo stomaco da quando Nick mi ha comunicato la vincita dell'asta si dissolve.

Mi appoggio allo schienale e gli sorrido. Matthew sbatte le ciglia e il mio battito accelera. Qualcosa in lui mi fa sentire protettivo, più grande di lui, anche se non lo sono. Il che va bene per me. Si adatta alla situazione.

«Allora, fammi indovinare.» Matthew flirta in modo grazioso. «Hai dovuto prendere una laurea in disciplina?»

«Molto divertente,» dico.

Matthew incontra il mio sguardo con le guance arrossate e un sorrisino.

Accidenti, è adorabile. E non sembra nemmeno rendersene conto. È così che mi piacciono i ragazzi: dolci, desiderosi e bisognosi di un'iniezione di fiducia. Non mi interessa sapere cosa questo dica di me, ma quando i miei ragazzi se ne vanno, e lo fanno sempre, sono uomini più forti, migliori e sicuri di sé. E quello è merito mio. Li aiuto a crescere. Come dovrebbe fare un Daddy.

Che importa se Matthew è più vecchio di me? È comunque il

tipo giusto.

«Ho esagerato? Sono stato scortese? Devo scusarmi?» chiede Matthew, l'espressione di nuovo incerta.

Prendo il bicchiere. «No, cavolo. Mi piace un po' di sfacciataggine.»

«Io invece non so cosa mi piace,» confessa. «Puoi aiutarmi a capirlo?» Matthew si morde il labbro e mi guarda da sotto le ciglia in un modo che mi fa stringere le palle.

Sottomesso e desideroso di imparare? Sexy da morire? Qualcuno che *non* assomiglia affatto a Brandon nell'aspetto, nel comportamento o nello stile? Sì. Okay, non so cosa ci sia in quel tizio, ma sono pronto a ribaltare il tavolo e a trascinarlo fuori di qui come un cavernicolo. Quando si lecca le labbra e fa un piccolo respiro affannoso, i miei capezzoli diventano duri e anche le mie guance si arrossano.

«Sarei onorato di aiutarti a scoprirlo. Sarebbe un piacere per me.»

«Grazie,» mormora con un sorriso che fa di nuovo comparire le fossette.

La notte che ho promesso in cambio della sua donazione di un bel po' di soldi a un call center per adolescenti LGBT sembra già valere la pena.

«Non c'è di che,» rispondo, e sono sincero.

Non so se sia perché non faccio sesso da quando Brandon se n'è andato, ma l'erotismo naturale di Matthew mi sta colpendo duro, come se fosse la mia erba gatta personale a sorpresa. Il nostro accordo sarà anche per una sola serata, ma sono già eccitato. Forse mi permetterà di scoparlo in bagno prima di continuare la nostra chiacchierata? Se riesco a togliermi di dosso questa strana attrazione, sarò in grado di pensare più chiaramente alla nostra trattativa.

Ma no. Non è affatto così che dovrei pensare. Sono io il Daddy qui. Sono io che comando. Devo comportarmi di conseguenza.

Fino in fondo.

Scrocchio le nocche e cerco di ignorare l'eccitazione che mi ribolle dentro. «Andiamo avanti e approfondiamo le nostre storie e trascorsi. Il modo migliore per avere una buona esperienza di kink è una comunicazione aperta. È indispensabile essere completamente onesti l'uno con l'altro.»

«Capisco.»

«Ottimo. Puoi farmi tutte le domande che vuoi, ovviamente. Quando saremo immersi nel ruolo, ti darò delle regole sul galateo e sulle buone maniere, ma per ora sentiti libero di interrompermi ogni volta che vuoi.»

«Va bene.»

Mi appoggio allo schienale e allungo le gambe ai lati del tavolo, godendomi la spontanea disponibilità di Matthew. Cazzo, sono davvero eccitato. Sono davvero *eccitato* per la prima volta da molto tempo.

Matthew aspetta paziente mentre sorseggio il mio espresso ghiacciato e i suoi occhi incontrano i miei quando ricomincio a parlare. «Allora, per quanto riguarda la tua prima domanda su cosa serve per diventare un Daddy, ti meriti una risposta. Ovviamente hai visto il mio poster all'asta.»

«Già. So anche di essere l'unica persona che ha fatto un'offerta per te, il che, lo ammetto, mi rende diffidente.»

«Certo. Capisco. Ti assicuro che sono ben noto all'interno della comunità kink locale, e sono felice di fornirti delle referenze se vuoi.»

«Me le ha già date Nick, il ragazzo che mi ha fatto sapere che avevo vinto. Ho già chiamato alcuni dei contatti che mi ha passato.»

Questo tipo può essere incerto sotto molti punti di vista, ma è abbastanza adulto da essere diligente.

«E…?»

«Non sarei qui se non mi avessero dato pareri più che positivi.»

Ridacchio. «Infatti. Hai comunque ragione a chiedere quali siano le mie qualifiche per qualsiasi tipo di scena, soprattutto per una che dovrebbe durare una notte intera. Sono colpito.»

«Grazie.» Si passa una mano tra i capelli, scompigliandoli. «Volevo assicurarmi che fossimo in sintonia e che volessimo le stesse cose. Per questo ho voluto incontrarti di persona. Per capire meglio te e la situazione.»

«Certo. È sempre meglio fare conversazioni sul kink faccia a faccia.» Sorrido e mi avvicino, cogliendo un'ombra della sua colonia che mi ricorda la pioggia fresca della foresta. Aghi di pino fragranti e umidi. «E fammi indovinare, volevi controllare anche le piccole cose, giusto? Come la mia voce e il mio profumo.»

Matthew arrossisce di nuovo. «Se dico di sì, questo mi rende superficiale?»

«Ovvio che no. Le specifiche sensoriali sono importanti in questo tipo di esperienza.» Sorrido. «Tu, per la cronaca, hai un profumo fantastico.»

«Grazie,» ripete e sorride. «Ammetto che non avevo pensato molto al tuo odore o alla tua voce. Mi ero concentrato più su come ti avrei *percepito* dal vivo. Come una sorta di energia, in mancanza di una descrizione migliore. Avevo bisogno di sapere se ci saremmo sentiti bene insieme quando avremmo interagito.»

«Chiaro. È quello che conta di più,» ammetto. «Ma per me anche il profumo è importante. È difficile per me essere in intimità, anche in modo non sessuale, con qualcuno che non ha l'odore *giusto* per me. Dobbiamo essere in sintonia anche su quello.»

«Ha senso.» Matthew si sporge sul tavolo e annusa l'aria. Quando si rimette a sedere, sorride ironico. «Non hai un odore particolare.»

Rido. «Acqua e sapone, nient'altro. Ma non preoccuparti, mi piacciono gli uomini curati, inclusi quelli che portano un profumo buono come il tuo.»

Matthew diventa di nuovo rosso e mi chiedo quanto possa avvampare prima di avere un aneurisma. Chissà se arrossisce dappertutto. Mi immagino il rosa che divampa fino al cespuglio scuro dei peli pubici. Se l'intervista andrà bene, potrò scoprirlo.

«Ma torniamo alla tua domanda iniziale. Mi hai chiesto cosa c'è nella mia formazione che mi qualifica come Daddy.» Resisto all'impulso di allungare la mano e passare il pollice sul suo labbro inferiore ancora umido. Non so cosa ci sia in Matthew, ma ha un'energia, un'aura e uno sguardo che, insieme, sembrano colpirmi proprio dove fa più male: le palle.

Vorrei ancora portarlo nel bagno degli uomini, farlo inginocchiare e dirgli di fare il bravo e succhiare l'uccello di Daddy, *adesso, cazzo*. Mi chiedo quanto arrossirebbe in quel momento.

Concentrati. Cristo, Erik, calmati.

Sotto l'inebriante incantesimo che Matthew ha lanciato su di me, mi ero dimenticato del giovane su cui avevo inizialmente puntato gli occhi, ma in quel momento lui e il suo Daddy passano davanti al nostro tavolo. Mentre il mio sguardo segue il suo percorso verso l'uscita, il suo culo sodo e la sua giovanile impazienza sembrano molto meno attraenti rispetto alla timidezza elegante e sottomessa di Matthew. Credo di aver fatto un affare migliore, oggi. A volte, la realtà è molto più intrigante della fantasia.

«La tua "educazione".» Matthew sbuffa, distogliendo la mia attenzione dal twink in partenza. «C'è un funzionario dell'università che conferisce la qualifica di Daddy solo ai laureandi più meritevoli?» chiede, bevendo un sorso del suo caffè e facendomi un altro sorriso sornione.

«Ma magari,» e ridacchio di nuovo. «Ma se così fosse, esisterebbe anche un titolo accademico di *boy*?»

«Le università potrebbero accoppiarli. Fare un servizio di incontri.»

Timido, scaltro *e* simpatico.

Ottimo. Questo fa ben sperare che anche lui abbia un lato depravato ben nascosto.

«Ahimè, mi sono dovuto accontentare di laurearmi in Medicina dello Sport. Sul mio diploma non c'è nessuna qualifica di Daddy.»

«È un peccato.» Gli ci vuole un attimo per elaborare ciò che ho detto, ma poi il suo sguardo sfiora il mio corpo. «Ah, capisco. Sei un atleta.»

«In un certo senso. Non sono mai stato appassionato di sport di squadra, ma essendo cresciuto in un ranch di cavalli fuori Charlotte, sono una grande fan di tutto ciò che riguarda l'equitazione. Sono anche interessato agli sport che massimizzano il potenziale del corpo.»

«Come il bodybuilding?»

«No, più che altro arti marziali, o acrobazie, o danza.»

«Oh.»

«All'università ho studiato Medicina dello Sport perché volevo lavorare con chi pratica arti marziali, con ballerini, ginnasti e acrobati. Dopo la laurea, ho ricevuto un'offerta di lavoro a cui non ho potuto resistere. È stato necessario trasferirsi in Florida, ma ne è valsa la pena. Ho imparato a addestrare attori e stuntman nel modo migliore in cui cadere, soprattutto da cavallo, ma in realtà da qualsiasi cosa.» Scuoto la testa ricordando l'inizio dell'attività. «È incredibile pensare che sia successo più di dieci anni fa.»

«Ma tu hai solo quanto? Ventisei anni? Ventinove al massimo?»

Sorrido di nuovo. *Che tesoro. Sa che sono più maturo di così. Carino.* «Trentacinque.»

«Ne dimostri anche meno.»

«Grazie. E tu?»

Matthew deglutisce, le dita tamburellano sul lato della tazza mezza piena. «Quarantuno.»

«Li porti benissimo, te ne davo di meno anche io.» Non è vero, ma la bugia è un modo semplice per assicurargli che lo trovo attraente, dato che è chiaramente una parte della sua insicurezza. Se avessi pensato che gli avrebbero giovato le rassicurazioni sul fatto che mi intrighi fare il Daddy di uomini più grandi, avrei seguito quella strada. Ma sarebbe stata una menzogna rischiosa, perché vicina a rivelare una verità più dannosa: non ho mai avuto un boy così maturo prima d'ora.

«Sono sempre stato un ritardatario.» Matthew si morde di nuovo il labbro e giuro su Dio che se lo fa un'altra volta, mi alzo in piedi, lo porto in bagno e…

Per l'amor del cielo, datti un contegno, Erik!

Avrei dovuto farmi una scopata prima di questo incontro con Matthew. O in *qualsiasi momento* da quando Brandon mi ha lasciato, sei mesi fa. Avrei dovuto *almeno* masturbarmi stamattina. Pessima pianificazione da parte mia. «Sbocciare tardi ti ha dato un certo fascino.»

Ha senso? Spero di sì.

«Grazie, ma so di essere decisamente di mezza età.»

Ora sono confuso. «Che cosa significa per te?»

Fa spallucce. «Capisco solo che sia strano voler essere il boy di qualcuno alla mia età.»

Aggrotto le sopracciglia, l'ondata di insicurezza nella sua voce mi tocca il cuore. «Non c'è niente di strano.»

«No?»

«Diversi boy sono più grandi del loro Daddy.»

«Davvero?» Sembra speranzoso.

Il suo desiderio, tutto occhi spalancati, è così in contrasto con il suo aspetto professionale che il Daddy che è in me emerge con un ruggito; vorrei prenderlo sotto la mia ala, smontarlo, capirlo. Ma tutto ciò che dico è: «Certo.»

È vero in teoria, anche se in pratica a me non è mai capitato.

«Mi dispiace,» dice, appoggiandosi allo schienale e arruffandosi di nuovo i capelli. Sento l'odore della sua colonia e un pizzico del suo sudore.

Matthew si tampona la fronte con un tovagliolo di carta che prende dal distributore. Sorride con un po' di imbarazzo prima di accartocciarlo e gettarlo sul tavolo. Incontra di nuovo il mio sguardo. «Mi dispiace. Ho interrotto il racconto della tua lista di... "qualifiche di Daddy".»

Ridacchio di nuovo. «Giusto. Questo è il mio percorso formativo e lavorativo. Ho iniziato a lavorare nel settore del coaching e dell'allenamento in Florida, ma da allora ho avviato una mia società, sempre specializzata nel lavoro con attori, stuntman, ballerini e acrobati. Sono stato ingaggiato da circhi, compagnie di balletto e singoli attori. Ma attualmente la maggior parte del mio lavoro ha un introito da serie televisive e film.»

Guardo fuori dalla finestra al luminoso cielo di mezzo inverno e aggiungo: «La cosa bella è che posso lavorare da qualsiasi posto. La Florida è calda e piatta e mi mancava il North Carolina, così sono tornato a casa. Adesso, la maggior parte degli attori e degli stuntman con cui collaboro vengono da me per imparare a cavalcare, a cadere, a rialzarsi. Anzi, scherzando dico che il mio lavoro principale è insegnare alle persone a rialzarsi ancora e ancora.»

Le sopracciglia di Matthew si sollevano per la curiosità.

«Farsi colpire.» Lo mimo con le mani. «Cadere. Rialzarsi. Essere colpiti di nuovo.» Sorrido. «È più difficile di quanto si pensi rialzarsi da terra in modo corretto, soprattutto in un modo che si veda bene in video. Sono pronto a scommettere che non hai mai pensato a come rialzarti da terra in modo fluido. Per gli attori e gli stuntman, invece, è necessario che il movimento appaia spontaneo e non forzato. Per le scene di battaglia, come quelle in cui gli attori sono a cavallo in un film storico, c'è un sacco di allenamento da fare. Per questo motivo, nella maggior parte dei casi, sono loro a venire da me, anche se, quando è necessario, vado io da loro. Un anno fa ho trascorso quattro mesi su un set in Ungheria per addestrare gli attori e gli stuntman in tanti ambiti, dalle arti marziali alla spada, dal salire a cavallo…»

«Al cadere da cavallo,» scherza Matthew.

«Sì. E cadere dai tetti, da carrozze in movimento, dopo aver preso un cazzotto, e cadere, cadere, cadere e rialzarsi.»

«Wow.»

«È un bel lavoro,» ammetto.

Quel periodo in Ungheria è però stato l'inizio della fine per Brandon. Era venuto con me come sempre durante i servizi fotografici, e aveva scoperto alcune cose che non avevo previsto: l'amore per la lingua, per l'insegnamento e per un nuovo *amante*. Tutto in Ungheria. Dall'altra parte del mondo. Per quanto avesse apprezzato essere il mio ragazzo, aveva trovato cose che amava di più. Mi fa ancora male ricordare il senso di tradimento che ho invano cercato di sopprimere quando ho scoperto di Ferko.

«Quindi tutto questo addestramento di persone, suppongo che aiuti con il ruolo di Daddy perché…» Matthew si interrompe e vuole che sia io a concludere al suo posto. Sono felice di farlo.

«Perché sono abile nel dirigere, guidare, insegnare… tutte cose utili quando si tratta di essere un Daddy.»

«Sì,» sussurra, e gli occhi gli brillano.

«Ho una piccola fattoria sul monte Patton.» Faccio un cenno verso sud-est e le varie montagne che si estendono in quella direzione. «È dove trascorro le vacanze e dove ho intenzione di ospitare la nostra esperienza.»

«Oh?» I suoi occhi si illuminano. «Sembra perfetto. Molto natalizio.»

«Sì, è bellissimo. Il mio posto preferito sulla Terra. È molto tranquillo. Ho una casa principale, un paio di pascoli rocciosi di montagna e una stalla con quattro cavalli, molte capre e quattro cani.»

«Vivi lì?»

«Solo nei week-end. Ho un appartamento in città dove sto il resto della settimana. Lascio la cura della fattoria a mia madre,» gli dico.

«Sei legato a tua madre?»

«È la mia migliore amica.»

«Ah.» Matthew stringe le labbra. «Lei… ehm, lo sa?»

«Che sono queer? Sì.»

«No, intendo la faccenda del Daddy.»

«La maggior parte dei genitori non vuole conoscere questi dettagli sulla vita sessuale dei propri figli,» dico. «Mia madre non è diversa. Però ne sa abbastanza. Brandon mi chiamava Daddy a tempo pieno e lei ha capito subito cosa significava.» Sbuffo. «C'è voluto un po' di tempo per abituarsi al fatto che lei fosse a conoscenza della mia perversione da Daddy/boy, ma mi sostiene. È questo che conta.»

«Brandon?»

«Il mio ultimo ragazzo.» Gli occhi di Matthew contengono domande su di lui e io non voglio rispondere. «Comunque, questo copre il mio background personale e formativo. Ma le mie credenziali nel mondo del kink sono altrettanto, se non più importanti.»

«Oh. Giusto.»

«Ho iniziato quando ero ancora all'università. All'epoca avevo una relazione con una dominatrice più grande di me. Mi ha insegnato molto sull'essere un sub e mi ha sostenuto quando ho iniziato a cercare partner di gioco come Dom. Ho imparato a sculacciare, a usare il paddle e il flogger,» li conto sulle dita, «e a praticare in sicurezza alcune delle attività BDSM più, diciamo, *tradizionali*. Ma a dire il vero, il mio interesse per quell'aspetto della scena kink è scemato rapidamente. Il dolore non fa per me, né darlo né riceverlo. Preferisco cose più psicologiche.»

Matthew si schiarisce la gola e mi sorprende con la sua domanda. «Quindi sei bisessuale?»

«Pansessuale.» Mi aspettavo che mi chiedesse di più sul dolore e sulla mia avversione a infliggerlo o patirlo, ma non sembra deluso dalla mia posizione. Credo di essere abituato al fatto che molti sottomessi non capiscano come posso essere dominante senza voler far loro del male. Questo è uno dei motivi per cui mi definisco un Daddy e non un Dom. Ci sono diverse aspettative associate al termine.

«Okay.» Matthew mi fa cenno di continuare. «Come hai iniziato a identificarti come Daddy?»

«Quando ho incontrato il mio primo ragazzo, Duncan. Avevo ventotto anni. Lui ne aveva diciannove.»

Ah, il mio Duncan. Un dolce pasticcino di ragazzo che riusciva a ingoiare il mio uccello come un professionista e a farmi venire così forte da farmi tremare le ginocchia. Mi era piaciuto essere il suo Daddy e aumentare il suo livello di fiducia. Dopo anni di bullismo al liceo per il suo peso, aveva avuto bisogno di essere sostenuto con forza. Mi era piaciuto incoraggiarlo, supportarlo, insegnargli a rialzarsi dopo ogni caduta, letterale o metaforica, e aiutarlo a crescere.

Non mi sono mai sentito più orgoglioso come quando ho notato come la mia guida lo aveva aiutato a costruirsi una vita migliore. Ho sempre pensato di aver guadagnato qualcosa anch'io, da tutti i miei ragazzi. «Avevamo un buon rapporto e ho imparato molto da lui.»

«Capisco.»

«Abbiamo resistito finché non si è laureato.» Prendo il mio bicchiere e mando giù un sorso di caffè per coprire il dolore che quella frase mi provoca.

Quello è lo schema, non è vero?

Prima Duncan, poi Garrett: entrambi se ne sono andati dopo poche settimane dalla laurea. Dei miei tre ex ragazzi, solo Brandon è rimasto più a lungo. Un anno e mezzo in più, per essere precisi. Poi mi ha lasciato per Ferko, scomparendo nel cuore dell'Ungheria e portandosi dietro il *mio* cuore.

Forse melodrammatico. Ma vero.

«Ho avuto tre boy a lungo termine.» Interrompo i miei pensieri prima di incupirmi per i ricordi. «Molti altri per giochi a breve termine.»

«Il ragazzo di quelle foto? Quello dell'asta? Era di breve durata?»

Perché Matthew deve sempre concentrarsi sul mio punto dolente? «No, quello era Brandon. Il mio ex più recente. Siamo stati insieme per cinque anni. Da quando lui ne aveva diciannove fino ai ventiquattro.»

«Quindi preferisci che i tuoi ragazzi siano più giovani.»

Mi acciglio di nuovo. Non so perché non voglio ammetterlo con lui. Suona pacchiano quando viene detto in questo modo, ma capisco dagli occhi spalancati e senza malizia di Matthew che non c'erano significati nascosti. La domanda riguarda più le sue insicurezze che qualsiasi accusa sulle mie preferenze.

Tuttavia, la verità è che ho sempre avuto un gusto per la "carne fresca", come la chiamano quelli della vecchia guardia, almeno quando si tratta delle mie fantasie e dei miei giochi da Daddy/boy. Matthew sarà una grande eccezione alla mia regola generale. Ma non voglio che lo sappia. E di sicuro non voglio che lo *senta*, quindi mi schermisco.

«Non proprio. Mi piacciono quelli sottomessi, desiderosi e che vogliono essere apprezzati.»

«Un concetto piuttosto ampio.»

Faccio spallucce. «Ci sono migliaia di modi per essere attraenti a questo mondo. Io preferisco concentrarmi sulla personalità.»

Il che è vero, ma *ho* un tipo di ragazzo che preferisco dal punto di vista sentimentale, e un tipo di uomo che prediligo per le scopate senza impegno; in passato le due categorie non si sono mai sovrapposte, ma Matthew sta intrecciando le cose. Inaspettato, ma non sgradito.

Ma non importa. Non vale la pena arrovellarsi. Nonostante ci sia molto da discutere durante questa conversazione per una questione di consenso e di sicurezza, l'esperienza di Daddy natalizio che ha vinto è solo per una notte. Non ho bisogno di rivelargli il mio cuore. Si tratta di affari e devo tenerlo a mente.

Inoltre, Matthew vive a Nashville. Mi ha vinto a un'asta di beneficenza per una notte trasgressiva. La mia reale attrazione per lui è un bonus, niente di più.

Mi schiarisco la gola e continuo. «Che tipo di esperienza da Daddy cercavi quando hai fatto l'offerta per me? Perché, come ho detto prima, non mi piacciono le perversioni più spinte, e questo non è negoziabile.»

«Certo. L'ho capito dalle clausole di esclusione di responsabilità sul manifesto dell'asta, per non parlare del fatto che lo hai rafforzato poco fa, con il racconto della tua storia nel mondo dei kink. Sei stato molto chiaro. Mi sta bene tutto questo.»

«Bene. Non fraintendermi. Non ho problemi con il fatto che altre persone si eccitino con il dolore intenso, ma non è quello che mi piace, e non lo farò.»

«I limiti sono importanti,» concorda Matthew prima di mordicchiarsi di nuovo il labbro inferiore.

L'inguine mi formicola per un'ondata di sangue caldo. Cazzo. Fatico a non sporgermi in avanti, sfilargli il labbro dai denti e poi spingere Matthew a inginocchiarsi, proprio qui davanti a tutti...

Strano. Di solito non è così che mi piace.

Ma per qualche motivo, l'elegante mascolinità di Matthew mi fa desiderare che tutti lo vedano con me, per sapere che possiederò un pezzo di lui che non potranno mai avere.

Wow. Oggi sono fuori di testa e arrapato. Dovrei alzarmi e andare a farmi un lavoretto di mano in bagno prima di continuare questa conversazione, solo per riscuotermi. Invece, mi schiarisco la gola e continuo.

«Allora andiamo al sodo, va bene? Dovremmo esporre le nostre esperienze e le nostre aspettative oggi, in modo da avere le migliori possibilità di passare una piacevole serata insieme. Ovviamente, potremo modificare i piani in seguito, ed entrambi avremo sempre una parola di sicurezza, ma la cosa importante è una comunicazione aperta.»

«Sembra una buona idea,» dice Matthew, rigirandosi la tazza tra le mani. «Ma devo confessare che non ho esperienza nemmeno in *questo*.»

«Non sei certo l'unico.» Sorrido di nuovo. «Perché non inizi a dirmi quello che vuoi? Così potrò dire cosa cerco in cambio e potremo vedere se la cosa è adatta a entrambi. Se scopriamo che uno di noi due non è disposto a scendere a compromessi, ti restituirò la somma che hai versato, va bene? Nessuna pressione.»

«No!» Matthew è indignato per la mia offerta. «Volevo donare all'associazione a prescindere da tutto. Inoltre, la tua offerta diceva esplicitamente "nessun rimborso". Sapevo per cosa stavo firmando,» insiste.

«Va bene.» Non c'è bisogno di andarci piano con Matthew. Se deve essere il mio ragazzo anche solo per una notte, è bene che sia già desideroso di onorare i suoi impegni. Un'altra cosa che posso ammirare in lui e per la quale potrò lodarlo in seguito.

«D'accordo.» Matthew sorride con sollievo per il fatto che ho accettato di lasciarlo pagare anche se dovesse capitare che alla fine non concluderemo nulla. Si scompiglia di nuovo i capelli e si mordicchia il labbro, entrambi segni che ne rivelano lo stato d'animo. Ansioso. Eccitato. «Beh, come ho detto, non sono sicuro di quello che sto cercando, ma penso che qualunque cosa sia, vorrei che fosse amorevole e...» Matthew fa una pausa di riflessione. «Deciso.»

«Deciso? Cosa significa per te?»

«Forte. Potrei volere un po' di disciplina. Ma niente di eccessivo. Voglio un Daddy che sappia essere dolce, ma che mi sgridi quando ne ho bisogno.» Incontra il mio sguardo con un'espressione tagliente e di sfida: *Sei tu quel Daddy? Puoi fare questo per me?*

«Niente in contrario a qualche sculacciata.»

Le sue pupille si dilatano e il mio cazzo si tende. «Okay,» concorda. «Bene. Disciplina.»

«Stai cercando forza e disciplina. Capito.»

Matthew beve un sorso di caffè e annuisce. Assume un'espressione molto professionale e si siede dritto. «In questo caso, passiamo alla prossima domanda.»

Oh, oh, dannazione. E andiamo, dolcezza.

È adorabile, così serio. Le farfalle impazziscono nel mio stomaco.

La cameriera si ferma al nostro tavolo per controllare se abbiamo bisogno di qualcosa e per riempire la tazza di Matthew. Lui deglutisce a lungo ed emette un lieve gemito. «Questo caffè è fantastico.»

La mia erezione è ormai irrefrenabile. Chissà che suoni deliziosi produrrà quando lo scoperò. Quando sarà la nostra notte insieme? Il prossimo fine settimana?

Non arriverà mai abbastanza presto.

CAPITOLO TRE

Matthew

QUANDO ERIK ENTRA al Caffeine Dream, la prima cosa che noto è che è ancora più bello di persona di quanto non fosse nelle foto sul cartellone all'asta di beneficenza. Con indosso jeans, maglietta, una splendida giacca di pelle nera e una sciarpa rossa, sembra l'incarnazione del concetto di fascino.

Mentre lo guardo scrutare la stanza alla mia ricerca, cercando di capire quale dei tanti uomini gay presenti possa essere io, lo squadro dalla testa ai piedi e rimango affascinato da ciò che vedo.

È robusto, forte e corrisponde a tutte le mie fantasie infantili di pompieri, cowboy e poliziotti. Si muove come se fosse al comando, ed è quello che mi tiene incollato al mio posto anche quando incontra i miei occhi e poi distoglie lo sguardo, senza sospettare che io sia il tizio che si è aggiudicato l'asta.

Mi sento come se avessi bisogno del suo permesso per avvicinarmi, che non dovrei disturbare un uomo sexy come lui con le mie timide e incerte fantasie da Daddy/boy. Senza dubbio, si merita una persona migliore di me. Qualcuno più giovane, più bello e senza tanti traumi. È questo che mi impedisce di avvicinarmi a lui e di presentarmi.

Fino a quando non vedo i suoi occhi catturare un giovane biondo appena entrato, vestito con una felpa troppo grande e con un'espressione compiaciuta. Quando gli occhi di Erik si soffermano sul culo del ragazzo e scendono sulle sue cosce con un sorriso soddisfatto, è come se le mie gambe sviluppassero una mente propria e subito dopo mi ritrovo accanto a lui, al suo tavolo, a chiedergli se posso sedermi.

È ridicolo, ma un brivido di possessività mi attraversa anche quando cerca di stabilire un contatto visivo con il biondino.

Sono io il tuo boy. Ti ho comprato.

Il che è sciocco, perché non si può comprare una persona. Dopotutto, è anche per questo che sono qui. Per accertare il consenso reciproco in questa situazione che altrimenti sarebbe al limite dell'inappropriato. Ho anche dei moduli da fargli firmare, procurati dal mio amico Doug. Non solo è un ottimo avvocato, ma è anche un esperto di kink, e quindi si è offerto di scrivere alcuni contratti rapidi e appena vincolanti per quanto riguarda l'accordo con Erik di oggi. Perché non ci si dovrebbe *fidare* di qualcuno che si è comprato a un'asta di beneficenza del genere.

Ma quando Erik risponde alla mia richiesta di sedersi con: «Mi dispiace, no, sto aspettando qualcuno,» mi viene da ridere e non riesco a trattenermi dal dirgli: «Sì, stai aspettando me.»

Mi piace subito la sua risata. È roca e mi fa sentire come se mi avesse appena fatto scivolare una mano forte e decisa lungo l'interno coscia e avesse preso in mano il mio uccello. Come se lo possedesse già. Sento persino un accenno di erezione. Tutto solo per il modo in cui ride.

Quando mi siedo di fronte a lui, la conversazione esce dal copione che avevo pianificato fin dall'inizio. È chiaro che non si aspettava uno come me, il che è imbarazzante e stressante. Ma lo capisco anch'io, nonostante sia meno sorpreso. Avevo almeno visto delle foto, ma lui è molto più di quanto pensassi.

Ha una mascella forte coperta da un velo di barba, e le sue labbra sono sottili, ma nonostante l'iniziale sconcerto, gli conferiscono un aspetto deciso, solido.

E a proposito di cose solide. Il suo corpo.

La maglietta aderisce come un guanto sulle spalle larghe e sui pettorali scolpiti; le maniche sono strette intorno ai suoi bicipiti, lasciandomi un forte desiderio di allungare una mano per saggiarne le dimensioni. Le cosce muscolose si tendono sotto i jeans e, dal modo in cui le sue gambe sono distese, riesco a intravedere un indizio delle dimensioni del suo pacco. Non che io sia fissato con l'armamentario. O meglio, non saprei nemmeno se lo sono. Ma è solo un altro modo in cui Erik è molto più di quanto mi aspettassi.

I suoi capelli castano chiaro sono tagliati corti in stile militare, ma valorizzano il suo viso mascolino. Sembra capace e sicuro di sé. Mi fa male come si distende sulla sedia così a suo agio e il modo in cui si china in avanti per guardarmi come se volesse ordinarmi di inginocchiarmi proprio lì e ora, accarezzarmi i capelli e chiamarmi il suo bravo ragazzo.

Se me lo chiedesse, lo farei.

Le mie guance si scaldano. Sarebbe umiliante inginocchiarsi così in pubblico, eppure so che mi sentirei orgoglioso di essere sotto la sua mano. È un pensiero pericoloso. So ancora poco di lui.

Cerco di riportarci sulla retta via, facendo domande sulle sue credenziali e ascoltando le sue risposte. Addestrare gli attori che devono andare a cavallo? E a cadere? Che lavoro affascinante. È facile volerne sapere di più ma, ancora una volta, usciamo dai binari, cadendo in battute e commenti sciocchi, che rinfocolano la netta attrazione che c'è tra noi. Non sono solo io, vero? Non posso essere così eccitato e turbato, mentre lui se ne sta seduto lì impassibile.

Mentre chiacchieriamo, studio i suoi occhi color cannella. Sono in egual misura allegri, controllati e seducenti. In breve tempo, capisco che ha trovato qualcosa che gli piace in me, anche se non sono giovane come lo sono stati gli altri suoi ragazzi. Questo è eccitante ma anche intimidatorio. La voglia di nascondermi che mi attanaglia nella vita professionale, impedendomi di propormi per le promozioni e gli avanzamenti che merito, mi porta quasi a nascondere il viso tra le mani.

Ma non lo faccio. La naturale autorità di Erik mi avvince, anche se non abbiamo ancora formalizzato nulla. Per qualche ragione, ho già bisogno di mostrargli rispetto, di guardarlo negli occhi quando gli parlo, anche quando è difficile, di rispondere alle sue domande e di farne altre. Sono costretto a essere me stesso per lui: impertinente o timido, come preferisce. Sento che a lui piace in entrambi i casi. In entrambi i modi.

Credo di *piacergli* già.

Il che è emozionante, ma anche spaventoso.

Perché non ho mai fatto niente del genere prima d'ora e non sono mai stato considerato da un ragazzo sexy come Erik. Di persona è affascinante, carismatico in un modo che non riesco a definire. Ogni pochi secondi sono tentato di dirgli di lasciar perdere, di alzarmi e di tornare alla mia macchina.

È parcheggiata a poche strade di distanza. Non mi seguirà. Anche se *è* una fantasia eccitante che mi piacerebbe esplorare un giorno. Essere inseguito da un uomo grosso e sexy, ansimare forte mentre cerco di sfuggirgli, essere afferrato da dietro e…

Cristo, ma cosa mi prende?

Erik mi ha fatto provare molte più cose di quanto mi aspettassi quando ho fatto l'offerta per lui in quell'asta, e questo è tutto dire, perché aveva suscitato il mio interesse come nessun altro aveva mai fatto, in quelle foto che aveva scattato con il suo… il suo… *ex ragazzo.*

Mi si rivolta lo stomaco quando ricordo il tizio delle foto. Non è giusto, ma non sono entusiasta che Erik abbia una serie di ragazzi alle spalle. Certo che ce l'ha. Perché non dovrebbe? La maggior parte degli uomini della nostra età, etero o gay, ha un sacco di ex di qualche genere, e non c'è motivo di pensare che Daddy Erik debba essere diverso. Non dovrei volere che lo sia. Significa che ha esperienza e sa il fatto suo.

È quello che volevo quando ho fatto l'offerta per lui: qualcuno che avesse già fatto questa cosa del Daddy/boy, qualcuno con un'esperienza da uomo queer che potesse mostrarmi come sarebbe quel mondo, con cui poter essere vulnerabile, perché voglio fidarmi di un Daddy che vuole solo prendersi cura di me, accudirmi. Ma mi rendo conto, mentre parla dei suoi ragazzi passati, che avrei voluto avere tutte quelle cose senza pensare troppo da vicino ai giovani uomini reali che ha avuto prima di me.

Prima di sentire i loro nomi e vedere l'espressione tenera dei suoi occhi mentre li menzionava, era stato abbastanza facile sostituire nella mia mente il ragazzo delle foto con me stesso. Immaginare solo come mi sarei sentito tra le sue braccia, rannicchiato sul divano, davanti al fuoco, aprendo un regalo che ha comprato per *me*, stretto tra le sue braccia forti per poi farmi scopare con forza, sempre di più…

Cazzo, è così eccitante. E spaventoso.

Posso *permettermi* di essere così vulnerabile con un uomo? Non lo so. È una cosa bellissima su cui fantasticare, ma non sono mai riuscito a farlo prima.

E se nel momento in cui stiamo "giocando", come dice lui, mi guardasse e vedesse le mie rughe, i miei capelli grigi, e mi trovasse carente?

Di fronte alla persona molto reale che è Erik, e alla facilità con cui parla del suo passato, mi rendo conto di quanto *poco reale* sia stato finora tutto ciò che riguarda questa fantasia. Sono inesperto. In modi segreti e umilianti. Non solo nelle attività di Daddy/boy, ma anche nelle fantasie più comuni, *tutto* ciò che è sessuale, ed è mortificante per un uomo della mia età.

Ricordo quello che mi ha detto Doug quando mi ha messo in mano il contratto in bianco. «Per evitare una brutta esperienza kink, devi essere brutalmente onesto con te stesso e con il tuo Dom o Daddy. Anche se è scomodo o spaventoso. Non nascondere informazioni per imbarazzo o vergogna. Altrimenti si rischia di farsi seriamente male, fisicamente o emotivamente.»

«Dimmi a cosa stai pensando,» dice Erik. È un comando e mi rendo conto di essere rimasto in silenzio per un po', rigirandomi la tazza tra le mani e lasciando che la nostra conversazione cadesse nel silenzio.

«Credo di dover essere sincero con te,» dico, incontrando il suo sguardo e sperando che quello che dirò non sia una fregatura, perché so già di voler stipulare un contratto con Erik per questa esperienza con il mio Daddy natalizio. Muoio dalla voglia di chiamarlo Daddy e di fargli fingere di amarmi, anche se non potrà mai amarmi davvero, anche se non troverò mai nessuno che lo faccia.

«Sarebbe la cosa migliore, sì.»

«Non l'ho mai fatto prima.»

«Così hai detto.»

«No, intendo che non ho mai fatto *niente,*» specifico con voce stridula.

Sbatte le palpebre. «Puoi essere più chiaro?»

«Io…» La mortificazione mi impedisce di dire di più.

Erik allunga le mani e le gira in modo da poter afferrare le mie dita. «Guardami mentre lo dici,» sussurra. «Mostrami il tuo viso.»

Butto fuori il lungo respiro che ho trattenuto; tuttavia, la mia voce si incrina. «Sono vergine.»

Lui sembra perplesso. «In che senso?»

Il mio sguardo si sposta sul tavolo, ma lui mi stringe le dita finché non lo alzo di nuovo. «Ho fatto un sacco di pompini. E ancor più lavori di mano, parliamoci chiaro.» Ridacchio, ma mi riprendo in fretta, la vergogna è come un dolore allo sterno. Sussurro il resto. «Ma non mi sono mai fatto succhiare il cazzo e non sono mai stato scopato. Non sono mai stato nemmeno baciato.»

Ora è il suo turno di trattenere il fiato, ma dopo aver superato il momento di shock, chiede: «Nemmeno con una donna? O con una persona non binaria?»

Scuoto la testa.

«Proprio nessuno?»

«Solo la mia mano. Ho a malapena pomiciato una volta con un compagno di liceo. Lui è venuto, ma non ha voluto baciarmi davvero e mi ha spinto via prima che potessi venire anche io.»

«Stronzo egoista.»

«Ha rovinato anche la nostra amicizia,» dico con una smorfia. Erik mi stringe di nuovo le dita. Riprendo fiato e continuo. «Ho succhiato quindici uccelli in vita mia. Sì, ho tenuto il conto.» *Perché sono così patetico?*

«Perché non c'è mai stata reciprocità?»

Mi lecco le labbra e distolgo lo sguardo, ma lui strofina i pollici sulle mie nocche, spingendomi a guardarlo di nuovo. «Mi piaceva essere usato.»

«Va bene.»

«Ma ormai l'ho superato.» Mi mordo il labbro inferiore, cercando di ignorare il dolore nel petto che minaccia di trasformarsi in lacrime agli occhi. «Voglio essere adorato.»

Annuisce e rimane in silenzio.

«Non so come…» Mi schiarisco la gola. «Non so come trovare ciò che cerco. Quando ho visto le foto sul tuo poster all'asta…» Probabilmente è fastidioso che io continui a tergiversare, ma non riesco a farne a meno. Continuo a perdere le parole.

Erik, però, non mi mette fretta. È come se sapesse che quello è già intenso per me: tenergli le mani, guardarlo in faccia, essere onesto ed esposto. Ho paura e sento che potrei sollevarmi dal mio corpo in una strana estasi nata dalla troppa vulnerabilità.

«Non avevo mai preso in considerazione l'idea di desiderare un'interazione con un Daddy prima di vedere il tuo poster.» Ricordo quanto ero rimasto affascinato da quelle foto. «Ma una volta che l'ho fatto? Lo sapevo e basta. Nel profondo. Ho bisogno di *questo*. Voglio dire, avevo visto quel genere di cose nei porno, ovviamente. Chi non l'ha visto? Ma non è la stessa cosa che farlo, no?»

Annuisce di nuovo.

«Non pensavo di aver *bisogno* o di volere qualcosa del genere. Non quello che ho visto nei video online. Sicuramente no. Ma il tuo poster era diverso.»

«Forse perché nel porno il gioco tra Daddy e boy è spesso abbinato ad altri tipi di dominazione, come il sesso violento, l'umiliazione e talvolta il dolore.»

«Forse. Non sono sicuro che sia così. Come ho detto, capisco l'impulso. La voglia di essere feriti o trattati male. Prima, fino a poco tempo fa, volevo essere usato, ma ora...» Scuoto la testa. «Ha senso?»

«Naturalmente. Le fantasie cambiano, i desideri cambiano, *tutti* cambiamo nel tempo. Ma dimmi, Matthew, cosa pensi che abbia causato questo cambiamento nelle tue fantasie e nei tuoi bisogni? Cosa ti ha spinto a passare dal piacere di essere usato e scartato a...» Fa una pausa come se volesse assicurarsi di formulare la domanda nel modo giusto. «Al desiderio di essere adorato?»

«Non è... non ho...»

Mi guardo intorno, cercando di capire se qualcuno ci sta ascoltando. Non riesco a credere di stare dicendo queste cose a qualcuno, tantomeno a un uomo con cui voglio giocare a Daddy/boy. Un uomo che è stato nei miei pensieri ogni volta che mi sono masturbato nell'ultima settimana, da quando sono tornato da Asheville e ho ricevuto la notifica ufficiale che lo avevo vinto all'asta. E non riesco a credere di stare dicendo tutto *qui*, seduto in una caffetteria affollata dove chiunque potrebbe ascoltarci. Eppure...

Nessuno bada a noi.

È come se ci fosse un muro magico di privacy intorno a noi.

Nessuno ci presta attenzione e tra la melodia di *Santa Claus is Coming to Town*, il chiacchiericcio di tante persone che bevono caffè, il tintinnare di coltelli e forchette sui piatti e il rumore delle tazze di tè e caffè che trovano posto nei loro piattini, c'è troppo brusio perché qualsiasi cosa io dica possa essere udibile.

Faccio un respiro lento e gli occhi di Erik si addolciscono e mi sorride. «Dai, stai andando benissimo,» mi incoraggia. «Raccontami tutto. Non ti giudicherò.»

«I miei genitori sono morti,» riprendo, e la gola mi si serra. Sbatto forte le palpebre, e sicuramente ho le lacrime agli occhi. Merda. Penserà che sono un disastro. «Mi dispiace. Non hai firmato per questo quando hai messo all'asta la tua offerta. Scommetto che volevi solo un *ragazzo* semplice e divertente con cui passare una serata a tema natalizio, giusto? E questo… questo non sono io. Mi dispiace. Non dobbiamo farlo per forza.»

«Ehi, smettila. Non fare supposizioni su ciò che voglio.»

«Allora cosa volevi?»

Erik sorride, si porta una delle mie mani alla bocca e mi sfiora le nocche con un bacio. Il mio stomaco freme. Che gentiluomo. Così dolce.

«No,» mi rimprovera. «Non evitare la mia domanda. Arriveremo a quello che voglio dopo. Adesso stiamo parlando di te.»

Il suo rimbrotto mi colpisce come una scossa di lussuria e il mio cazzo, che ha attraversato tutte le fasi dell'erezione durante questa conversazione, diventa di nuovo duro e mi muovo sulla sedia mentre si tende contro la cucitura dei pantaloni. Quando mi bacia di nuovo le nocche, sento un brivido di calore e il mio uccello pulsa. «Cazzo,» sussurro.

Erik ride. «Sì. Possiamo parlare anche di quello, se vuoi; affronteremo la questione sempre importante: fare o non fare anale, ma prima di tutto dobbiamo sentirci a nostro agio l'uno con l'altro. Non entrerò in una scena come questa con te finché non ti conoscerò meglio. È troppo importante. *Tu sei* troppo importante.»

«Io?»

«Sì. Tu.» Mi massaggia di nuovo le dita. Mi viene voglia di alzarmi dalla sedia e galleggiare fino al soffitto, dove mi stenderò sulla schiena e girerò su me stesso in preda a una gioia estatica e folle. Sono importante? Per qualcuno come Erik? Se avessi saputo di poter comprare questa sensazione, sarei andato a un'asta di beneficenza kink anni fa.

«Continua,» mi esorta. «I tuoi genitori sono morti. Mi dispiace. Ma non sono sicuro che questo risponda alla mia domanda su cosa sia cambiato nel sesso per te.»

«Ha cambiato *tutto* per me,» confesso. Per un attimo, temo che non mi senta nel frastuono della stanza, ma le sue sopracciglia si sollevano ed è chiaro che mi ha sentito benissimo. «I miei erano i tipici battisti del Sud, sotto molti aspetti. Astemi, omofobi, puritani. Ma erano i miei genitori e io li amavo.»

«Naturalmente.»

«Inoltre, sono stato adottato.»

Le dita di Erik iniziano ad accarezzarmi il dorso delle mani in modo costante e rassicurante, e l'ansia che mi attanaglia si placa mentre continuo a parlare. Lui ascolta con una calma e misurata accettazione, che va oltre la semplice comprensione. È impossibile e delirante, lo so, ma è proprio come penso che possa essere venire abbracciati con amore incondizionato. Quel pensiero mi fa venire voglia di piangere o di scappare. Invece, continuo a parlare. «Ho sempre pensato di essere in debito con loro, sai? Per avermi salvato.»

«Salvato da cosa?»

«Da un destino peggiore di quello di essere adottato da loro. Chi può sapere da dove vengo? Chissà chi avrebbe potuto adottarmi se non lo avessero fatto loro?»

«È una prospettiva negativa.»

«Forse, ma la maggior parte dei genitori non sceglie i propri figli. Gli capitano. I miei genitori mi hanno scelto, sai? Non erano obbligati a farlo. Avrebbero potuto scegliere qualcun altro.»

Erik emette un suono basso, come se stesse valutando le mie parole. «Eri un bambino?»

«Sì, ma ne ho sempre sentito il peso. Ero determinato a essere il figlio che avevano voluto e che avevano cercato di concepire per tanti anni, prima di rivolgersi all'adozione. Volevo essere l'uomo che loro volevano che fossi, anche se quello significava negare chi sono veramente, chi voglio, *cosa* voglio…»

Gli occhi di Erik si accendono di comprensione. «Non ti sei dichiarato fino alla loro morte.»

«Esatto.»

«Non lo hanno mai saputo?»

«Mia madre, forse. Credo che lo sospettasse, ma ha smesso di chiedermi della mia mancanza di vita sentimentale qualche anno prima di ammalarsi. Mio padre non mi ha mai chiesto nulla, dopo che il liceo è trascorso senza che io uscissi con nessuno.» Faccio una pausa, mi ricompongo. «Sono morti entrambi di cancro. Al polmone per lui, alle ovaie per lei. Con un tempismo stranissimo. A distanza di sei mesi l'uno dall'altro.»

«È uno schifo.»

Ridacchio, nonostante il groppo in gola. «È così. E quando tutto è finito, dopo che il loro patrimonio è stato sistemato e tutto è stato fatto, mi sono ritrovato solo. *Davvero* solo. Lasciamelo dire, mi sono fatto un bell'esame di coscienza.» Sospiro. «E ho trovato molti rimpianti.»

«Mi dispiace.» Le sue dita si muovono ancora sulle mie.

«Alla fine, ho deciso che dovevo accettare chi sono e vivere la mia vita da gay dichiarato.» Alzo una mano per fermare le congratulazioni che già vedo formarsi sulle sue labbra. «Ma non è così facile, sai?»

«Immagino di no. Dimmi perché.»

«Non lo so, a essere sincero. Dopo tutti quegli anni passati a nascondermi, non sono sicuro di come aprirmi.» Prendo un respiro tremante e continuo, sentendomi come se stessi rivelando la mia stessa anima. «È come se sapessi solo inginocchiarmi e lasciare che un uomo mi scopi la bocca. Sono… sono davvero molto bravo in questo?» Lo dico come una domanda, perché la mia gola è diventata così stretta che riesco a malapena a far passare l'aria.

«Stai facendo un ottimo lavoro ad aprirti a me in questo momento.»

Gli stringo le dita. «Ti ho detto più cose negli ultimi minuti di quante ne abbia dette alla mia terapeuta in due anni.»

«Perché?» chiede di nuovo. Le sue sopracciglia si aggrottano, la preoccupazione irradia da lui.

«Perché è troppo carina,» dico io. «Come posso guardarla e dirle queste cose? Dire che ho lasciato che gli uomini mi tirassero i capelli, che mi venissero in faccia e mi sputassero addosso, per poi andarsene come se niente fosse? Come posso dirle, a lei con quelle guanciotte tanto tenere, che non ho mai chiesto *nulla* per me in cambio?»

«Ti è piaciuto? Essere umiliato e privato dell'orgasmo?» chiede, ignorando quello che ho detto sulla mia psicologa e andando dritto al cuore della questione.

«No.»

«Ah.»

«E non mi piaceva nemmeno che *non* mi piacesse, se capisci cosa intendo. Non c'era niente che mi piacesse.»

Annuisce e i suoi occhi si addolciscono. «Mi dispiace.»

«È una cazzata, ma all'epoca volevo solo che mi trattassero come mi sentivo con me stesso. Con tutto il mio disprezzo e la paura di deludere i miei genitori e Dio. E siccome a quei tempi ero credente, pensavo di deludere me stesso essendo gay.»

Quel vecchio dolore mi arrochisce il tono. «Avevo bisogno che qualcuno manifestasse fisicamente il disgusto che provavo per me stesso. Era l'unico modo che trovavo per ammetterlo, sai? A casa, con i miei, poiché anche una volta diventato adulto vivevo ancora con loro, dovevo essere sempre neutrale, ordinato e rigido. Non potevo crollare.»

«Mmh.»

«Ma quando un uomo…»

Una coppia etero si ferma vicino al nostro tavolo, e io mi irrigidisco. Erik non si muove, non dice nulla. Continua ad accarezzarmi il dorso delle mani con i pollici e aspetta. La coppia parla di cosa mangerà per cena, a che ora l'uomo deve andare a prendere il cane dal dogsitter, e la donna dice che lo raggiungerà a casa dopo essere andata in farmacia. Se ne vanno.

«Vai avanti,» dice Erik.

«Quando un uomo mi usava, mi trattava di merda, provavo sollievo. Non mi *piaceva*, ma era come se qualcuno avesse visto la verità su di me.»

«Mi dispiace tanto.»

«Comunque,» dico e alzo il mento. «Non lo voglio più.»

Le labbra di Erik si sollevano agli angoli in un sorriso incoraggiante.

«Sto imparando ad amare me stesso. È un processo lento e difficile, e non si tratta solo di accettare chi sono come uomo gay. Mi sono iscritto ad alcuni siti di DNA per trovare i miei genitori biologici e ho deciso di riprendere a suonare, anche se solo per il gusto di farlo…»

«Ed è comunque importante,» concorda.

«Quindi, sì. Ecco dove mi trovo. Sto imparando. Come essere un uomo gay. Come amare me stesso. E ho bisogno di aiuto. Quando ho visto il tuo poster, come tenevi in braccio il tuo ragazzo…» La gola mi si stringe di nuovo e mi scendono le lacrime. Una mi scivola sul viso e quando tiro la mano per asciugarla, lui mi lascia, ma allunga la sua per asciugarmi la guancia. Le sue dita sono delicate sulla mia pelle.

«Capisco,» dice.

«Davvero?»

«Sì, e posso aiutarti.»

«Si può?»

«Naturalmente.»

«Quando?»

«Durante la nostra notte insieme.»

Sono così sollevato che devo controllare il respiro per non scoppiare in singhiozzi. Come ha fatto? Come ha fatto a tirarmi fuori tutto questo? Lo conosco appena, eppure mi sono sfogato con lui, gli ho detto cose che non ho mai ammesso ad alta voce con nessuno.

Dovrei chiedere alla mia terapeuta di restituirmi i soldi. Erik ha fatto di più per me in mezz'ora di quanto lei abbia fatto in due anni, solo per il fatto di essere il tipo di uomo a cui posso dire tutto. Devo davvero smettere di vederla, se non altro.

Dopo qualche momento di tensione, Erik dà un'occhiata alla caffetteria e dice: «Non so dirti quanto sia importante e prezioso che tu abbia condiviso tutto questo con me. Renderà tutto quello che faremo insieme migliore sotto ogni punto di vista. Questo tipo di vulnerabilità è necessaria per avere la migliore esperienza kink possibile, quindi voglio ringraziarti per questo.»

Non riesco a dire nulla, quindi mi limito ad annuire.

«Allo stesso tempo, è chiaro che ora ti senti troppo agitato, e lo capisco. La situazione è diventata intensa. Prendiamoci una pausa. Facciamo una passeggiata. Allentiamo un po' la tensione prima di procedere con la pianificazione.» Guarda l'orologio. «Hai tempo?»

Sono tentato di accettare la sua proposta senza fare altre domande. Erik è stato così gentile con me, così rilassato e aperto, e io ho messo a nudo la mia anima con lui, non può far male proseguire. Ma non sono ancora sicuro che dovremmo andare da qualche parte a scopare, soprattutto perché non l'ho mai fatto prima.

Ma se me ne vado da qui con lui, se andiamo in un posto privato? Se mi tocca, mi solleva il mento e mi bacia? Gli lascerò fare quello che vuole. E non è così che deve andare.

Controllati!

Devo mantenere la lucidità e fargli firmare i contratti che Doug ha redatto per noi. Dovrei chiamare il resto delle sue referenze e controllarle, dopodiché dovrei tornare alla mia auto e guidare fino all'hotel che ho prenotato a metà strada verso Knoxville. Ma sono in preda alla lussuria e alla strana euforia che deriva dall'aver esposto le mie più crude verità, e non è il momento giusto.

Erik ha lasciato la mia mano e si è già alzato, mettendosi la giacca e avvolgendosi la sciarpa rossa intorno al collo.

«Non lo so,» dico, fermandolo a metà del gesto. «Dove avevi in mente di andare?»

Se dovesse dire di andare da lui, dovrei dire di no, ma dirò di sì. Lo voglio. Voglio di nuovo le sue mani su di me, ovunque possibile. Voglio vedere cosa mi farà una volta che sarò nudo e tremante e…

«Cominciamo con una passeggiata,» propone. «La città è addobbata per le feste. Ci sono anche dei negozi carini in cui possiamo entrare.»

«Negozi carini?» Sono confuso. *Non dovevamo allentare la tensione? Non andiamo a scopare? Andiamo a fare* shopping?

Erik sorride. «Mi piacciono le cose carine.»

Riconosco che mi sta dicendo che sono carino. Il mio cuore salta un battito. Oh, wow. Gli ho raccontato tutte le mie emozioni e lui non è scappato. Mi sta dicendo che sono carino. Cosa nasconde? Dovrei saperlo prima di andare da qualche parte con lui o di firmare un contratto per passare la notte come suo ragazzo. Prima di lasciarmi trasportare.

«Okay,» mi sento dire. «Fai strada.»

«Puoi contarci.»

CAPITOLO QUATTRO
Erik

ASHEVILLE È PIENA di artigiani, e i negozi, le gallerie d'arte e i ristoranti del centro sono tutti addobbati con decorazioni natalizie creative, uniche e bellissime. Nastri verdi e rossi avvolgono i lampioni, le finestre sono illuminate da luci scintillanti e l'intero cast de *Il Grinch* è stato lavorato a maglia dagli artigiani e sistemato nell'ovatta all'interno del negozio di lana. Ogni vetrina è allestita con luci e oggetti scintillanti per la stagione.

Non avevo intenzione di passare l'intera giornata con Matthew. Mi aspettavo di incontrare un *kinkster*, uno che non ha problemi con connessioni sessuali che esulano dal normale rapporto di coppia, o un ragazzo con una certa esperienza, non uno vergine in tutto e per tutto. A meno che non voglia annullare l'intera faccenda, dovrò essere molto più attento con lui di quanto avessi previsto. Perciò ci vuole calma. Per fortuna, quest'oggi ho tutto il tempo del mondo da dedicare alla conoscenza di Matthew, in modo che la serata che passeremo insieme la prossima settimana possa essere sicura per entrambi.

Per il momento, non parliamo più di fantasie Daddy/boy, delle nostre storie sessuali o personali, o di ciò che abbiamo intenzione di fare insieme durante la notte che lui ha vinto da me.

Invece, chiacchieriamo amabilmente dei nostri lavori, dei programmi televisivi che ci piacciono e di altre questioni banali mentre entriamo e usciamo da alcuni negozietti e gallerie.

La contabilità è noiosa come sembra, mi dice, anche se riceve una scarica di dopamina quando i conti tornano, ed è soddisfatto quando sa di aver fatto un buon lavoro per il cliente.

«Ma non è neanche lontanamente eccitante quanto quello che fai tu. Hai lavorato con qualche attore famoso?»

«Dipende da cosa si intende per famoso. Non ho lavorato con Chris Evans né con *nessuno* dei Chris, se è per questo, ma c'è una certa star femminile di un famoso franchise di supereroi che ho allenato in mosse di combattimento, lotta con la spada e fitness. Firmo accordi di riservatezza per la maggior parte dei grandi nomi, quindi...» Mimo la chiusura delle labbra. «Non posso dire di più. Ma è una star piuttosto importante, uno dei nomi più noti con cui ho lavorato.»

«Era gentile?» mi chiede Matthew mentre tengo aperta la porta della prossima galleria d'arte che si è presentata. Ho già stabilito che è un appassionato d'arte, in base alle altre tre gallerie in cui ha chiesto di entrare. Ha un occhio acuto e opinioni su ciò che gli piace, e commenti sprezzanti su ciò che non gli piace. È divertente.

«Era professionale. Concentrata. Non sono sicuro che "gentile" sia utile quando sei al suo livello. Però non era una stronza. Non sto dicendo questo.»

«Capisco,» dice Matthew, fermandosi davanti a un intrigante dipinto che raffigura una pagnotta di Wonder Bread legata alla schiena di una volpe che vaga in un bosco invernale. Lo scruta con la testa inclinata. «Aveva un lavoro da fare e tu eri lì per aiutarla a farlo. È lo stesso con i miei clienti. I nostri rapporti di lavoro non si basano sull'essere gentili.» Si avvicina al quadro, socchiude gli occhi sulle pennellate prima di tornare al mio fianco. «Olio su legno. Mi è sempre piaciuta questa tecnica. Se l'artista avesse messo una finitura lucida, sarei stato tentato di comprarlo.»

Lo osservo mentre studia il quadro, ammirando le rughe leggere agli angoli degli occhi, notando che i capelli grigi sono più numerosi all'altezza delle tempie, ma che sono anche sparsi nella chioma scura, e sorrido per la fossetta sulla guancia che invita a premervi un dito. «Sei stato al museo d'arte qui? È piccolo ma ha dei bei pezzi,» gli dico.

«In realtà, sì. Quando sono stato qui il fine settimana dell'asta. Ho visitato la maggior parte di queste gallerie, ma hanno già cambiato molti dei loro pezzi.» Si avvicina all'opera successiva, una scultura di un fungo marrone con una porta aperta nel gambo. All'interno c'è una cucina calda e accogliente con finestre a incasso, luminose e confortevoli.

Lancia un'occhiata alle spalle della rappresentante della galleria, alta e bionda. Si tiene in disparte da noi, lasciandoci lo spazio per esaminare le opere con i nostri tempi e modi, ma monitorandoci in caso di domande.

Abbassando la voce in modo che la donna non lo senta, dice: «Mentre eravamo nell'ultima galleria, mi sono reso conto che abbiamo affrettato i tempi, non è vero? Come se fossimo saltati direttamente alla parte in cui cerchiamo di far funzionare questo…» e fa un movimento tra di noi, «per la nostra notte insieme.»

«Già. Gli uomini tendono a evitare i convenevoli.»

È vero che gli uomini non fanno giri di parole quando si tratta di ciò che vogliono. È una delle cose che storicamente ho sempre amato dell'essere un uomo single che ama anche i ragazzi: la possibilità di avere incontri senza complicazioni, animaleschi e bollenti.

E sarei volentieri passato direttamente alla scopata con Matthew nel bagno. O almeno lo avrei fatto prima di scoprire quanto sia vulnerabile. Adesso, invece, non voglio bruciare le tappe. O meglio, *voglio* ancora farlo, ma non lo farò. Anche se è allettante, per il modo in cui i suoi vestiti aderiscono nei punti giusti e per come cammina con quella strana innocenza negli occhi, così fuori luogo per un uomo della sua età.

«Sì, credo che sia una prerogativa maschile,» concorda. «Ma io non sono fatto così.»

«Capisco.»

Passiamo poi a un dipinto di un altro artista. È un'opera infuocata di arancione, rosso e rosa. Matthew la fissa, incrociando le braccia sul petto e stringendo la mascella.

«Non ti piace?» chiedo.

«Non è male,» risponde, ma è di nuovo teso. Se non è il quadro a suscitare questo sentimento, devo essere io. Questo non va bene.

«Qualcosa ti turba?»

Guardando di nuovo indietro per assicurarsi che la responsabile della galleria sia ancora fuori dalla portata delle orecchie, annuisce. È adorabile la sua timidezza. Voglio proteggere quella parte di lui. È accattivante.

«Smettila,» gli dico, usando la mia voce ferma da Daddy. Il trucco funziona.

Capitola, lanciandomi un'occhiata preoccupata prima di sollevare il mento e dire: «Dovresti sapere che non sono andato a quell'asta di beneficenza in cerca di questo, o di te, o, beh, in cerca di qualsiasi cosa.»

Passiamo al quadro successivo. È simile al precedente, ma in viola, grigio e rosa.

«Capisco. Perché *eri* all'asta di beneficenza allora? Ammetto di essere curioso.»

Riconosco che potrebbe essere più facile per lui continuare ad aprirsi senza essere letteralmente faccia a faccia; ammirare opere d'arte è un buon cuscinetto. L'intensità della nostra conversazione nella caffetteria non sembra ancora sul punto di riaccendersi, e quello è bene. Entrambi abbiamo bisogno di un po' di respiro dopo quel discorso così duro, e anche questa discussione più professionale è utile.

Quando Matthew non risponde subito, dico: «Asheville è molto lontana da Nashville, e anche se il Blue Ridge ha una buona reputazione, so che se volevi esplorare il kink, non dovevi venire così lontano. Nashville ha diversi kink club stellari.»

Passando a una scultura in cemento di uno stivale con rose dipinte di nero che sbocciano dalla suola, le braccia di Matthew si stringono sul petto mentre sussurra: «Non ero affatto ad Asheville per il kink club, ma per una conferenza di lavoro. Ho perso il volo e, data l'attuale situazione economica, affittare un'auto per tornare indietro sarebbe costato quasi quanto un'altra notte in albergo e prendere un volo di una compagnia aerea low cost per tornare a casa il giorno dopo. Senza contare che sarebbe stato molto più faticoso.»

Riesco a vedere tutto: Matthew, frustrato e stanco, che torna dall'aeroporto dopo aver perso il volo.

«Capisco. Stavi in albergo, ti annoiavi un po' e hai notato un'interessante convention BDSM in corso nell'area conferenze, con tanto di asta kink aperta al pubblico, e hai pensato: "Cavolo, sì, sembra divertente".»

«Sì. Beh, forse non *divertente*. Piuttosto interessante. Perché fino a quella sera non avevo mai pensato a me stesso come a una persona perversa.» Arrossisce e io mi sciolgo.

Non c'è niente di così delizioso per me come quando un nuovo ragazzo mostra la sua vera natura per la prima volta, e Matthew non la sta certo celando, per quanto possa essere scomodo per lui e per quanto sia spaventato. In fondo, è eccitato. Lo sento in lui e lo sento in me.

E continua: «Sono certo che sembri strano, visto quanto mi sono lasciato trattare male dagli uomini. Ma anche quello non mi è mai sembrato perverso perché non mi *piaceva*. Quello che voglio dire è che non ho mai *voluto* essere perverso. Vorrei che tu lo capissi.»

«L'idea del kink ti turba?»

«No.»

Gli appoggio una mano sulla schiena. «E se si scoprisse che *sei* perverso, *davvero* perverso, ti spaventerebbe?»

«Non lo so. Forse. Sto ancora cercando di accettare di essere gay. Tipo gay dichiarato.»

«Giusto.»

Ci rendiamo entrambi conto di essere rimasti in piedi davanti alla scultura per molto tempo quando la donna inizia a farsi strada verso di noi. Deve aver interpretato la nostra discussione tranquilla e seria come un reale interesse per l'opera.

Le faccio cenno di andarsene e lei indietreggia.

Io e Matthew proseguiamo, passando davanti all'opera successiva con un solo sguardo. Si tratta di uno specchio in frantumi ricucito in una cornice dorata con nastro adesivo glitterato. Ho l'impressione che Matthew lo ritenga di cattivo gusto, dal modo in cui storce letteralmente il naso.

Accanto a un paesaggio ad acquerello delle Blue Ridge Mountains, Matthew fa una pausa, ma non sta vedendo l'arte. Tutta la sua attenzione è su di me, anche se sta guardando le montagne stagliate contro il tramonto arancione; lo sento come il calore di un fuoco.

Dopo qualche istante, dice: «Ecco come sono arrivato all'asta. Non ho fatto un viaggio da Nashville solo per questo. Non sapevo nulla né dell'asta né di te prima di quella sera. Non sono uno stalker o un tuo fan o altro.»

«Non lo pensavo.» Non so come possa credere che io abbia dei fan nel mondo del kink; sono stato monogamo con Brandon per la maggior parte degli ultimi cinque anni e non ho più cercato avventure. Tuttavia, ho un canale YouTube non correlato al kink in cui pubblico varie routine di allenamento, e sta iniziando ad avere un discreto seguito. Suppongo che potrei avere qualche fan da quel canale.

Matthew si gira verso di me, lancia un'occhiata alle mie spalle e si accerta della posizione della sempre speranzosa commessa, prima di incontrare il mio sguardo. Solleva il mento. Raddrizza le spalle.

Un sorriso mi nasce sulle labbra. Sono colpito dalla sua audacia e dal modo in cui il nocciola dei suoi occhi si trasforma alla luce delle ampie vetrine del negozio.

«Allora, adesso che mi sono spiegato, credo di essere curioso…»

«Vai avanti.»

«Cosa speravi di ottenere quando ti sei messo all'asta?»

La verità, cioè che speravo di fissare la mia offerta iniziale così alta che nessuno avrebbe affatto rilanciato, non sono pronto a condividerla. Temo che ferirebbe i suoi sentimenti e, peggio ancora, penserebbe che non voglio stare qui con lui. E annullerebbe l'intera faccenda. Non voglio che lo faccia. Perché, per quanto fossi riluttante prima, ora ci sono dentro.

Proprio in quel momento, lo stomaco di Matthew brontola e il mio lo prende come un segnale per fare lo stesso.

Gli stringo il braccio e lo guido verso la parte anteriore della galleria. «Andiamo. Sono felice di parlare delle ragioni che mi hanno spinto a mettermi all'asta, ma che ne dici di farlo a pranzo?»

In qualche modo, la mattinata è volata e ormai è quasi l'una. Nessuno di noi ha mangiato dalla colazione e i nostri drink al Caffeine Dream non ci hanno riempito.

«Va bene. Fai strada,» risponde, e mi piace il modo in cui mi lascia prendere il controllo. È impeccabile, come se fosse stato addestrato a sottomettersi, eppure è naturale. Spontaneo.

Quando lo porto sul marciapiede, mi segue senza opporre resistenza e quando gli indico un ristorante, il mio preferito in zona, annuisce e non fa domande, fidandosi di me. Che bravo ragazzo. Cristo, vorrei tirarlo a me, stringergli il culo e dirgli quanto si stia comportando bene, ma non siamo ancora a quel punto. Dobbiamo ancora definire le cose.

Ordiniamo, e dopo che la cameriera ci ha lasciati soli nel retro del ristorante vicino alla grande finestra, torno alla sua domanda nella galleria. Matthew non sembra sorpreso che mi sia ricordato o preoccupato che non mantenessi la promessa di spiegargli tutto. Si scompiglia i capelli, si mette comodo sulla seria e mi ascolta, con gli occhi che mi assorbono come se avesse sete e io fossi pioggia fresca.

«Anche se io e te abbiamo in programma solo una notte insieme, ogni scena tra Daddy e boy può essere una cosa intensamente intima.» Allungo la mano e prendo la sua, apprezzando la spontaneità con cui me la dà. Per un uomo gay appena dichiarato, è notevole. «In effetti, *dovrebbe essere* molto intima, altrimenti che senso avrebbe?»

Matthew annuisce.

«Così, quando il mio ultimo ragazzo, Brandon, se n'è andato per inseguire una nuova vita,» *e un nuovo amore*, mi ricorda il mio odioso cervello, «avevo bisogno di un po' di spazio lontano dal kink e dal gioco del Daddy/boy.»

«Ti ha fatto soffrire?» chiede Matthew. «Quando se n'è andato?»

«Non posso dire che non sapevo che sarebbe successo.»

Ma non lo sapevo. Non come avrei dovuto. Avevo amato Brandon così tanto e così ciecamente, che avevo immaginato che non mi avrebbe mai lasciato.

Ma i ragazzi se ne vanno sempre. È giusto che sia così. È compito del Daddy crescerli.

Non lo dirò a Matthew, però. Non ha bisogno di vedere le mie vulnerabilità. Sono io il Daddy. È mio dovere contenere le *sue* vulnerabilità e la sua fragilità, è mio compito rimproverarlo e spingerlo all'indipendenza. «I ragazzi sono fatti per lasciare i loro Daddy. Crescono e se ne vanno.»

«Giusto. Ma sono già cresciuto.»

«Non in questo senso. Non quando si tratta di essere gay.»

Annuisce.

«Dopo che Brandon se n'è andato, quando ero pronto a tornare in pista...»

«Con il gioco del Daddy/boy,» interviene lui. «Non relazioni, giusto?»

«Giusto. Non sto cercando nulla di serio. Ho deciso che l'asta di beneficenza sarebbe stata un buon modo per saggiare di nuovo le acque della comunità kink.»

«Solo un assaggio?» domanda un po' sfacciato, e io dovrei ricambiare, ma non lo faccio.

«Devo capire se voglio ancora essere il Daddy di qualcuno, o se superare la rottura con Brandon significa anche rinunciare a tutto questo.»

Le mie ultime parole mi sorprendono. Non sapevo nemmeno di sentirmi così, ma non appena le ho pronunciate, mi rendo conto della loro verità, e posso dire, dalla piega verso il basso e premurosa delle forti sopracciglia di Matthew, che ora lui sa quanto Brandon mi abbia ferito andandosene.

«Allora, hai avuto dei dubbi sul fatto di voler essere un Daddy per qualcun altro?» mi chiede.

Mi fermo quando la cameriera si avvicina con le nostre ordinazioni di crostini, salsa, salsicce e patate dolci. Appena se ne va, riprendo da dove avevo lasciato; le parole mi sono venute in mente mentre sistemava i nostri piatti e chiedeva se avevamo bisogno di cannucce.

«Non ho mai avuto dubbi sul fatto che questa dinamica mi ecciti ancora. Ma dopo tre relazioni serie e intense tra Daddy e boy, non sono certo di volermi tuffare di nuovo in questa situazione. Mi sono chiesto se, invece dell'intensità a tempo pieno con cui mi sono impegnato con i ragazzi in passato, forse posso godermi il piacere di farlo in modo più rilassante.» Infilo la forchetta nella salsiccia e la immergo nel sugo prima di aggiungere: «A dire il vero, non credo di voler affrontare di nuovo un altro ragazzo che mi lascia. È troppo difficile, anche se è quello che li preparo a fare.»

Alla faccia del non mostrare le mie vulnerabilità, alla faccia del mio essere il Daddy forte e impermeabile per questo uomo così inesperto di kink.

Ma Matthew non si tira indietro. Prende la forchetta, dà un morso al crostino spalmato di sugo e, dopo aver inghiottito, dice: «Pensi che il kink occasionale con un tipo come me ti permetta di avere la botte piena e la moglie ubriaca. Tutta la gioia della dinamica, ma nessuna delle sofferenze di una vera relazione.»

«Sembra troppo bello per essere vero. Ma sarebbe il massimo, se funzionasse così.»

Non lo farà.

Voglio trovare un altro ragazzo a lungo termine e crescerlo, e poi un giorno vorrà andarsene. Lo fanno sempre.

E soffrirò ancora.

Quello è il ciclo, perché sono bravo nel mio ruolo e, nonostante possa sembrare di cattivo gusto, preferisco gli uomini giovani. E quelli così non vogliono sistemarsi con il loro primo Daddy. Vogliono uscire ed esplorare il mondo, essere liberi, commettere errori e, diavolo, forse anche *essere* loro stessi Daddy, un giorno.

Questo è ciò che so, ma, nonostante la mia lingua lunga, *non* lo dirò a Matthew.

Anche se andiamo d'accordo come sembra, e anche se la nostra unica notte insieme sarà fantastica, e anche se finiremo per organizzare altre notti solo per il gusto di farlo, non c'è modo di cadere nel tipo di relazione Daddy/boy che desidero.

Vive a Nashville.

È di mezza età.

Ha una vita sua e non c'è motivo di pensare che voglia lasciarla.

Io ho bisogno di un ragazzo che viva con me, di cui prendermi cura, da nutrire e vestire, da sgridare e da scopare.

No, Matthew è solo per una notte. Per un'asta di beneficenza. Forse aggiungeremo qualche incontro dopo, se è abbastanza eccitante per entrambi. Ma poi sarà tutto finito. Andrà avanti e spero che uscirà da questa esperienza con dei bei ricordi, un maggiore rispetto di sé e la disponibilità a iniziare a cercare relazioni sane con uomini della sua zona.

«Spero che ti vada bene,» dice Matthew, ma sembra dubbioso quanto me. Il che non è il massimo. Ho bisogno che creda che sono in grado di gestirlo e che si dimentichi delle mie ferite interiori, ormai cicatrizzate. Non avrei mai dovuto mostrargliele.

«Non concentriamoci su questo.»

«Giusto. Dovremmo parlare dei dettagli della nostra serata, non è vero?»

La luce delle finestre scintilla sulle ciocche bianche dei suoi capelli che spiccano contro la chioma scura. I suoi occhi brillano di un nocciola sfumato di verde e mi accorgo di essere felice che abbia bisogno di più tempo e cure. Non voglio affrettare la giornata. Mi piace trascorrere del tempo con Matthew. Se definiamo i dettagli e concludiamo le cose, non avrò altro da fare che tornare alla mia casa condivisa e in affitto per confrontarmi con la solitudine che provo da quando Brandon se n'è andato. Matthew è molto più interessante di questo.

Guardando il telefono per controllare l'ora, dico: «Il pomeriggio è ancora giovane. Mi piacerebbe passare più tempo con te, se ti va.»

Gli occhi di Matthew si illuminano di piacere. Abbassa le ciglia, ma le sue labbra si sollevano ai bordi, quasi come se cercasse di non mostrare quanto sia felice che io non sia ancora pronto a mandarlo via. «Ho un po' di tempo.» Guarda la schermata di blocco del telefono e sembra riflettere un attimo prima di incontrare il mio sguardo. «Anzi, se vuoi posso restare a cena. Offro io.»

«No,» dico con severità.

Lui trasalisce e io mi rendo conto di non essere stato abbastanza chiaro.

Nota per me stesso: Matthew ha bisogno di chiarezza assoluta.

«Pagherò io. Sei tu il ragazzo in questa esperienza natalizia con il tuo Daddy. Non dimenticarlo.»

«Oh. Suppongo di averti conquistato, e non sei costato poco.»

Rido. «Eh già. Ma quando sei con Daddy, paga sempre lui. Capito?»

«Sì.» Vedo nei suoi occhi che vorrebbe dire "sì, Daddy", ma si trattiene.

Gratificato, aggiungo: «La cena è un'ottima idea. Fino ad allora, godiamoci la reciproca compagnia. Per vivere un'esperienza divertente insieme c'è molto di più che stabilire quale cazzo debba andare dove, quando e quanto spesso.»

Matthew arrossisce di nuovo, e sembra diventare sempre più bello e attraente ogni volta che lo fa. «Devo ammettere che sono piuttosto interessato alla risposta a queste domande.»

Mi schiarisco la gola. Anche il mio uccello è interessato, ma se chiudiamo questi dettagli, la nostra scusa per indugiare l'uno nella presenza dell'altro sparirà. «E io sono interessato a scoprire quale gusto di tartufi al cioccolato ti piace di più.»

Matthew ride, con lo sconcerto che gli attraversa il viso. «Perché?»

«Per sapere come riempire la tua calza,» dico con la massima allusione possibile.

Ride di nuovo e prende un altro boccone di crostini e salsa mentre combatte un sorriso incontenibile.

«Scherzi a parte, però, ci sono due meravigliosi negozi di dolciumi nelle vicinanze. Sono curioso di vedere cosa ti piace. Per fare la scorta.»

Matthew concorda sul fatto che i tartufi al cioccolato saranno un ottimo dessert.

Soddisfatto, mi appoggio allo schienale e, una volta finito di mangiare, pago e usciamo su Wall Street, dirigendoci verso il Chocolate Fetish, mentre Matthew si ferma curioso davanti a molti dei negozi addobbati a festa. Con il profumo di menta piperita che si diffonde sul marciapiede, mescolandosi al tintinnio dei campanelli di un Babbo Natale di beneficenza, lo esorto a entrare in ognuno di essi.

«Guardare le vetrine è per i deboli di volontà,» lo prendo in giro. «La vera prova è entrare e uscire senza aver comprato qualcosa.»

Mentre entriamo in un negozio dopo l'altro, osservo con attenzione ciò che attira Matthew. Noto quali sono i capi di abbigliamento su cui si sofferma a lungo e quali sono i profumi di candele che lo attirano, quali saponi artigianali e bastoncini di incenso. Quelle informazioni mi torneranno utili quando gli comprerò i regali da mettere sotto l'albero.

Da Chocolate Fetish, prendo nota dei tartufi tra i quali fatica a scegliere mentre mi indica i suoi preferiti. Ne compro una mezza dozzina per lui come dessert. Usciti dal negozio, troviamo una panchina e apriamo la piccola scatola. Alla faccia della forza di volontà. Rimango incantato quando dà un morso a un cioccolatino e geme per il sapore, prima di porgermelo.

«Vuoi assaggiare?»

Mi lecco le labbra e mi chino in avanti per dare un morso attento al dolcetto al cioccolato, appiccicoso e al gusto di arancia. «Mmh.»

«Ti piace?»

Annuisco.

Matthew dà un altro morso e tiene l'ultimo davanti alle mie labbra, che mi riempie la bocca con il suo ripieno. Il sapore del cioccolato e dell'arancia mi invade e la tenerezza mi riempie il cuore mentre lo guardo studiare la mia reazione. Il suo naso è rosso per il freddo e le labbra sono rosa per quel suo costante mordicchiare. E quando gli sorrido, lui ricambia. Quella fossetta. Mi fa impazzire.

Quasi mi sporgo in avanti per strofinare il naso contro la sua guancia. Ma non lo faccio.

Ripone nel sacchetto i dolci avanzati, si alza e apre i primi bottoni del suo lungo cappotto di lana. Poi mi tende la mano, restando semplicemente in piedi mentre stringo le sue dita fredde.

«Andiamo,» dico, alzandomi anch'io.

Matthew non mi lascia la mano mentre lo conduco dall'altra parte della strada verso Page Turner, una libreria locale che ho sempre amato. L'atmosfera è calda e accogliente e il proprietario, Charlie Page, mi è familiare grazie alle mie frequenti visite.

A Natale, il negozio è decorato con rami finti e nastri rossi e oro, e il profumo di menta e pino riempie l'aria. Sono certo che provenga da un deodorante per ambienti o da un diffusore di profumi, ma mi riporta immediatamente alla mia infanzia e ai bei ricordi che io e mia madre abbiamo creato insieme a quel tempo. L'unico aspetto negativo è che adoro il profumo dei libri di carta e l'odore natalizio lo mette in secondo piano.

Page Turner è un negozio unico, di proprietà di un uomo unico. Charlie è un personaggio ben noto della zona, con una zazzera di riccioli selvaggi e la convinzione di essere un sensitivo. Durante il periodo natalizio, fa letture di tarocchi al solstizio e ospita sedute spiritiche sui fantasmi del Natale passato, presente e futuro. Il negozio è incentrato sulla narrativa di genere: romanzi, horror, fantascienza e fantasy. In quanto appassionato di fantascienza, è la mia libreria preferita in città. Nel retro c'è anche una sezione di poesia.

«Ah, mi sono perso questo posto l'ultima volta che sono stato qui. Credo che fossi troppo ansioso di andare alle gallerie in fondo alla strada.» Fa caldo da Page Turner, e Matthew si toglie il cappotto, scoprendo la sua camicia verde e quell'interessante ciuffo di capelli che sbuca dal colletto. «È bello.» Annusando l'aria, si appoggia il cappotto sul braccio e lo tiene davanti al corpo. Gli occhi gli si illuminano. «Ha anche un buon profumo.»

Anche io mi tolgo la giacca di pelle, tenendola in modo simile, e gli faccio cenno di addentrarsi nel negozio. «Andiamo.»

Giriamo insieme tra le pile di libri. Nel negozio ci sono parecchie persone che si affannano a cercare i regali di Natale e mi dispiace che Charlie sia distratto ad aiutarli. È sempre pronto per una conversazione divertente e credo che Matthew lo troverebbe uno spasso. Invece, lo riporto verso la sezione segreta della poesia. Non è così affollata.

In tutti gli altri negozi, ho lasciato che Matthew prendesse il comando una volta entrati, per catalogare le sue preferenze, ma qui voglio mostrargliene alcune delle mie.

«Poesia,» dice Matthew, facendo scorrere le dita sulle spine davanti a sé. «Sei un appassionato?»

«Sì. E tu?»

«Non dico di no, ma non lo definirei la mia scelta di lettura preferita.»

Comincio a cercare tra le offerte. Charlie è bravo ad aggiungere nuove voci alla sezione. «Ah.»

«Ma conosco molta poesia. L'ho studiata al liceo.»

«Qualche preferito in particolare?»

«Non proprio. Ho un volume a casa: una raccolta di poesie d'amore che mio padre regalò a mia madre al loro terzo appuntamento. Sapeva di essere pazzo di lei praticamente da subito.»

«È una cosa dolce.»

«Erano davvero innamorati,» dice Matthew, e un sorriso affettuoso ombreggiato dal dolore gli passa sul viso. Ma se lo scrolla di dosso. «E tu? Chi sono i tuoi poeti preferiti?»

«Michael Donaghy,» rispondo, indicando un suo volume. «Anche Imtiaz Dharker è una voce unica.» Faccio scorrere il dito sui volumi, alla ricerca del mio preferito. «Ah, questo è bello.» Tiro fuori *Crush* di Richard Siken. «Forse il mio favorito.»

Matthew prende il libro e sfoglia alcune pagine.

«Ci sono poesie che ti faranno sentire come se qualcuno ti avesse aperto, guardato dentro e scritto ciò che ha trovato. E altre come se poi si fosse dimenticato di ricucirti.»

Matthew ridacchia.

Ho ancora bisogno e voglio sapere molto di più su di lui prima di poter andare avanti con la nostra serata. Solo piccole cose, come su cosa fantastica quando si masturba, come vuole che sia la nostra notte insieme e se potrò essere io a mostrargli a cosa sono destinati il suo cazzo e il suo buco.

Perché, cazzo, voglio insegnare a Matthew ad abbandonarsi al piacere e a provare con gioia l'orgasmo con un uomo. Sarà anche "cavernicolo" da parte mia, ma l'idea che non lo abbia mai fatto prima e che si affidi a me per insegnarglielo? È una vera e propria spinta per l'ego, e devo tenere d'occhio anche quello. Non c'è niente di peggio dell'ego per ostacolare una buona esperienza kink.

«Qual è la tua poesia preferita in questa raccolta?» chiede Matthew, sfogliando *Crush* con un atteggiamento disinvolto e aperto che apprezzo. Se è disposto a imparare la poesia da me e a imparare anche il sesso, posso insegnargli molto di più: fitness, salute, cavalli, NASCAR e, soprattutto, come cadere e rialzarsi.

«Ce ne sono molte bellissime. Non riesco a scegliere,» rispondo. «Ecco, lascia che te lo compri.»

«Oh, non devi…»

«Shh,» lo interrompo. Sappiamo entrambi che vuole il libro, anche solo perché è un mio regalo. Ma, cosa ancora più importante… «Lo voglio. Prendi quello che Daddy ti dà e apprezzalo,» mormoro, istruendolo perché ancora non lo sa.

Matthew tace e poi annuisce, porgendomi il libro di poesie. «Grazie.» Alza gli occhi su di me, sostiene il mio sguardo per un secondo e aggiunge: «Grazie, Daddy.»

Un brivido lo scuote e i suoi occhi diventano vitrei. *So* che ora è eccitato, e lo sono anch'io. Non ho mai visto o sentito niente di simile in vita mia. I miei ragazzi non si divertono a chiamarmi Daddy in quel modo disinvolto, tranquillo, quasi dolce. Di solito sono più monelli, e fanno diventare la parola Daddy un piagnisteo o la esagerano con un battito di ciglia o un sorriso ammiccante. L'uso che Matthew fa del titolo è così serio. È incredibile. Vorrei baciarlo, ma...

No. Non ora. Non lì.

Prima dobbiamo discutere di cose serie.

Lo conduco alla cassa dove lavora un adolescente part-time e gli compro il libro. Tengo la borsa e gliela porto mentre usciamo sul marciapiede. Il suono delle campane della chiesa e il coro di violini, banjo e altri spettacoli di strada rallegrano l'aria.

Mentre ci rimettiamo i cappotti, mi sento come se qualcuno si fosse ritagliato un nuovo spazio per me oggi: uno spazio che è tutto Natale, Matthew e l'essere il Daddy di un uomo adulto. È sensuale ed eccitante, e riconosco che dovrò ringraziare Nick per avermi spinto a partecipare all'asta. L'istinto mi dice che andrà tutto bene per me. Tutto in quella giornata, l'aria, il suono delle campane, il momento, è permeato di tante promesse.

«Parliamo,» dico, mentre guido Matthew verso una panchina lungo Wall Street. Adoro il modo in cui mi segue senza opporre resistenza, fidandosi della mia guida. Mi chiedo se sia così con tutti. È un tipo che si lascia sfruttare al lavoro? Ha bisogno di imparare a dire di no e a porre dei limiti?

Mi segno mentalmente di indagare su quell'aspetto, se possibile, tra oggi e la nostra notte insieme. Voglio personalizzare la nostra esperienza per ottenere il suo massimo potenziale di crescita. Ma in quel momento, mi piace che mi lasci prendere il comando. Mi preoccupa solo il fatto che lascerebbe che qualcuno si occupi di lui, perché può essere pericoloso.

Il solo pensiero che sia "guidato" da alcuni dei sadici che ho incontrato nella scena kink mi fa sudare e sentire irrazionalmente protettivo.

Sulla panchina chiacchieriamo di poesie che Matthew ha letto anni fa a scuola, e mi accorgo che le nostre parole sono sempre più coperte dall'esibizione di pianoforte e chitarra amplificata che si svolge all'angolo. È iniziato il momento degli artisti di strada. Il sole sta tramontando. C'è un tenue bagliore arancione dietro gli edifici e le luci di Natale lampeggiano lungo le strade. Devono essere le cinque passate. Il solstizio d'inverno è tra due giorni, e le giornate sono brevi.

Ci sediamo e ascoltiamo gli artisti, Matthew che muove la testa a ritmo, e dopo qualche minuto inizia a "suonare" accordi di pianoforte sulle ginocchia. Il suo sorriso è allegro e le sue labbra sono lucide perché se le è leccate. Ho paura che si screpolino con questo freddo. Frugo nella tasca del cappotto, tiro fuori un burrocacao e glielo porgo.

Esita solo un attimo prima di accettare, strofinando il prodotto sulle labbra carnose.

Me lo restituisce.

Non riesco a smettere di fissarlo, di osservare il suo profilo, le ciglia scure e le sue sopracciglia forti e allo stesso tempo delicate.

«Va tutto bene?» mi chiede, voltandosi verso di me con un rossore sulle guance che non è dovuto al freddo. Ha sentito i miei occhi su di sé e quello gli ha fatto provare *qualcosa*. Non so se sia eccitazione, preoccupazione o imbarazzo. Scelgo di eliminare ogni mistero.

«Voglio scoparti,» esordisco in modo più schietto e rude del dovuto. Sono il suo Daddy. Dovrei essere io a gestire la situazione. Ma ogni minuto che passa voglio sempre di più entrare nel suo corpo caldo, prendere il suo culo vergine e guardare la sua faccia mentre gli affondo dentro, colpendo la sua prostata a ogni spinta. Lo farò ancora e ancora, fino a farlo venire sul suo stesso addome.

È un pensiero volgare e grossolano da condividere, ma lo faccio comunque prima di chiedere: «Quanti peli hai?» chiedo. «Dappertutto? O solo sul petto?»

Arrossendo più di quanto mi sarei mai aspettato, indica con un gesto della mano che i peli gli crescono sul petto, sulla pancia e fino all'inguine. «Sulla schiena, invece, per fortuna non ce ne sono.» Il respiro esce in rapidi ansiti; riesce a rispondere nonostante l'imbarazzo. «Ho un po' di barba ma non troppa, e un po' di peli sul culo, pochi, ma posso radermi o…»

«No. È perfetto.»

«Davvero?»

«Te l'ho detto. Mi piace un ragazzo voglioso. Ci sono migliaia di modi per essere sexy e fisicamente attraenti. Peli o meno, mi piace tutto. Ma su di te? Mi piacciono.»

Sposta lo sguardo da me ai musicisti, impegnati a diffondere la musica natalizia nell'aria, infiammando i cuori con un'entusiasmante interpretazione di *God Rest Ye Merry Gentlemen*. Dopo qualche secondo di imbarazzo, mi chiede: «E tu? Quanti peli e dove?»

«Ho una leggera peluria sul petto, ma per il resto sono piuttosto glabro, a parte il pube.»

Matthew deglutisce a fatica. È adorabile quanto non sia abituato a discutere di queste cose. Negoziare il sesso e gli incontri, e parlare delle preferenze in fatto di fisici e corporatura è una seconda natura per la maggior parte degli uomini gay della sua età. Ma non per lui. No, è ancora innocente. Lo trovo più allettante di quanto avessi mai previsto.

«Quindi, dopo aver soddisfatto la mia curiosità su questo fronte, parliamo di affari.»

Matthew sembra un po' stordito mentre elabora ciò che ho appena detto. «Oh, ho dei contratti,» afferma, apre la borsa che porta con sé e tira fuori una cartellina con dei fogli. «Possiamo compilare questo mentre parliamo, e poi vedremo il resto.»

«Il resto di cosa?»

Si morde il labbro inferiore e mi guarda con un misto di timidezza e speranza negli occhi. «Ci vediamo per fare sesso oggi?»

«Oggi,» ripeto, e il mio cazzo è fin troppo entusiasta. I miei capezzoli diventano duri, le mie palle si contraggono e vorrei saltargli addosso e baciarlo su questa panchina. «Non oggi,» dico con forza. «Oggi non possiamo.»

Possiamo, grida il mio uccello.

Possiamo, esulta ogni cellula di me.

Ma *non dobbiamo*.

«No? Ho capito male?» Sembra deluso e imbarazzato. Cazzo.

Mi volto verso di lui, mettendogli le dita sotto il mento e costringendolo a guardare verso di me. I suoi occhi nocciola sono dolci e brillano di insicurezza. La contraddizione tra la sua età e la sua esperienza mi fa venire voglia di proteggerlo. «È un "no" solo perché, dopo quello che mi hai raccontato oggi, sulla tua storia, sulla tua esperienza e sul motivo per cui hai fatto un'offerta per me, non ho intenzione di portarti a casa e di scoparti come se non fossi importante, o come se fossi un incontro di una notte.»

«Oh.» Cerca di allontanarsi, ma io gli tengo fermo il mento.

«Sei molto importante, Matthew.»

«Per chi?»

«Per te stesso, prima di tutto.» Mi astengo dal dire "per me" perché lo conosco appena e suonerebbe falso. Ma sarà importante per qualche uomo, un giorno o l'altro. Lo so e basta. «Meriti di sentirti amato, e per la tua prima volta non ci deve essere fretta. Dovrebbe essere come se avessi tutto il tempo del mondo per sentire ogni cosa, fino all'ultimo centimetro, capito? La prossima settimana, durante la nostra notte insieme, voglio che tu mi permetta di mostrarti come aprirti e lasciarti andare.» L'allusione è pesante, ma anch'io la intendo così, quindi la lascio cadere tra noi, cruda e bisognosa. È tutto ciò che entrambi vogliamo in questo momento, ma resisterò finché non sarà il momento giusto. «Capito?»

Abbassa la testa, liberando il mento dalle mie dita. Sto pensando di sgridarlo, di chiedergli di guardarmi di nuovo, ma gli lascio un minuto per ricomporsi. È vulnerabile e devo dargli spazio per entrare in questo ruolo con me. Il momento in cui mi ha chiamato Daddy, in libreria, ha dimostrato quanto la cosa lo colpisca, ma non ne è ancora sicuro. È come un agnellino appena nato con le gambe traballanti. Se gli dessi una spinta troppo forte, cadrebbe a terra mentre io intendo sollevarlo.

«Va bene,» concorda Matthew. «Quindi, anche se ci vogliamo… perché ci vogliamo, vero?» Sembra mortificato per la domanda, ma anche desideroso di sapere. Così insicuro.

«Ti voglio.» Gli prendo la mano, la accosto all'inguine e gli faccio sentire la mia erezione. Lui emette un sospiro tremante prima che io gli scosti la mano.

«E dobbiamo davvero aspettare la notte programmata?»

«Sì, è la cosa migliore.»

«Perché?»

Ho un sacco di scuse: domattina ho un appuntamento con un cliente (sì, lavoro di domenica; mai un attimo di tregua). La mia casa in affitto in città è piena di coinquilini, dato che ognuno di noi ne ha bisogno solo per qualche giorno alla settimana, ma spesso alla stessa ora. La mia casa principale è lontana, su per una strada di montagna, al buio, e Matthew non dovrebbe fare il viaggio per la prima volta di notte. Inoltre, ci sarà mia madre, che non partirà per trascorrere il periodo da Natale a Capodanno con sua sorella e i miei cugini fino a martedì. Non ho cambiato le lenzuola…

Ma nessuna di quelle cose mi avrebbe fermato, se Matthew fosse stato il giovane che mi aspettavo che fosse, al bar questa mattina. Quel ragazzo con il culo a mela lo avrei portato nella mia stanza nella casa in affitto, lo avrei scopato fino allo stordimento e avrei fatto poco più che schiaffeggiargli il culo per ringraziarlo prima che si rivestisse e uscisse dalla porta.

La prima volta di Matthew merita molto di più.

C'è tensione nell'aria, densa di desiderio e di consapevolezza che risolvere la questione potrebbe essere facile come dire: "Andiamo a casa mia adesso". Mi mordo la lingua.

La sua espressione cambia mentre si fa strada una chiara comprensione. Non mi offrirò di scoparlo stasera, per quanto lui lo voglia. Non importa quanto lo voglia *io*.

«Sì,» concorda. «Daddy sa cosa è meglio.» Mi lancia di nuovo un'occhiata da sotto le ciglia e questa volta la sua voce è un po' stuzzicante; non è così serio e rispettoso come lo era stato in libreria.

«Esatto.»

Il sorriso acuto di Matthew si addolcisce. «Grazie, Daddy.»

Dannazione, il modo in cui lo dice è come un fulmine nelle mie viscere, che mi va dritto alle palle e me lo fa diventare così duro che faccio fatica a mantenere la decisione di non portarlo a casa in questo momento. Ma sono determinato a rendere la sua prima volta speciale per lui. A farla durare. Per fare in modo che non se ne penta mai, che non si guardi indietro e pensi di non essere stato all'altezza.

Anche se ha pagato per questo.

Non voglio che si senta come se avesse *dovuto* pagare per questo. Voglio che capisca che la notte che condivideremo è qualcosa che si merita. Perché è dovere di un Daddy insegnare al proprio ragazzo ad amare se stesso. Andare a casa con uno che ha appena conosciuto per lasciare che quell'uomo si prenda la sua preziosa verginità, un costrutto sociale, certo, ma pur sempre con una sua importanza, senza alcuna preparazione o cerimonia, o tempo per farne tesoro, non è il modo migliore per amare se stessi. Matthew merita di meglio. A prescindere dall'età.

Non che Matthew non possa amare se stesso con il sesso occasionale, una volta imparato a farlo in un modo che non sia degradante per lui. Certo che può. Eppure non voglio che lo faccia. Voglio che impari a essere adorato, proprio come mi ha chiesto, e questo significa lasciare che solo gli uomini che possono vederlo,

vederlo *davvero,* lo tocchino, lo penetrino, gli diano piacere.

È un pensiero ridicolo, che non ha nulla a che vedere con quello che ho sempre pensato per altri, tranne che per Brandon. Anche con gli altri due ragazzi, Duncan e Garrett, non mi era mai dispiaciuta l'idea che andassero a letto con altri uomini, purché non infrangessero le nostre regole sull'uso del preservativo e sulla discrezione. Ma c'è qualcosa negli occhi di Matthew, nel suo urgente bisogno di essere guidato, che mi fa sentire più protettivo di quanto mi sia mai sentito nei confronti di chiunque, persino di Brandon.

Voglio che Matthew sia al sicuro. Voglio che sia sempre sottomesso con disinvoltura come lo è ora, con quella fiducia spontanea. Voglio che la sua innocenza rimanga intatta. Spero di poter contribuire a mostrargli come stare con un uomo in un modo così bello e naturale, che non si accontenti di meno per disperazione.

«Dai, per ora metti via i fogli. Andiamo,» dico, alzandomi e tendendogli la mano.

Matthew li rimette nella cartellina e mi prende la mano con la stessa disponibilità a farsi guidare che ha dimostrato per tutto il giorno. Non me lo merito ancora, ma mi fa piacere. Mi rende ancora più determinato a dimostrargli che la sua fiducia in me non è infondata. Ma mi mette anche a disagio. Non tutti gli uomini vorranno prendersi cura di lui come faccio io. Alcuni vorranno usarlo. Farlo sentire vecchio o inutile. Degradarlo per divertimento.

Quel pensiero mi fa venire il voltastomaco.

Ho conosciuto uomini del genere. Devo insegnare a Matthew come evitarli. Ma ho una sola notte per insegnarglielo. È un tempo appena sufficiente per aiutarlo a imparare a prendere il mio cazzo e a ricevere un pompino, o a inginocchiarsi ai piedi del suo Daddy e aspettare di essere premiato come un bravo ragazzo.

Come può bastare per insegnargli che la sua smaniosa sottomissione è bella, ma non dovrebbe essere elargita così indiscriminatamente?

La mia mente vortica. La responsabilità di prendere in carico Matthew in questo modo è enorme. L'ho accettata, eppure... È quasi troppo? Penso di sì. Una sola notte non può contenere tutto ciò che so che deve imparare.

Matthew mi segue per tutta la città e se lo conducessi alla mia auto in questo momento, e lo portassi su per la montagna fino a casa mia, non protesterebbe né direbbe una parola. Lo so e basta. Diavolo, non sono nemmeno sicuro che insisterebbe per essere riportato alla sua auto prima di lunedì, quando, di diritto, dovrebbe essere al lavoro. Sento che il suo bisogno di arrendersi è forte, e il mio desiderio di lasciarglielo fare lo è altrettanto.

È tutto inebriante e allettante, ma è anche forte l'idea di fare la cosa giusta per lui e di sapere che sarò *io* a scegliere come sperimentare il piacere fisico per la prima volta. *Io*.

È sconvolgente sapere che lascerà che lo aiuti a definire quel momento critico per lui, e che la sua resa sarà l'esatto opposto di quella che ha offerto a quegli uomini che gli hanno scopato la bocca senza dargli nulla in cambio. Sarà la sottomissione di un ragazzo al suo Daddy. Sarà la *fiducia* nel fatto che il suo Daddy lo tratterà bene.

Che cazzo di delizia. Porca puttana. Dovrò offrire a Nick due drink.

Facciamo dieci.

CAPITOLO CINQUE
Matthew

LE LUCI DI Natale scintillano e lampeggiano sugli edifici intorno a noi come in un allegro parco a tema. Asheville si estende sotto di noi dal nostro tavolo alto vicino alle ampie finestre del bar sul tetto dell'hotel. Sorseggio il drink che Erik ha ordinato per me, senza che io lo abbia richiesto.

Si tratta di un cocktail analcolico: dopotutto, il divieto di bere alcol durante l'Esperienza è una regola di Erik, e lui non si preoccupa di spiegarlo, ma procede come se il mio gradimento fosse scontato. E non si sbaglia. Adoro i sentori di noce moscata, cannella e zenzero, come il Natale in un bicchiere.

Siedo paziente mentre sorseggia il suo analcolico e mi osserva come se fossi un uccello raro che vuole catturare, ma che è anche sicuro che prenderà il volo se si muove troppo velocemente. Vorrei assicurargli che non andrò da nessuna parte, ma una parte di me pensa che sia interessato all'inseguimento. Vuole prendermi. Reclamarmi e marchiarmi. Poi rilasciarmi nella natura.

Mi sta bene. Sarò un uccello raro per lui. Gli farò credere di essere speciale.

È bello che qualcuno mi guardi come fa lui. È abbastanza da farmi chiedere se il drink non sia poi alcolico. Mi sembra di avere le vertigini e di fluttuare via tutto insieme.

«Ti piace?» mi chiede dopo qualche minuto di osservazione silenziosa.

Fingo di apprezzare le luci di Natale, mentre in realtà mi sto godendo le sue attenzioni, conservando la sensazione del suo interesse per dopo, quando potrò essere solo con i miei pensieri e le mie fantasie. Prendo il drink e faccio tintinnare il bicchiere contro il suo. «Molto,» rispondo dopo averne bevuto un altro sorso. «È delizioso.»

Annuisce come se lo sapesse già, e credo che sia così. Mi chiedo quanti altri ragazzi o uomini abbia portato in questo bar. Ci è venuto con l'ultimo? Brandon? Quello che gli ha spezzato il cuore? O è un posto dove di solito viene a rimorchiare? So che conosce il menu del locale. Non ci ha nemmeno dato un'occhiata.

«Mi dispiace se hai pensato che fosse una presa in giro crudele portarti qui,» prosegue con un sorriso sornione, che mi fa fare una capriola allo stomaco. Fa un gesto a indicare il locale. «Qui c'è un ottimo barista. Fa i migliori cocktail analcolici della città.»

Guardo i tavoli scintillanti, il bancone in legno lucido e le decorazioni natalizie, tutte d'oro e d'argento, di gran classe e costose. Le camere d'albergo ai piani inferiori non possono che riprendere questo tema di ricchezza e piacere. Peccato che stasera non ne frequenterò una.

Rido del suo commento, perché è vero. I miei occhi devono essersi illuminati come alberi di Natale, vista la speranza che mi aveva attanagliato quando mi ha condotto nella hall dell'hotel.

Erik mi ha guardato, mi ha stretto le dita e ha detto, ridacchiando: «Mi dispiace, ragazzo. Ti porto al bar, non a letto.»

Onestamente, non so cosa mi piaccia di più: il fatto che mi abbia chiamato "ragazzo" come se fossi più giovane di lui, come se fossi davvero il suo ragazzo, o il suono della sua risata, che è grintosa, come miele e carta vetrata, e fa fare cose strane al mio stomaco.

«Posso tollerare la presa in giro per il mio Daddy,» dico, e rabbrividisco di nuovo nel chiamarlo così ad alta voce.

Anche la reazione di Erik alla parola non è trascurabile. Deglutisce e sbatte rapidamente le palpebre, come se cercasse di riscuotersi da dove quella parola ha mandato la sua mente.

«Metti sul tavolo il contratto che hai portato. Lo esamineremo e vedremo se lo riterrò adeguato,» mi dice. Il suo tono sembra burbero, ma la luce nei suoi occhi è calda e so che mi vuole. Che sensazione strana e sconvolgente. Elettrizzante. Quasi non riesco a crederci.

«Sì, Daddy,» mormoro, e vengo ricompensato ancora una volta con un'altra reazione immediata da parte sua: pupille dilatate, respiro affannoso.

Non sapevo quanto mi avrebbe fatto provare questa dinamica Daddy/boy, né quale effetto avrei potuto provocare in un uomo il cui kink si allinea con quello che mi prefiggo di esplorare. Ma ogni volta che lo chiamo Daddy, sono quasi convinto che Erik sia pronto ad afferrarmi, trascinarmi in bagno, o in un altro luogo privato, e scoparmi subito.

L'hotel è incredibilmente elegante. Non credo che la direzione apprezzerebbe che mi scopasse nel bagno del bar o nell'alcova vicino ai distributori automatici in uno dei corridoi. O nella tromba delle scale tra i piani.

Tuttavia, lo apprezzerei molto.

Credo?

…forse no.

A essere onesti, Erik ha ragione. Se gli permettessi di farmi questo, non sarebbe molto diverso dall'aver lasciato che quegli altri uomini mi scopassero la faccia. Non è così che dovrebbe andare il mio primo orgasmo con un altro uomo. E, soprattutto, non è come il mio Daddy vuole che si senta il suo ragazzo.

Quello, più di ogni altra cosa, mi fa venire voglia di lasciare che sia Erik a dettare tutto sul modo in cui devo arrendermi a lui. Sì, voglio approfittare della notte che ho vinto con lui. Proverò l'esperienza natalizia completa con un Daddy e lascerò che mi mostri come un uomo può adorare un altro uomo. Addobbare l'albero con lui, aprire i regali, una notte accogliente accanto al fuoco? Quello sarà solo un bonus che scalda il cuore e che sarà memorabile.

Oggi con Erik, anche se ci siamo appena conosciuti, per la prima volta nella mia vita mi sono sentito apprezzato in modo romantico. Forse addirittura amato. Sarà anche un "amore" comprato e pagato, ed Erik potrebbe aver venduto il suo "affetto" per una causa benefica, ma è la cosa più vicina a quel tipo di tenerezza che abbia mai provato.

So che non è reale, non come il tipo di amore che porta le persone a sposarsi, ma è un sentimento da uomo a uomo, è umano e accudente. Mi basta.

O forse, più onestamente, è un inizio.

«Ne vuoi un altro?» chiede Erik, facendo un cenno verso il mio bicchiere quasi vuoto appoggiato accanto alla piccola pila di fogli che ho messo tra noi.

«No, grazie, Daddy.»

«Sei sicuro? Tutto quello che vuoi, dolce ragazzo.»

Rabbrividisco di nuovo, come da Page Turner, e lui mi sorride. «Perché è così bello quando mi chiami ragazzo?» chiedo, imbarazzato ma desideroso di sapere.

Il sorriso di Erik è dolce e i suoi occhi sono caldi e gentili. Vorrei fondermi in essi e farmi stringere dalle sue braccia forti. È un impulso primordiale che non so spiegare, ma lui lo capisce. «Perché sei in presenza del tuo Daddy. È bello perché è giusto. Quando sei con me in questo modo, come un ragazzo, sembra che tu cada facilmente in uno spazio mentale che sa di sollievo, di casa.»

«Sì,» concordo. Se "casa" è l'eccitazione e "sollievo" la promessa dell'orgasmo e l'essere abbracciati amorevolmente dopo, allora va bene. Ma non è una casa che ho mai conosciuto prima. Suppongo che sia la casa che Daddy Erik mi insegnerà a conoscere, in modo da poterla trovare un giorno con qualcun altro. Cazzo, non vedo l'ora. Voglio che me la mostri stasera.

Ora.

Prima, nel retro dell'affollata libreria, mentre passava le dita sui dorsi dei libri di poesia, ho immaginato che mi spingesse contro gli scaffali, il corpo duro e grosso premuto contro il mio, mentre mi slacciava i pantaloni e tirava fuori il mio cazzo perché voleva dare piacere anche a me. Al suo comando, sarei venuto…

«Matthew?» chiede Erik con un tono che mi fa pensare di non aver risposto a una domanda.

«Scusa, cosa?»

«Avrai problemi a tornare a casa stasera?» Guarda l'orologio. «Nashville è molto lontana. Quattro o cinque ore, giusto? Avrei dovuto chiederlo prima, ma mi sono perso per strada.»

Sorrido, abbasso la testa e cerco di non cedere all'impulso di supplicarlo di portarmi da lui stasera per smaltire la mia pietosa mancanza di esperienza. *Daddy sa cosa è meglio*, mi ripeto. «Non preoccuparti.»

«Mi farebbe piacere pagarti una notte qui in albergo. È colpa mia se non abbiamo ancora concluso i nostri affari. Mi è piaciuto stare con te.»

«Vuoi restare qui con me, Daddy?»

Mi accarezza per un istante. «No.»

«Ah.» Sono di nuovo deluso, anche se sapevo che quella sarebbe stata la sua risposta. «È troppo lontano per me andare fino a Nashville, ma ho prenotato un albergo a Knoxville per stanotte. Mi fermerò lì e domattina farò il resto della strada. Sarò a casa per mezzogiorno.»

«Allora pagherò io l'albergo.»

«Tranquillo, posso permettermi…»

«Non è questo il punto. Daddy si prende cura del suo piccolo finché non è al sicuro a casa. L'albergo lo pago io. Che ne dici, ragazzo?»

«Sì, Daddy. Grazie,» sussurro, e quel brivido in reazione mi attanaglia di nuovo, lasciandomi i capezzoli turgidi. Vedendolo prendere il controllo della situazione, sicuro e protettivo, quasi mi sciolgo per quanto sia attraente: tutto, dai muscoli degli avambracci che si flettono nella scarsa luce del bar al modo in cui si passa una mano sui capelli corti, è un afrodisiaco per me in questo momento.

«Bene. Procediamo con la trattativa e il contratto,» dice, indicando i fogli che ho messo sul tavolo. «Non voglio che guidi in montagna di notte. Potrebbe esserci del ghiaccio.»

Annuisco, e quella nuova, eccitante sensazione di essere accudito mi investe. «Grazie.»

«Grazie e poi?»

«Grazie, Daddy.»

Non so cosa abbia fatto di diverso, ma questa volta butta giù ciò che resta del suo cocktail come se avesse dell'alcol dentro per stabilizzarsi e incontra il mio sguardo con occhi eccitati ed esigenti. «Cazzo, sì,» mormora. «Sei così docile.»

«Va bene così?»

«Bene? È un cazzo di sogno che diventa realtà.»

«Davvero, *Daddy*?» Lo sto provocando, ma il sorriso sexy che si impossessa della metà inferiore del suo viso mi dice che gli piace. «Sono davvero un sogno che si avvera?»

Ringhia leggermente e il suono mi fa diventare il cazzo duro come una roccia. Mi agito sulla sedia.

«Sei così…» Fa una pausa per leccarsi le labbra e far scorrere lo sguardo sul mio corpo. «Inaspettato. La più bella sorpresa che abbia avuto negli ultimi anni, e abbiamo appena iniziato. La nostra notte insieme sarà fantastica.»

«Lo spero, Daddy.»

«Lo sapevi che il tuo corpo è delizioso?»

«No?»

Inclina la testa di lato e mi squadra di nuovo. «Quel culo.»

Sospiro. «Non è bel culetto sporgente.» Nonostante tutti i miei sforzi in palestra, il mio sedere si appesantisce sempre un po' invece di ergersi alto e sodo.

«No,» concorda lui. «Ma si muove proprio bene. Sono tentato di afferrarlo quando cammino accanto a te.» Sporgendosi in avanti, a voce bassa, mi stuzzica: «Scommetto che sarà bello affondarci i denti quando saremo soli.»

Stringo gli occhi per un'ondata di desiderio che quasi mi acceca.

Si appoggia allo schienale e si schiarisce la gola. «Scusami. Non è giusto dire tutto questo quando dovremmo mettere dei limiti e chiarire cosa vogliamo e cosa non vogliamo.»

«Va tutto bene.» Ma ha ragione. Dovremmo mettere le cose in fila, per chiarezza, per consenso e per assicurarci che il prossimo fine settimana sia una transazione tra di noi e niente di più.

Ma se desiderassi qualcosa di più? Se siamo così reattivi l'uno verso l'altro, se sono una sorpresa così gradita, forse…

Scaccio via il pensiero. Non posso assolutamente permettere che quel tipo di sogni entri nell'equazione. La speranza di avere di più rovinerebbe l'esperienza e ne rovinerebbe il ricordo quando, inevitabilmente, non durerà più di una notte come previsto.

E poi, se è solo per una notte, sarà una liberazione, no? Non rivedrò Erik dopo che sarà finita, quindi posso abbandonarmi a lui. Aprirmi completamente. Essere il suo ragazzo, lasciare che sia il mio Daddy, senza preoccuparmi di espormi troppo.

Qualcosa mi dice che pretenderà che mi metta a nudo, corpo e anima, che l'insistenza con cui ho incontrato i suoi occhi mentre confessavo la mia situazione è solo l'inizio. So che ne ho bisogno per crescere, per entrare nella mia identità di uomo gay e forse di "ragazzo". Ma non credo nemmeno che sarò in grado di tollerare quel tipo di intimità sul momento, se penso che mai e poi *mai* lo rivedrò.

Quindi no.

Non si pensa al futuro.

Questa esperienza sarà il mio regalo a me stesso, uno svisceramento dei miei bisogni più profondi, un esporre le mie ferite più profonde, confidando nel fatto che Erik sia abbastanza forte da reggere tutto questo, e mi sforzerò di amarmi in quei momenti.

Sono consapevole che ne ricaverò molto di più di quanto ne ricaverà Erik, più di quanto lui potrà mai capire. Non c'è modo che la piccola soddisfazione che lui trarrà dall'essere l'uomo che metterà a nudo la mia anima sia veramente equa. Saremo sbilanciati, e non posso vivere così.

Quindi il mio regalo per lui sarà che dopo la fine della nostra unica notte non lo contatterò mai più.

«Ti ho offeso?» mi chiede Erik, e io mi rendo conto di aver girato e rigirato il bicchiere tra le mani, studiando l'ultimo sorso di drink speziato mentre riordinavo i pensieri e i sentimenti che mi stavano attraversando. Incontro il suo sguardo indagatore e scuoto la testa. *Cosa mi sono perso?*

«Mordere il culo, o qualsiasi altra parte del corpo, è un limite? Se sì, va bene.»

Sorrido e scuoto la testa. «No, non è questo. Sono aperto a tutto, Daddy.»

Gli occhi di Erik si accendono di calore, ma lo argina. «Non puoi dire cose del genere a un uomo che hai appena conosciuto,» mi rimprovera prima di avvicinare i contratti e guardarli. «Sono ben fatti. Molto chiari. Chi li ha redatti per te?»

«Il mio amico Doug. È un avvocato.»

«Ah. E anche lui è appassionato di kink?»

«Sì. Ha un marito e un sub, che chiama schiavo e vive ai loro ordini, da quello che posso dire.»

«Mmh.» Continua a leggere il contratto. «Di solito non firmo contratti con i miei ragazzi. I nostri rapporti sono stati perlopiù informali. Ma ho firmato alcuni accordi quando ho giocato a breve termine, quindi ha senso. Avevo intenzione di inviarti qualcosa di simile dopo aver definito i dettagli, ma apprezzo il fatto che il tuo amico Doug abbia lasciato degli spazi vuoti da riempire. A volte occorre usare questi contratti al volo.»

«Possibile. È molto interessato alla riduzione del rischio, che include la responsabilità civile.»

«Capisco.»

«Gli piace tenere le cose sotto controllo in questo modo.»

«Mm-mm.» Erik posa i contratti sul tavolo e riporta la sua attenzione su di me. Lo sento come un tocco fisico. È allo stesso tempo confortante e un po' intimidatorio, visto quanto è serio in questo momento. «E come hai conosciuto Doug?»

È possessività quella che sento nella sua voce? È lusinghiero. Ma mi concentro sull'essere il più aperto e onesto possibile con lui. Se voglio vivere questa esperienza con Erik, devo essere sincero come mai prima d'ora. Sarà difficile, ma è più facile di quanto potrebbe essere se non fosse un estraneo e se non mi fossi impegnato a limitarmi a una sola notte.

«Ho conosciuto Doug ai tempi del college alla MTSU. Era il mio compagno di stanza. Gli permettevo di scoparmi la bocca in modo violento un paio di volte al mese.»

Erik sbatte le palpebre. «E quest'uomo ora è un amico? Qualcuno che ti ha trattato come spazzatura?»

«Non è stato così. L'ho pregato di usarmi.» Erik sembra pronto a discutere, ma io insisto nella mia spiegazione. «Ha resistito a lungo, diceva che meritavo di più…»

«E infatti è così.»

«Ma quando ha attraversato un periodo di magra, si è scoperto abbastanza eccitato da cedere.»

«Lo hai pregato di farlo, ma non ti è piaciuto?»

«No. Non mi è piaciuto. Voglio dire, non mi è venuto duro né mi sono eccitato. Mi sono solo sentito sollevato dal fatto che qualcuno mi usasse in modo brutale come io sentivo di dover essere trattato.»

«Matthew...»

«Ma Doug non è così. Voglio dire, è un dominatore e un sadico, ma avrebbe ricambiato se avessi voluto. Ma non gliel'ho permesso.» Guardo il tavolo. Una familiare vergogna si posa su di me. È quella che provavo quando uscivo con mio padre e lui faceva quel sospiro silenzioso e deluso che mi faceva capire che non ero il figlio che sperava fossi. O quando mia madre abbassava lo sguardo per qualcosa che avevo detto o fatto, come se pensasse o sapesse che ero gay.

Sopraffatto, mormoro: «Mi dispiace, Daddy. Ti prego, perdonami.»

Mi trema il mento e le lacrime mi pizzicano gli occhi. Erik mi afferra il mento e mi costringe a incontrare il suo sguardo. Con l'altra mano, asciuga la lacrima che scende nonostante i miei tentativi di bloccarla.

A bassa voce, chiede: «Matthew, dimmi di nuovo, perché vuoi fare questo con me?»

Mi trema la voce e mi premo una mano sullo sterno. «Per imparare ad amarmi, per imparare a godere del sesso con gli uomini, per trarne piacere, per lasciare che qualcuno me ne dia.»

Accarezza con il pollice il punto in cui si trova la mia fossetta sulla guancia. «Bene. Cosa ne pensi di quello che è successo con il tuo amico Doug?»

Dice "amico" come se fosse una parolaccia, e io oso incontrare il suo sguardo con una punta di sfida. «*È* mio amico.» Ma non riesco a dire altro. Chiudo gli occhi per non guardare quel volto troppo consapevole. Come fa a vedermi così chiaramente se ci siamo appena conosciuti? «Ma la verità è che mi vergogno. Doug mi ha sempre trattato come se fossi un caso di carità. Anche quando mi ha aiutato con questo contratto, ho sentito la sua pietà.»

Erik mi accarezza di nuovo la guancia. Non posso fare a meno di chiedermi come sembriamo agli altri nel bar: molto intimi. Penseranno che siamo amanti. La prossima settimana, suppongo che lo saremo. Per una notte. «Quante volte?»

«Cosa?» chiedo, confuso.

«Quante volte Doug ti ha usato? Hai detto di aver tenuto il conto degli uomini, ma hai anche tenuto il conto del numero di *volte* in cui ogni uomo ti ha degradato?»

Le mie spalle si afflosciano per l'imbarazzo e sento che la sua mano impedisce al mio mento di abbassarsi. «Tredici. Doug mi ha scopato la bocca tredici volte mentre eravamo in camera insieme.»

«Allora dovrebbe vergognarsi.»

«Ma volevo che lo facesse.»

«Dovrebbe *vergognarsi*.» ripete Erik. «Una cosa è quando si tratta di kink consensuale tra uomini che sanno quello che stanno facendo, un'altra quando si tratta di approfittare di un giovane vulnerabile, che si vergogna di se stesso, solo per placare un po' di lussuria e…»

Mi trema la bocca. Nessuno mi ha mai difeso così. Non avrei mai immaginato una situazione simile, eppure una parte di me vorrebbe balzare per scagionare Doug. All'epoca, l'ho pregato di trattarmi male. Era solo questione di tempo prima che Doug cedesse.

Erik deve vedere qualcosa nei miei occhi che lo blocca. Mi libera il viso e fa un sorriso di scuse. «Mi dispiace. Ho esagerato.»

Quel suo atteggiamento protettivo mi fa sentire come se potessi strisciare sul pavimento ai suoi piedi se solo mi accarezzasse i capelli, mi chiamasse bravo ragazzo e si prendesse cura di me stasera e la prossima settimana. Non mi sono mai sentito così apprezzato, e lui mi conosce appena. Il modo in cui mi accudisce ed esalta il mio valore mi fa desiderare di più. Provo ogni tipo di emozione che non dovrei provare, perché mi piace troppo e, se non sto attento, rischio di volere cose che non posso avere.

Mi sto facendo un'idea di quanto Erik possa essere un uomo duro, affascinante, ma anche amorevole. Come fa? A mostrare amore e rispetto senza conoscere una persona? Come fa a dare tutto quello solo perché è la cosa giusta da fare? È questo che significa essere un Daddy? Mio padre non era così.

«Sei arrabbiato con me per ciò che ho detto.»

«No.»

«Dovresti esserlo. Ho esagerato. Non abbiamo ancora preso accordi sulla nostra notte insieme, ed eccomi qui a farti la predica sul passato, che non puoi cambiare.»

«Mi stai facendo la predica sul mio *atteggiamento* nei confronti del passato, che *posso* cambiare. Doug *è* mio amico e si è scusato molte volte per aver ceduto. Ma allora avevo bisogno di quel tipo di trattamento. Lo sentivo necessario, come se mi avessero tolto una spina. Essere trattato da schifo mi ha aiutato a liberare un sentimento che, se lo avessi trattenuto, mi avrebbe fatto molto più male.»

«Mi dispiace.»

«Anche a me.» Prendo un grande respiro. «Adesso sono pronto a sentirmi bene quando farà sesso. Diamine, sono pronto a *fare sesso*, a sapere come chiederlo e…» Mi affloscio un po', scostando i capelli dalla fronte. «Senti, so di non essere ancora abbastanza guarito per iniziare una relazione con qualcuno. Per questo ho fatto un'offerta all'asta. Ma sono pronto a provare piacere, a farmi scopare, forse anche a scopare qualcuno, se ciò si rivelasse essere qualcosa che un uomo vuole da me. Sono pronto a imparare a lasciare che qualcuno dia e riceva tutto questo, invece di chiedergli di usarmi come se fossi spazzatura.» Indico i contratti e continuo: «Ascolta, voglio le seguenti cose…»

Erik prende la penna e sfoglia la pagina del contratto in cui Doug ha aggiunto delle righe in bianco per scrivere ciò che decideremo di fare insieme e quali sono i nostri limiti.

«Voglio che tu sia il responsabile di *tutto*, quando sono con te: cosa mangiamo, cosa beviamo, dove andiamo, cosa facciamo.» Non sapevo nemmeno di volerlo fino a quando non ha ordinato il cocktail per me, senza chiedere il mio parere, e ora voglio che lo faccia di nuovo. Per tutto il tempo che staremo insieme.

Lo annota.

«Voglio che tu mi dica come compiacerti con il mio aspetto, il mio odore, e con quello che faccio per te.»

Annuisce e aggiunge tutto quello, insieme a: *Matthew sarà nudo o indosserà solo la biancheria intima, regalata da Erik, e nient'altro, a meno che non venga indicato da Erik, per tutta la notte insieme. Matthew NON si depilerà le natiche, lo scroto o qualsiasi altra parte del corpo, a parte il viso. Matthew può usare il doccino o prepararsi in altro modo per il sesso anale, ma si sottoporrà anche a un clistere somministrato da Erik quando sono insieme.*

Ho una vampata di caldo e di freddo insieme, e una strana eccitazione mi agita, un bizzarro miscuglio di paura, repulsione e desiderio selvaggio e lussurioso. «Un clistere?»

Alza gli occhi dai documenti. «Ne hai mai fatto uno?»

Scuoto la testa.

«Non preoccuparti. Mi prenderò cura di te.»

«Sì,» dico senza fiato. «Lo so, Daddy.»

Erik allunga una mano e mi tocca il labbro inferiore. «Lo mordicchi spesso.»

«Scusa, Daddy.»

«Dovrei dirti di smettere. Non fa bene alla pelle. Ma la verità è che lo trovo sexy.»

«Davvero?»

«Sì. Mi fa capire quando sei nervoso o eccitato.» Mi passa di nuovo il pollice sul labbro e deglutisce quando oso tirare fuori la lingua e assaggiare la sua pelle. «Molto bene,» si complimenta. «Mi piace.»

Così lo faccio di nuovo. Erik si avvicina, i suoi occhi brillano di desiderio e ogni mia cellula si mette sull'attenti. Socchiudo gli occhi e mi avvicino a lui, desideroso di assaggiare la sua bocca.

Erik si tira indietro, con un sorriso malizioso sulle labbra.

«No,» sussurro. «Daddy, ti prego.»

«Ti prego cosa, piccolo?» La sua voce è come una mano intorno alle mie palle e, proprio così, sono ancora più desideroso di obbedirgli.

Cazzo. Tremo come un albero al vento e il mio uccello ancora duro pulsa, rilasciando liquido preseminale. I pantaloni stringono e temo che rivelino una chiazza umida.

«Ti prego, non prendermi in giro. Non sono sicuro di poter aspettare.»

Erik ringhia, ringhia *davvero*, e il suono mi riverbera nel profondo. Mi afferro l'erezione con un gemito per darmi un contegno. Erik allunga una mano e mi tocca il polso, ma non mi sposta la mano dall'inguine. «Siamo in pubblico,» mi ricorda.

Sospiro, gli occhi fissi nei suoi, e cerco di abbandonarmi alla sua solida e seria presenza, mi libero e afferro invece le sue dita, che mi porge.

«Così,» mi incoraggia. «Tieni la mano di Daddy. Ti aiuterà a riprenderti.»

«Porca puttana,» mugolo, come se quelle parole potessero farmi calmare. «Perché è così eccitante?»

Un sorriso compiaciuto gli scivola sulle labbra. «Ragazzo, smettila di fare domande. È così e basta.»

Annuisco e il mio respiro si placa. Quando torno in me, non rischio più di venire nei pantaloni se Erik mi chiama ancora "ragazzo", così riprendo: «Durante la nostra notte insieme, voglio essere scopato, voglio che mi succhi il cazzo e voglio soprattutto essere coccolato. Voglio essere abbracciato e baciato. Voglio che tu mi faccia sentire speciale.»

«Sarà facile come bere un bicchier d'acqua,» dice, e io gli credo, visto il modo in cui mi guarda.

«Cosa vuoi?» Ho una gran voglia di soddisfarlo e spero che mi dia istruzioni su come fare. Ma la sua risposta mi sorprende.

«Essere il miglior Daddy possibile per te,» dice. «Nessun gioco di dolore intenso.» Lo scrive. «Le parole di sicurezza, gialla e rossa, possono essere usate in ogni momento, anche se stiamo solo passando del tempo o ci stiamo coccolando. Puoi usarle se vuoi interrompere qualcosa per qualsiasi motivo.»

«E le sculacciate?» Mi colpiscono le dimensioni delle sue mani, l'ampiezza dei suoi palmi e la sicurezza della sua presa sia sulla penna che sulle mie dita. Il mio cuore ha un sussulto e alcune delle mie fantasie affiorano in superficie: essere inseguito, essere "manipolato", essere rimproverato. «E se fossi un cattivo ragazzo?»

Erik sorride. «Non c'è modo di fare il cattivo ragazzo per me, Matthew. Ma se vuoi una sculacciata, possiamo vedere sul momento.» Scrive: «Le sculacciate sono negoziabili: una delle due parti può richiederle e una può rifiutarle.»

«Grazie, Daddy.»

La sua voce si abbassa a un sussurro di seta. «Bene. La tua vergogna interiorizzata non è ancora sparita del tutto, vero? Daddy potrebbe aver bisogno di scacciarne un po' a sculacciate per fare spazio all'amore.»

Rabbrividisco e gli occhi mi si riempiono di nuovo di lacrime. Non so come farò a tornare a casa dopo quello che ho trovato qui oggi. In qualche modo ho incontrato un uomo, o ne ho acquistato il tempo, che riesce a vedermi per quello che sono, per quello che sono stato e per quello che voglio essere.

Come posso risalire in macchina e tornare a casa a Nashville, in un posto dove l'unica persona che mi *conosce* è Doug? E il nostro rapporto è… complicato. Soprattutto dopo il Natale di qualche anno fa, quando da ubriaco ho chiesto a suo marito, Forest, di scoparmi la bocca.

Era il primo Natale senza i miei genitori e mi sentivo uno schifo. Avevo pensato che, da quando avevano il loro schiavo, i confini fossero più permeabili nel loro rapporto. Mi ero sbagliato.

Forest non ha accettato. Mi ha detto di avere un po' più di rispetto per me stesso e di smetterla di punirmi per il fatto di essere gay, il che mi ha fatto male, ma in fondo ha detto la verità. E quella dura valutazione di Forest ha dato il via alla mia ricerca di amore per me stesso. Mi ha spinto a iniziare a vedere una terapeuta e a pensare a ciò che voglio e merito dagli uomini e da me stesso.

Ma anche se Forest mi ha detto di no e mi ha indirizzato verso un percorso di vita migliore, Doug non era contento che avessi fatto una proposta a suo marito. Due anni dopo, continuiamo a camminare sulle uova l'uno con l'altro. Certo, mi ha stampato il contratto, mi ha messo in guardia dall'essere impulsivo e mi ha fatto capire che tiene ancora al mio benessere. Tuttavia, non è la stessa cosa. Voglio che la nostra amicizia torni come prima. Ma non ci siamo ancora arrivati.

I miei colleghi sono… Non c'è molto da dire su di loro. La mia vicina di casa è un'amica, credo, ma ormai ha quasi ottant'anni; mi ha visto crescere e vuole sempre parlare dei vecchi tempi del quartiere, quando le case e le famiglie erano ancora nuove. A volte penso che dimentichi che i miei genitori sono morti perché chiede di loro. Maureen è dolce, ma non è una persona su cui posso fare affidamento, né qualcuno che vede il vero me.

Ora. Qui. In questo momento con Erik, sono una persona nuova, appena nata. Intera. Reale. Con tutti i miei difetti. Erik li vede e non mi odia per questo. Anzi, mi guarda con tanta apertura e accettazione, che ne sento il calore nelle ossa.

«È per questo che pensi di aver bisogno di una sculacciata, ragazzo? Per scacciare la vergogna?»

«Sì, Daddy,» rispondo, lasciandogli vedere le lacrime nei miei occhi. «Ho bisogno di fare spazio all'amore. Aiutami.»

«Non preoccuparti. Ci penserà Daddy,» mi assicura, e io quasi scivolo dallo sgabello alto del tavolo del bar per il sollievo.

«Grazie.»

«Una questione importante da affrontare è quella dei preservativi. Di solito li uso per il sesso con qualcuno che non conosco bene, ma questa è una situazione diversa. Abbiamo un po' di tempo per pianificare il tutto. Ci sono due opzioni: entrambi possiamo fornire test recenti che dimostrino che siamo esenti da malattie veneree, oppure usiamo semplicemente i preservativi.»

«Quale preferisci, Daddy?»

«Questo dipende da te, Matthew. Se vuoi ingoiare il mio sperma, o che ti venga dentro, allora avremo bisogno di test. Se non pensi che queste cose siano importanti…»

«Lo voglio, Daddy,» esclamo con forza. «Voglio assaggiare il tuo sperma e sentirti colare dentro di me. Daddy, ti prego.»

«Va bene,» acconsente Erik. «Hai un medico a cui rivolgerti o devo suggerirtene uno io?»

«Posso pensarci io, Daddy.»

«Bravo ragazzo.» Sorride. «Ti piace chiamarmi Daddy, vero? Non riesci a smettere.»

«Me lo fa diventare duro,» ammetto. «Va bene così, Daddy?»

«Cristo, ragazzo,» borbotta, passandosi una mano sui corti capelli. «Tutto quello che fai va bene, e se non andasse bene, ti correggerò.» Mi lascia le dita e mi tocca di nuovo la guancia. È come se non ne avesse mai abbastanza della mia fossetta e, per la prima volta in vita mia, anch'io sono contento di averla. «Non preoccuparti. Non ti permetterò di continuare a farti del male. Adesso c'è Daddy con te.»

Firma il contratto e lo spinge verso di me. Lo rileggo e penso a un'altra cosa da aggiungere alla lista. Scrivo: *Matthew si rivolgerà a*

Erik chiamandolo Daddy ogni volta che sarà possibile. Lo guardo per avere l'approvazione. Lui annuisce.

Firmo, e il contratto è fatto. «Ti manderò delle copie.»

«A chi le manderai?» chiede con un sopracciglio sollevato.

«A te, Daddy. Ti manderò delle copie.»

Sorride. «Bene, ragazzo. Molto bene. Ora andiamo. Ti aspetta un lungo viaggio attraverso le montagne.»

Erik mi riaccompagna attraverso il centro della città fino a dove ho parcheggiato l'auto. Mi fermo accanto a essa, desiderando che mi tocchi. Da quando abbiamo lasciato l'albergo, per tutto il tempo in cui abbiamo camminato lungo la strada e salito le scale del parcheggio, non mi ha mai tenuto la mano e non mi ha detto nulla. Ora è il momento in cui ho bisogno di qualcosa di più da lui, altrimenti la mia mente si scatenerà in dubbi, una volta che sarò solo.

«Mandami un messaggio quando arrivi all'hotel di Knoxville,» dice Erik. «Voglio sapere che sei al sicuro.»

«Sì, Daddy,» sussurro.

«E scrivimi una volta al giorno da qui a giovedì prossimo. Tienimi informato su come ti senti, su cosa pensi e su quali cose stai fantasticando per la nostra notte. Sentiti libero di farmi domande o richieste.»

«Sì, Daddy.»

«E, Matthew?»

Alzo la testa per incontrare il suo sguardo. «Sì?»

«Ti bacerò.»

Annuisco. Mi tocca il mento, lo solleva un po' e avvicina la sua bocca alla mia. «Il tuo primo bacio dovrebbe essere dolce,» dice. «Delicato.» Le sue labbra sfiorano le mie, asciutte e tenere. «E il secondo dovrebbe essere appassionato.»

Mi afferra la nuca e la sua bocca si appoggia sulla mia, le labbra si aprono mentre la sua lingua cerca di entrare. Gemo e lo accolgo. Fa qualcosa che mi manda un brivido lungo la schiena per tutto il corpo, e mi chino per averne di più proprio quando lui si tira indietro, il respiro affannoso.

«Il tuo terzo bacio ti sarà dato da me e da nessun altro,» ordina.

Come se volessi baciare qualcun altro! «Sì, Daddy.»

«Bravo ragazzo. Ora vai. Guida con prudenza.»

Salgo in macchina e lui resta lì accanto finché non mi allontano, a osservarmi e sorvegliarmi in silenzio.

Mi sento amato. So che è tutta un'illusione, qualcosa che ho comprato e pagato, eppure...

Il mio cuore batte come un tamburo.

Mentre mi immetto sulla statale, con i fanali posteriori che illuminano Asheville, scuoto la testa per i miei sentimenti melodrammatici. Non è reale, ma lo *sembra*. Non c'è una spiegazione valida per quello.

Forse, è la magia del Natale.

CAPITOLO SEI

Erik

MENTRE MI AVVICINO alla piccola casa in affitto con tre camere da letto e due bagni, che condivido con altri tre uomini, noto che Noel ha acceso le luci di Natale. Non è una situazione ideale, ma con i prezzi degli immobili di Asheville di questi tempi, è l'opzione migliore per tutti e tre. Se volessi comprare un posto più vicino alla città, dovrei vendere la casa di montagna, e non ho intenzione di farlo.

Anche se avrei preferito avere la casa tutta per me dopo che Brandon se n'è andato, non c'è motivo di investire una cifra simile ogni mese. Noel è un infermiere che vivrà qui ad Asheville per i prossimi tre mesi e mezzo. È divertente, irriverente e si impegna a rendere luminose le feste, come abbiamo scoperto tutti quando ha fatto l'albero, ha appeso le calze e ha decorato il tetto della nostra piccola casa con festoni di luci.

Charles è un po' un mistero per me. Sta cercando di far decollare un'attività di lingerie maschile, ma non è troppo preoccupato del suo successo. È palesemente ricco di famiglia. Si vede dai vestiti che indossa, dall'auto che guida e persino dal modo in cui cammina. Ma la cosa più evidente è che suo zio, a cui Charles è molto legato e che spesso va a trovare, vive in uno dei palazzi del centro storico di Montford. Una ricchezza vecchia di generazioni.

Tuttavia, Charles paga l'affitto e usa regolarmente la sua stanza e, a parte il rumore che fa la sua macchina da cucire fino a tarda notte, non ho nulla da eccepire su di lui. È praticamente un coinquilino assente.

Poi c'è Trevor. È giovane. Ha diciannove anni ed è appena uscito dalla casa di sua madre. Ma la buona notizia è che non è un idiota e i suoi genitori pagano la sua parte di affitto. Trevor è etero ma queer-friendly, e fa parte di un paio di band, tra cui una piuttosto nota chiamata Pinky and the One-Eyes.

Trevor lavora di giorno all'Early Girl Eatery, risparmiando i soldi per un viaggio attraverso il Paese per raggiungere il cantante della band a Los Angeles. Sperano di poter sfondare laggiù.

Almeno, questo è quello che ho capito dalle poche conversazioni che ho avuto con lui. Trevor è impegnato tra le prove della sua band e il suo lavoro, quindi, dati i miei e i suoi impegni, ci vediamo raramente. Lui e Noel hanno due letti singoli e condividono la camera da letto principale. Ma con gli orari di Noel all'ospedale, e di Trevor a tempo pieno, anche loro non si vedono molto. Entrambi sembrano avere abbastanza privacy da essere soddisfatti di quella sistemazione.

Per come la vedo io, nessuno di loro mi deve piacere più di tanto. Il contratto di affitto della casa è a mio nome e loro mi pagano l'affitto. I miei unici requisiti per i coinquilini sono che siano queer o queer-friendly, che trattino bene la casa e che la occupino mentre io viaggio per lavoro.

Per quanto mi riguarda, i coinquilini possono andare e venire, e quando arriva il momento in cui uno di loro, o più di uno, a seconda dei casi, si trasferisce, mi limito a pubblicare un nuovo annuncio. Con l'economia e il mercato immobiliare di Asheville, quelle camere si riempiranno di nuovo in un batter d'occhio. Là fuori è una bolgia.

Entrando nella piccola casa, vengo accolto dal profumo di ramen istantaneo. Questo significa che Trevor è a casa, e probabilmente anche Noel. Condividono spesso il ramen quando si trovano insieme. Dopo aver lasciato le scarpe accanto alla porta e aver riposto la giacca nell'armadio, entro nel soggiorno-cucina e vedo che la casa è piena in modo insolito.

Noel è vicino al bancone della cucina e si sta rimpinzando di patatine, mentre Trevor mescola il ramen sul fornello. Charles è seduto sul divano e sta ricamando a mano delle piccole rose rosse su un abito di pizzo. Alza lo sguardo sorpreso quando entro.

«Sembra che stasera siamo tutti qui,» dice. «Immagino che possiamo tirare a sorte per chi si farà la doccia per primo.»

«Torna da tuo zio e risparmia l'acqua,» propone Trevor. «E poi perché te ne stai qui nei bassifondi con noi?»

«Per cambiare aria,» dice Charles in modo signorile, annodando il filo. «Non capiresti.»

«Beh, su questo hai ragione. Io no di certo,» dice Noel. «La casa di tuo zio…» fischia. «Ci passo davanti quando mi alleno per la mezza maratona, ed è una vera reggia. Non so perché ti preoccupi di tenere una stanza singola qui con noi.»

«Charles paga l'affitto proprio come voi due; può andare e venire a suo piacimento,» affermo, appoggiandomi al muro e osservando i miei tre inquilini. «Quindi siete tutti qui per la notte?»

Tre teste annuiscono.

«Tu?» chiede Noel.

«Sì.»

Per fortuna non ho ceduto alla tentazione e non ho portato Matthew a casa, stasera. Sarebbe stato sottoposto a…

Beh, non so cosa avrebbero potuto dire o fare questi ragazzi. Charles è il mio coinquilino da più tempo, ha trasferito la sua macchina da cucire e le sue cose qualche mese prima che io conoscessi Brandon. All'epoca in casa c'eravamo solo io, Brandon e Charles e, da quando io e Brandon siamo diventati subito monogami, lui non mi ha mai visto con un'altra persona.

Per dare a Charles il giusto merito, non si è nemmeno turbato di fronte alla storia del Daddy. Suppongo che abbia una mentalità più aperta degli altri due.

Non ho avuto un'avventura per tutto il tempo in cui Trevor e Noel hanno vissuto qui. Non so come avrebbero reagito se avessi portato Matthew a casa per una scopata, ma posso immaginare quanto Matthew si sarebbe sentito in imbarazzo ad affrontare lo scrutinio di tre estranei, quando è così inesperto della scena queer. O meglio, inesperto in generale.

«Posso aggiungere un'altra confezione di ramen nella pentola,» propone Trevor.

«Ho già mangiato, ma grazie.» Entro nella stanza, cercando di decidere se sedermi accanto a Charles sul divano, se prendere uno sgabello al bancone che separa la cucina dalla zona giorno o se andare in camera mia a pensare al sorriso timido di Matthew, al ciuffo di peli scuri sul suo petto e a quella strana innocenza che traspare dai suoi occhi.

Ho deciso per la seconda, quando Noel suggerisce: «Dovremmo fare una serata film tra coinquilini, visto che siamo tutti qui.» Accetta una ciotola di ramen da Trevor e va a sedersi accanto a Charles, che sposta il pizzo bianco su cui sta lavorando lontano di Noel, che sta soffiando sulla pericolosa ciotola di noodles speziati.

«Andata!» Charles mi sorprende, accettando. «Ma il film lo scelgo io.»

«Mettiamolo ai voti,» dice Trevor. «È quello che facciamo nelle mie band ogni volta che dobbiamo decidere qualcosa di importante.»

«Un film non è certo importante,» rimbrotta Charles. «Ma va bene. Votiamo.»

Esito, non sapendo cosa fare. Mi sento obbligato a rimanere con loro a guardare un film, quasi come se fossi il loro ospite e non solo un ragazzo che cerca di risparmiare qualche soldo condividendo la sua casa con degli sconosciuti.

Annuisco e mi accomodo sul divanetto vicino alla finestra. È comodo, ma ha una vista laterale sulla TV.

«*Dune*,» suggerisce Noel.

Charles geme. «È Natale. Guardiamo almeno qualcosa di stagionale.»

«Tipo? *Il Grinch*?» propone Trevor, mentre mangia un boccone di ramen.

«Pensavo, non so, a qualcosa di allegro e leggero, come *Dashing in December* o *Single All the Way*,» suggerisce Charles.

Mi sembra di sentire mia madre, perché sono consapevole che quelli sono i titoli di alcuni film natalizi gay offerti da un paio di servizi di streaming. Mia madre mi chiede sempre quando porterò a casa un ragazzo per Natale come i personaggi di quei film sdolcinati (ma adorabili, ne sono certo).

Sorpresa, mamma, quest'anno porterò a casa un ragazzo per Natale, ma tu non ci sarai per conoscerlo.

«Non sono film gay?» chiede Noel.

«Ti crea problemi?» risponde Charles, le sopracciglia ben disegnate che si inarcano in segno di sfida.

Noel fa una pernacchia e alza gli occhi al cielo. «Diavolo, no, ma non vedo perché dobbiamo guardare programmi gay per dimostrarlo. Vero, Trevor?»

Trevor alza le spalle. «Mi va bene *Il Grinch*. Non mi piacciono i film romantici.»

Charles sbuffa. «Mi sorprende che non insistiate per un film Marvel.»

«Hai detto Natale,» ribatte Trevor. «Ti sto regalando il Natale.»

«Accetta la sconfitta, Charles,» lo rimprovera Noel, ma poi gli offre come consolazione un cucchiaio fumante di ramen.

Charles si allontana ancora di più. «No, grazie.»

Il mio telefono squilla.

Ehi, sono in albergo.

Sono passate circa due ore e mezza da quando ho visto Matthew uscire dal parcheggio. Ho camminato per un po' in centro, cercando di scrollarmi di dosso la sensazione che, dopotutto, non avrei dovuto lasciarlo andare a bocca asciutta. Alla fine mi sono reso conto di aver vagato per le strade natalizie abbastanza a lungo da finire dall'altra parte del centro cittadino.

Tornare a casa è stata un'altra lunga camminata. Una volta arrivato all'auto, sono rimasto seduto dentro, al caldo, ad ascoltare una playlist che mi piace particolarmente, messaggiando con alcuni clienti sulle modifiche da apportare ai loro calendari di allenamento a gennaio, e poi con mia madre su un problema allo zoccolo della nostra cavalla. Dopodiché, ho preso nota dei vari potenziali regali che hanno attirato l'attenzione di Matthew durante la giornata e ho messo in preventivo quanto intendo spendere per lui.

Un bel po'.

Il cuore sussulta mentre digito la risposta. *Ottimo. Sono felice di sentirlo. Grazie per avermelo fatto sapere.*

Sullo schermo appaiono tre puntini che annunciano la scrittura di un messaggio. Scompaiono. Tornano e, dopo un tempo che sembra interminabile, arriva una risposta: *Mentre guidavo, non riuscivo a smettere di pensare a te e a quanto lo volessi.*

Posso solo immaginare la faccia che deve avere in questo momento nel confessare una cosa del genere. Probabilmente è diventato rosa mentre lo scriveva. Non lo tengo in sospeso. *Ho pensato anche io a te.*

Davvero?

Naturalmente.

Cosa stavi pensando di me? Nei dettagli.

Sono colpito dal fatto che abbia avuto il fegato di chiederlo e sorrido: *Stavo organizzando la nostra serata insieme. Niente di specifico. È il segreto di Daddy.*

Immagino la sua reazione, e il mio cuore accelera.

«Perché quel sorriso?» chiede Noel, trangugiando il ramen.

«Stai per presentarci qualcuno?» domanda Charles, gli occhi azzurri che brillano di malizia e interesse. «È per questo che sembravi così deluso di vederci quando sei entrato?»

«No.» Mi alzo, riponendo il telefono in tasca. «Ma devo occuparmi di questa faccenda. Voi tre godetevi il film che avete scelto. Cercate di non venire alle mani per decidere.»

Non cercano di farmi restare, anche se Charles mi guarda andare via con gli occhi da cucciolo deluso, come se avesse preferito che io restassi e, forse, aggiungere il mio voto per il film romantico. Mi dispiace, amico, ma il film natalizio preferito di questo Daddy è *Die Hard*.

Mi allontano mentre continuano a discutere le opzioni e il mio telefono squilla di nuovo prima che io abbia percorso il corridoio e sia entrato nella seconda camera da letto più grande della casa. Chiudo la porta a chiave dietro di me, come facevo quando ero bambino e volevo tenere mia madre fuori dai miei affari.

Mi sdraio sul letto, dopo aver acceso la luce soffusa sul comodino, e mi sbottono i pantaloni. Girandomi su un fianco, con le spalle alla porta, controllo l'ultimo messaggio di Matthew.

Sono nervoso ma entusiasta per la prossima settimana.

Comprensibile. Per cosa sei più nervoso?

Immagino perché non so cosa succederà e temo che non sarò all'altezza o che ti deluderò.

Non pensare di deludermi, Matthew. Si tratta di te. Di ciò che ti piace e di ciò che ti diverte.

Non ho idea di cosa sia, però. Mi spaventa un po' l'idea di essere al centro dell'attenzione. Possiamo fare in modo che sia tu il protagonista e che io sia solo un comprimario?

È un po' come dire che posso usarti.

C'è una lunga pausa e mi chiedo che aspetto abbia mentre elabora quel commento. Si sta accigliando, sta piangendo, sta arrossendo? Non lo conosco abbastanza per esserne certo. Non credo però che si arrabbierà. Penso che si accontenterà di quello, lo sentirà e capirà che è vero. E dalla sua risposta, capisco che ho ragione.

Immagino di sì. Ma hai accettato di prendere il controllo, di gestirmi, di dirmi cosa fare, mangiare, bere e come essere. Come compiacerti. Lo sto leggendo proprio ora. È sul contratto che hai firmato. Se vuoi, ti mando una foto.

Ridacchio per il suo resoconto completo del nostro accordo contrattuale. *Ho firmato in tal senso e rispetterò i miei obblighi. Ma indovina cosa mi piace di più quando si tratta di sesso, ragazzo? Quello che ti chiederò ancora e ancora?*

Cosa?

La cosa che preferisco è fare in modo che il mio ragazzo sia così arrapato da implorare, così eccitato da grondare liquido preseminale e così voglioso che quando raggiunge l'orgasmo perda completamente la testa.

Ti prego, Daddy, me lo stai facendo tornare duro.

Daddy lo sa.

Ma non mi costringerai a dirti cosa voglio, vero?

No, ma avrò il tuo consenso a ogni passo.

Non posso dare un consenso generalizzato adesso? In anticipo?

Temo di no, ragazzo. Non è sicuro, né per te né per me né per nessuno. Non dovresti mai dare un consenso generalizzato affinché qualcuno prenda il controllo di qualsiasi aspetto della tua vita.

Ovviamente non so come fare. Ho bisogno di qualcuno che me lo dica. Mi fido di te.

So che è così. Credo che questo sia il fascino del gioco del Daddy/boy per te.

In che senso?

Se sei il mio ragazzo, non hai bisogno di sapere tutto, vero?

No, non è vero.

Se sei il mio ragazzo, non sei un gay in età adulta che non sa come ottenere ciò che vuole. Sei mio e puoi essere gestito. Indirizzato. Educato. Puoi avere tutto ciò che hai sempre desiderato ma che non hai mai creduto che qualcuno potesse darti. Fino a me.

L'attesa di una risposta è lunga e mi chiedo se non abbia esposto troppo di lui e troppo in fretta. È un argomento spinoso, una ferita aperta per certi versi, e io gli ho gettato in faccia la dura verità. Quello potrebbe friggere qualche circuito o farlo soffrire. Avrei dovuto essere più cauto.

Alla fine mi scrive: *Ho bisogno di essere gestito, Daddy. Insegnami. Lo farò.*

Per una notte, voglio solo che qualcuno mi mostri come esistere nella mia pelle. Come vivere veramente nel mio corpo come me stesso.

Quando avremo finito la nostra unica notte, sarai pronto a vivere per ciò che sei veramente.

È un'affermazione importante e forse non riuscirò a realizzarla, ma in quel momento credo che, a prescindere da ciò che realizzeremo o meno durante la nostra notte insieme, lui avrà un'idea molto più precisa di chi è, di cosa gli piace, di cosa vuole e di cosa ha bisogno rispetto a prima. Non si sentirà tradito. Ne sono sicuro.

Posso anche essere io ad avere il coltello dalla parte del manico, perché ho intenzione di insegnare a quel ragazzo, di aprirlo come una scatola di deliziosi cioccolatini, e poi di mandarlo fuori e lasciare che sia qualche altro Daddy o uomo o idiota a godere di lui. È un po' sciocco, non è vero? Eppure ci sono troppe cose che ci impediscono di fare qualcosa di più con quella inebriante attrazione.

Dopo qualche momento di riflessione, gli mando un altro messaggio. *È tardi. Dovresti dormire un po'.*

Sì, Daddy.

Bravo ragazzo.

Terminiamo la nostra conversazione e mi sdraio sul letto, in preda a uno strano turbine di emozioni. Niente di festoso o allegro. Solo un'accozzaglia di eccitazione, frustrazione, tristezza, delusione e ansia. L'ultima volta che ho provato questo tipo di brivido è stato quando ho incontrato Brandon per la prima volta. E guarda com'è finita.

Dov'era Brandon stasera? Con Ferko? Ferko è il suo Daddy ora? Non ha mai detto né dato alcun indizio sulla natura della loro relazione, anche se Ferko, se ricordo bene, è un po' più grande.

Ma Brandon gioca ancora in quel modo? È stato un ragazzo così bello, sottomesso e sexy. Mi è piaciuto scoparlo e tenerlo in braccio. Ho adorato svegliarmi con il suo viso dolcemente addormentato, e sono stato felice ogni volta che ho sentito la sua risata in un'altra stanza. Diamine, quanti momenti felici ho trascorso con lui.

Quando se n'è andato, abbiamo concordato che la cosa migliore fosse "non avere contatti", ma a volte vorrei solo sapere se sta bene. Tengo ancora a lui, anche se se n'è andato per sempre.

Il mio telefono suona. Il mio cuore sussulta, sperando che sia di nuovo Matthew con un'altra domanda, o, Cristo, forse anche Brandon da qualche parte dell'Ungheria, che ha percepito la mia improvvisa mancanza di lui…

E invece no.

Com'è andata? mi chiede Nick, che sicuramente sta facendo il suo dovere di organizzatore dell'asta di beneficenza, ma anche come amico che mi ha convinto a partecipare.

Ha quarantuno anni. Quello riassume ben poco di Matthew, ma non posso fare a meno di voler punzecchiare un po' Nick, di fargli chiedere se abbia fatto una cazzata a costringermi a mettermi all'asta.

È un problema?

Rispondo con calma, alzandomi per chiudere le tende e togliermi i pantaloni, la camicia e i calzini. Mi rimetto a sedere sul letto, questa volta sotto le morbide coperte. *No. È sexy.*

Lui manda un'emoji di un diavoletto. *Quindi non vedi l'ora di scopartelo?*

Non è quello il problema. Certo, voglio scoparmelo. È solo che, per quanto io sia eccitato, per quanto io voglia Matthew, penso ancora che Nick dovrebbe considerare quanto sia stata complessa la decisione. Ma che importa? Quel che è fatto è fatto, e anch'io ho fatto le mie scelte.

Non sono stato costretto a partecipare all'asta. Una parte di me deve aver sperato che Nick avesse ragione e che ci fosse un modo per tornare a giocare con i ragazzi in modo più occasionale. Poi l'universo ha tirato fuori Matthew, di cui non posso proprio lamentarmi, quindi rispondo con: *Il suo culo si muove come un budino e non vedo l'ora di mangiarlo.*

Ti avevo detto che questo ti avrebbe aiutato a tornare in pista.

Supponente figlio di puttana. Alzo gli occhi al cielo. *Sì…*

Forse questo ragazzo potrebbe essere quello giusto. L'unico e ultimo.

Digito una sola parola e la sparo con una grande dose di irritazione: *No.*

Perché no?

Per molti motivi.

Dimmene uno.

Sospiro. È così che mi ha convinto a partecipare all'asta. È un dannato Bulldog quando si mette in testa qualcosa. Cercherà di farmi sposare con Matthew prima che questa conversazione finisca. *Vive a Nashville.*

Quindi? La lunga distanza non fa per voi?

Sai che non è così.

Quello è uno dei motivi che ha fatto finire le cose con i miei primi due ragazzi, Duncan e Garrett. Entrambi erano pronti a continuare via Skype o altro, soprattutto mentre si ambientavano nelle loro nuove città. Ma io ho detto loro di no. Non solo erano pronti a volare da soli, ma io ho bisogno di qualcosa di più di un contatto virtuale. Ho bisogno di carne, sperma e grida di estasi nelle orecchie. Il mio telefono squilla di nuovo.

Non preoccuparti.

Lo farò.

Nick invia un'emoji con il dito medio e io sorrido tra me. Dopo alcuni minuti senza ulteriori molestie, la conversazione sembra terminare.

Il fatto è che, che sia a lungo o a breve termine, voglio che i ragazzi con cui gioco siano felici. Non c'è niente che desideri di più nella vita. Ma anch'*io* merito di essere felice. E per esserlo, ho bisogno che i miei ragazzi siano vicini. Oppure devo smettere di averne.

Forse mia madre ha ragione e per me è arrivato il momento di indagare se posso sostenere una relazione con un uomo che vuole essere trattato più da pari a pari e rassegnarmi a interazioni a breve termine tra Daddy e ragazzo al di fuori della relazione principale. Kink consensuale e sporadico.

Rotolo a pancia in giù. I ricordi si susseguono nella mia mente, a partire dal primo giorno in cui Brandon è entrato nella mia vita e culminano con le immagini di lui in ginocchio per me. È sempre stato un piccolo succhiacazzi affamato, così desideroso e dedito a risucchiarmi il cervello dalle palle.

Mi viene duro ricordando il modo in cui vorticava la lingua attorno alla cappella e come le sue labbra diventavano rosse mentre lavorava. Ormai eccitato, premo il cazzo contro il materasso. La mia mente si sposta ad altro, e l'uomo in ginocchio non è Brandon, ma Matthew, e mi sta fissando con quegli occhi spalancati, le labbra così rosee come quando le morde e i capelli brizzolati che brillano sotto le luci di Natale dell'albero accanto a lui.

Chiudo gli occhi e mi lascio andare alla deriva pensando a Matthew, al momento in cui l'ho visto al Caffeine Dream e a come ho subito desiderato scoparlo. Il modo in cui i suoi occhi si sono posati su di me e quanto sembrava innocente e lussurioso. Già allora avevo capito che mi voleva. Torno all'immagine di lui in ginocchio, la sua mano inesperta che mi afferra l'uccello, la lingua che esce per assaggiare il mio liquido preseminale…

Cazzo, è eccitante. Mi giro sulla schiena per iniziare a masturbarmi, mentre mi gusto un'altra idea.

Che aspetto avrà quando indosserà solo le mutande che gli ho comprato, quando gliele avrò abbassate e gli avrò infilato le dita nel culo? Che suoni di piacere emetterà? Sarà rumoroso e ansimante? O più sommesso, da gemiti? Mi piace far strillare un ragazzo tanto quanto mi piace far grugnire un uomo.

Poiché Matthew è sia un ragazzo che un uomo adulto, spero che emetta entrambi i tipi di suoni.

Cosa farà quando lo chiamerò? Cercherà di nascondersi o mi mostrerà il suo rossore? È così espressivo. Farò di tutto per guardare il suo viso quando la mia bocca sarà attaccata al suo culo, ma troverò un modo.

Fisso il soffitto, studiando i puntini vorticosi dell'intonaco, e immagino come Matthew potrebbe contorcersi e dimenarsi se gli mettessi un plug vibrante nel culo, attivandolo ogni volta che farà il bravo ragazzo. Una piccola ricompensa per avermi soddisfatto.

Il telefono squilla di nuovo. Quasi non lo controllo perché sono impegnato a masturbarmi, ma vado avanti e do un'occhiata.

Sono venuto forte pensando a te, Daddy. Vuoi vedere una foto?

Gemo. Conosco Matthew abbastanza bene da sapere quanto deve sentire il rischio mettendosi in gioco in quel modo. Devo stringere le palle per non perdere il controllo. Riesco a usare la voce per il testo per ringhiare: *sì*.

La foto che arriva è splendida.

Matthew steso sulle lenzuola bianche, i capelli sale e pepe umidi di sudore, le pupille dilatate, e le guance, il collo e il petto chiazzati di rosso, con schizzi di sperma bianco sui peli scuri del petto e attorno ai piccoli capezzoli rosei.

Mi si serra lo stomaco, e quell'immagine mi strappa l'orgasmo da dentro. Grugnisco e ansimo mentre vengo, le gambe tremano e sussultano. Lo sperma si accumula sul mio ventre, scivola lungo i fianchi e bagna le lenzuola.

Il mio cervello farfuglia. *Cazzo*, cazzo. *Mi ha fatto venire solo con una foto. Ed è stato anche un* bell'*orgasmo. Porca puttana.*

Il mio telefono trilla.

Va bene così, Daddy?

Grugnisco durante un'altra scossa di assestamento prima di mandare un messaggio a Matthew con dita tremanti, facendo così tanti errori di battitura che, per una volta nella mia vita, sono contento del correttore automatico: *Vuoi vedere quanto hai reso felice Daddy? Mi hai fatto venire così forte, ragazzo.*

Per favore, fammi vedere.

Scatto una foto del mio cazzo e dei miei peli pubici inzuppati di sperma e la invio, rabbrividendo per qualche spasmo residuo prima che lui risponda.

Voglio leccarlo, Daddy. Posso?

Cazzo. Il ragazzo non è più così timido, vero? Posso solo immaginare quanto sarà impaziente, inginocchiato accanto a me sul letto, mentre lecca il mio sperma, quegli occhi innocenti che osservano la mia reazione. Gli mando un messaggio: *Mi assicurerò che tu lecchi fino all'ultima goccia quando saremo insieme, ragazzo. Fino all'ultima goccia.*

Mi manda un'emoji a cuore e gemo, desiderando di poter vedere la sua faccia. Non avremmo dovuto farlo. Non fa parte del piano. Dovevamo passare una notte insieme. Non dovrei mandargli messaggi in anticipo o chiedermi se domani posso guidare fino a Nashville per succhiargli il cazzo mentre lui mi accarezza i capelli e cantilena: «Daddy, sì, ti prego, Daddy. Ti prego, fai venire il tuo ragazzo, Daddy.»

Il telefono mi distoglie dalle mie fantasticherie.

Grazie, Daddy. Buonanotte.

Buonanotte, ragazzo. Dormi bene.

È più che sufficiente. Spero che non mi mandi più messaggi fino a domani.

È una bugia.

Non so cosa ci sia in Matthew Angel, ma voglio, anzi, ho *bisogno* di più, e credo che sarà un problema molto grande. Un grande pasticcio. Una situazione rischiosa.

Un enigma natalizio, se vogliamo.

Ridacchio, stravolto dalla lussuria e dall'orgasmo, mi copro il viso e calcio le lenzuola come un idiota.

Porca puttana, in cosa mi sono cacciato?

Non vedo l'ora di scoprirlo.

PARTE SECONDA

L'esperienza sessuale

CAPITOLO SETTE

Matthew

È MATTINA INOLTRATA quando mi inerpico per la ripida salita verso la cosiddetta casetta in cima alla montagna: è più una baita a tre piani. Sono così nervoso che non riesco a fermare il tremolio dei muscoli. Per la maggior parte delle quasi cinque ore di viaggio da Nashville, sono stato grato al cruise control, perché continuavo a tremare come se fossi stato fuori al freddo.

L'eccitazione, il nervosismo e una vertigine mai provata prima si scatenano in me. Se sembro fuori di me anche solo la metà di quanto mi sento, devo avere l'aspetto di un tossico.

La scorsa notte ho dormito a malapena per aver fantasticato, ma mi sono rifiutato di masturbarmi. Alla mia età, il periodo refrattario dell'orgasmo può essere fastidiosamente lungo e voglio venire il più possibile con Daddy.

Pensare a Erik in quel modo è eccitante, sporco e sconvolgente, e mi fa diventare così duro e teso che a volte vedo quasi le stelle per il puro bisogno. L'orgasmo non è nemmeno necessario per farmi sentire come se stessi vivendo un'esperienza extracorporea, non con questo kink. E tutta questa ebbrezza è comparsa senza nemmeno essere in presenza di Daddy. Solo messaggi stuzzicanti, foto sexy e il mio desiderio interno di portarmi a questi livelli.

È stata una settimana di tortura deliziosa.

Non mi sono più concesso di venire da quando sono andata via da Daddy, a parte la prima notte in albergo. Avevo pensato che sarei venuto anche senza toccarmi. Così mi sono infilato un dito nel culo pensando a lui e, quando non ce l'ho più fatta, mi sono strofinato il cazzo due volte prima di venirmi sul ventre, sul petto e sulle lenzuola dell'albergo. È stato esplosivo. Intenso. Uno dei migliori orgasmi della mia vita.

Fino a qualsiasi cosa accadrà tra poco.

Qualunque cosa Daddy abbia in mente per me, sono sicuro che mi farà impazzire, e più di una volta. Rabbrividisco mentre parcheggio, abbassando un po' la testa per vedere l'intera ampiezza della casa attraverso il parabrezza.

Il panorama è offuscato dalla nebbia; le nuvole sono pesanti e scure. È cupo, quasi come se la notte fosse calata prima del dovuto.

Ma la casa ha un aspetto caldo e sicuro, con il fumo che esce dal camino e le luci natalizie multicolori disseminate lungo le varie ringhiere del balcone, che bordano il tetto e delineano le finestre. La struttura in tronchi ha un'aria rustica, ma la costruzione è nuova e pensata per il comfort; lo vedo anche dall'esterno.

Scendo dall'auto e il rumore della portiera che si chiude riecheggia sul fianco della montagna. Infilo le mani nelle tasche dei jeans scuri e ringrazio la morbida sciarpa che ho intorno al collo e lo spessore della mia felpa della MTSU. Fa freddo e c'è odore di neve in arrivo. Inclinando la testa all'indietro, esamino la baita piano per piano.

L'ultimo sembra essere un unico grande spazio, a giudicare dalla posizione delle finestre. Da quella stanza ci sono porte scorrevoli in vetro che danno sul lungo balcone superiore. Quindi è probabile che sia la camera da letto padronale ad avere, senza dubbio, la vista migliore.

Il piano intermedio sembra essere la zona giorno principale, visto lo splendido albero di Natale con luci bianche scintillanti visibile attraverso le grandi finestre rivolte a est. Se dovessi tirare a indovinare, supporrei che lì si trovino anche la cucina e la sala da pranzo, e forse una camera da letto? Forse no. Dipende se una zona pranzo formale è importante per Erik.

La terrazza del piano intermedio è coperta e più ampia di quella della camera da letto principale. C'è un grande dondolo imbottito, un divanetto e un tavolo da esterno, oltre a ventilatori a soffitto da usare in estate. Ma, nello spirito della stagione, qualcuno ha appeso alle pale del ventilatore lampadine natalizie multicolori, che brillano nella penombra come piccole costellazioni festose. È bellissimo e fa proprio al caso mio.

Le decorazioni per l'albero di Natale dei miei genitori sono rimaste in soffitta a prendere polvere. Mi sembra sbagliato, o perlomeno inutile e uno spreco di elettricità, montare un albero solo per me.

Domani farò il lungo viaggio di ritorno a Nashville in una casa buia per la vigilia. Potrebbe anche essere un giorno qualsiasi, visto che non ho nessuno con cui festeggiare. Doug e Forest chiaramente non sono pronti a invitarmi alla loro cena di Natale, dopo quello che ho fatto l'ultima volta che ci sono andato. Non posso biasimarli.

La casa di Erik sembra uscita direttamente da una cartolina di Natale o da una delle centinaia di sdolcinate storie d'amore natalizie che finisco sempre per guardare per ore e ore, anche se i miracoli natalizi e la ricerca dell'amore in una piccola città mi fanno sempre sentire più solo che mai.

Ancora una volta, poso lo sguardo sulle luci allegre e sul caldo bagliore dell'albero alla finestra. Almeno mi è concesso di godermi questo paese delle meraviglie natalizie per una notte magica. Mi chiedo se le decorazioni siano un'idea di Erik o di sua madre. Le mettono dopo il Giorno del Ringraziamento? Sei settimane così sarebbero una beatitudine.

A proposito della mamma di Erik, il piano inferiore ha un'entrata separata e credo che sia riservata a lei. Nel patio esterno ci sono un divano e un tavolo, e anche un mucchio di legna da ardere. A destra del patio, sotto la terrazza, c'è una griglia dall'aspetto usato.

Al piano inferiore non ci sono luci accese, quindi presumo che la signora non sia in casa.

Ho sentimenti contrastanti al riguardo. Non voglio che sia lì per la nostra serata insieme, ma sono anche curioso di sapere chi è la donna che è ancora così vicina a suo figlio adulto, e che ha accettato il suo kink e il suo ex ragazzo senza alcun problema. Non riesco nemmeno a immaginarlo. I miei genitori…

Cerco di allontanare il pensiero, ma mi colpisce lo stesso.

Si vergognerebbero molto. Se sapessero dove mi trovo ora, se sapessero cosa sto per fare e con chi? Si inginocchierebbero e pregherebbero per la mia anima. Mia madre si lamenterebbe e piangerebbe, e mio padre… non voglio nemmeno pensare a cosa potrebbe fare mio padre. Mi direbbe di uscire da casa e di non tornare mai più? Mi diserederebbe?

Mi riscuoto.

Ora non ha più importanza. Non ci sono più. La loro mancanza è come un mal di denti permanente che si attenua e ritorna con forza quando meno me lo aspetto. Ma non mi manca il modo in cui le loro credenze religiose e i loro atteggiamenti conservatori mi hanno impedito di crescere e di sapere cosa volessi, o di trovare un modo sicuro e sano per ottenerlo.

A proposito di sicurezza e sanità mentale. Doug ha insistito per parlarne a lungo con me, prima di lasciarmi venire qui. Non che abbia davvero voce in capitolo su ciò che faccio nella mia vita, ma è stato bello vedere che, dopotutto, si cura di me.

La preoccupazione nei suoi occhi quando mi ha fatto sedere davanti a un bicchiere di whisky all'Hummingbird Bar è stata come una coperta calda di cui non sapevo nemmeno di aver bisogno. Per la prima volta, dopo l'orribile errore che ho commesso nel provarci con Forest, ho sentito l'affetto di Doug per me.

Dopo aver esaminato il contratto che ho firmato con Erik, l'ha giudicato superficialmente sicuro e sano, a patto che *Erik* non costituisse un rischio. A quel punto, Doug ha insistito per prendere i nomi delle referenze che Nick ed Erik mi hanno dato e chiamarli lui stesso, dicendo che, essendo già esperto nel mondo del kink, avrebbe saputo meglio di me cosa chiedere e quali segnali d'allarme cercare. Dopo aver adempiuto all'impegno, mi ha mandato un messaggio: *Penso che sia sicuro. Divertiti.*

Sicuro.

Lo è?

È davvero sicuro o sano di mente venire qui stasera, in questa casa isolata dopo aver comprato un Daddy a un'asta di beneficenza? Eccitarmi all'idea di essere maneggiato, coccolato e scopato da lui? È una follia, vero? Suppongo che lo sia, ma lo sto facendo. Vivrò per me stesso solo per una sera, e se andrà tutto bene, se scoprirò che è quello che voglio? Allora avrò imparato una cosa su di me.

Mi avvicino al retro dell'auto e apro il bagagliaio. Prendo la mia valigia, un piccolo trolley rigido che uso per tutti i miei viaggi di lavoro, e la lascio cadere sulla ghiaia del viale. È vuota, a parte un cambio di vestiti, lo spazzolino, il dentifricio, la spazzola e il contratto che io e Daddy abbiamo firmato al bar la settimana scorsa.

Uno strano rumore proviene da destra e giro la testa, vedendo attraverso gli alberi una radura in discesa che degrada su un altro pezzo di terra pianeggiante dove, se quello fosse un quartiere, sarebbe stata costruita una casa vicina.

Un fienile rosso, che sembra uscito da un libro per bambini, è coperto da un anello di nebbia ed è illuminato di luci incantevoli dall'interno. Sento di nuovo quello strano suono e lo riconosco come il nitrito di un cavallo. Un altro suono gli risponde... il belato delle capre.

Il mio telefono vibra nella tasca posteriore e lo tiro fuori.

Ce l'hai fatta.

Mi giro, ma non vedo Erik da nessuna parte. *Sì, sì, sì. Dove sei?*

Sono nella stalla. Molly ha partorito ieri sera e volevo controllare il piccolo.

Mentre mi chiedo chi sia Molly, un animale di qualche tipo, suppongo, e se devo andare al fienile ora o aspettarlo qui, arriva un altro messaggio.

Molly è una capra.

Rido e rispondo*: Lo immaginavo.*

Aspetta un attimo e arrivo subito. Mettiti sul portico. C'è una bella vista.

Sì, Daddy.

Bravo ragazzo.

I miei capezzoli diventano duri, il mio uccello si ingrossa e sono pronto a spogliarmi proprio lì e a dargli il culo sul cofano ancora caldo della mia auto. Ma faccio come dice lui e trascino il trolley, fortunatamente leggero, su per la ripida rampa di scale. A metà strada, passo davanti a un'alcova nascosta sulla destra, con una vasca idromassaggio dietro un'alta siepe. Proseguo fino al centro del portico, un po' affannato.

Certo, ora che posso vedere all'interno delle finestre, noto una zona giorno, una cucina e una sala da pranzo separate da un lungo bancone costruito intorno a una spessa colonna di legno che scende direttamente dal soffitto, senza dubbio una trave di sostegno. L'albero di Natale, anch'esso visibile dalla finestra, è alto, ricoperto di luci bianche e altre variopinte di tutte le dimensioni, e sotto di esso ci sono regali avvolti in carta a righe verdi, rosse e bianche.

E se guardo oltre la ringhiera del portico, capisco che Daddy ha ragione. C'è una vista incantevole, per quanto un po' oscurata, dei monti Blue Ridge dell'Appalachia; la nebbia blu è comune e contribuisce al dolce mistero delle montagne più antiche del mondo. Il mio sguardo segue le curve e le ombre, gli avvallamenti e i crepacci, la foschia vaporosa che vi danza attraverso, fino a quando non riporto l'attenzione sul fienile rosso per vedere Daddy che ne esce. Cammina su un sentiero ben battuto che conduce alla casa principale.

Indossa jeans e scarponi, una maglietta e una pesante camicia di flanella, oltre a uno spesso berretto in testa. L'aria è fredda ma non gelida, quindi non si è preoccupato di indossare una giacca. Il suo passo è accattivante: forte, sicuro. Non esita, con le mani in tasca e il mento alzato.

Non so se devo sedermi e aspettare, ma non posso. Sono troppo eccitato. Mi sudano i palmi e mi trema lo stomaco. Mi sembra che le mie gambe possano cedere quando Daddy raggiunge il fondo delle scale e inizia a salire.

I suoi scarponi atterrano pesanti sulle assi di legno. È torreggiante. Un po' minaccioso. La mia mente si scatena, proponendo ogni tipo di fantasia sconcia: mi afferrerà, mi piegherà su questo parapetto e…

No, no, si avvicinerà a me, mi prenderà per la gola e…

No, mi costringerà a inginocchiarmi e mi riempirà la bocca con il suo…

No, lui…

Arriverà in cima alle scale, si avvicinerà a me con gli occhi caldi e il sorriso tranquillo e rilassato. Mi sfiorerà la guancia, come ha fatto la prima volta che ci siamo incontrati, mi prenderà il viso e si chinerà per un bacio. Un bacio dolce e sexy.

Gemo, afferrando le sue braccia, adorando lo spessore dei suoi bicipiti. Mi appoggio al suo corpo, aprendomi alla sua lingua. Il bacio non è aggressivo. È appassionato, ma non mi bacia come se non vedesse l'ora di strapparmi i vestiti di dosso. Ne sono entusiasta, ma anche deluso. È solo il mio terzo bacio e non sono esperto, ma non posso preoccuparmi quando lui mi insegna cosa fare con ogni delicata carezza delle labbra e della lingua.

Affamato, bramoso, rincorro la sua bocca quando si allontana. Daddy mi asseconda con un'altra carezza prima di posarmi le dita sulle labbra, fermando il mio successivo tentativo di prolungare il bacio.

«È bello vederti, ragazzo.»

Annuisco, messo a tacere dal ruggito del desiderio che mi attanaglia.

«È così che si saluta Daddy?»

Comincio a sudare. Non voglio già rovinare tutto. Ma gli occhi di Daddy sono pazienti e riesco a dire: «Anche per me è bello vederti, Daddy.» La mia voce è roca, come se avessi fatto dei gargarismi con aghi di pino. Sto ancora tremando e lui se ne accorge, e mi fa scorrere le mani su e giù per le braccia. Il suo sguardo è serio e mi devasta.

«Questa felpa è troppo leggera per il tempo che sta arrivando, ragazzo. Vieni dentro al caldo.»

Lascio che mi prenda per mano e mi conduca nella sua bella casa. Il calore della stufa a legna è morbido, non opprimente o secco, e io lo assorbo, lasciando che calmi i brividi del freddo e mi abbandono a quelli scatenati dal puro nervosismo. Mi affianco a lui mentre si toglie gli scarponi e io mi sfilo le scarpe da ginnastica. Lui le mette in una scarpiera vicino alla porta e io rimango lì con i piedi scalzi, il cuore che batte all'impazzata, aspettando di vedere cosa succederà di sexy.

A quanto pare, niente.

Mi dice di lasciare la borsa vicino alla porta prima di condurmi davanti all'albero di Natale, al divano e al bancone che separa la cucina dal resto del soggiorno. Dietro le mie spalle intuisco che ci sia la zona pranzo, ma non la esamino troppo da vicino.

«Mettiti comodo.» Fa un gesto verso le alte sedie del bancone e mi rivolge un sorriso mentre gira intorno e si lava le mani nel profondo lavello di fronte a me. «Com'è andato il viaggio?»

«Bene.» Mi sistemo sulla sedia, sbattendo le palpebre e guardandomi intorno, con la gola secca e le mani ancora tremanti. «Il tempo era buono. Ho incrociato un incidente a circa un'ora da Knoxville, ma nessuno sembrava ferito e la polizia era lì. Il traffico era rallentato fino a quasi fermarsi, a causa dei curiosi.»

Sto parlando un po' a vanvera, ma non so cos'altro fare. Non so come *funziona*.

«Ti sarai alzato all'alba,» dice Erik... *Daddy*, prendendo due bicchieri dalla credenza e mettendoli sul bancone tra di noi. «Va bene l'acqua? Ho delle bibite in lattina se vuoi, ma a dire il vero preferirei che tu bevessi acqua. L'idratazione sarà importante molto presto.»

Il mio respiro vacilla. «Tutto quello che vuoi, Daddy.»

Lui sorride e quel tremolio nervoso ed eccitato che ho nello stomaco si insinua nella gola. Se fossi di natura fantasiosa, potrei immaginare che le farfalle stiano per spiccare il volo. Ma sono un contabile, e si suppone che siamo noiosi, seri e distaccati.

Forse non voglio più esserlo. Se mai lo sono stato. Ricordo come, in gioventù, avessi desiderato dedicarmi alla musica. Anche se non ero troppo dotato. Nei momenti di intimità, lasciavo che mi guidasse, mi comandasse, mi prendesse in mano. Numeri e dichiarazioni dei redditi non avrebbero mai potuto farlo. Non per me.

«A che ora sei partito da Nashville?» chiede Daddy mentre tira fuori dal frigo una brocca di acqua. La versa in entrambi i bicchieri.

«Verso le sette. Non è stato poi così male. Non mi sono alzato prima che se fossi andato al lavoro.»

La brocca è di quelle con filtro incorporato e lui la riempie dal lavello prima di rimetterla in frigo. «Ti sei fermato a mangiare durante il viaggio?»

«No, Daddy.»

Si appoggia al bancone con i gomiti abbassati, gli avambracci in mostra oltre le maniche arrotolate. Mi guarda con calore, anche se schiocca la lingua con aria di rimprovero. «Hai fatto colazione?»

«Ero troppo nervoso per mangiare.»

«Mmh.» Mi sorride di nuovo e poi si gira verso gli armadietti, tirando fuori pane, burro di arachidi e un sacchetto di patatine. Si sposta verso il frigorifero e ne estrae un barattolo di marmellata d'uva. Mentre osservo le mie gambe che si muovono a scatti, Daddy prepara un panino al burro d'arachidi e alla marmellata, lo mette nel piatto con le patatine e me lo porge. Per tutto il tempo che lavora, tra noi c'è silenzio, ma non è fastidioso, solo carico di aspettativa.

«È buonissimo,» dico a bocca piena. «Non mi ero accorto di avere così tanta fame.»

«Mangia. Poi andremo nel fienile.»

«Davvero?» Non so perché, ma avevo passato il viaggio immaginando di arrivare alla sua baita, che nella mia mente era molto più rustica, e di metterci subito all'opera. Dopotutto, ho solo una ventina di ore e voglio sperimentare molte cose con lui prima che il mio tempo finisca. Molte cose che si fanno da nudi.

«Sì.»

Mentre finisco il panino e le patatine, devo trasmettere la mia confusione e la mia delusione, perché lui allunga la mano e mi accarezza i capelli. «Non preoccuparti, ragazzo. Daddy sa cosa fare. Andrà tutto bene. Ti prometto che otterrai quello che vuoi.»

Annuisco, sorseggiando l'acqua e spingendo giù il boccone di burro d'arachidi, marmellata e pane. Devo fidarmi del fatto che Erik lo sappia. È tutto parte del gioco, no? Lasciare che sia lui a comandare. Lasciargli prendere il controllo della situazione.

«Ecco,» mi elogia quando finisco. «Ottimo lavoro.»

Arrossisco, un po' imbarazzato per essere stato lodato per aver mangiato, come se fossi un bambino o qualcosa del genere; e quando è stata l'ultima volta che ho mangiato un panino al burro e marmellata?

«Ben fatto, ragazzo. Seguire le istruzioni di Daddy è la chiave per divertirsi stasera. Stai iniziando con il piede giusto.» Gira intorno al bancone e torna verso la porta dove abbiamo lasciato le scarpe. «Da questa parte.»

Obbedendo, vengo presto avvolto in un cappotto blu troppo grande, con le tasche foderate. Mentre mi mette una sciarpa intorno al collo e mi infila un berretto in testa, mi torna in mente l'infanzia, quando i miei genitori mi infagottavano per la lunga attesa dello scuolabus in quelle gelide mattine d'inverno. Erik è più grosso di me e io mi sento piccolo. Le sue mani sono delicate mentre liscia le pieghe del cappotto sulle mie spalle e mi infila le orecchie più saldamente sotto il berretto.

«Ecco. Ora sei bello al calduccio.» Si infila un cappotto da lavoro e un berretto imbottito e apre la porta. «Dopo di te.»

Una volta fuori, mi prende per mano e mi conduce di nuovo giù per le scale e verso il sentiero che porta al fienile. Fa oscillare le nostre mani. «Ti piacciono i cavalli?»

«Credo di sì?» Il mento, le guance e le orecchie iniziano a dolermi per il morso dell'aria fredda e mi aggiusto la sciarpa per coprirmi meglio. Dal canto suo, Erik sembra a suo agio nel gelo invernale delle montagne.

«Non li hai mai frequentati molto?»

«Non proprio.»

«Capre?»

«Solo in uno zoo.»

«Beh, ti aspetta una bella sorpresa. Questo non è uno zoo.» Mentre camminiamo, mi parla di Dora, Tyron, Zebra Cake e Ryder, i quattro cavalli che vivono nella stalla. «Sono tutti cavalli acrobatici addestrati. Mi aiutano a fare il mio lavoro e in cambio io li faccio divertire.»

«Hai scelto tu i nomi?» chiedo, concentrandomi sulla cosa forse meno importante che ha appena detto, eppure sono molto curioso.

«Solo quello di Ryder. Gli altri avevano già un nome quando li ho presi.»

«Zebra Cake...» Sorrido. «Ha il sedere a strisce?»

Ridacchiando, Erik mi stringe le dita. «La figlia di cinque anni della sua ex proprietaria gli ha dato il nome della sua torta preferita.»

«Mmm… non possono non piacere le torte zebrate.»

«E anche lui è altrettanto dolce.»

Sorrido. «Sembra che il tuo lavoro ti piaccia molto.»

«E a te piace il tuo?»

«Non proprio.» Faccio spallucce, sbattendo le palpebre per una folata gelida. «Sono bravo, ma questo è tutto. Non direi che mi rende felice. Paga le bollette.»

«Mmh.» Non chiede altro, e torna a parlare degli animali che sto per incontrare. Mentre la nebbia vortica intorno ai nostri piedi, le nuvole minacciose sopra di noi iniziano a sputare piccole palline di ghiaccio. Il meteo prevede neve, ma Erik non ne ha parlato come di un potenziale problema, quindi non me ne preoccupo. Daddy si prenderà cura di me.

«Poi c'è Molly, la nuova madre. Questo è il suo primo capretto.»

«Oh? È per questo che volevi portarmi al fienile come prima cosa?»

«Sì, vorrei controllarla di nuovo. È un po' spaesata. E poi mi piace vedere come si comportano i miei compagni di gioco con gli animali. Mi dà molte più informazioni di quello che uno potrebbe pensare.»

Sentendomi in imbarazzo, mi schiarisco la gola prima di chiedere: «Cosa ti dice?»

«Tanto per cominciare, mi dice della loro fiducia e della loro empatia.» Un cane abbaia e un altro guaisce. Due si precipitano dietro l'angolo del fienile rosso, entrambi bianchi e neri, e sembrano quasi spettrali nella nebbia. «Sono Kramer e Scott.» Erik ridacchia di nuovo. «Ed ecco Sally e suo figlio Brodie.»

Altri due cani, questi a macchie marroni e bianche, si precipitano dietro i primi due, li scansano e iniziano a lottare nell'erba e nella terra. Preso dalle loro buffonate, dimentico di preoccuparmi del significato della mia reazione e rido mentre i cani giocano. Anche Erik ride. Il suono della sua felicità fa esplodere la tensione che ha continuato a crescere dentro di me fin dal mio arrivo, e quando Erik mi stringe di nuovo la mano sono pervaso da un senso di sollievo e di impazienza.

«Quattro cani!»

«Ci sono anche molti gatti da stalla.»

«Devi amare molto gli animali.»

«Tu no?»

«Oh, sì.» Mi mordo il labbro inferiore e poi ammetto: «Ho un gatto. Terrificus Persimmon Mottsanders. O Simmony Sunshine, in breve.»

«In breve,» ripete Erik con un'altra deliziosa risata.

«O a volte è Terry Ficus. O Mott the Pissy Pants.»

«Maschio o femmina?»

«Maschio.»

«Ah, e risponde quando qualcuno lo chiama?»

«A tutti. È affettuoso.»

«E dov'è questo fine settimana?»

«La mia vicina di casa, Maureen, si prende cura di lui ogni volta che viaggio. Non vuole nemmeno farsi pagare.»

«È gentile da parte sua.»

I cani ci sfrecciano accanto, rincorrendosi e ansimando forte nell'aria fredda, sbuffando attraverso le fauci ghignanti. Due di loro sfiorano la coscia sinistra di Erik, che passa le dita sulle schiene al loro passaggio. Mi scalda il cuore sapere che a Erik piacciono gli animali.

Se avessi avuto timori per il fine settimana o preoccupazioni che le referenze non fossero state oneste, vedere come si illumina parlando dei suoi cavalli e dei suoi cani li avrebbe alleggeriti.

«Di solito non teniamo gli animali all'interno. Hanno diversi sentieri sulla proprietà dove sono liberi di vagare tutto l'anno, sia le capre che i cavalli. Ma con la neve in arrivo, li teniamo al chiuso, al caldo e al sicuro.» Apre la grande porta.

All'interno del fienile c'è caldo e l'odore di letame e di paglia mi arriva alle narici. La luce filtra da alcune finestre in alto. Nell'aria scintillano granelli di polvere. Non è certo un luogo silenzioso. Ci sono i belati delle capre e il rumore dei cavalli che sbuffano, oltre a un leggero battere di zoccoli. Un gatto bianco e arancione si avvicina per strusciarsi alla gamba di Erik, che si ferma appena dentro l'ingresso. Mi stringe di nuovo la mano prima di lasciarla e indicare il fienile. «Ecco Daisy. Quella ai nostri piedi è Dipsy.»

Un gatto tricolore mi guarda dall'alto. Lo saluto e sorrido.

«Vieni a conoscere Zebra Cake,» mi dice Erik, guidandomi verso la metà del fienile, diviso in box per cavalli.

Mentre mi avvicino, un cavallo baio con la criniera bianca sporge la testa e scruta Erik prima di sbuffare. Erik ride. «Non ho portato un'altra carota. Ne hai appena mangiata una, sciocco.»

Il cavallo sgrana gli occhi.

«Sa cosa hai detto?»

«Sono molto intelligenti,» dice Erik, allungando una mano in un secchio vicino al box e tirando fuori una manciata di fieno, per poi passarmela. Il suo profumo mi riporta alla mente il ricordo di un giro di Halloween sul trattore dei vicini, quando avevo cinque o sei anni.

«Se vuoi, puoi darglielo da mangiare e lui ti permetterà di accarezzargli il naso.»

Mi sposto in avanti per offrire il fieno, con il palmo della mano alzato. Le labbra di Zebra Cake mi fanno il solletico e faccio fatica a non tirare indietro la mano mentre ridacchio.

«Soffri il solletico?»

«Sì,» dico, accarezzando il muso vellutato di Zebra Cake. Lui mastica mentre io lo accarezzo e ammiro il suo pelo lucido. «È bellissimo.»

«Dolce, testardo e bravo nel suo lavoro. È lui che uso per addestrare i principianti. Ho la certezza che non si farà prendere la mano e non calpesterà qualche attore affamato di acrobazie mentre si esercita a cadere.»

Rido. «Attori. Che lavoro. Vengono pagati per cadere da cavallo.»

«E mangiare solo petto di pollo e spinaci per otto mesi, per ottenere quell'aspetto scolpito.»

«È vero. Gli attori soffrono, ne sono certo.»

«Ma ho sentito dire che per i grandi guadagni ne vale la pena,» replica Erik con un sorrisetto. «Andiamo. Vediamo cosa pensa Dora di te.»

Non sono sicura di cosa Erik stia valutando mentre interagisco con ciascuno dei cavalli, ma sembra soddisfatto; il nervosismo, che era alle stelle quando sono arrivato, ora si sta trasformando in eccitazione frizzante.

Quando Dora, Tyrone e Ryder hanno finito con me, Erik mi conduce verso l'altra metà della stalla, dove ci sono i recinti delle capre. Sono stupito dalla quantità di versi allegri che fanno e rimango sbigottito quando una salta sul dorso di un'altra e poi scavalca le spalle di due delle sue compagne di recinto prima di saltare di nuovo giù e dare una testata a un arruffato caprone grigio.

«Giocano così,» mi assicura Erik. «Quella è Molly, laggiù.»

Passiamo dal recinto principale, dove la maggior parte delle capre si scatena, bela e mastica il mangime, a un'altra area delimitata e protetta. È anche molto calda e capisco perché. Lampade termiche, materassini riscaldanti e molte coperte cullano la madre e il suo piccolo che traballa sulle zampette.

«Che tenerezza.» Lo squittio acuto che emetto è un po' imbarazzante, ma non posso farci niente. «È così carino.»

«Eh già.» Erik si appoggia all'ingresso della piccola stanza. «È proprio carina. Lo sono sempre.»

«Cosa le riserva il futuro?» domando, inclinando la testa, per sapere se le capre sono destinate a diventare un piatto da qualche parte.

«Non ne sono sicuro. Cosa pensi che dovrebbe accadere con lei?»

«Quali sono le sue possibilità?»

Mi sorride e alza le spalle. «Può restare qui e diventare una delle mie capre da latte, oppure posso venderla a qualcun altro e diventare una delle *loro* capre da latte.»

«Quindi non verrà mangiata?»

«Dio, no. Beh, a meno che un orso non la prenda quando è in giro questa primavera, ma i cani sono bravi a proteggere le capre.»

«Credo che, se avete bisogno di un'altra capra da latte, dovreste tenerla. È nata vicino a Natale. Mi sembra un buon auspicio, no?»

«Come pensi che dovrei chiamarla?»

Ho una risposta sulla punta della lingua, ma arrossisco, stringendo i denti, troppo in imbarazzo per dirla ad alta voce.

«Di' a Daddy quello che pensi,» mi incoraggia Erik, e quel tono di voce è tornato, quello che mi fa sentire rimproverato ma anche accudito; è strano come una cosa così piccola possa creare tante emozioni complesse.

«Miss Merry Joy-Joy.»

Le labbra di Erik tremano prima di ridere tra sé e sé, guardando la capretta. «Miss Merry Joy-Joy sia.»

«No! È assurdo!»

«Lo adoro. Sono sicuro che la chiameremo semplicemente Joy, ma il suo nome completo sarà una *gioia* ogni volta che lo useremo.» Si gira verso di me, mi prende la nuca e mi attira verso di sé. Quando le nostre fronti si toccano, sento l'odore di menta piperita nel suo alito. «Sei pronto a diventare il mio ragazzo, Matthew?»

«Sì, Daddy.»

«Sei pronto a farti portare a casa, a riscaldarti e a mostrarti per cosa è fatto il tuo corpo?»

Rabbrividisco, il mio cazzo si tende. «Sì,» sussulto. «Ti prego.»

«Vuoi sapere qual è la prima lezione?»

Fremo, vorrei che unisse le nostre bocche, vorrei che mi baciasse, e sono tentato di rubare quel bacio. Sto quasi per dire di sì, ma poi deglutisco e prendo un respiro tremante. «Quello che vuole Daddy.»

«Oh, Cristo, ragazzo,» mormora Erik; la sua mano si flette sulla mia nuca, premendo ancora di più le nostre fronti. «Sei sicuro di non averlo mai fatto prima?»

«Sono sicuro, Daddy.»

«Ma certo. Era solo un altro modo per lodarti, per dire che sei già bravo nel tuo ruolo. Hai dato un'ottima risposta; è difficile credere che tu non sia un ragazzo esperto.»

«Non lo sono.»

«Ti credo.» Si stacca da me, mi bacia la fronte e studia il mio viso per un lungo momento. Vorrei sapere cosa ci vede.

«Daddy?»

«Sì, ragazzo?»

«Possiamo iniziare? Per favore?»

Sorride. «Andiamo. Questa notte sarà bellissima per te. Potente. Piacevole. Forse anche spaventosa. Ma non mi lascerai con la sensazione di essere stato usato. Te lo prometto.»

CAPITOLO OTTO

Matthew

NELLA ZONA PRANZO, c'è un lungo tavolo di legno con sedie comode ed Erik ne tira fuori una, facendomi cenno di sedermi. Prende posto a capotavola, dove lo attende una piccola pila di fogli.

Copie dei nostri test per malattie veneree e del nostro contratto.

«Grazie per avermeli inviati,» dice Daddy, prendendo le pagine e sfogliandole per un momento. «Ora, prima di iniziare, rivediamo entrambi gli esiti di questi esami, annotando la data e i risultati.» Me li passa e io li guardo e annuisco prima che lui li riprenda e li riveda lui stesso un'ultima volta. «Hai ancora voglia di goderti il mio sperma?»

«Sì, Daddy.» Mi sento stordito e su di giri immaginando il suo sperma dentro di me, di ingoiarlo, di sentirmelo colare dal culo. Lo desidero così tanto che inizio ad avere l'acquolina in bocca.

«Eccellente. Prima di iniziare, concordiamo di nuovo tutto. Questo è il nostro contratto. Questo è ciò che abbiamo approvato.»

Ascolto mentre legge ad alta voce ogni riga. Ogni singola frase. Voglio che concluda in fretta per poter iniziare, ma voglio anche sentirlo pronunciare le parole. Rende tutto di nuovo reale, contenuto e sicuro.

«Quali sono le tue parole di sicurezza?» mi chiede, quando ha finito di leggere il contratto.

«Rosso e giallo, Daddy.»

«E rosso significa?»

«Fermati.»

«Giallo, invece?»

«Rallenta.»

«Anche queste sono le mie parole di sicurezza,» dice Daddy. «Posso usarle anche io quando voglio. Hai capito?»

«Sì, Daddy.»

«Bene. Voglio che tu sappia che il kink può essere una corsia preferenziale per l'intimità. Può aprirti emotivamente. Sei pronto per questo?»

Annuisco.

«Le parole, per favore.»

«Sono pronto, Daddy.»

«Qualunque cosa tu senta, per quanto forte, io sono qui per sostenerti.»

«Sì, Daddy.»

Sto ancora tremando e l'uccello mi fa male perché è duro e intrappolato nei jeans. Erik si alza, allunga una mano e dice: «Bravo ragazzo. Andiamo di sopra e iniziamo con il clistere.»

Deglutisco. Mi ero pulito con una doccia prima di uscire stamattina, ma questo fa parte di ciò che abbiamo concordato. C'è qualcosa di potente nel pensare a ciò che comporterà. Che sarà Daddy a somministrarmelo. E, soprattutto, che glielo permetterò.

Mi tiene per mano mentre saliamo le scale che portano al piano superiore della baita, e ancora una volta avevo ragione. La suite padronale. Un grande letto, una parete a vetri con una splendida vista su montagne sconfinate, un divano immenso e un televisore gigante ad alta definizione sopra di esso.

Ma Daddy non indugia, mi porta subito nel bagno piastrellato. C'è una grande doccia aperta con quattro soffioni, un'enorme vasca da bagno con i piedi a forma di artiglio, una rivisitazione moderna di quelle antiche, e le valvole dell'acqua sono dotate di un apparecchio per il clistere. Il mio cuore salta un battito e il respiro si fa affannoso.

I lavandini sono addossati a una parete con una porta, che senza dubbio conduce a un ripostiglio.

«Non verrai finché non te lo dirò io,» dice Daddy con calma. «Capito, ragazzo?»

«Sì, Daddy.»

«Hai mai fatto un clistere prima d'ora?» mi chiede, lasciando la mia mano per andare alla vasca e aprire l'acqua, facendola scorrere finché non è alla temperatura giusta. Preme una valvola per mantenerla costante.

«No, solo doccette, Daddy.»

«E ne hai fatta una stamattina?»

«Sì.»

«Allora sarà facile,» dice, avvicinandosi a me con un caldo sorriso. «Non devi avere paura, piccolo. Daddy è qui con te.»

Mi mordo il labbro inferiore, il mio cazzo pulsa e la gola si stringe. «Puoi...»

«Cosa, ragazzo? Parla con Daddy.»

«Puoi abbracciarmi?»

Il suo sorriso mi fa quasi sciogliere il cuore quando mi prende tra le braccia, mi coccola e infila la mia testa sotto il suo mento. Sono grato che sia più alto di me. Più grosso. Mi sento come un bambino tra le sue braccia. Mi culla la nuca, massaggiandomi il cuoio capelluto e il collo. Mi sussurra all'orecchio paroline dolci e suoni rilassanti, e mi fa dondolare avanti e indietro sui nostri piedi.

Quando mi affloscio tra le sue braccia, mi bacia il lato della gola e poi la guancia prima di mormorare: «Pronto, ragazzo?»

Annuisco.

«Togliamo questi vestiti.» Fa una pausa, dandomi modo di dire di no e di usare le mie parole di sicurezza, prima di infilarmi le mani sotto la felpa e accarezzare i peli sulla pancia e sul petto. «Cristo, ragazzo, come sei morbido.»

Le mie guance si riscaldano. Non ho toccato altri uomini abbastanza da sapere come fossero, ma ricordo che la maggior parte di quelli a cui ho succhiato il cazzo avevano peli pubici ispidi e una striscia villosa e pungente sotto l'ombelico.

«Incredibile,» mormora. «Ora spogliati.» Mi sfila la felpa e il mio uccello pulsa mentre i suoi occhi passano da dolci a infiammati. «Guarda il mio ragazzo,» dice, facendomi scorrere le dita dalle spalle al petto, passando per i capezzoli, e giù fino alla parte superiore dei miei jeans.

Aggancia le dita nei passanti, ma non me li toglie. Invece, mi scruta famelico. «Lo sai quanto sei sexy?» mi chiede, e sembra sincero, anche se non riesco a immaginare che lo intenda come qualcosa di più di un modo per far sentire bene il suo ragazzo.

Non dico nulla e lascio che mi avvicini per strofinarmi la corta barba sul collo e sulle clavicole. Le gambe ricominciano a tremare quando si china per sfiorare con il mento ispido il mio capezzolo destro, quindi lo lecca e passa al sinistro. Sussulto e lui ridacchia prima di avvicinarsi per baciarmi, questa volta in modo più violento, più intenso, e io mi perdo in lui.

Daddy mi sorregge mentre ci baciamo e io gliene sono grato perché le mie ginocchia vacillano. Il sapore della sua bocca è tutto ciò che voglio, mi nutro della sua saliva e vivo per le torsioni e i tocchi della sua lingua. Quando si libera, ansima e io tremo come una foglia. Daddy mi passa il dorso delle dita sulle guance e poi mi liscia i capelli.

«Adesso,» dice, e la sua voce è grintosa. Sento il suo uccello spingere contro il mio attraverso i jeans, perché mi ha stretto forte durante il nostro bacio. «Dovrò fare attenzione a questo.»

«A cosa, Daddy?»

«A quanto sia bella la tua bocca da troia, piccolo. Mi fa perdere la testa.»

Penso che dovrei sentirmi insultato da quel "troia", ma non è così. Quel termine denigratorio è stato pronunciato con tale dolcezza da sembrare un complimento.

Daddy mi passa le dita sulle labbra e io sento il sapore del sale della sua pelle quando tiro fuori la lingua per leccarle. «Proprio così,» mormora. «Il mio bravo ragazzo ha una bocca da troia. Ma è perverso solo per Daddy. Capito?»

«Sì, Daddy,» ansimo. Le mie palle sono strette e doloranti, e il mio cazzo sta gocciolando così tanto che c'è una macchia umida sulle mie mutande, tutta viscida e calda. «Ti prego, Daddy,» dico, premendo i fianchi contro i suoi. «Ho bisogno…»

Non so come chiedere ciò di cui ho bisogno.

«Daddy lo sa,» mi assicura. «Mi prenderò cura di te.»

Comincia con i pantaloni e quasi vengo quando li tira giù insieme alle mutande. «Daddy,» piagnucolo. «Non so se posso aspettare.»

Osserva il mio uccello lucido e umido, la punta gonfia e le palle contratte, pronte a vuotarsi. Mi bacia di nuovo il lato del collo con un sorriso e passa le mani sul mio petto, accarezzandomi i peli prima di titillarmi i capezzoli con le dita e i pollici. «Riesci a venire solo così, dolce ragazzo?»

Mi sposto in avanti, il mio cazzo cerca il contatto con il suo fianco rivestito di jeans, e lui rilascia un capezzolo per tirarmi vicino, con una mano sul mio culo. «Non muoverti. Non spingere,» mi ordina. «Lascia che accada.»

Non so se ne sono capace, ma lascio che mi stringa mentre l'altra mano lavora sui miei capezzoli. La sua bocca esplora il mio collo e il punto dietro l'orecchio mi fa sussultare di piacere e di bisogno. Mi sforzo di controllare la voglia di masturbarmi, cerco di fare il bravo, ma presto mi contorco mentre lui mi lecca l'orecchio. Gemo quando prende di nuovo la mia bocca.

Faccio oscillare i fianchi mentre lui mi stuzzica il capezzolo con lo stesso ritmo. Riesco a malapena a respirare con la sua bocca sulla mia, sbuffiamo come cavalli e sto per venire quando mi spinge via, con un sorriso malvagio sul volto.

«Daddy!» grido, gettandomi di nuovo tra le sue braccia. Mi premo contro la sua erezione, la ruvidità dei jeans mi fa male in un modo che mi impedisce di venire. Voglio piangere. «Daddy,» mugolo. «Daddy.»

«Stai tranquillo, ragazzo,» sussurra. «Daddy è qui. Daddy è con te.»

Gli bacio la gola e mi lascio esplorare, cercando di togliergli la maglietta. Mi accorgo che le mie dita sono più goffe che mai. La sua pelle è morbida, liscia, non villosa come la mia. Quando si tira indietro abbastanza da sfilarsi la maglia e gettarla a terra, sono combattuto tra il premermi su di lui per avere la sua pelle sulla mia, e fissare i suoi muscoli, la solidità della sua corporatura.

«Ecco,» dice Daddy, prendendomi le mani e mettendole intorno alla sua vita, tirandomi di nuovo vicino. Pelle contro pelle, la mia guancia sulla sua spalla, le sue mani intorno alla mia schiena, che scendono fino a toccarmi il sedere… non ho mai sperimentato una simile vicinanza con un altro uomo.

Giro la testa e faccio un respiro profondo. Daddy profuma di sapone e di sudore e io voglio annegare in quella sensazione di pulito. Voglio essere posseduto da lui, dentro e fuori.

«Daddy,» sussurro. È così bello dirlo. Sentirlo. Confidare che quest'uomo possa tenermi in braccio mentre imparo a essere un bambino grande.

Le ginocchia mi tremano e riesco a malapena a stare in piedi. Daddy mi stringe l'uccello voglioso tra le cosce rivestite di jeans, il che blocca i miei tentativi di strusciarmi di nuovo; il tessuto è troppo duro per un vero piacere, eppure resto eretto.

«Stai fermo,» sussurra, scostando la mia natica destra, esponendo i muscoli contratti del mio culo all'aria fresca del bagno. «Lascia che ti tocchi.»

Quasi svengo quando la sua mano rilascia la presa sulla natica e le dita scivolano per immergersi nella piega, sfiorandomi nel profondo. Rabbrividisco. Nessuno mi ha mai toccato lì.

«Che meraviglia, ragazzo, sei così stretto. Lascia che Daddy ti mostri quanto può essere bello per te.»

Ho giocato con il mio culo. L'ho scopato con le dita. Ma niente mi ha preparato alla sensazione di essere avvinghiato al corpo forte di Daddy, di sentirlo sputarsi sulle dita e strofinare quella saliva sul mio buco. Respiro a fatica e singhiozzo, già sopraffatto da questa esperienza. Mi sciolgo tra le sue braccia come neve.

«Che bravo il mio ragazzo,» mi elogia Daddy. «Nessuno ti ha mai scopato il culo. Daddy sarà il primo.»

«Sì, Daddy, sei il primo.»

«È bellissimo, dolcezza. È così generoso da parte tua farmi un simile regalo.»

Tremo mentre spinge la punta del dito dentro di me e mi rendo conto di essere penetrato da un altro uomo per la prima volta nella mia vita. Le mie ginocchia cedono e Daddy mi sostiene. Mi aggrappo a lui, il mio cazzo intrappolato tra le sue cosce, il mio culo che si apre alle sue dita, e gemo.

«Perfetto,» lo elogia, e io vorrei piangere di sollievo. Lo sto accontentando. «Daddy vuole venire nel tuo culo. Glielo permetterai?»

«Sì, ti prego, Daddy. Ti prego.»

«Non vedo l'ora.»

«Fallo,» lo esorto. «Daddy, lo voglio.»

«Oh, Daddy ti accontenterà. Ma non ora.» Sfila le dita e io vorrei implorare per riaverle, ma lui mi bacia di nuovo e io mi perdo nelle sue labbra. Sposta i fianchi all'indietro, liberando il mio uccello, e quando inizio a contorcermi sulla sua gamba, cercando di strusciarmi, lui mi bacia il collo e le orecchie, e non mi ferma.

La sensazione aumenta. Sto per venire. *Voglio* venire.

Ma Daddy ha detto di non farlo finché…

Gemo.

«Daddy, io…»

«Vai, ragazzo. Dai il tuo sperma al tuo Daddy,» dice in un sussurro stentato. «Dallo a me.»

Grido, travolto dagli spasmi, mentre gli imbratto i jeans e il pavimento. L'orgasmo mi squassa, e quando finisce sono ansimante, tremante e vicino alle lacrime.

«È stato bellissimo, piccolo,» mormora, baciandomi il lobo dell'orecchio e poi di nuovo la bocca. «Che bell'orgasmo hai dato a Daddy.»

«Sei venuto?» chiedo, deluso di essermelo perso.

«No,» dice, accarezzandomi il collo. Riesco quasi a credere che non lo stia facendo per l'asta, che lo stia facendo per me. *Voglio* crederci. Quasi ci credo. «Il tuo orgasmo è un dono. Il tuo sperma è un dono. Guardarti mentre ti arrendi è un dono. Essere il primo a darti questo…» Mi bacia la gola e io tremo. Ha trovato un punto che mi fa contorcere ogni volta che lo solletica, e continua a tornarci ancora e ancora. «Ogni orgasmo che otterrò da te stasera sarà un regalo. Capito, ragazzo?»

«C-Credo di sì.» Non ho mai balbettato in vita mia, ma ora sono così sopraffatto che riesco a malapena a pensare o a formulare parole coerenti.

«Bravo ragazzo. Ora,» dice, guidandomi verso la vasca da bagno. «Il clistere.»

CAPITOLO NOVE

Erik

MATTHEW È DOCILE come un agnellino, forse di più, mentre lo metto nella vasca. È così spaziosa da ospitare due uomini adulti, quindi è abbastanza grande da permettere a Matthew di sdraiarsi, rannicchiarsi sul fianco sinistro e piegare il braccio sotto la testa. Il suo respiro è irregolare, perché si sta ancora riprendendo dall'orgasmo ed è ansioso di sapere cosa succederà.

Ho testato il suo culo con le dita e so che sarà in grado di prendere facilmente il beccuccio del clistere. Mentre lui aspetta e guarda, preparo il beccuccio con il lubrificante e apro l'acqua, assicurandomi che la valvola sia chiusa. Aspetto qualche istante, lasciando che la tensione cresca in entrambi.

«Ora,» dico, rompendo il silenzio e parlando sopra il suo respiro affannoso. «Questo è un vero piacere per me.»

«Davvero?» chiede.

Sta ancora tremando, e ho notato che lo fa praticamente da quando è arrivato. Nervosismo. Eccitazione. Desiderio. È in sovraccarico e posso immaginare che ogni sensazione sia amplificata, in questo momento. La sola novità di essere toccato, di essere tra le braccia di un altro uomo, deve essere travolgente, e l'aggiunta della dinamica Daddy/boy, il comando nel mio tono, la sua facile sottomissione… deve essere sconcertante per lui.

«Sì, questo è il momento in cui vedrò il mio vero ragazzo.»

«"Vero ragazzo",» fa eco, già sprofondando nella modalità sottomesso, il subspace. Mi chiedo se sappia cos'è o se ci sia dentro.

Dovrò accudirlo. Di certo non lo caccerò domani mattina. Dovrò assicurarmi che sia sicuro per lui guidare, dopo la nostra notte insieme.

Gli passo le dita tra i capelli prima di scendere lungo la schiena fino a toccargli il sedere. Spingo da parte una natica prima di prendere il beccuccio scivoloso nell'altra mano. «Nessuno è più reale di quando è esposto in questo modo,» dico.

Si tende leggermente e io gli accarezzo la natica finché non si rilassa di nuovo.

«Ora, credimi, dolce ragazzo, questo è un regalo che mi stai facendo. Capito?»

Matthew annuisce e il suo respiro accelera quando faccio scivolare il beccuccio nel solco e spalmo un po' del lubrificante in eccesso sull'apertura contratta. Lo sondo per assicurarmi che sia rilassato e scivoloso. C'è un po' di tensione, per cui mi tiro indietro e mando delicatamente la punta dentro e fuori finché non emette una specie di sospiro strozzato. Spingo di nuovo e lui si apre all'inserimento con una leggera pressione.

Una volta sistemato il beccuccio, lo lascio andare e glielo faccio sentire dentro. Gli accarezzo le braccia, le gambe, i fianchi e i capelli, coccolandolo. Respira ancora a scatti, e controllo se gli è tornato duro dopo essere venuto. Non ancora. Sono sicuro che non ci vorrà molto.

Penso che lo sorprenderà quando avrà un'altra erezione dopo essere venuto in modo così violento. Gli uomini della sua età non si aspettano un recupero rapido, ma so che è troppo eccitato per qualsiasi altra opzione. Gli verrà duro per pura sottomissione a me. Lo sento.

«Daddy?» mormora, e sembra così giovane, santo cielo, così tanto giovane, nonostante i capelli brizzolati, le rughe leggere vicino agli occhi e il pelo sul petto.

«Sì, ragazzo?»

«Non l'ho mai fatto davanti a nessuno.»

«È questo che lo rende speciale.»

«Ma non ho mai fatto *nulla* di tutto questo prima,» mi ricorda. «È tutto speciale, Daddy.»

«Sì, ma dopo che avrai fatto questo per me, non ti vergognerai di qualsiasi altra cosa faremo per il resto della notte. Questa è la parte più difficile da condividere per te. Dopo, sarai completamente il mio dolce ragazzo. Mi darai tutto senza remore.»

Rabbrividisce, e posso dire che non sa se credermi.

A essere onesti, non sono sicuro che quello che sto dicendo sia effettivamente vero, soprattutto considerando la vita e l'educazione di Matthew. E la sua età. Con lui c'è più vergogna del solito da superare.

Ma non cercherà di nascondere la sua espressione da orgasmo dopo averlo *fatto* davanti a me. Non cercherà di trattenersi per pudore quando gli darò piacere o gli chiederò di darne a me. Si ricorderà che mi ha già donato l'atto più intimo del suo corpo. La cosa che tutti gli umani preferiscono tenere segreta e privata.

Ecco perché inizio sempre con questo. Ho imparato questa tecnica dalla mia dominatrice al college.

«Sono pronto, Daddy,» dice. Non riesco a capire come possa sembrare ancora così innocente alla sua età.

Il mio uccello è bramoso. Mi sono masturbato prima del suo arrivo, in modo da avere un maggiore controllo, ma sono scioccato dalla mia eccitazione. Mi piace sempre la prima volta con un nuovo ragazzo, introdurlo al kink, osservarlo lottare per il clistere. Mi piace tutto del primo incontro.

Ma questo è eccezionale. C'è un magnetismo in Matthew che non posso negare. Voglio strofinargli i peli sul petto e stuzzicare il suo cazzo per farlo tornare in vita. Desidero stare in piedi e masturbarmi finché non sarà ricoperto del mio sperma mentre si fa il clistere.

Ma non voglio ancora venire. Devo tenere duro. Più a lungo aspetterò, migliore sarà l'orgasmo, e voglio che lui mi veda perdere la testa. Deve vedermi scuotere e tremare e sentirmi gridare il suo nome. La mia liberazione e il mio piacere, sapendo che è lui la causa di tutto ciò, faranno crescere il suo ego in un modo di cui ha disperatamente bisogno.

Quindi nessun orgasmo rapido.

Più tardi, gli mostrerò quanto mi ecciti l'idea di coprirlo del mio sperma.

Per ora, si accontenterà dell'acqua di cui lo riempirò e la terrà finché non lo dirò io, e poi mi mostrerà il suo vero volto. La sua vergogna. E la sua resa.

Gli dimostrerò che posso accettarlo, amarlo, attraverso questo.

CAPITOLO DIECI

Matthew

È SURREALE.

Sono nudo nella vasca da bagno di Erik, con il beccuccio per il clistere nel culo, e mi sto riempiendo lentamente di acqua calda, mentre lui è chino su di me, mi guarda, mi accarezza i capelli e mormora incoraggiamenti.

La differenza di posizione tra noi è impressionante. Io sono nudo e vulnerabile, sto prendendo ciò che mi sta dando e sto lottando per accettare ciò che sta accadendo. Lui è a torso nudo, ma con jeans e calzini, sicuro di sé, eccitato ma a suo agio, che mi comanda con le sue mani ferme e delicate.

Come ho fatto a svegliarmi nel mio letto questa mattina, come sempre, per poi trovarmi qui ora? A fare una cosa strana, vergognosa e imbarazzante con quest'uomo sexy, forte, bello e ancora mezzo vestito?

«Togliti i pantaloni,» gli dico, come se il nostro squilibrio di potere si risolvesse se lui si togliesse i jeans, come se non mi trovassi volontariamente in questa posizione, a eseguire i suoi ordini per scelta.

«Mmh, no,» mormora, facendomi scorrere le dita lungo la schiena e scatenando onde di brividi e pelle d'oca. «Li toglierò quando sarò pronto. Prima devo ripulirti e prepararti per quello che ho in questi jeans.»

Stringo gli occhi. Sono davvero pronto per quello? Mi scoperà appena avremo finito?

Lo spero.

Lo temo.

Sembra che ci stiamo muovendo a un milione di miglia all'ora, sfrecciando nello spazio e nel tempo, eppure siamo rannicchiati proprio qui, in questo bagno tranquillo e pulito, dove tutto ciò che sento è il sommesso scorrere dell'acqua nel tubo, i suoi respiri regolari e i piccoli suoni che non posso fare a meno di emettere mentre il mio colon si riempie e il senso di pressione all'interno diventa una distrazione.

«Sei pieno, ragazzo?»

Annuisco.

«Ci siamo quasi,» conferma. «Solo un po' di più. Puoi reggere un po' di più per Daddy, vero?»

Annuisco a occhi chiusi e mi serro intorno al beccuccio. Mi sento pieno in un modo strano, che non ho mai provato prima. Un calore liquido sciaguatta dentro di me.

«Ecco,» dice, e chiude la valvola in modo che l'acqua si fermi. «Daddy ora toglierà il beccuccio. Sforzati di trattenere l'acqua, va bene?»

Annuisco di nuovo. Penso di essere senza parole, finché lui non dice: «Qual è il colore adesso, ragazzo? Ti senti bene? Siamo al giallo o siamo ancora al verde? Anche il rosso va bene.»

«Verde,» sussurro. Non so cosa sto facendo e non sono sicuro che sia ciò che volevo quando ho comprato questa notte all'asta, ma ci sono dentro, ormai. Non mi tirerò indietro adesso. Inoltre, ho l'acqua nel culo; deve uscire. Non c'è niente da fare.

«Bravo ragazzo,» dice, accarezzandomi di nuovo i capelli. «Questo è il bravo ragazzo di Daddy. Sei stato così coraggioso.»

Gemo. Nessuno mi ha mai definito coraggioso. Sono sempre stato troppo riservato e chiuso in me stesso. Questo è in parte, anche se certamente non tutto, ciò che mi mancava quando ho erroneamente perseguito la musica. Il coraggio di *perseguirla* davvero.

Sto facendo lo stesso con questa notte con Erik.

Con *Daddy*.

Mi piace chiamarlo così. Mi sembra giusto. Voglio crogiolarmi nel suono, nella sensazione che mi lascia sulle mie labbra.

«Daddy,» sussurro, toccandomi il bassoventre, sentendo la leggera pressione del liquido all'interno. «Non ce la faccio più.»

«Non riesci a tenerlo?»

Scuoto la testa.

«Puoi,» dice Daddy. «Guardati, sei così bravo per me. Hai fatto bene finora e so che puoi tenerlo per...» Guarda il grosso orologio che ha al polso e sorride. «Ancora trentaquattro secondi.»

Mi chiedo se sia un numero a caso o se ci sia un motivo per cui lo ha scelto, ma non lo chiedo. Immagino di poter fare quasi tutto per trentaquattro secondi, quindi inspiro ed espiro, notando i crampi che iniziano nel colon, l'urgenza di spingere ed espellere l'acqua.

«Ventotto, ventisette...»

Continua a contare e il sudore mi scivola sui lati del viso mentre i numeri sembrano durare un'eternità, soprattutto verso la fine.

«Cinque, quattro...»

Apro gli occhi. Il crudo contrasto tra la ceramica bianca della vasca e i peli castani sugli avambracci, sulle gambe e sulla pancia risalta alla luce. Inspiro. Espiro. Ho un brivido.

«Uno.» Daddy si alza da dove è accucciato vicino alla vasca e mi porge la mano. «Stringi il culo, ragazzo. Tieni tutto dentro finché non sei sul water.»

Ho caldo dappertutto. Mi sento le guance in fiamme, così come il petto, ma sono così imbarazzato da ciò che so che deve venire dopo e al tempo stesso così desideroso di farla finita che mi sarei precipitata in bagno se Daddy non mi avesse fatto scivolare il braccio intorno alla vita e non mi avesse accompagnato con cautela alla tazza bianca.

«Piano,» mi ammonisce. «Tieni tutto dentro finché Daddy non ti dice che puoi liberarti.»

Cerco il suo volto mentre l'ansia mi sale dentro. «Non ci riesco.»

«Sì, invece. Provaci.» Mi bacia la guancia e mi aiuta a sedermi sul water. Si accovaccia davanti a me e mi guarda in viso con espressione intenta. «Questa è la parte più difficile.»

Stringo gli occhi, cercando di trattenere il liquido dentro di me, sentendo l'impulso quasi irresistibile di spingerlo fuori. Ma lo bandisco. Il cuore mi batte forte, le gambe tremano e digrigno i denti. Tengo a bada il rilascio.

«Che meraviglia,» mormora, passando le dita tra i capelli umidi sulle mie tempie. «Stai lavorando sodo per Daddy in questo momento. Mi piace molto. Grazie.»

Gemo, ma tengo il liquido dentro di me.

«Apri gli occhi.» Sembra così dolce che non riesco a credere che una cosa così tenera sia rivolta a me. «Guarda Daddy.»

Prendo un respiro regolare e lento dal naso, poi lo espiro ancora più lentamente dalla bocca. Quando sono sicuro che anche aprendo gli occhi non perderò il controllo dei muscoli, obbedisco.

È così bello. Il castano dei suoi occhi ora è tenue, morbido, lo sguardo è calmo e dolce. La bocca è inclinata in un sorriso gentile, la mascella è rilassata, le sopracciglia aggrottate.

Mi prende le mani e ne accarezza il dorso con i pollici. «Voglio che mi guardi dritto negli occhi, Matthew, dritto negli occhi… e che ti lasci andare.»

Deglutisco a fatica, una scarica di nervosismo atterrito mi attraversa. Ma non riesco a resistergli. Non ci provo nemmeno. Lo fisso, sento la carezza dei pollici sulle mie nocche e mi arrendo.

Inalo un respiro affannoso e arrossisco mentre tutto si riversa da me.

Annuisce in modo rassicurante e ripete: «Bravo ragazzo. Ti sei liberato. Come sei stato coraggioso. Così coraggioso, Matthew.»

Io mugolo, eccitato e imbarazzato fino al midollo, ma lui si china e mi dà un bacio sulle labbra. Non è un bacio sexy. E nemmeno un bacio veloce. È una pressione lunga e confortante con uno schiocco umido alla fine.

«Ora pulisciti.»

Mi guarda mentre lo faccio, ed è onirico e strano. Vedo che non è eccitato da questo. I suoi jeans non sono più tesi davanti come quando abbiamo pomiciato, e nemmeno come quando mi ha infilato il beccuccio nel culo e mi ha riempito d'acqua. No, non sembra eccitato da quello che abbiamo appena fatto, ma solo *soddisfatto*.

Mentre io sono un disastro che trema e rabbrividisce. Wow.

«Ora ti ho visto al massimo della tua vulnerabilità, ragazzo.»

Deglutisco di nuovo, sussultando mentre mi agito sul water, non sapendo bene cosa succederà ora.

«*E* mi hai lasciato guardare.»

Lo osservo, cercando di capire cosa mi sta dicendo, ma ormai sono fuori di me. Gli ho detto che volevo che controllasse tutto ciò che facevo durante il fine settimana, e se ciò rientra in quello…

Non mi dispiace.

Mi sento esposto, ed è davvero strano, ma la sua espressione e il suo tono fanno sembrare che io abbia fatto quello che lui voleva, ed è *gratificante*.

«Andiamo a darti una ripulita.»

Si china su di me, tira lo sciacquone e poi mi solleva dalla tavoletta, chiudendo poi il coperchio. Mi passa di nuovo un braccio intorno alla vita e mi aiuta a raggiungere la doccia, controllando che la temperatura dell'acqua sia al punto giusto, e mi guida sotto il soffione a pioggia.

Entra subito con me, anche se i suoi jeans si inzuppano. Mentre l'acqua mi scorre sulle spalle e sulla schiena, mi avvolge con le braccia, tirandomi contro i suoi jeans bagnati e il suo petto nudo. Strofina una mano sui peli del mio petto e traccia la striscia scura che dall'ombelico scende fino al mio uccello floscio.

«Che bel cazzo che hai, ragazzo.»

Lo guardo percorrerne il lato con un dito; il mio uccello si indurisce sotto le sue carezze, crescendo di secondo in secondo.

«Guarda come mi rispondi. Daddy sa di cosa ha bisogno il suo piccolo.»

Daddy prende un flacone di bagnoschiuma, lo apre e me lo avvicina al naso. «Al mio ragazzo piace questo profumo?»

Annuso un po': un generico aroma vagamente di fragola. Annuisco.

«Bene.» Se ne versa un po' nella mano e comincia a lavarmi. Sussulto quando mi pulisce il culo, ma lui emette un altro suono rilassante e continua, come se fosse il suo lavoro e gli piacesse farlo.

«Tutti questi peli su di te, ragazzo, sono la fine del mondo.» Mi insapona il petto e il ventre, poi il pube. Il mio cazzo è in piena erezione e lui lo lava tutto intorno, insaponandomi le palle e il perineo, ma evitando del tutto l'asta.

«Sei stato così bravo poco fa, con il clistere. Voglio che tu lo sappia,» dice, baciandomi il collo dopo che l'acqua ha lavato via la schiuma. «Sono orgoglioso di te. Sei orgoglioso di te stesso?»

«Non lo so, Daddy.»

«No? Dimmi come ti ha fatto sentire.»

«Imbarazzato.»

«Mmh.» Mi lava di nuovo tra le natiche, ma questa volta inizia a giocarci davvero, a saggiare il bordo, a picchiettare l'ingresso, ma non a spingere dentro. «E poi?»

«E timido.»

«Capisco.»

Deglutisco e aggiungo qualcosa di sconcertantemente vero. «E sollevato.»

«In che senso ti sei sentito sollevato?» Fa scivolare via la mano dal mio sedere, la sciacqua e prende altro sapone.

Gli rispondo senza distogliere lo sguardo dalle sue mani. «Fisicamente. La pressione e i crampi si sono fermati.»

«Tutto qui?»

«Ero sollevato dal fatto che…» Un'ondata di vergogna mi colpisce e abbasso la testa.

«Ora, Matthew, mostra a Daddy la tua faccia.» Prende in mano il mio uccello eretto e lo stringe, strofinandolo nel palmo scivoloso.

Mi costringo a guardarlo, temendo che possa smettere di toccarmi se non lo faccio.

«Dimmi, per cosa ti sei sentito sollevato?»

«Sollevato dal fatto che non avevo scelta.»

«In che senso?»

«Avrei potuto dire rosso e ti saresti fermato, e avrei…» ansimo mentre lui gira il palmo sulla punta del mio uccello. Mi sfugge un gemito, lo afferro per la vita in modo da sostenerci a vicenda mentre mi accarezza.

L'acqua si riversa intorno a noi. I suoi jeans sono fradici e li sento ruvidi nel punto in cui lo sto toccando. La sua mano però è perfetta, paradisiaca, e voglio che continui a masturbarmi.

«Lo avresti fatto?» mi esorta a continuare.

«Avrei usato il bagno da solo.»

«Ma tu non lo volevi?»

«Volevo farlo con te,» rispondo. «Per obbedire al mio Daddy. Per… per fartelo vedere.»

«E cosa ho visto?»

«Io. Che faccio… quello.»

«Che ne pensi se ti guardo?»

Ansimo leggermente, il piacere dei suoi colpi sul mio cazzo mi invade. «Io… mi sento… *visto*.»

«Sì, e che bella vista che eri.»

Con mio grande disappunto, mi rilascia l'uccello e mi gira verso il getto della doccia, sciacquandomi sul davanti. Si sposta dietro di me, mi cinge con le braccia e mi fa scorrere i palmi sul petto. Il suo cazzo duro sfrega, ancora racchiuso nei suoi jeans fradici, contro il mio culo. Apprezza i peli del mio corpo e non mi dispiace. Purché voglia toccarmi. Spero che non faccia tutto questo solo perché l'ho comprato.

«Ti dirò una cosa, Matthew.»

«Sì, Daddy?»

«Non mi è mai capitato che un ragazzo *non* cercasse di dissuadermi dal fargli il clistere durante la nostra prima esperienza.»

Non mi piace che mi ricordi che ha avuto altri ragazzi, ma internamente mi vanto di essere stato il primo a non opporsi.

La sua voce è sommessa nel mio orecchio mentre continua. «Gli altri hanno sempre fatto i capricci, anche se nessuno di loro ha scelto di usare la parola di sicurezza.»

«I capricci?»

«Hanno discusso, cercato di disobbedire, di prendere tempo. Hanno frignato. Mi hanno implorato di voltare le spalle. Ma tu hai fatto quello che ti ho chiesto, *quando* te l'ho chiesto, e senza fare storie. È stato bellissimo, ragazzo. Il più dolce degli abbandoni. Tutta quella splendida fiducia è sublime.»

«Dovevo vuotarmi.» Ed è la verità.

Ridacchia. «Anche loro. Credimi. Ma tu... mi hai fatto un regalo così bello con quel momento di sottomissione, Matthew. Proprio come quando sei venuto per me prima. Ti piace essere agli ordini di Daddy, vero?»

Annuisco, stordito da quel momento di sincerità.

«Sei pieno di regali per Daddy, Matthew. Non vedo l'ora di scartarli tutti.»

Lascio che mi conduca fuori dalla doccia, che mi strofini con un asciugamano e, dopo avermi ammirato dalla testa ai piedi, come se mi vedesse davvero come il suo regalo di Natale, mi porge i boxer che vuole che indossi. Mi guarda mentre li infilo.

Quando vedo un dettaglio peculiare, ho un sussulto e lui ride.

«Aperti dietro per un facile accesso.» Mi passa una mano sul fianco, intorno al culo, e spinge le dita tra le mie natiche. «Li produce un mio coinquilino, insieme ad altri capi di lingerie più sofisticati per gli uomini. Ma credo che i boxer neri semplici, con quel buco in posizione strategica, siano i più sexy. Non ho bisogno di pizzi e giarrettiere. Voglio solo l'*accesso*.»

Rabbrividisco quando fa scorrere le dita nella mia fessura e sul buco contratto. Solo una rapida strofinata prima di staccarsi. «Andiamo, ragazzo. C'è molto da fare e troppo poco tempo per farlo.»

Lascio che mi prenda per mano e mi conduca fuori dalla stanza, anche se il mio cuore salta triste un battito quando mi ricorda la brevità del nostro incontro.

CAPITOLO UNDICI
Erik

MATTHEW È UN sottomesso da sogno, non c'è dubbio. Non riesco a immaginare cosa potrebbe fargli un Sadico con la esse maiuscola; cosa Matthew potrebbe lasciargli fare.

Sono grato a qualsiasi dio possa esistere che Matthew abbia trovato me e non abbia fatto un'offerta per il noto sadico Greg Houser, cinque manifesti più in là del mio.

Lo prendo per mano, lo porto fuori dal bagno e lo guido verso il letto con l'intenzione di porre rimedio a vari aspetti della sua inesperienza. I resti della sua colonia, quella che ho annusato la prima volta che ci siamo incontrati, lo seguono, insieme al profumo persistente del sapone con cui l'ho lavato.

Vengo colto dalla tenerezza, e vorrei strofinargli il naso addosso, respirarlo a pieni polmoni. Dopo avergli insegnato alcune cose sul sesso, ho intenzione di portarlo di sotto e di accendere un fuoco caldo, di coccolarlo sul divano e di mostrargli cosa sia l'affetto.

Avevo intenzione di preparare i biscotti di Natale con lui questo fine settimana, ma mia madre ne ha cotta un'infornata prima di partire, e li ha anche decorati, quindi non ce n'è bisogno. Ho dei regali, ma sono per domani mattina, prima che lui parta. E a parte il sesso, non c'è molto altro che lui abbia indicato come importante per se stesso, tranne le coccole, il sentirsi accudito e amato.

Mi assicurerò che ce ne siano in abbondanza prima di salutarlo domani.

Ma prima di tutto, abbiamo altro a cui dedicarci.

Matthew è di nuovo duro come una roccia e desidera venire, anche se non lo ammette e non chiede di più. È caduto nel subspace come un sasso in uno stagno. Non ho mai visto un sub inesperto andare così volentieri in quella beatitudine mentale, ma è lì. Si è perso in quel luogo fluttuante dove il tempo e lo spazio smettono di esistere, dove ci sono solo lui e il suo Dom, o il suo Daddy, a seconda dei casi, e il momento che stanno vivendo.

«Bene,» gli dico mentre ci fermiamo davanti al letto. «Togliti i boxer e mettili sul comodino.»

Si acciglia. «Li ho appena messi.»

Sorrido. È tornato l'uomo che ho incontrato l'altra sera, l'osservatore, quello che mi sorprende. A quanto pare, anche nel subspace è acuto.

«Daddy voleva assicurarsi che calzassero bene. E così è. Toglili.»

Sbatte le palpebre fissando la biancheria intima prima di sfilarla dai fianchi, lungo le cosce lunghe, leggermente muscolose e pelose, e la calcia dai piedi. La raccoglie dal pavimento, la piega con cura e la ripone ordinatamente sul comodino, proprio come gli ho chiesto.

«Ora vieni qui.» Lo porto verso l'ampio divano e lo faccio sedere sul bordo. Gli passo di nuovo le dita tra i capelli: sono morbidi e mi piace il luccichio d'argento tra le ciocche castane. «Aspetta qui. Daddy torna subito.»

Matthew mi guarda andare via ma non si muove. Vado nella cabina armadio. Entrando, mi tolgo i jeans bagnati con un po' di fatica e mi sfilo i calzini prima di guardare il mio set di giocattoli. La maggior parte di ciò che voglio fare con Matthew sarà il più naturale possibile, senza attrezzi, ma ci sono momenti in cui…

Scelgo gli articoli che mi interessano e prendo anche un nuovo flacone di lubrificante.

I suoi occhi si spalancano quando mi vede nudo, e ansima mentre mi scruta dalla testa ai piedi, il suo sguardo si sofferma sul mio uccello duro mentre cammino. Sporge davanti a me, rimbalzando a ogni passo, e sorrido quando lui sbatte rapidamente le palpebre per le mie dimensioni. Sono ben dotato, quindi il mio cazzo può intimorire alcuni, quando lo vedono per la prima volta, ma sono sempre attento alle persone con cui scopo. Matthew sarà ben preparato a prendermi quando sarà il momento.

«Ti piace quello che vedi?»

Lui annuisce e io sorrido di nuovo. Matthew è così silenzioso e voglio disperatamente vedere se diventerà rumoroso quando inizierò a toccarlo. Penso che, visti i suoni che ha emesso mentre ci baciavamo, e quando è venuto prima, sarà uno strumento molto gratificante da suonare.

«Potrei usare questi un po' più tardi,» gli dico, mostrandogli la benda e la sciarpa che potrei usare per legargli le mani o i piedi, se sarò in vena e sembrerà adeguato anche per lui. Li metto da parte e gli mostro la bottiglia di lubrificante. «Anche questo è per dopo. Ma lo userò prima di questi.»

Lui rabbrividisce e fa un cenno di assenso.

«Che ne dici?»

«Grazie, Daddy.»

Gli accarezzo di nuovo i capelli. Quanto è bravo. Mi aspettavo un "Sì, Daddy" o un "Capisco, Daddy", ma "Grazie"? Matthew ha un talento naturale. Un sogno delizioso.

«Matthew?»

«Sì?»

«Daddy è felice che tu sia qui con lui stasera.»

«Davvero?»

«Sì, lo sono.»

Arrossisce e le ciglia si abbassano. «Grazie, Daddy. Sapevo che potevi aiutarmi. Quando ho visto le foto… l'ho capito.»

«Lascia che ti aiuti ora.»

«Va bene,» acconsente, con un bisogno così sfacciato che le mie viscere si trasformano in budino. Se non sarò prudente, potrei scivolare e provare dei veri sentimenti per questo ragazzo, perché è così docile e desideroso.

Tutte caratteristiche che mi fanno impazzire.

Mi afferro l'erezione. «Il cazzo di Daddy ha bisogno di attenzioni.»

«Cosa devo fare?»

«Apri la bocca. Lascia che Daddy ti mostri cosa vuole.»

Matthew apre doverosamente la bocca e i suoi occhi non si staccano dal mio viso mentre mi avvicino. Posiziono la punta dell'uccello tra le sue labbra, strofinandola sulla lingua calda prima di passargli piano le dita tra i capelli e sussurrare: «Succhia.»

I suoi occhi rimangono fissi nei miei, disperati, desiderosi, e chiude le labbra intorno a me. Tiene i denti ben lontani dalla mia carne. Non è bravo in queste cose, ma il suo desiderio è rinfrescante e dolce, per cui lo incoraggio a prendermi più a fondo che può, a fare su e giù e a stuzzicare la fessura.

Non ho intenzione di venire, non se ne parla, ma è bene lasciare che mi assaggi. Lo lascio lavorare per un po' di tempo, dandogli di tanto in tanto indicazioni su cosa mi piace: «Tienimi le palle, così, staccati e leccami il cazzo. Bene.» E quando le sue labbra sono gonfie e rosse, ancora più rosse di quella sera in centro quando eravamo fuori al freddo e non riusciva a tenere i denti lontani dal labbro inferiore, finalmente mi sfilo.

«Ottimo lavoro, Matthew. Ora aprila di nuovo e lascia che Daddy ti aiuti a prenderlo un po' meglio.»

A quel punto gli afferro la testa e premo leggermente i pollici sulla sua mascella finché non si schiude. Do un colpo di fianchi e mi spingo nella sua bocca aperta, spingendo la cappella contro l'interno di una guancia, saggiandone la consistenza. Gli dico di tirare fuori la lingua più che può.

Quando lo fa, premo di nuovo i pollici sulla sua mascella finché non si spalanca. Affondo con calma fino a raggiungere la parte posteriore della gola. I suoi occhi si fanno più dolci e mi rendo conto di quanto sia più bravo in questa parte. Il suo riflesso faringeo non è affatto forte. Mi spingo nella sua gola.

Il viso di Matthew è arrossato e i suoi occhi diventano opachi per la lussuria. Sorrido, tenendomi lì finché non inizia a lottare per riprendere fiato intorno a me. Mi ritraggo. La saliva scorre dalle sue labbra al mio uccello. Il suo petto è ansante, gli occhi sono pieni di lacrime e le labbra ancora di quel rosso vivo a cui non riesco a resistere.

«Matthew, è stato bellissimo per Daddy entrare nella tua gola in quel modo.» Mi inginocchio davanti a lui e gli prendo il mento. Lo bacio e le sue labbra sono calde sulle mie. Quando mi stacco, lo guardo negli occhi e lo elogio. «Sono orgoglioso di te, stai imparando così bene. Lascia che Daddy ti ricompensi per il tuo lavoro.»

«Ma tu non sei venuto,» obietta.

«Perché vengo solo quando decido che è il momento giusto,» rispondo, sfiorando quella dolce fossetta. «Non è ancora arrivato.» Lui aggrotta le sopracciglia, insoddisfatto, e io rido. «Il mio ragazzo è arrabbiato perché non ha potuto bere il mio sperma?»

Annuisce.

«Ti piace lo sperma?»

«Lo adoro.»

«Ti piacerà ancora di più nel culo. E Daddy non ha riserve infinite, caro ragazzo. Le farò durare.»

«Cazzo.»

Rido. «Oh, dolce Matthew. Guardami.»

Lui incontra di nuovo il mio sguardo, e io gli bacio le labbra prima di dirgli: «Questa è la tua ricompensa per aver lasciato che Daddy guardasse.»

Mi piego e inghiotto il suo cazzo.

«Daddy!» grida, le sue mani si avvicinano alla mia testa e stringono forte. Non mi lamento, lascio che si aggrappi e mi afferri i capelli corti. Lo succhio senza sosta. Io sono bravo in questo, lui è così inesperto e questa è una sensazione così nuova per lui che non durerà a lungo.

«Daddy, ti prego,» piagnucola. «Daddy, Daddy!» E poi mi sorprende, gridando: «Daddy, *aiuto!*»

Gli afferro i fianchi, prendendo il suo cazzo il più in profondità possibile e ingoiando intorno a lui.

«Aiutami, Daddy,» geme. Il suo sperma mi schizza in gola mentre si blocca, gridando di piacere.

Quando lo sento tremante e spossato, lascio scivolare il suo cazzo dalla bocca e mi siedo sui talloni. Mi pulisco le labbra con il dorso della mano. Matthew mi fissa, con le pupille dilatate e il battito che gli solleva la pelle della gola.

«Matthew,» dico, e la mia voce è un po' rauca dopo aver ingoiato.

«Sì, Daddy?»

«Sei venuto nella gola di Daddy senza avvertirlo?»

Sbatte rapidamente le palpebre e abbassa lo sguardo, il rosa gli macchia le guance. «Mi dispiace, Daddy.»

«Davvero?»

Annuisce.

«Come ti senti in questo momento?»

«In imbarazzo.»

«Perché?»

«Ti sono venuto in gola.» Matthew geme e si copre il viso, rovesciandosi sull'ampio divano. «Avrei dovuto dirtelo, ma... non ci sono riuscito.»

Mi siedo accanto a lui, accarezzandogli il braccio. «Hai gridato aiuto.»

Gli occhi sfrecciano di lato. «Quando ero giovane...» si ferma e prende fiato.

Aspetto, ma quando non continua, lo sollecito. «Vai avanti.»

Matthew sospira.

«Ti ho visto al massimo della tua vulnerabilità, Matthew. Niente di quello che dici può essere più imbarazzante di quello, sai?»

«Non lo so. Forse.» Prende un respiro tremante e ansimante, raggomitolandosi su un fianco. Gli accarezzo la spalla, mentre lui nasconde il viso contro il mio fianco nudo. Lo lascio fare mentre mi dice la sua verità. «Pregavo che Dio mi aiutasse a smettere di sentirmi così.»

«Gay?»

«Sì. Una volta, quando ero molto spaventato perché non riuscivo a smettere di desiderare gli uomini, sono andato da mio padre e gli ho chiesto… l'ho *pregato*. Gli ho detto: "Papà, aiutami. Ti prego, aiutami". Ma non riuscivo a spiegare cosa intendessi. Non potevo ammetterlo o dirgli cosa fossi. Volevo solo che lo facesse smettere.»

«Che cosa ha detto?»

«Niente. Mi ha abbracciato. Tutto qui.»

Rifletto su quello. «E poco fa, mentre ti succhiavo? Volevi non essere più così? Puoi dire rosso, o fermati, o…»

«No!» scatta Matthew, staccando il viso dal mio fianco e guardandomi con un bagliore frenetico negli occhi. «Non volevo che ti fermassi. Non volevo. Sarei morto se ti fossi fermato.»

Gli passo le dita tra i capelli. «Allora cosa stava succedendo?»

«Ho provato… vergogna. Per quanto lo desidero ed è bello. Non volevo vergognarmi, ma così è stato. Mi dispiace tanto.»

Faccio scorrere le dita sulla sua guancia, dove si vede la fossetta quando sorride. Ora non c'è. «E volevi il mio aiuto per non vergognarti? Volevi l'aiuto di Daddy?»

«Sì,» sussurra.

«Ti aiuterò, Matthew. E ti farò venire anche se ti vergogni. Con me non devi celarti mai.»

«Ti prego, Daddy,» implora, con gli occhi che si riempiono di lacrime. «Per favore.»

«Per favore, cosa? C'è qualcosa di cui hai bisogno in modo particolare in questo momento?»

«Ti prego, *amami*.»

Gli bacio la guancia e lo attiro tra le mie braccia. «Lo voglio, Matthew. Stanotte, lo voglio.»

In fondo, credo di poterlo amare più a lungo di questa notte. Se solo non mi stessi riprendendo da una rottura e se lui non vivesse così lontano... Ma questa è una scusa inconsistente, no? Posso amarlo più a lungo.

Se me lo permetto.

CAPITOLO DODICI

Matthew

DORMO COME UN bambino, profondamente.

Quando mi sveglio, sono così rilassato che penso di essere nel mio comodo letto di casa, finché non riconosco le grandi e forti braccia di Daddy intorno a me.

All'inizio mi blocco, temendo di muovermi per paura di risvegliare la vergogna che vive dentro di me da quando sono consapevole dei miei perversi desideri erotici, e per paura di quello che potrebbe succedere tra me e Daddy.

La mia mente ripercorre ogni momento da quando sono sceso dalla macchina e sono entrato in questo nuovo spazio e tempo con Erik. Tutto sembra surreale, ma è anche l'esperienza più autentica della mia vita.

Il panino che ho mangiato al mio arrivo mi sembra appartenere a un sogno remoto. I cavalli e le capre, persino i cani, sembrano frutto della mia immaginazione, eppure li ho toccati con mano. E la revisione del contratto per il tempo trascorso insieme…

Il mio cazzo sussulta al ricordo di quanto intenso fosse sembrato Daddy mentre esaminava ogni voce, la confermava e sollecitava ancora una volta il mio consenso verbale. E poi come brillava di potere mentre mi conduceva per mano su per le scale fino al bagno…

Porca puttana. Quello che è successo dopo! Ho lasciato che Erik prendesse il controllo di me. Gli ho permesso di gestire persino il mio intestino. L'ho fatto volontariamente e mi è *piaciuto*.

Le mie guance si scaldano, l'uccello si indurisce e le mie palle formicolano mentre ricordo il terrore e l'eccitazione provati mentre mi concedevo di essere il boy di Erik.

«Hai fame?» Quel sospiro mi arriva all'orecchio. Rabbrividisco tra le sue braccia. «Sete?»

Non voglio muovermi né aprire gli occhi, ma Daddy sa che sono sveglio e allora mi agito, girandomi verso di lui. Premo il viso sul suo petto forte. Mi accarezza i capelli mentre mi stringo a lui, respirando il suo profumo. Il suo cazzo sparge fluido preseminale tra di noi. Ma non insiste e non fa commenti.

Giro la testa, poso la guancia sul suo pettorale, e apro gli occhi. È tranquillo qui, sul divano gigante, coperto da una trapunta leggera e sotto la luce pallida che entra dalla finestra. Sospiro quando Daddy mi bacia la testa.

«Di che colore siamo, ragazzo?» chiede, la sua voce è un rimbombo nel mio orecchio. «Rosso, giallo, verde?»

«Giallo,» ammetto. Vorrei dire verde. Sono ancora eccitato e voglio venire di nuovo, ma sono sopraffatto. Non so cosa succederà dopo. So tutto quello che abbiamo deciso di fare insieme, ma non conoscere il "come" specifico di ogni attività è fonte di ansia. Mentre sto ancora elaborando ciò che abbiamo appena condiviso, l'idea di qualcosa di più è troppo da sopportare.

«Bravo ragazzo,» sussurra. «Grazie per essere onesto quando hai bisogno di andarci piano.» Mi stringe più forte e io mi sciolgo contro di lui. È così bello stare tra le sue braccia, avere la sua forza intorno a me.

Non mi sentivo *così* al sicuro da quando ero un bambino tra le braccia di mio padre, da prima che sentissi il mio primo accenno di desiderio sessuale, da prima che sapessi che mio padre non mi avrebbe mai accettato o approvato ciò che fantasticavo.

La tensione cresce e poi si spezza. Un piccolo singhiozzo si libera.

«Ecco,» dice Daddy, strofinandomi la schiena e baciandomi di nuovo la testa. «Accogli questa sensazione. Lascia che venga.»

Mi stringo a lui, e le lacrime mi pungono gli occhi mentre lui mormora un incoraggiamento. Il mondo si inclina e si raddrizza, ancora e ancora, come se fossi su una giostra del luna park.

«Mio padre si vergognerebbe di me.»

Daddy non dice nulla per un lungo momento. «Forse sì, ma *io* sono orgoglioso di te, Matthew. Sei un uomo bellissimo e un ragazzo meraviglioso. Il tuo cuore è puro e… ascoltami, questo è importante, i tuoi bisogni sono validi.»

«Ho bisogno di troppo,» dico; il suo battito cardiaco è costante e saldo sotto il mio orecchio.

«Di' a Daddy di cosa hai bisogno.»

Esito, perché *molte cose* mi scorrono dentro, emozioni, pensieri, fantasie, ricordi, e non sono sicuro di quello che uscirà se dovessi aprire la bocca.

Daddy mi strofina di nuovo la schiena. «Di cosa hai bisogno, Matthew?»

«Troppe cose,» sussulto.

«Tiralo fuori. Esprimilo.»

«Ho bisogno di essere tenuto fermo e scopato,» annaspo, con la voce che mi si spezza. «Ho bisogno di essere inseguito, preso e strangolato.»

«Vai, ragazzo.»

«Devo essere costretto a venire.»

«Va bene.»

«Ho bisogno… ho bisogno…» Mi mordo il labbro e le lacrime scivolano dalle ciglia sulle guance. Cazzo, sono un disastro. Non ha bisogno di questa merda. Dovrei andarmene. Dovrei smetterla di rovinargli la giornata con il mio…

«Di' a Daddy quello di cui hai bisogno,» dice ancora, con fermezza. «Dimmi tutto.»

«Ho bisogno di essere amato!» esclamo.

Si apre una cateratta, e i singhiozzi prendono il sopravvento. Daddy mi sostiene, mi culla e mi ripete: «I tuoi bisogni sono validi, Matthew. *Tu sei* valido. Meriti di essere amato.»

Non dice che merito di essere inseguito e catturato, o tenuto fermo e scopato, ma quando finalmente smetto di rendermi ridicolo, mi aiuta a sedermi, mi porge un fazzoletto dalla scatola vicino al divano e mi guarda mentre mi asciugo gli occhi prima di dire: «Mi piace un po' di *breathplay*, ma nessuno strangolamento. Ci sono altri Daddy che lo fanno.»

Scuoto la testa. «Non lo so, non lo so...»

«Non sai cosa?»

«Non so se lo *voglio*? Solo che a volte ne ho *bisogno*.»

Mi tocca la guancia in quel modo che gli piace, e mentre sfiora con le dita il punto in cui si vede la mia fossetta, mi inclina la testa e mi chiede: «Che differenza c'è per te in queste parole? "Voglio" e "ho bisogno"?»

«Io... voglio amare me stesso,» dico.

Annuisce.

Non riesco a guardarlo mentre continuo. «Ma devo rinunciare al controllo perché non posso farlo...»

«Fare cosa esattamente? Specifica, per favore.»

«Non riesco nemmeno a pensare di fare sesso senza provare vergogna. Non voglio più sentirmi così. Sto cercando di non farlo, ma continua a succedere lo stesso. Ma nelle mie fantasie, se qualcuno mi *costringe*? Se sono obbligato? Non è colpa mia...»

«È per questo che lasci che gli uomini usino la tua bocca?»

Annuisco. «In questo modo, non è mia responsabilità. Se mi usano e non vengo? Se poi odio loro e me stesso, sono comunque innocente.»

«Oh, Matthew,» dice Daddy, stringendomi in un abbraccio. «Dolce ragazzo, sei sempre innocente. Sempre.»

«Lo sono?»

«Sì.»

«Ma...»

«Matthew, quando ti scoperò, sarà perché me lo chiederai, e quando verrai, sarà perché vorrai che ti porti all'orgasmo.»

«Ma, Daddy?»

«Sì?»

«Quando... quando ho implorato aiuto prima?» È così umiliante dirlo. Vedo i suoi occhi addolcirsi in uno sguardo incoraggiante, e mi obbligo ad ammettere: «Mi ha fatto sentire così bene. Lo ha reso migliore.»

«Capisco.» Mi guarda negli occhi. «Siamo davanti a un piccolo enigma, allora.»

«Perché?» Mi si stringe la gola. Ci siamo. Questo è il momento in cui mi dice che ciò che voglio non è giusto, e la vergogna prenderà possesso di me e mi ridurrò a strisciare sotto il divano e morire. Come se non bastasse, il mio stomaco sceglie quel momento per brontolare.

«Questa è una conversazione da fare davanti al cibo,» dice Daddy, alzandosi e porgendomi la mano. «Andiamo di sotto a fare rifornimento.»

Voglio protestare. Voglio che mi dica che sono troppo per lui da gestire e che mi mandi a casa. Ma soprattutto voglio che mi stringa a sé e mi dica che sono adorabile. Voglio che mi giri, mi allarghi le natiche e mi scopi il culo senza pietà. Voglio tutte quelle cose insieme, ma *non* voglio assolutamente scendere al piano di sotto.

La sua mano è ancora lì davanti a me, il corpo nudo forte e bello, la luce che arriva dalle finestre che fa risaltare ogni muscolo, tendine e cicatrice. Deglutisco con forza, prendo fiato e mi rimetto al ruolo che ho accettato di svolgere stasera.

«Sì, Daddy,» dico, e lascio che mi tiri in piedi.

Prende i boxer aperti sul retro che ho tolto prima e me li porge.

Li indosso e lui si prende un momento per ammirare il mio aspetto. Mi sento sciocco e mortificato per tutto quello che abbiamo detto e fatto finora, ma non riesco a ignorare il calore nei suoi occhi. Mi vuole di nuovo. Almeno, non l'ho disgustato con quello sfoggio di perversione e debolezza.

Erik apre un cassetto della cassapanca vicino al letto e tira fuori dei pantaloni della tuta. Li indossa. Allungando di nuovo la mano verso di me, mi elogia quando la prendo. «Bravo.» Fa scivolare il braccio intorno alle mie spalle e mi guida verso le scale; sono consapevole di tutti i punti in cui la nostra pelle si tocca mentre ci muoviamo.

«Mia madre ha fatto i biscotti di Natale,» dice mentre scendiamo le scale. «Con la glassa e tutto il resto. Ne mangeremo un po' per far salire la glicemia prima di parlare.»

Non voglio parlare, adesso. Voglio mangiare i biscotti, aprire la calza che mi è stata promessa, strisciare in ginocchio fino a dove è seduto Daddy e succhiargli il cazzo fino a sentire il sapore del suo sperma e poi...

«Matthew,» scatta Daddy. «Smettila di pensare così intensamente. È compito di Daddy prendersi cura di te. So di cosa hai bisogno.»

«Sul serio?» chiedo mentre raggiungiamo l'ultimo gradino e ci spostiamo insieme al piano principale della baita.

«Me lo hai appena detto.» Mi strattona, in modo che la mia schiena sia rivolta verso il bancone che divide la cucina dalla sala da pranzo. Mi trovo di fronte a lui, e si avvicina, spingendomi fino a che il bordo mi preme contro il fianco. Mi tiene con una forza tale che dovrei lottare molto per sfuggirgli.

Le labbra di Erik sono deliziose e lente e io gli butto le braccia al collo mentre mi bacia. Le mie ginocchia si sciolgono; la lussuria mi stordisce quando comincio a montargli la gamba mentre lui lascia che il bacio si prolunghi. Quando si stacca, con la bocca arrossata e il respiro affannoso, fa scivolare una mano sul mio petto per afferrarmi la gola.

Non mi soffoca, ma la tiene lì, fissandomi negli occhi. I miei fianchi continuano a flettersi contro la sua coscia e se lui stringesse le dita ancora un po' di più, penso che potrei venire. Ma la sua mano rimane un po' troppo morbida.

«Daddy,» mugolo. «Ti prego.»

«Che cosa vuoi?»

«Soffocami.»

Si avvicina con la testa e strofina lentamente i nostri nasi. «Dimmi cosa vuoi veramente, dolce ragazzo.»

«Costringimi.»

«A cosa?»

«Fammi venire!» gemo mentre la vergogna mi assale. È un peccato volerlo. Mio padre mi odierebbe, mia madre si vergognerebbe e la mia comunità…

«Lo senti?» chiede.

«Cosa?» Non provo altro che eccitazione e la tormentosa mortificazione che mi ha seguito per tutta la vita.

«Se ti faccio venire adesso,» prosegue con calma, come se sapesse di poterlo fare, e anche piuttosto facilmente. «Se venissi così, provando queste emozioni, sarà esplosivo, dolce ragazzo. Perché il fatto è che la vergogna può renderlo più erotico. Più sporco. La vergogna può darti un orgasmo stellare.»

Ansimo e cerco la sua bocca, ma lui mi trattiene, quel po' di presa in più sulla gola mi fa stringere le palle. Sto per venire quando mi dice: «Non farlo. Non venire ancora, ragazzo.»

Mugolo e stringo i denti. «Ne ho bisogno, Daddy.»

«Stai andando benissimo. Tieni duro. Lascia che Daddy ti dica prima una cosa importante.»

Mi scuoto, il piacere mi attraversa e l'orgasmo sembra quasi inevitabile mentre mi abbandono sulla sua gamba, ma concentro la mia attenzione sullo sgradevole contatto con il bancone, e chiudo gli occhi allo sguardo intenso di Daddy.

«Dimmi, Daddy. Ti prego.»

«Smettila di montarmi la gamba,» dice. Il suo tono sa di affetto, ma anche di ordine.

Prendo un respiro tremante e fermo i fianchi.

«Daddy non vuole ancora che tu li sporchi,» aggiunge, facendo scivolare l'altra mano intorno al mio fianco sull'elastico dei boxer. Li abbassa e mi libera l'erezione. Ogni tocco ruvido è quasi sufficiente a farmi cedere, così mi mordo il labbro per trattenermi.

«Ora,» dice. «Parlami di tuo padre, ragazzo. Com'era?»

Scuoto la testa. Non voglio pensare a lui. «Ti prego, Daddy.»

«Perché non è sexy?»

Annuisco.

«Peccato. Che cosa penserebbe tuo padre di te in questo momento, affamato e voglioso, che cerchi di godere contro di me? Cosa direbbe?»

Traggo un respiro affannoso. «Non lo so.»

«Cosa direbbe?» chiede Daddy.

«Che sono un peccatore, che si vergognerebbe di me, che non sono suo figlio.»

«Immagina che sia qui ora. Che ti veda.»

Lo immagino fin troppo facilmente e mi si rivolta lo stomaco. Gemo.

«Bene,» sussurra. «Ora, dimmi di nuovo, ragazzo. Cosa vuoi che ti faccia?»

«Voglio che tu…» Riesco ancora a immaginare il disgusto di mio padre. «Voglio che tu mi scopi.»

«Bene. E poi?»

«Ho bisogno di venire. Fammi venire, Daddy. *Fammi venire.*»

«Non ancora.» Mi bacia la guancia. Vorrei urlare, ma non riesco nemmeno a fare un respiro coerente, tra tutti quegli ansiti e singhiozzi. «Come ci si sente a implorare per avere il cazzo di Daddy? A volere il suo sperma nel culo?»

«Come se ne avessi bisogno per vivere.»

«Hai bisogno dello sperma di Daddy più di quanto tu voglia l'amore di tuo padre, vero?»

Le parole rimangono sospese nell'aria e sento il potenziale dietro di esse, qualcosa di duro e proibitivo. «Sì,» ammetto.

«Questo è il mio ragazzo,» ringhia, e mi passa la mano sul cazzo.

Vengo con un grido, lacerato dall'eccitazione brutale, dall'imbarazzo e da un senso malato di perdita, ma con una splendida sfumatura di sfida e verità. Schizzo sul pavimento di legno, il calore del mio seme colpisce i nostri piedi nudi e punteggia i pantaloni della tuta di Daddy.

Sto ancora tremando quando Daddy mi lascia il collo e mi spinge le spalle fino a farmi inginocchiare. Alzo gli occhi quando infila l'uccello nella mia bocca aperta e rovescio la testa all'indietro, lasciandolo scivolare nella mia gola come gli uomini che mi hanno usato. Scorre dentro e fuori lentamente, le dita tracciano le mie sopracciglia e gli zigomi prima di spostarsi ad afferrarmi i capelli.

«Cristo, ragazzo. Voglio venirti in gola.» Si lascia andare a un leggero ringhio. «Quindi sai fare un massaggio di gola ma non sai ancora succhiare un cazzo. Ti insegnerò a farlo. Non preoccuparti. Porca puttana, quanto mi fai godere. Guarda come mi prendi in profondità. Quasi fino alle palle.» Dice tutto quello in tono stupito e, quando è al limite, lo si capisce dal tremore delle cosce e dal modo in cui le sue ginocchia si piegano, mi afferra il viso e mi chiede: «Guarda Daddy come viene. Guarda che effetto hai su di me.»

E lo faccio.

Lo guardo mentre il suo petto arrossisce, le pupille si dilatano e il viso si contorce in una smorfia. Per tutto il tempo mi fissa, la sua intensità si riversa in me come una luce, e quando grugnisce sento il primo sussulto del suo cazzo sulla lingua.

Non riesco ad assaporarlo come vorrei, con lui che si spinge così a fondo nella mia gola, ma ingoio meglio che posso, accogliendo il suo getto. Lui impreca prima di staccarsi, lo sperma e la saliva si spargono dal suo cazzo alla mia bocca, e lui li pulisce con una mano.

Rimango in ginocchio e lo osservo mentre mi sfiora le sopracciglia e mi dice: «Ora biscotti e coccole, *poi* parleremo di quello che è appena successo e del perché è stato così bello per te.»

«È stato bello anche per te, Daddy?» domando, e la mia voce suona roca per l'abuso della mia gola.

«Bellissimo. Non ho mai scopato una gola così disponibile.» Sembra combattuto, ma si china e mi bacia la fronte. «Alzati. Metti via il cazzo. Daddy sta per dare da mangiare al suo dolce tesoro.»

CAPITOLO TREDICI

Erik

CI LAVIAMO ENTRAMBI le mani e porto Matthew sul divano. «Sistemati qui,» gli ordino, mentre gli rimbocco le coperte. «Riposati.»

Si regge a stento. Il suo sguardo mi segue fino al camino, dove prendo alcuni ceppi dalla pila lì accanto. In pochi minuti accendo un bel fuoco per lui. Matthew si sta un po' afflosciando, nonostante il pisolino al piano di sopra.

Non ne sono sorpreso, dopo il momento emotivo e caotico che abbiamo appena condiviso. Un'intensità di quel tipo può far perdere la testa a un ragazzo. E anche a un Daddy, a dire il vero. Ma non ho tempo per accoccolarmi con lui e sonnecchiare. Non ancora. Devo occuparmi di altri suoi bisogni corporei.

Come l'acqua e il cibo.

Dopo aver lavato i residui di segatura e resina dalle dita, vado nella dispensa a muro in fondo alla stanza e recupero un tavolino da letto. Ho preparato in anticipo un sacco di cibo per lui, quindi ho già pronto un contenitore di frutta mista con melone, fette d'arancia e uva. Sul fornello c'è una pentola di stufato di tofu, così ne preparo una ciotola per ciascuno.

Le appoggio sul vassoio, lo guardo e noto il modo in cui il suo sguardo si sofferma sull'albero di Natale prima di spostarsi sulle calze rosse e bianche sulla mensola del camino. Quando sgrana gli occhi, sorrido. Ha notato il piccolo passo in più che ho fatto.

Ho fatto ricamare a Charles il suo nome su una calza e il mio sull'altra: Matthew e Daddy. Fa un piccolo respiro tremante e so che gli fa piacere.

Aggiungo il dolce, quattro biscotti natalizi glassati di mia madre, e gli porto il vassoio. Si riscuote dal suo crollo esausto e io gli appoggio il vassoio sulle gambe, mi siedo accanto a lui e prendo il cucchiaio. Gli porto alla bocca un po' di stufato e mormoro un incoraggiamento mentre si lascia imboccare.

«Bravo ragazzo.» Gli pulisco una goccia dal labbro con il pollice, leccandola per bene. Matthew accetta obbediente qualche altro boccone prima che gli passi il cucchiaio e prenda il mio. «Dai, nutriti da solo,» dico, come se avesse bisogno di quel permesso.

Matthew sbatte le palpebre, sonnolento e inebriato dall'orgasmo, dal fuoco caldo e dallo shock di ciò che mi ha mostrato finora. Era da molto tempo che non vedevo un uomo cadere così a fondo nel subspace; anzi, non mi era mai capitato.

Mentre mangio, chiedo: «Come ti senti?»

«Bene,» risponde semplicemente.

«Sognante? Sciolto? Come se stessi galleggiando?»

Annuisce, puntando i grandi occhi verso di me, prima di tornare alla zuppa e prendere un altro boccone.

Apro il coperchio del contenitore in vetro e indico la frutta. «Mangia anche un po' di quella.»

«Sì, Daddy.» Sceglie prima il melone e lo mastica a occhi chiusi, come se si godesse il sapore e la consistenza scivolosa.

«Questo è il subspace.»

Mi guarda con le sopracciglia aggrottate.

«Questa sensazione che provi. Ora non ci sei completamente dentro, ma stai ancora andando alla deriva in esso. Potresti andare più a fondo, oppure uscirne e tornare al tuo solito stato d'animo.»

Le sue sopracciglia si abbassano ancora di più.

«Ti piace?»

Fa cenno di sì.

«Sei il mio ragazzo in questo spazio, vero Matthew?»

«Il ragazzo di Daddy,» sussurra, mettendosi in bocca un acino d'uva.

«Sì.» Gli accarezzo la testa e torno a mangiare. Il grigiore della giornata conferisce un'atmosfera eterea e ultraterrena alla luce che filtra dall'ampia finestra vicino al divano del pianterreno. C'è nebbia e una leggera nevicata è iniziata mentre giocavamo al piano di sopra.

Dopo qualche altro boccone aggiungo: «Usciamo un po' da questo spazio. Daddy ha bisogno di parlarti.»

Matthew scuote la testa, aggrottando le sopracciglia, e mi sorprende vederlo resistere, ma mi fa anche piacere. Non è uno zerbino, anche se è il ragazzo più sottomesso che abbia mai avuto: non c'è nemmeno un accenno di ribellione in lui.

«Sì, Matthew. Daddy ha bisogno che il suo ragazzo ascolti a mente lucida.»

«Va bene,» concorda, con un'aria ancora distante e trasognata.

«Cominciamo col centrarti qui. Dimmi cinque cose che riesci a vedere.»

«Il fuoco, la mia calza, la tua calza, l'albero, le montagne nebbiose fuori dalla finestra.»

«Dimmi quattro cose che puoi toccare.»

Matthew tocca ogni cosa mentre pronuncia le parole. «La coperta, il vassoio, la frutta e te.» La sua mano si posa sul mio petto.

«Bene. Ora, tre cose che puoi sentire.»

«Il crepitio del fuoco, il tuo respiro e il riscaldamento che si accende e si spegne.»

«Due odori.»

«La zuppa. Il profumo di pino dell'albero di Natale.»

«Una cosa che si può assaggiare.»

«L'uva che ho mangiato.»

«Sei qui con me?»

Matthew incontra il mio sguardo e i suoi occhi sono più presenti di prima. C'è ancora una lucentezza che mi dice che è eccitato ed esausto, ma non sta più fluttuando nella sua testa. «Sì, Daddy.»

«Bene. Ora mangia e ascoltami.»

Annuisce e io prendo un altro boccone, riflettendo su come affrontare l'argomento senza spaventarlo troppo. «Matthew, la vergogna non è qualcosa che si può necessariamente eliminare dalla propria vita. Provarla in qualche misura, soprattutto quando è stata inculcata fin dalla tenera età, come nel tuo caso, può essere ineluttabile.»

Non risponde, ma continua a mangiare, alternando zuppa e frutta.

«Amare se stessi, imparare a pretendere cose buone per la propria vita non significa che non ci si vergognerà mai di ciò che si vuole, di chi si è e di ciò che si desidera. La chiave è usare la vergogna per ottenere il risultato migliore. Quando si gioca con la vergogna, come abbiamo fatto prima con il clistere, e di nuovo riportando alla mente il ricordo di tuo padre mentre imploravi il mio cazzo…» Si sposta, e le sue guance si arrossano con una splendida intensità. «Può essere liberatorio, eccitante e, come hai visto tu stesso, profondamente erotico. Oggi avevi gli ormoni alle stelle come un ragazzino di quindici anni, vero? Quando è stata l'ultima volta che sei venuto così forte?»

«Molto tempo fa, Daddy,» ammette.

«Cosa ne pensi di quello che abbiamo fatto?»

«Ne sono imbarazzato.»

«Cosa ti imbarazza di più?»

«Che mi immaginavo mio padre qui, che mi vedeva, che mi detestava…» Mette giù il cucchiaio e fa un respiro affannoso. «Che volevo il tuo sperma più della sua approvazione. Questo non è solo imbarazzante, è un casino. Ma il modo in cui sono venuto, il modo in cui tutto questo mi ha fatto…» Geme e si divincola. «Cazzo.»

«Ti viene duro a pensarci?»

«Sì, Daddy.» Il tono è di nuovo mortificato.

«Daddy lo adora.»

Matthew incontra i miei occhi. «Non so se sono una brava persona,» confessa. «Perché sono venuto così tanto, Daddy? Aiutami, ti prego.»

«Shh,» gli dico, strofinandogli la nuca e baciandogli la guancia. «Questo è il mio bravo, dolce ragazzo. Respira un attimo. Accogli queste emozioni.»

Una volta che mi sono assicurato che non stia per andare nel panico, continuo: «Sei venuto così tanto perché venire per me, berti il mio sperma, è un gigantesco "vaffanculo" al modo in cui sei stato cresciuto. Proprio come fare qualcosa di "cattivo" o "sbagliato" può essere eccitante perché è proibito, il piacere è stato amplificato perché hai avuto il coraggio di affrontare quei sentimenti a testa alta. Li hai superati fino a raggiungere l'estasi. Capisci?»

Matthew ci pensa su. «È comunque umiliante.»

«Non c'è problema. Daddy non ha bisogno che tu ti senta in un modo particolare per quello che facciamo, purché tu non stia peggio di come ti sentivi prima che ci toccassimo.»

«Non lo so. Mi sento… imbarazzato, ma sollevato. Meglio.»

«Bene. Perché posso contenere la tua vergogna, ragazzo. Posso trattenerla, modellarla e trasformarla in orgasmi per te. Capito? Questo è in mio potere. È anche in *tuo* potere. Non voltare le spalle alla vergogna. Tuffati in essa. Scopala, se puoi. Cavalcala.»

«Cavalcala,» sussurra.

«Sì,» lo esorto. «Sarà la cosa più potente che tu possa fare, imparare a manipolare quella sensazione per il tuo piacere. Così perderà il suo potere al di fuori degli scenari allestiti e controllati da te e dal tuo Daddy, o dal tuo amante. Mi segui?»

«Penso di sì.»

«È molto da assimilare. Vuoi continuare a giocare con la vergogna stasera?»

Esita. «Se Daddy vuole.»

«Ma cosa vuoi *tu*? Dimmelo.»

«Voglio che mi scopi,» dice. «E voglio venire per te. Comunque Daddy faccia in modo che questo accada, sono sicuro che ne sarò felice.»

Gli do un bacio sulla fronte e ricominciamo a mangiare. Mi preoccupa un po' la sua duttilità. È così dolce, così pronto ad accettare. Un altro uomo, un altro Daddy o un altro Master potrebbe abusare di quell'aspetto in lui. Ho una notte per insegnargli il sesso, il kink, la vergogna e come negoziare i suoi limiti in modo sicuro. È troppo. Non posso fare tutto stasera.

Mi si contorce lo stomaco. Ma non posso fare di più. Matthew non ha nessuna delle mie caratteristiche.

Vive troppo lontano.

È di mezza età.

E poi…

Non ha mai detto di volere più di questo. Devo rispettare i suoi desideri e non fargli pressione solo perché mi sembra giusto.

Tuttavia, sento nelle ossa che posso aiutarlo a superare quella esperienza. Ci sono tante cose che posso mostrargli e piaceri che posso aiutarlo ad abbracciare. Porca miseria. Sto davvero contemplando le complessità di una relazione a distanza tra Daddy e ragazzo, con un uomo più grande?

Credo di sì.

Dannazione.

CAPITOLO QUATTORDICI
Matthew

Dopo la merenda preparata da Daddy, ci sono altre coccole e rimaniamo ad ammirare il fuoco. Mi sembra incredibile che tutto questo sia reale. Sono davvero tra le braccia di un altro uomo, dopo tutti questi anni di desiderio. Il mio cuore soffre, e più di una volta le lacrime mi pungono gli occhi. Devo stringerli per non farle cadere.

So che per Daddy non è un problema se piango di nuovo. Mi ha già visto singhiozzare come un bambino e sedermi sul water, quindi versare qualche lacrima non è niente di che in confronto. Eppure queste lacrime sono private. Sono mie e non sono pronto a condividerle.

Il che può sembrare strano, visto che sto condividendo tante altre cose con Daddy, e la maggior parte di esse per la prima volta, ma queste lacrime sono diverse. Non sono nuove. Sono molto vecchie. E non voglio che lui mi tranquillizzi o che cerchi di alleviare le ragioni che le hanno provocate. Tutto questo dovrà essere elaborato a suo tempo. Lo dice la mia psicologa e so che deve essere vero.

Questa sera sono tra le braccia di un uomo e mi vergogno, ma sono felice. Soprattutto, sono sollevato.

Mentre la neve si accumula fuori dalla finestra, conferendo un bagliore blu alla luce della luna che sorge, Daddy mi accarezza dappertutto. È ipnotico ed erotico, e mi viene di nuovo duro prima che sembri umanamente possibile. Tre orgasmi in meno di ventiquattro ore sono già più di quanti ne abbia raggiunti negli ultimi anni.

Anche se non ho mai avuto un motivo per cercare di stabilire un record, come quando ero al liceo e i miei genitori erano via per un fine settimana. All'epoca ho avuto quindici orgasmi in meno di un giorno, aiutato dai modelli maschili seminudi nelle pubblicità di biancheria intima sui vari cataloghi che mia madre riceveva.

Ho visto il mio primo porno gay solo verso i vent'anni, quando ho comprato un computer e l'ho messo in camera da letto. In seguito, ho fatto qualche maratona di masturbazione, ma negli ultimi anni sono stato troppo sommerso dalle responsabilità e dal dolore per sentire il bisogno di masturbarmi, anche per giorni.

Non voglio farlo neanche adesso. Voglio *essere* masturbato, baciato, coccolato e scopato. Voglio agitarmi contro Daddy mentre mi porta a quel glorioso orgasmo. Ho bisogno di stringere le lenzuola e mordere il cuscino. Di urlare.

Mi chiedo se me lo permetterà. Mi chiedo se vada bene.

Suppongo che lo scoprirò.

Ma prima, Daddy vuole che mi rilassi con lui, che mi abitui a essere tenuto tra le braccia da un altro uomo. Mentre mi accarezza, ascoltiamo l'album natalizio che ha messo sul giradischi dopo aver lavato i piatti. Io assaporo tutto, mi sciolgo in lui, sudato per il fuoco e la coperta, ma non sono disposto a muovere un muscolo se non per essere scopato.

«Questo è ciò che due uomini possono essere insieme. Questo e niente di più, se è ciò che vuoi,» dice Daddy. «Se ti fa sentire amato.»

«Oh, ne voglio ancora,» ribatto, e lui ridacchia.

«La maggior parte degli uomini lo fa.»

«Ma alcuni si accontentano solo di questo?»

«Sì.»

«Qualcuno dei tuoi ragazzi?»

«No, tutti i miei ragazzi sono stati dei maniaci del sesso,» risponde con un altro brontolio di risate sommesse. «Come te.»

«Sono un maniaco del sesso, Daddy?»

«Per essere vergine? Sì. Decisamente sì.»

Sorrido e mi metto a cavalcioni su di lui. Mi afferra il culo, premendomi ancora di più contro di lui. Sono duro e il mio cazzo preme contro il suo inguine. Il suo non si è ancora svegliato, ma, mentre mi tiene fermo, sento che comincia a gonfiarsi e pulsare accanto al mio.

«Cominciamo con calma,» dice.

Ridacchio. «Daddy, siamo oltre la calma.»

Mi stringe il culo e mi bacia il mento. «Siamo ostacolati dal fatto di avere solo una notte,» spiega. «O mi sarei preso più tempo con te.»

Se solo potessimo avere più di una notte. Forse…

No. Devo godermi il momento. Questa notte è ciò che ho comprato.

In qualche modo, so che non sarebbe andato più piano di così, indipendentemente dalle circostanze o dalle sue intenzioni. Sembra che si lasci trasportare dal momento quanto me, e la parte di me che non ha mai avuto un vero interesse per un uomo sente che potrei vivere solo della sua avida devozione. Potrei mangiarlo come il pane e il burro, e questo nutrirebbe il mio corpo e la mia anima.

«Daddy?» azzardo, intimidito anche dopo tutto quello che abbiamo fatto.

«Sì, ragazzo?»

«Mi lecchi il buco del culo?»

«Come lo chiedi? Voglio sentirlo per bene.»

«Daddy, per favore, mi lecchi il buco del culo?»

«Ah, tesoro, come sei dolce.» Daddy fa scivolare le dita nell'apertura sul retro dei miei boxer e me le fa scorrere tra le natiche. Rabbrividisco quando traccia l'anello di muscoli con il polpastrello del dito medio. «Un buco così dolce e stretto, ed è tutto per Daddy, vero?»

«Sì, Daddy. Tutto per te.»

Ringhia appena e io sorrido. È irreale avere quel tipo di effetto su un uomo. Non avrei mai immaginato di poterlo avere.

«Cazzo...» Ci fa girare, in modo che io sia sotto e lui sopra. Seduto sui talloni tra le mie gambe divaricate, mi sorride. «Prima di tutto, fallo vedere a Daddy.»

Annuisco e aspetto, ma quando Erik solleva le sopracciglia, capisco cosa vuole. Avvampo, ma piego le gambe e mi porto le ginocchia al petto, inclinando i fianchi verso l'alto e sentendo il retro aperto della biancheria intima che si allarga.

L'aria nella stanza è calda per via del fuoco e un rivolo di sudore scivola lungo la mia fessura. Erik mi stringe le natiche e ammira il passaggio tra di esse. È uno sguardo di valutazione e di apprezzamento. Quando lo sposta per incontrare il mio, ha le pupille dilatate e gli occhi appannati. Mi vuole.

Ancora adesso, non riesco a crederci. Questo Daddy sexy e più giovane mi vuole. Vuole me, un noioso contabile quarantenne. Com'è possibile?

Eppure è così. È innegabile. E non solo perché vedo la prova della sua eccitazione tendere i pantaloni della tuta. È nei suoi occhi, sul suo viso, e persino nel modo in cui le sue dita mi toccano: ferme, sicure, eppure in qualche modo affamate.

Come possono le dita avere fame? Non lo so, ma anche gli occhi possono essere affamati e in questo momento gli occhi di Daddy mi stanno divorando.

Mi si mozza il respiro quando Daddy mi toglie la biancheria intima, gettandosela dietro le spalle. La sua attenzione non mi abbandona mai, lo sguardo si posa sulla mia pelle in carezze calde, quasi palpabili. Con un altro di quei ringhi leggeri, mi passa le mani sulla peluria del petto e sul ventre, sfiorando il mio uccello duro.

«Che ragazzo stupendo,» sussurra. «Se solo sapessi cosa mi fai.»

«Cosa?» ansimo. «Cosa ti faccio, Daddy?»

«Mi fai venire voglia di dimenticare che sei vergine. Tutta questa virilità, tutti questi muscoli.» Mi tocca mentre parla, facendo scorrere le dita sulle braccia, sulle spalle e sui pettorali. «Tutti questi peli, cazzo,» sussurra, facendo scorrere di nuovo le mani su di essi. «Delizioso. Come un dessert. E non ho mai saputo…» Si schiarisce la gola e aggrotta le sopracciglia. «Non ho mai nemmeno pensato…»

«Cosa non hai pensato, Daddy?» Non posso credere di stare parlando proprio ora, facendo domande invece di insistere perché mi lecchi come gli avevo chiesto. Ma ho bisogno di sapere cosa lo sorprenda tanto, perché credo che sia qualcosa di interno a *lui* e non riguardi affatto me. Gli ho mostrato tanto della mia vulnerabilità, e ora voglio qualcosa in cambio.

«Non sapevo quanto potesse essere inebriante. Tutta questa innocenza e fiducia in un uomo.» Le mani di Daddy vagano di nuovo su di me, senza mai toccare il mio cazzo che si flette sul mio stomaco, cercando di attirare l'attenzione. «La sua potenza, la sua intensità sessuale…»

Gemo quando mi infila le mani sotto le ginocchia e le spinge più indietro, esponendomi ancor di più.

«Guarda un po',» mormora. «Ad alcuni piace chiamare il proprio buco del culo "fica", una fica da maschio. Ti piace?»

«Se lo fa Daddy,» dico, tremando.

«Mmh. Che ne dici di chiamarlo fichetta maschile? Ti piace?»

«Mi piace tutto. Sono così eccitato, Daddy. Chiamalo come vuoi. Ti prego. Leccalo e basta.»

Daddy, però, si prende il suo tempo. «Cosa ne pensi di buco e basta? Non è così rozzo, ma non è nemmeno pudico.» Continua a esaminarmi mentre cerco di riprendere fiato; l'eccitazione mi risuona dentro.

«Chiamala fica, Daddy,» dico, sperando che smetterà di tormentarmi se otterrà una risposta. «Fica va bene.»

Daddy sorride. «Grazie per avere detto a Daddy cosa ti piace.» Mi bacia il lato del ginocchio e poi mi allarga di più le natiche. «Mmh. Questa sì che è una bella fica. Non è mai stata toccata. Mai scopata.»

Mi contorco, la disperazione si fa strada nel mio cuore, voglio tutto, subito.

«Tutta per Daddy.» È un comando.

«Sì!»

«Dimmi.»

«La mia fica è tutta per Daddy.»

«Sei delizioso. E *cazzo*.»

Non dice altro, ma si fionda sul mio culo con un bacio affamato e urgente che mi strappa un grido acuto. Infilo le mani tra i suoi capelli corti, cercando di aggrapparmi e di resistere, mentre farfuglio suppliche perché non si fermi mai, disperato di fargli sapere quanto mi sta facendo godere con le sue labbra, la sua lingua, i suoi denti.

Non ho mai provato niente del genere: bagnato, *morbido, eccitante* su tutto il buco del culo, e mentre lui lavora con la lingua dentro di me, mi contorco di nuovo per un piacere così intenso che quasi non riesco a respirare. Il mio cazzo pulsa e il liquido preseminale scivola lungo la punta per depositarsi sul mio ventre tremante. Le mie gambe sussultano e mi rendo conto di essere in iperventilazione quando davanti ai miei occhi sbocciano chiazze di colore.

«Daddy!» esclamo. «Daddy, giallo. Giallo.» È difficile dirlo perché non voglio che si fermi, ma non voglio nemmeno svenire.

Subito Daddy smette di leccarmi e si siede sui talloni. La preoccupazione gli increspa la fronte mentre mi afferra saldamente per i fianchi. «Inspira contando fino a quattro con me,» ordina. «Uno, due, tre, quattro. Trattienilo. Ora espira.» Respiriamo insieme, con gli sguardi uniti, per quattro volte in quel modo. Quando vede che sto di nuovo bene, mi dice: «Parla con Daddy. Cosa è successo? È tutto a posto. Ho solo bisogno di saperlo.»

«È stato troppo bello. Non ho mai provato…» Deglutisco a fatica. «È stato quasi come essere solleticati, cosa che odio. Ma non è così. Ne voglio ancora, ti prego, Daddy, ma magari con delle pause. Non così tanto in una volta sola.»

Mi massaggia i fianchi e le cosce. «Quindi non sei così insaziabile?» chiede tenendomi stretto.

«Sì, Daddy. Il tuo ragazzo non riusciva a respirare.» Mi sento infantile a dirlo, ma non in senso negativo, nel senso che so che questo Daddy muscoloso e bello si prenderà cura di me. «È stato troppo bello. Puoi aiutarmi?»

«Daddy ti aiuterà sempre. Prima proviamo questo. Vieni,» mormora, prendendomi in braccio e cambiando posizione in modo che io sia di nuovo sopra di lui. «Voglio baciarti.»

Sbatto le palpebre. «Dopo…?» La sua lingua è appena stata in un posto molto riservato.

«Oh, piccolo, diavolo, sì.»

«Okay.» L'emozione di fare qualcosa di così tabù mi spinge ad allineare la mia bocca alla sua e a lasciargli prendere di nuovo il controllo.

Il tempo si scioglie nel calore del fuoco, nel suo bacio e nelle sue dita che scivolano su e giù per la mia fessura e stuzzicano il mio buco umido. La sua barba mi sfiora il mento e mi perdo nella sensazione delle sue labbra, della sua lingua che tocca la mia e del piacere caldo e umido della bocca di un uomo, di essere baciato e di baciare.

Non sono ancora bravo, ma sto imparando e quando faccio qualcosa con la lingua che fa sussultare Daddy, provo una scossa di piacere nel mio intimo, quasi come un orgasmo: una soddisfazione di tipo diverso.

Dopo quella che mi sembra un'eternità, nel bacio più profondo e più eccitante che abbia mai immaginato, Daddy si stacca e mi sposta di lato, in modo da poter recuperare una bottiglia di lubrificante dal tavolino accanto al divano. «Il mio ragazzo vuole che Daddy penetri con un dito la sua fichetta calda?»

Mi giro su un fianco per guardarlo in faccia, spingendo il mio cazzo duro contro il suo fianco, e annuisco.

«Di' a Daddy cosa vuoi.»

«Daddy, ti prego, infila un dito nella mia fichetta,» lo imploro. «Ti prego.»

«Sei così bello quando implori,» dice, sfregando i nostri nasi prima di baciarmi di nuovo.

Rabbrividisco. Non mi hanno mai definito bello. Non mi hanno mai chiamato nemmeno affascinante, poco tipicamente virile come sono. Potrei abituarmi alla sensazione di essere visto e amato, di essere apprezzato e trovato sexy. Potrei abituarmi troppo in fretta, e ciò mi fa paura. Ed è eccitante.

Sussurro: «Anche quando ero… in bagno?»

Daddy ha un piccolo sussulto, le sue pupille si dilatano e si china a mordermi delicatamente il labbro inferiore. Dopo averlo baciato per togliere il bruciore, dice: «Anche allora, Matthew. Il mio ragazzo è stato splendido nel mostrare a Daddy il suo vero sé. Grazie.»

«Sei così bello, Daddy,» sospiro, strofinandogli il petto e le spalle. «Il tuo corpo, il tuo viso… È come un sogno che diventa realtà.»

«Sono contento, dolce ragazzo. Lascia che Daddy ti prenda più a fondo ora. Allarga le gambe per me.»

Ci spostiamo e mi sdraio sul divano, divarico le gambe mentre Daddy si puntella su un gomito sopra di me. Apre il flacone del lubrificante con i denti e io lo aiuto a ungersi le dita.

Mentre mi fissa negli occhi, si lancia in un meraviglioso, lento assalto al mio culo. Inizia a massaggiare il buco finché non mi contorco, ansimo e sono vicino a implorare. Solo allora infila un dito e inizia a scoparmi lentamente con esso.

«Daddy,» mugolo. L'emozione di avere un altro uomo dentro di me, anche se solo con un dito, mi travolge. «Aiutami, Daddy,» dico, e le sue labbra si incurvano ai bordi.

«Ti vergogni, dolce ragazzo? Hai il dito grosso di un uomo dentro di te?»

L'imbarazzo sboccia doloroso in me. Annuisco. «Aiutami, Daddy.»

«Non preoccuparti. Daddy ti farà venire di nuovo. Ma non subito. Quindi rilassati. Senti tutto.»

Gemo quando si spinge più in profondità, raggiungendo la mia prostata. La sensazione è quasi sufficiente a bloccare la vergogna pulsante.

«Così?»

Confermo con un mugolio, e mi sento sudare mentre lui lo fa di nuovo.

«Dove siamo, ragazzo? Verde, giallo, rosso.»

«Verde. Non fermarti.»

«Ci pensa Daddy.»

Mi giro verso di lui e ricominciamo a baciarci. Daddy spinge il dito dentro e fuori dal mio culo, divorandomi le labbra con passione.

Mi inarco per strusciarmi contro il suo addome e piagnucolo disperato nella sua bocca; allora aggiunge un secondo dito. La dilatazione mi dà alla testa, e gemo di piacere profondo e soddisfatto.

«Il tesorino di Daddy è così reattivo,» sospira contro le mie labbra. «Ti piace, Matthew?»

«Sì.»

«E dov'è ora la vergogna?»

«Sempre qui, Daddy.» Gli cingo il collo per attirarlo a me. «Ancora qui.»

«Ti fa diventare il cazzo duro?»

«Sì.»

«Bravo ragazzo. Lo senti?» Preme di nuovo contro la mia prostata. Non so come potrei evitare di sentirlo. È intenso e consumante. Gemo e rabbrividisco, i miei fianchi sussultano impotenti e il mio cazzo perde una goccia di liquido preseminale. «È questo che si ottiene quando si affronta la vergogna. Il piacere. E anche questo,» mi bacia le labbra, «affetto. Insieme a questo…» mi lecca la bocca, baciandomi con quella fame in cui ho annegato per tutto il giorno. «E anche tutto questo,» dice, la voce come miele bollente, mentre spinge dentro un terzo dito. È molto, e io ansimo più forte, sforzandomi di rilassare i muscoli tesi abbastanza da permettergli di spingerle dentro tutte e tre insieme. «Come sei stretto, dolce ragazzo. Quanto mi farai godere quando ti scoperò il culo.»

Mugolo di nuovo e lui affonda di più, penetrandomi a lungo con tutte e tre le dita. Quando torniamo a baciarci, mi perdo in un paese delle meraviglie di lussuria che non avevo mai immaginato possibile. Sembra durare per ore, mentre cavalco le sue dita. Riapplica più volte il lubrificante, e puntualmente lo accolgo con entusiasmo.

Con il passare dei minuti, le sue dita iniziano a muoversi dentro e fuori di me con facilità, a volte due, altre tre, altre ancora una sola, tenendomi sempre in bilico e disperato, sempre a gemere e a desiderare di più, o più forte. Ma non riesco a controllare le mie reazioni, i miei grugniti contro le sue labbra o le mie grida quando mi colpisce la prostata.

I polpastrelli continuano a impattare contro quel nucleo di delirio dentro di me, trascinandomi verso il piacere più sfrenato; lui continua a baciarmi. Mi piace essere invaso da entrambe le parti da lui, dalla sua lingua e dalle sue dita; gli succhio le labbra, cercando di catturare le sue dita stringendo la mia fica intorno a esse.

Dopo un lungo, glorioso istante, Daddy mi afferra i capelli con la mano libera e allontana la mia bocca dalla sua con uno strattone deciso.

«Basta.»

Sono stordito, confuso e ancora pieno delle sue dita.

«Calmati,» sussurra, baciandomi il mento e la punta del naso. «Calmati.»

Ansimo e mi contorco sulle sue dita. «Ho bisogno di venire, Daddy.»

«Lo so, ma credo che sia arrivato il momento di andare di sopra.»

Lo stomaco mi trema e le farfalle mi danzano nell'intestino. «Perché?»

«Ti scoperò, tesoro mio.»

CAPITOLO QUINDICI
Erik

ORTARE MATTHEW SU per le scale è più facile a dirsi che a
farsi. Le sue gambe tremano come se fossero fatte di gelatina,
così lo faccio appoggiare a me e insieme ci incamminiamo fino
all'ultimo piano.

L'atmosfera nella stanza è diversa da quella del pianterreno, che
è calda e dorata grazie al fuoco. Quassù fa freddo, il riverbero della
luna sulla neve tinge l'aria di blu. Ora c'è una fitta coltre candida sul
terrazzo e, nonostante la luna quasi piena, non riesco a vedere le
montagne a causa delle nuvole basse, l'oscurità della notte e i vortici
di fiocchi che danzano nell'aria.

Anche il letto è blu. Lenzuola blu, cuscini blu. Calma e serenità.

Una volta che ho Matthew al centro di tutto, non c'è più calma.
Trema di lussuria. Si stende e io lo copro con il mio corpo. Adoro il
modo in cui i peli del suo petto e del ventre mi sfiorano la pelle. Lo
trovo più sexy del previsto, un vero *bear* in miniatura.

I piccoli mugolii vogliosi mi incoraggiano a strofinare il mento
sulla sua mascella, sentendo la ruvidità di quell'ombra di barba che
fruscia contro la mia.

La stanza è tranquilla ma un po' fresca, e mi stacco dal corpo
caldo e dalle braccia affamate di Matthew per andare ad accendere
una stufa. «Fatto,» dico, tornando al letto dove lui aspetta irrequie-
to. «Daddy non vuole che il suo piccolino abbia freddo, vero?
Ecco,» lo tranquillizzo. «Lascia che Daddy si prenda cura di te.»

Lo copro di nuovo e lui tira su le gambe, cullando i miei fianchi, e mi avvolge le braccia intorno al collo. «Daddy,» implora in quel modo che mi fa dolere le palle. «Ne ho bisogno. Ti prego. Non farmi più aspettare. Ho fatto il bravo.»

«Eccome,» concordo, sfiorandogli la gola ma senza baciarla. «Sei stato fantastico.»

«Per favore,» mi esorta. «Ne ho bisogno.»

«Ma di cosa ha bisogno il mio ragazzo?» Sorrido mentre il suo respiro si fa affannoso.

«Ho bisogno del cazzo di Daddy. Ho bisogno che Daddy mi scopi.»

«Mmh,» acconsento, baciandogli il lato della gola sudata e leccandolo fino all'orecchio, che mordicchio dopo avergli succhiato il lobo. Lui squittisce e il suono mi arriva dritto all'inguine, facendo diventare il mio uccello già duro ancora più duro. Si agita tra le mie braccia e geme mentre continuo a leccargli l'orecchio.

«Daddy,» piagnucola. «Daddy, ti prego.»

«Lascia che Daddy veda l'altro lato,» mormoro, afferrandogli la mascella e girandogli la testa. Premo insieme le nostre erezioni, i bacini a contatto, e uso la mia mole per tenerlo fermo e impedirgli di cercare ulteriore frizione. «Ecco fatto,» proseguo. «Fammi vedere anche questo orecchio.»

Cerca di strusciarsi su di me mentre bacio, lecco e stuzzico l'altro orecchio. Mi si aggrappa alla schiena, implorandomi di scoparlo a ogni respiro. Lo adoro. Riesce a essere tanto sexy quanto tenero.

Il bisogno impaziente, la sua innocenza verginale, la reattività e la disperazione sono un mix inebriante. Voglio portarlo all'estremo finché non riuscirà più a resistere e le sue suppliche diventeranno singhiozzi.

Ma ho già superato il limite più volte con Matthew. Dovrei abbassare i toni. È inesperto e metterlo alla prova è stato intenso e divertente. Ma in futuro potrebbe rimanere deluso, quando si troverà a fare sesso con qualcuno che si limiterà a penetrarlo senza tanti complimenti. Ma speriamo che quello non sia il futuro di Matthew. Forse uscirà da questa esperienza con l'intuizione e il desiderio di trovare un Daddy che possa…

Trattengo il fiato con un nodo in gola. So cos'è, cosa significa. Non è appropriato. È ridicolo e sbagliato.

Ma non voglio che un altro Daddy si occupi di quest'uomo splendido, che tocchi la sua pelle morbida, che gli lecchi l'orecchio o il buco del culo, che si nutra dei suoi mugolii e dei suoi gemiti. Non sopporto il pensiero che un altro veda la sua faccia mentre viene, o che giochi con la sua vergogna, o che gli insegni come usarla per il proprio piacere. Voglio…

Qualcosa che non posso avere.

Non con Matthew.

«Daddy,» implora. «Ti prego, smetti di stuzzicarmi. *Ti prego.*»

Cedo a quella voce tanto vogliosa. Gli bacio la fronte, il naso e la fossetta sulla guancia. «Ecco il mio dolce ragazzo,» lo incoraggio. «Che implora così tanto per il mio cazzo.»

«Lo voglio,» geme. «Ho aspettato tutta la vita il tuo cazzo, Daddy. Ti prego.»

La verità di quello mi colpisce duramente. Matthew è più maturo di me, e non è mai stato toccato come ho fatto io, non è mai stato baciato come l'ho baciato io, *dove* l'ho baciato io… e non è mai stato scopato.

Ora tutto cambierà.

«Sì, ragazzo. È il momento. Resta lì.»

Mi sollevo da lui, baciandogli il collo, il petto e l'addome. Mi chiedo quanto potrei farlo impazzire con un po' di attenzione ai suoi capezzoli, ma prima voglio entrare nel suo corpo caldo e flessuoso.

Mentre prendo il lubrificante sul comodino, mi accorgo che mi tremano le mani. Era da molto tempo che non mi eccitavo così tanto per un ragazzo, o per qualsiasi altro uomo. Tremo nonostante sia già venuto una volta.

Matthew ha una sorta di ascendente su di me e io non dovrei assecondarlo. Dovrei scappare spaventato, tornare alla stalla, ai cavalli e alle capre. Al mio lavoro in città e a uomini più giovani che non mi hanno mai fatto fremere così…

«Ci siamo,» lo tranquillizzo. Torno tra le sue gambe, spalmo il lubrificante sul mio cazzo duro e caldo e lo strofino un paio di volte per il gusto di farlo. Quando sono pronto, gli allargo le gambe. «Alzale per me, con le mani dietro le ginocchia, così… sì, bravo. Bravo, ragazzo.»

Riesco a vedere di nuovo la sua bella fica, i peli scuri che girano intorno all'anello di muscoli, e mi lecco le labbra. Voglio divorarla di nuovo, infilarvi la lingua, ma prima ha chiamato il giallo quando l'ho fatto e ora non voglio dover rallentare.

Voglio scivolare dentro di lui con delicatezza, fino a quando non sarò in fondo fino alle palle e lui si sarà stretto intorno al mio uccello. Muoio dalla voglia di vedere la sua faccia quando mi ritrarrò e mi spingerò dentro per la prima volta. Bramo di catturare quel momento. Farlo mio.

E lo farò.

Gli lubrifico il buco e zittisco di nuovo Matthew quando sibila per il contatto freddo. Punto il cazzo contro il suo culo e sposto il peso in modo da aiutarlo a tenere un ginocchio sollevato, aprendolo ancora di più. Distolgo lo sguardo dal mio uccello che sta per entrare e lo porto al suo viso.

Lo studio per un lungo momento, in bilico sul punto di dargli ciò che vuole. È un capolavoro di bellezza. Gli occhi nocciola spalancati dalla lussuria, le guance arrossate dall'urgenza, le labbra rosso vivo per i baci e il continuo mordicchiare che non cessa, mentre aspetta la prima, grande spinta.

Ci siamo.

Serra forte gli occhi quando la cappella preme e si spinge dentro di lui. Il suo respiro esce in sbuffi superficiali e il suo addome si alza e si abbassa a ogni respiro. I capezzoli sono turgidi e rosei, e mi riprometto di giocherellarci quando sarò penetrato fino in fondo.

Per ora mi limito a oscillare appena i fianchi, andando sempre più in profondità, poco a poco, osservando sul suo volto lo splendido contrasto tra piacere e dolore, tra estasi e paura. È una delizia. Sensuale e squisita. Voglio leccarlo dappertutto, bermi il suo sperma e nutrirmi della sua saliva. Voglio farmi crescere i canini più affilati, trasformarmi in un vampiro e vivere del suo sangue. Lui me lo permetterebbe. Matthew mi lascerebbe fare qualsiasi cosa.

E con quel pensiero le mie spinte accelerano e affondo in lui con un gemito che sembra provenire dalle mie palle. Sono completamente dentro, e lui è caldo come il sangue, stretto come un guanto e palpitante di vita meravigliosa.

Inspiro ed espiro con il naso, cercando di prendermi un attimo per ricompormi prima di cedere ai bisogni animali e sbatterlo senza pietà. Mi fa impazzire. È spaventoso quanto io voglia prenderlo tutto. Non l'ho mai desiderato con un ragazzo prima d'ora. Quello che mi davano era sempre sufficiente. Questo, però, è così vicino a qualcosa di vitale e puro, qualcosa che ho sognato, ma che non ho mai immaginato potesse esistere…

«Daddy,» rantola, roco e disperato. Guardo il suo pomo d'Adamo sussultare mentre deglutisce e ricordo il modo in cui la sua gola si è aperta a me quando me lo ha succhiato. Così esperto in quell'unica cosa, così desideroso di essere usato così in passato, così bravo a farmi eccitare con quella abilità adesso.

Voglio scopare di nuovo la sua gola nello stesso momento in cui gli scopo il culo. È ingiusto che non possa farlo.

«Sì, ragazzo?»

«Mi sento…» I suoi occhi si riempiono di lacrime e, quando cadono, mi chino e le lecco dalle sue guance, vive e salate sulla mia lingua.

«Che cosa prova il dolce ragazzo di Daddy?» domando, spostando il peso sulle ginocchia e afferrandogli le gambe dietro i polpacci. Le sollevo fino alle spalle, preparandomi a scoparlo sul serio.

«Pieno,» sussurra. «Pieno e spaventato.»

«Di che colore siamo, ragazzo?»

«Verde, Daddy.»

«Sei sicuro? Possiamo essere gialli.» Cristo, non voglio essere giallo! «O anche rosso. Non c'è problema. Sii sincero con Daddy.»

«Verde,» ripete. «Ti prego, scopa il tuo dolce ragazzo.»

Stringo i denti, trattenendo l'impulso di devastarlo con il mio cazzo dopo quella supplica. Faccio un respiro lento e calmante, e mi muovo. La sua testa si rovescia all'indietro, mettendo in mostra la gola, e si inarca, con i capezzoli duri e rosei.

Vado dentro e fuori diverse volte, in modo lento e regolare, respirando in sintonia con le spinte. Lo guardo mentre assorbe la sensazione e mi compiaccio nel vedere che il suo cazzo, che si era ammorbidito quando sono entrato in lui, torna a essere completamente duro, con la punta violacea e lucida di fluidi.

«Sei così sexy a prendere il mio uccello, ragazzo. Così sexy.»

«Sì, Daddy.»

Sorrido, il suo assenso senza fiato è adorabile. «La tua fica è così stretta intorno al cazzo di Daddy.»

«Sì, Daddy.»

«Va bene così, ragazzo? È questo che hai voluto per tutta la vita?»

Il suo buco si stringe intorno a me. Geme, le gambe tremano nelle mie mani e sussurra: «Sì, Daddy. È questo che voglio. Scopami, Daddy. Scopa la fichetta del tuo ragazzo. Riempimi, Daddy, dammi il tuo sperma.»

«Shh,» lo esorto. Non voglio rovinare tutto dandogli subito quello che vuole. «Sta' buono, dolcezza. Prendi il cazzo di Daddy.

Sentilo tutto.»

Lui geme e butta la testa sul cuscino. Si contrae attorno al mio uccello e io lo guardo come se fosse un miracolo che si svolge davanti ai miei occhi. La sua tensione mentre assorbe le mie spinte sempre più veloci, il suo contorcersi quando gli sbatto contro la prostata e la sua reattività mi portano a fare sempre di più.

Gli lascio le gambe e crollo su di lui, penetrandolo in profondità e bloccandogli le mani sopra la testa, sul cuscino. Così immobilizzato, apre gli occhi e mi guarda. La fiducia che vedo è sconvolgente e ancora troppo poco meritata. La onoro spingendomi dentro di lui a un ritmo costante e regolare, osservando come stia lottando per capire quanto sia bello, quanto sia giusto.

«Sei fatto per questo, Matthew,» gli dico. «Per prendere il cazzo di Daddy, proprio così.»

«Sì, Daddy,» singhiozza. «Sì.»

«Vedi che Daddy sa come far star bene il suo ragazzo?» Allungo una mano tra di noi, facendo scorrere le dita intorno al suo uccello in una presa morbida, senza dargli attrito sufficiente per venire. «Sei così eccitato per Daddy?»

«Sì.»

«Ti viene duro perché ti piace avere un grosso cazzo nel culo, Matthew?»

«Sì, Daddy.»

«Dimmelo.»

La sua voce si spezza. «Adoro il tuo grosso cazzo nel mio culo, Daddy.»

«Mmh. Tutti i bravi ragazzi lo fanno.»

«Ti prego,» sussurra. «Vieni dentro di me.»

«Oh, lo farò. Sii paziente, tesoro mio. Daddy sa di cosa hai bisogno.»

«Io non… non posso…»

«Shh, shh. Daddy ha tutto sotto controllo. Prendi il mio cazzo,

Matthew. Senti come ti fa godere. Sei fatto per questo, piccolo. Sei fatto per essere scopato.»

«Daddy,» mugola, il suo uccello freme e un rivolo di liquido preseminale scivola sulla pelle.

«Non venire ancora, ragazzo,» mormoro. «Ringrazierai Daddy, se aspetterai. Te lo prometto.»

«Per favore.»

«No, no. Aspetta.» Gli scosto i capelli dalla fronte, gli bacio le labbra e la gola e poi passo alle clavicole. «Che bravo,» lo elogio mentre resiste virilmente all'orgasmo. «Daddy è fiero di te.»

Mi dirigo verso i suoi capezzoli e mi rendo conto di aver sbagliato a non averci giocato di più prima. Lui si trasforma in un pasticcio nervoso, singhiozzante e gemente. Le sue ginocchia sbattono contro i miei fianchi, il suo culo si contrae intorno al mio cazzo. La sua presa sulla nuca mi dice che, nonostante le lacrime e le suppliche, gli piace.

«Oh Dio!» grida. «Aiutami, Daddy! Aiutami!»

Non smetto di scoparlo, mantenendo le spinte costanti e regolari. Sospetto quello che sta per accadere, ma è tutt'altro che certo. Non tutti gli uomini provano l'orgasmo prostatico o anale. Solo uno dei miei ragazzi lo ha fatto, Garrett, e pochi di quelli che ho scopato senza impegno nel corso degli anni ci sono riusciti. Ma lo percepisco come un'onda anomala, il piacere che si accumula nel corpo di Matthew, che comincia a raggiungere la cresta…

«Daddy!» grida mentre perde il controllo.

Continuo a scoparlo, sapendo che quello prolungherà il piacere. La sua gola pulsa al ritmo del cuore, gambe e braccia sussultano come se avesse una crisi epilettica.

«*Daddy!*»

Sbatto implacabile contro la sua prostata, per ingigantire e prolungare la sensazione.

Una volta superato, rallento le spinte, afferro i suoi fianchi con entrambe le mani e mi scosto dai capezzoli arrossati dai denti per catturargli la bocca. Sbuffa come un cavallo dopo una lunga corsa, ma lo bacio a fondo, sentendo il modo in cui persino la sua mascella trema dopo l'orgasmo.

«Ti è piaciuto, tesoro?» gli chiedo dopo che si è calmato abbastanza da aprire gli occhi pieni di lacrime e guardarmi.

Lui distoglie lo sguardo, la vergogna gli scivola sul viso. Credo di sapere perché, ma mi sorprende dicendo: «Mi dispiace, Daddy. Sono venuto senza il tuo permesso.»

«No, piccolo,» gli dico, portando la sua mano tra noi per fargli sentire il suo cazzo ancora duro. «Non lo hai fatto. Vedi?»

Lui sbatte le palpebre, un'espressione stupita che prende il posto della mortificazione. «Cosa? Come?»

«Sei un ragazzo fortunato,» proseguo, pizzicandogli il naso e baciandogli di nuovo il mento. «Un ragazzo molto fortunato. Hai appena provato la più grande beatitudine da passivo. Sai che la stimolazione della prostata è piacevole, ma può anche farti sentire *così*. Un orgasmo senza eiaculazione, come un piacere diffuso in tutto il corpo. Non ha un lungo periodo refrattario. Posso farlo accadere di nuovo. Lo vuoi?»

«Oh, cazzo,» geme, e gli occhi gli si rovesciano; digrigna i denti per una scossa di assestamento.

«Lo vuoi, dolcezza? Verde? Giallo?»

«Lo voglio, Daddy. Verde.»

«Sono così orgoglioso di te,» gli dico. «Prendi il cazzo di Daddy come un campione.»

«Fai sentire di nuovo il tuo ragazzo così, Daddy.»

«Vuoi questa beatitudine?»

«Ti prego, sì, ti prego, Daddy.»

«Tieniti stretto,» gli dico. «Daddy ora ti cavalcherà con forza.»

CAPITOLO SEDICI

Matthew

N ON SO DAVVERO se voglio provare di nuovo quella scioccante "beatitudine da passivo". Dopo la terza volta, sono sfinito, sfiancato, eppure quando Daddy mi chiede se voglio farlo ancora, imploro per averne di più.

Il modo in cui sto tremando è terrificante, e anche il piacere lo è. Sono sicuro che non sia normale. *Niente* di quello che sto provando stasera con Erik, con Daddy, è normale. Non voglio nemmeno che lo sia. Questo è fuori dalla mia vita quotidiana, una fantasia, una gioia, un dono. E vorrei cavalcare il suo cazzo per l'eternità, se potessi. Perché niente potrà mai essere paragonato a questo.

«Dolce ragazzo,» mi dice Daddy dopo che ho sudato e imprecato per un altro orgasmo. «Sei pronto per lo sperma di Daddy adesso?»

Quasi scoppio a piangere. Lo voglio da morire. «*Sì*, dammelo. Riempimi. Lo voglio.»

«Prima devo far venire il mio tesoro,» dice Daddy, prendendo in mano il mio uccello, che è ancora duro e, nonostante abbia versato un'enorme chiazza sullo stomaco mio e di Daddy, le mie palle sono ancora piene.

Gemo, non sono sicuro di desiderarlo, ma è più importante fare tutto quello che Daddy vuole da me, che fare di testa mia. Il suo uccello è divino, una cosa meravigliosa. Mi riempie e mi dilata. Sono in fiamme per lui e voglio vivere con lui sepolto dentro per sempre. Ma è solo per questa notte e non voglio che finisca.

«Daddy? Mi scoperai di nuovo più tardi?» domando con voce tremante. Ho pianto mentre mi scopava, ho urlato, eppure questa richiesta mi imbarazza.

«Vuoi che lo faccia, Matthew?»

«Ne ho bisogno,» gemo. «Ho bisogno del tuo cazzo, Daddy.»

«Questo perché sei il mio ragazzo, e i ragazzi hanno sempre bisogno del cazzo di Daddy.» Sospira. «Quanto sei dolce. Non so proprio cosa fare con te,» sussurra. Mi bacia teneramente la bocca, facendomi perdere la testa. «Adesso occupiamoci del tuo piacere, poi, dopo che ti avrò riempito, decideremo cosa fare.»

«Cristo, Daddy,» esclamo con vigore. «Smettila di stuzzicarmi e fallo.»

Daddy ride e, con un movimento rapido che non avevo previsto, si tira fuori, si siede sui talloni, mi spinge le cosce e mi prende l'uccello in bocca. Grido e gli tiro i capelli; voglio venire con lui dentro il mio culo.

«Ti prego, scopami!» urlo mentre lui succhia senza sosta. Se non si ferma gli verrò in bocca. «Voglio… voglio…» L'orgasmo è inesorabile, ma appena prima che cominci, Daddy si stacca, mi penetra di nuovo e mi masturba durante i primi getti.

Adoro sentirmi pieno e venire con il cazzo di Daddy dentro di me. Lo sperma va dappertutto, tra i peli del mio petto, sul cuscino, e il mio buco si aggrappa al suo cazzo a ogni spinta. Quando mi riprendo, sono sudato e coperto di fluidi, ma Daddy mi guarda con un'espressione di intenso orgoglio. Nel mio petto sboccia una luce e mi ritrovo a sorridere, mentre Daddy si china e mi bacia per un tempo che sembra lunghissimo. Io seguo la sua bocca, cercando di ottenere di più quando lui si allontana.

«Ora è il momento che Daddy ti riempia,» dice, accarezzandomi con affetto il viso e toccandomi la fossetta. «Piccolo mio, sei pronto per lo sperma di Daddy?»

«Sì, dammelo, Daddy. Lo voglio. Lo voglio così tanto.»

Sorride e mi solleva le gambe. «All'inizio potrebbe essere un po' scomodo, visto che sei appena venuto. Dai a Daddy qualche secondo, va bene? Ma se è troppo, usa la parola di sicurezza. Daddy non andrà oltre ciò che puoi sopportare.»

«Sì, Daddy. Verde, verde, vai.»

Mi bacia e io mi sciolgo sotto il suo calore e il suo peso, mentre il suo cazzo si spinge dentro di me a una velocità che mi toglie il fiato. La sensazione non è delle migliori, non è neanche lontanamente paragonabile a quella di qualche istante fa, prima dell'orgasmo, ma non è insopportabile. Accarezzo la schiena di Daddy, lo bacio con le mie nuove capacità, per quanto scarse, e gemo mentre lui rincorre il suo orgasmo.

«Ci siamo, ragazzo,» grugnisce, sollevandosi sui gomiti e osservando le mie espressioni. «Hai un viso così bello. Occhi così dolci. Quelle *labbra*. Cazzo… eccolo. Eccolo, tesoro, io… *cazzo*. Cazzo, *cazzo*!» Trema convulsamente sopra di me e il suo uccello pulsa. Impatta contro il mio culo, e forse lo immagino, ma giuro di sentire il suo sperma che mi riempie.

Ci baciamo ancora un po', mentre Daddy si mantiene in profondità dentro di me. Quando il suo uccello comincia ad afflosciarsi, si sfila, e con lui esce parte di quello sperma duramente conquistato. «Ci pensa Daddy,» mi assicura prima ancora che io possa esprimere il mio sgomento per aver perso il suo sperma. «Aspetta, fammi prendere…» Con le dita spinge il seme dentro di me, invitandomi a sollevare i fianchi per evitare che scivoli fuori di nuovo. «Bravo, così. Tieni dentro lo sperma di Daddy.»

Sono debole per la gioia e la soddisfazione. Quello è ciò che volevo, ciò di cui avevo bisogno, ed è stato bello come avevo immaginato, anzi, ancora meglio. Daddy mi ha insegnato tanto sul mio corpo e sul piacere, e questa scopata è stata la ciliegina sulla torta.

So che abbiamo il resto della notte, ma una piccola quantità di timore guasta quel momento: e se non mi scopasse di nuovo prima che me ne vada? E se quello fosse l'unico ricordo che avrò di lui? E se si sentisse come se il suo dovere fosse stato assolto, e ora potessimo coccolarci, aprire i regali al mattino e...

«Tesoro,» dice, facendomi uscire dalla mia spirale mentale. «Sai cosa sta succedendo in questo momento?»

«No, Daddy.»

«Il mio sperma è nel tuo intestino, e sai cosa succede lì?»

Scuoto la testa, anche se ho il sospetto che il gesto causerà delle perdite.

«Il tuo corpo ne assorbirà una parte. Assorbirà gli ormoni e le sostanze nutritive che riuscirà a ricavare, li porterà nel flusso sanguigno e li fornirà alle cellule. Ancora di più di quando ingoi il mio sperma.»

«Daddy...»

«È eccitante per te come lo è per me?» mi chiede. «Avrai una parte di me dentro di te per gli anni a venire. Finché nel tuo corpo ci saranno cellule che si sono nutrite dello sperma che hai ingoiato o che ti ho rilasciato venendoti dentro, io sarò parte di te. Capisci? Questo...» Indica tra di noi. «Non è solo per stasera. Sono dentro di te, ragazzo. Sono nella tua memoria, nel tuo sangue e nel tuo corpo. Non dimenticarlo.»

Daddy si sdraia accanto a me, esausto, ma mi tira a sé e ci coccoliamo. Penso a quello che ha detto sul suo sperma, sul fatto che una parte di lui è dentro di me, che siamo uniti, e mi piace. Voglio ancora di più di lui.

E mi rendo conto che voglio ricambiare. Voglio entrare nel suo culo, nella sua gola, nel suo flusso sanguigno e nelle sue cellule. Voglio far parte di lui per anni.

«Daddy?» sussurro prima che possa addormentarsi.

«Sì, piccolo?» Socchiude gli occhi e capisco che sta per alzarsi, magari per prendermi dell'acqua o occuparsi del cibo, così lo cingo con le braccia per tenerlo fermo.

«Daddy, anch'io voglio scoparti.»

Sorride, mi bacia la bocca e annuisce. «Dopo aver riposato un po'. Magari domani mattina.»

«Me lo permetterai?»

«Certo, ragazzo. Il culo di Daddy è tuo se lo vuoi.»

«Va bene,» acconsento e chiudo gli occhi. Sono esausto, sporco, ricoperto di sudore e di sperma, eppure non riesco nemmeno ad alzarmi dal letto per pulirmi. Credo che Erik provi la stessa cosa.

Mi accarezza i capelli, sospira soddisfatto, e l'orgoglio mi riempie di nuovo. Sono stato io a sfiancare così il mio bel Daddy giovane. Gli ho dato dei buoni orgasmi e l'ho stremato. Io, Matthew Angel. Io, il vergine.

L'*ex* vergine.

E più tardi, stasera o domani, lascerà che io lo scopi. Sarò parte di lui per gli anni a venire, nella sua memoria, nel suo sangue, nel suo corpo. Anche se dopo stasera non ci vedremo mai più e non lo faremo mai più, Daddy non lo dimenticherà mai.

Sarò il suo ragazzo per sempre.

CAPITOLO DICIASSETTE

Erik

MATTHEW SI ADDORMENTA con un filo di bava che gli scivola dal lato della bocca e sull'ombra di barba. È adorabile.

E sono nei guai.

Mi affaccio alla finestra e guardo il cielo appena sgombro di nuvole. A un certo punto, la tempesta è passata e sono rimasti solo cumuli di neve bianca. Sembra più che sufficiente per un bianco Natale e mi chiedo se quello farà piacere a Matthew. Sembrava entusiasta dell'albero e delle calze. Decora la sua casa per le feste? Festeggia con gli amici? O trascorre il Natale in solitudine, senza fronzoli?

Ho il sospetto che si tratti della seconda ipotesi. Il pensiero di mandarlo a passare la vigilia di Natale in una casa fredda e vuota mi provoca un dolore sordo nel petto. Con mia madre lontana, non avrei avuto problemi a trascorrere le vacanze con i miei animali, recuperando un po' di tempo libero.

Ora immagino di guardare Matthew allontanarsi, i fanali rossi che scompaiono dietro la curva. Immagino di passare il Natale da solo, come avevo programmato, e invece di provare pace, tranquillità e relax, quel dolore diventa più profondo.

La luna è bassa nel cielo e la sua luce riverbera azzurra e serena tra le montagne e nella mia camera da letto. È in quella luce pallida che lo guardo dormire.

Conosco quella sensazione.

Mi è già capitato in passato. Le prime volte con tutti e tre i miei ragazzi precedenti sono state speciali a modo loro, ma nessuna può reggere il confronto con l'intensità di ciò che Matthew e io abbiamo condiviso nelle ultime ore.

La strana sensazione alla bocca dello stomaco, il calore affettuoso del mio cuore, l'urgente senso di protezione e il desiderio di tenerlo al sicuro e al mio fianco sono tutte cose che mi sono familiari, per via delle mie esperienze passate con i ragazzi con cui mi sono impegnato come Daddy a tempo pieno.

Ma Matthew non ha firmato per questo. Ha chiesto una notte con me. È quello che ha offerto, quindi è quello che sta ottenendo.

E anche se lui volesse di più, io non sono fatto per le storie a distanza. Non funzionano mai. Non che ci abbia mai provato, ma sono un uomo che ha bisogno che il suo ragazzo sia vicino, che si inginocchi ai suoi piedi, che gli succhi il cazzo, che lo tocchi, che vuole amarlo e proteggerlo.

Non posso accudire Matthew se lui è a Nashville e io sono qui. Non posso assicurarmi che sia nutrito, al caldo, al sicuro e che venga scopato a dovere. Mi farebbe impazzire cercare di essere il suo Daddy a distanza.

So che alcune persone hanno rapporti virtuali con i loro sottomessi o ragazzi, ma questo non mi è mai piaciuto. Quando Duncan mi ha chiesto di fare una videochiamata con lui dopo la partenza per la scuola di specializzazione, l'ho fatto una volta perché tenevo a lui e sapevo che aveva bisogno di sostegno, ma non c'era nulla di erotico o di soddisfacente per me nel vedere Duncan masturbarsi attraverso uno schermo.

Solo pixel. Niente carne, niente sperma, niente saliva. Tutte cose che adoro. Mi piace il calore del corpo di un ragazzo contro il mio, ed è stata una sorpresa scoprire quanto sia stato bello accoccolarsi a un corpo villoso, soprattutto in inverno. Finché durano i rapporti tra Daddy e ragazzi, mi piace condividere i pasti, la vita, il tempo. Non voglio quello che Matthew può offrirmi, eppure…

Lo guardo, osservando le coperte che si alzano e si abbassano con il suo respiro.

Ho mai avuto un ragazzo così docile e tenero? Ho mai scopato un uomo che si lascia andare così velocemente nel subspace? No a entrambe le domande. E ho mai visto tanto pudore in un partner, sapendo di cosa ha bisogno e tirandolo fuori come un gioiello prezioso da presentargli a metà scopata, facendolo venire come un vulcano? Certo che no.

Tra noi c'è qualcosa di speciale. L'ho capito fin dall'inizio, dal primo giorno in cui l'ho trovato così inspiegabilmente eccitante e ho pensato che fossi solo arrapato dopo un periodo di astinenza.

Ho interrotto la lunga astinenza. Ho avuto due orgasmi devastanti in poche ore, ma sono pronto a ripartire.

Anche lui me lo permetterebbe. Se lo svegliassi, se gli dicessi: «Voglio tornare dentro di te,» acconsentirebbe. Aprirebbe le braccia e le gambe e mi accoglierebbe. Lo riempirei di nuovo di sperma e lui lo prenderebbe con gioia.

Cristo santo. Ora sono eccitato.

È una cosa stupida. Non funzionerà. Non può accadere.

Riporto la mia attenzione sul paesaggio imbiancato all'esterno. La neve si è accumulata sul terrazzo e sul viale. So che al di sotto si nasconde uno strato di ghiaccio scivoloso, prodotto dalla nebbia che ha depositato l'umidità prima dell'arrivo della tempesta. Considero i percorsi per tornare all'autostrada. Il passo tra i monti. Sospiro.

Sai cos'altro non può accadere? Non puoi lasciarlo tornare a casa domani.

Prendo il telefono dal comodino e lo accendo per la prima volta da quando Matthew è arrivato. Ci sono diversi messaggi: alcuni di mia madre e un paio di clienti che vogliono sapere se ci alleneremo ancora dopo Natale o come cambieranno i programmi per via di tutta quella neve. Uno di Nick e uno di Charles che sembra riguardare un problema di riscaldamento della casa in città. Ottimo.

Semplicemente fantastico.

Ma non è per questo che l'ho preso. Apro l'applicazione meteo. Non dà più neve, ma le temperature dovrebbero rimanere basse. Non c'è speranza di disgelo. Il che significa che io e Matthew siamo intrappolati qui fino a quando non arriverà uno spazzaneve, il che, visto che è il fine settimana e quasi Natale, probabilmente non avverrà prima di qualche giorno.

Dovrei essere arrabbiato. Non era quello l'accordo.

Ma non lo sono. Il mio cuore batte, il mio uccello si alza e sorrido.

Guardo Matthew, che non si è mosso. Deve essere esausto. Tre orgasmi alla sua età! Cristo, è difficile da credere. Spero che non sia troppo deluso di essere intrappolato qui con me.

Forse mi sbaglio e ha dei progetti di vacanza a Nashville che gli dispiacerà perdere. Anche se lo facesse, cosa di cui dubito, farò in modo che valga la pena restare. Forse non potrà passare i prossimi tre giorni a fare sesso, ma conosco altri modi per impressionarlo.

Sembra che l'esperienza di una notte di dicembre comprata da Matthew si sia trasformata in un'esperienza di Natale innevato di più giorni. Non provo altro che eccitazione per quello. *Gioia.* Spero che al risveglio sarà emozionato anche lui. C'è qualcosa nel modo in cui i suoi occhi brillano quando è felice…

Oh, Cristo. Sono nei guai fino al collo.

PARTE TERZA

L'esperienza del Natale innevato

CAPITOLO DICIOTTO

Matthew

L A LUCE DEL mattino mi colpisce il viso, costringendomi a svegliarmi. Non voglio farlo. Nell'ultima ora sono stato in dormiveglia, a godermi il suono del lieve russare di Erik e la sensazione di solidità e calore del suo corpo accanto al mio.

Non appena ammetterò di essere sveglio, e non appena si desterà anche lui, sarà l'inizio della fine. Oggi dovrei tornare a casa. *Casa.* Quella parola non mi è mai sembrata così vuota e priva di significato.

Non ci sarà nessun albero colorato e addobbato, niente luci scintillanti o biscotti di Natale a forma di allegri pupazzi di neve ricoperti di glassa. Niente Erik che mi tiene stretto e mi scopa forte e mi dà più di quanto avrei mai potuto sperare.

E anche se Daddy mi permetterà di aprire i miei regali e di scopare con lui questa mattina, prima di partire, so anche che non sarà sufficiente. Farò tutto quello che mi chiederà se solo mi permetterà di restare. Ma non me lo offrirà. Devo lasciar perdere.

Ogni secondo è prezioso. Non voglio perdere tutto questo, perdere lui, ma questo è tutto ciò che ho.

«Vale la pena vedere l'alba.» La voce di Erik è roca, sia per il sonno che per le grida che ha emesso mentre mi scopava.

Apro gli occhi e il cielo fuori è punteggiato dalle più belle sfumature di arancione, rosa e corallo. La nebbia intorno alle montagne gli conferisce un bagliore quasi perlaceo. «Wow,» sospiro.

«Mmh.» Suppongo che indichi che è d'accordo.

Erik si rotola per stringermi da dietro, un braccio scivola sotto di me e intorno alla mia vita per afferrarmi l'uccello, l'altra mano mi scorre sul petto e…

«Oddio,» mugolo, mentre la sua mano si avvicina alla mia gola e la avvolge leggermente. «*Daddy*.»

«Rilassati. Daddy vuole solo ricordarti a chi appartieni.»

Ora sono eccitato. Ma non mi muovo e non dico un'altra parola, lascio che mi tenga così mentre il sole sorge: rosa, corallo, blu, bianco, arancione. I colori si intensificano e si dissolvono, fino a quando sono certo di essere accecato da quel caleidoscopio, ma si scopre che ho chiuso gli occhi.

Il mio uccello freme nella sua morsa; il respiro si fa ansante e superficiale.

«Ce l'hai duro per Daddy?» mi chiede Erik, stringendomi il cazzo.

Non parlo, respiro solo un po' più velocemente quando inizia ad accarezzarmi.

«Ieri sera mi hai lasciato scopare la tua fica, ragazzo, e sei venuto sul mio uccello.»

Il calore mi sale alle guance. Perché adesso sono in imbarazzo mentre allora non lo ero? «Sì, Daddy.»

«Cosa ne pensi?»

«Come se volessi che lo facessi di nuovo. Adesso. Ti prego, Daddy.» Sento la mia gola muoversi contro la sua mano mentre parlo, la vibrazione della mia voce.

«Sei adorabile quando implori.» Mi lascia andare collo e uccello. «Ma abbiamo delle cose da fare stamattina.»

Rotolo sulla schiena, sbattendo le palpebre confuso. «Daddy?»

«C'è stata una tempesta di neve. Più forte di quanto avessero previsto.» Fa un gesto verso la finestra, i capelli corti dal taglio militare sono appena arruffati, con ciuffi corti che puntano da tutte le parti. È dolce. Tenero. È difficile credere che solo pochi secondi fa avesse le mani sulla mia gola e sul mio cazzo, comandandomi con facilità.

Erik aggiunge: «Cosa vuoi fare oggi? Non andrai da nessuna parte fino al disgelo, quindi possiamo fare come preferisci dopo colazione, dopo che avrò spalato il sentiero fino al fienile e controllato Molly.»

«Come preferisco,» ripeto, alzandomi per scrutare fuori dalla finestra. *Aspetta, io resto qui?*

Ebbene, il centimetro di neve previsto è diventato un metro e mezzo. A Nashville nevica più che in alcune zone del sud, ma non sono ancora pronto a guidare su strade di montagna tortuose con neve e ghiaccio. Sono bloccato qui.

Bloccato in un paese delle meraviglie invernali con l'uomo più sexy del pianeta. Il mio cuore palpita e non riesco a nascondere un sorriso entusiasta. Il Natale è solo un giorno sul calendario. Due, se si conta la vigilia. Non dovrebbe significare nulla aprire i miei regali la mattina di Natale. Sono un uomo adulto.

Tuttavia, passare la ricorrenza con Erik significa qualcosa. Molto più di quanto dovrebbe, ma questo è un problema su cui mi soffermerò in futuro. Mi schiarisco la gola, cercando di contenere la mia eccitazione prima di chiedere: «Non hai programmi con amici e familiari? Non voglio intromettermi.»

«No.» Si acciglia. «E tu?»

Scuoto la testa. «Dopo la morte dei miei genitori…» Faccio spallucce. «Il Natale non è stato più lo stesso. Nel bene e nel male.»

Erik mi lancia uno sguardo penetrante e annuisce lentamente. «L'aspetto natalizio di questa esperienza è stato un fattore importante nella tua decisione di fare un'offerta.»

Non è una domanda. Annuisco.

«Allora questo sarà un Natale speciale per entrambi.»

Forse Erik lo ha detto solo per essere gentile, ma il mio cuore si alza in volo lo stesso. «Grazie.»

«È la vigilia e tu hai fatto il bravo. Cosa ti piacerebbe fare? Andare in slitta? Costruire un pupazzo di neve?»

«Daddy.» Mi volto verso Erik che si sta alzando dal letto, nudo e splendido. «Ieri sera hai detto che potevo scoparti.»

Sorride. «Oh, manterrò la promessa. Non mi tirerei indietro per nulla al mondo. Ma abbiamo tutto il giorno e tutta la notte. Non credo che tu possa mantenere il ritmo che abbiamo impostato ieri, visto che i periodi refrattari sono quelli che sono. Credo che sia meglio che tu non venga stamattina. O forse anche nel pomeriggio.»

Emetto un grido indegno.

Daddy ride. «Oh, quindi hai opinioni vigorose al riguardo, vedo.»

«Daddy, ti prego…»

«No. Sono io che comando. Ricorda il nostro contratto.»

Ho voglia di piangere, il che è stupido perché sono un uomo di mezza età che, dopo una vita di quasi castità, ieri è venuto tre volte in modo trionfante, quindi aspettare qualche ora non dovrebbe essere un problema. Ma i miei occhi si riempiono di lacrime.

L'espressione di Erik si fa seria e si siede accanto a me sul letto. «Che cosa senti? Dimmi cosa sta succedendo.»

«Non lo so, Daddy. Ho paura.»

«Paura di cosa?»

Deglutisco con forza. «Che tu non mi permetta di scoparti e che io debba andare a casa e…» Mi scende una lacrima, ed è imbarazzante, così mi copro il viso, sentendo il calore dell'umiliazione scorrermi sulla pelle. Nonostante sappia che non posso guidare su strade ghiacciate, la paura di dover in qualche modo passare il Natale da solo a Nashville, dopotutto, mi devasta.

«Ah.» Mi stringe in un abbraccio e mi fa appoggiare la testa contro il suo petto, baciandomi i capelli. «Da piccolo, tuo padre ti ha promesso delle cose e non le ha mantenute?»

Una miriade di ricordi mi attraversa la mente.

«Sì, Daddy.»

«Parlami di ciò che ha promesso.»

Gli racconto delle volte in cui mio padre mi aveva detto che mi avrebbe insegnato qualcosa, ad esempio a lanciare bene una palla da baseball o ad aggiustare l'auto, ma non aveva mai trovato il tempo. Di come mi aveva assicurato che avrebbe preso in considerazione l'idea di comprarmi una chitarra per Natale, quando avevo dodici anni, ma sotto l'albero c'erano stati solo i soliti calzini, le camicie pratiche e i pantaloni di velluto a coste. Perché il Natale doveva riguardare Gesù, non i regali.

O quante volte mio padre mi aveva detto che sarebbe venuto a uno dei miei eventi per vedermi nella banda della scuola, o ai miei saggi, o alla recita di Natale, ma poi non si presentava mai, affermando che doveva lavorare.

«Affermando?» chiede Daddy.

«Sì. A volte poteva essere vero, ma la maggior parte delle volte…» Faccio spallucce; le lacrime scendono in rivoli caldi. Non cerco di fermarle. Daddy dice che vuole che io accolga i miei sentimenti. Li lascio divampare senza trattenere il pianto.

«Penso…» Mi fermo perché quello è il mio segreto. Non l'ho mai ammesso ad alta voce, neanche a me stesso.

«Vai avanti.»

Prendo un respiro tremante. «Penso che abbia evitato di passare del tempo con me perché, se lo avesse fatto, avrebbe capito. Avrebbe visto la verità, e non voleva.»

«Ma non hai detto che hai vissuto con loro fino alla loro morte?»

«Sì, Daddy.»

«Per tutti questi anni non hai passato del tempo con tuo padre?»

«Si può vivere con una persona, anche amarla, e non conoscerla mai veramente. Lui non voleva conoscermi. Perché avrebbe dovuto ammettere che sono gay, e avrebbe saputo che io…» Mi si incrina la voce e seppellisco il viso nel petto di Erik. «Che voglio il cazzo di un uomo nel mio culo, Daddy.»

«So che lo vuoi,» mi dice, in modo rilassante e caloroso. «So che lo vuoi, piccolo, e Daddy è d'accordo. Daddy lo sa.»

Piango, mentre Erik mi culla tra le sue braccia, mi massaggia la schiena e mi consola per lunghi minuti, finché non mi placo.

Una volta che mi sono calmato, è imbarazzante. Non c'è modo di uscire dalla consapevolezza che io, un uomo adulto, sto lasciando che uno più giovane mi prenda in braccio e mi tratti come un bambino, lasciando che mi consoli come un piccoletto che si è sbucciato un ginocchio. La vergogna si fa strada e Daddy lo sa.

«Provi vergogna, Matthew?»

Annuisco.

«Vuoi che Daddy ti sculacci?»

Trattengo un respiro, deglutisco con forza e mi esce un'altra lacrima. «Sì, Daddy.»

«Mettiti a pancia in giù sulle mie ginocchia, tesoro.» Lo dice quasi con fare noncurante, come se non mi stesse offrendo qualcosa di cui ho bisogno come l'aria. «Questo ti schiarirà le idee,» prosegue mentre mi metto in posizione, con il culo in alto e la sua mano appoggiata sopra. Premo il viso in un cuscino che ho accostato per nascondere l'imbarazzo. «Questo scaccerà tutti i fantasmi.»

Rabbrividisco mentre mi passa la mano sulla natica.

«Sei mai stato sculacciato prima?» chiede.

Faccio cenno di sì.

«Da tuo padre?»

Annuisco di nuovo.

«Ha usato la mano?»

«Sì.»

«Una cintura?»

«A volte.»

«C'è altro?»

«Una verga presa all'esterno. Un cucchiaio di legno.»

«Ti ha sculacciato solo il sedere?»

«Sì, Daddy.»

«Qualcun altro l'ha mai fatto?»

«Il mio parroco,» rispondo con voce roca. «Mi ha sorpreso a guardare gli altri ragazzi nella doccia del Campo Biblico.»

«Con la mano?»

«Una cinghia.»

«Hai pianto?»

«Ho ululato, Daddy. Ho urlato e *ululato*.»

«Mmh.» Sembra poco convinto. Non so con certezza a cosa stia pensando, ma credo che non sia necessario per me saperlo. Chiede: «Quali sono le tue parole di sicurezza?»

«Giallo e rosso, Daddy.»

«Usale, Matthew. Promettimi che le userai.»

«Lo prometto.»

«Provi ancora vergogna? La calda, oscura, sanguinosa vergogna che ti ha riempito quando quel terribile parroco ti ha sorpreso a sbirciare? La senti, Matthew?»

«Sì.»

«Avevi paura che lo dicesse a tuo padre?»

«Credo che lo abbia fatto.»

«Che cosa ha detto tuo padre?»

«Mi ha ignorato per una settimana.»

«E come ti ha fatto sentire?»

«Ancora più mortificato.»

«Pensaci, dolce ragazzo. Sentilo.» Mi massaggia di nuovo il culo, stringendomi le natiche. «Pensa a quanto hai bisogno di un cazzo nel culo per essere felice. Ora che lo hai avuto, lo sai, vero? Non sei mai stato veramente felice un solo giorno in vita tua, fino a ieri.»

«Daddy…»

Mi apre le natiche e fa scivolare le dita nella fessura, toccando il mio buco, e io mi mordo la guancia per non pregarlo di infilarci un dito. «Immagina di dire a tuo padre la verità, Matthew.»

«Mi avrebbe odiato.»

«Potrebbe averlo fatto.»

«Mi avrebbe detto che andrò all'inferno.»

«E tu? Andrai all'inferno, Matthew?»

«Non lo so, Daddy.»

«Mmh.» Un'altra passata di polpastrelli sull'anello di muscoli. «La vergogna è una cosa potente. Liberiamocene. Aggrappati a quei ricordi. Preparati a lasciarli andare.» Afferra uno dei miei fianchi, tenendomi fermo, e solleva l'altra mano. «Cominciamo.»

La scossa di dolore è intensa e ridicola allo stesso tempo. Vorrei ridere, ma non ci riesco perché un altro colpo arriva quasi subito dopo il primo; sussulto. Daddy scaccia il bruciore con una carezza prima di colpirmi di nuovo. Stabilisce un ritmo regolare, alternando le natiche. Quando il dolore comincia a crescere, il bruciore pungente sovrasta tutti gli altri sentimenti del mio cuore e me li fa uscire dalla gola sotto forma di grida.

Mentre il dolore si espande, non posso allontanarmi da esso senza disobbedire a Daddy e sottrarmi alla sua presa. In verità, non fa poi così male. Non è neanche lontanamente paragonabile a quando mio padre usava la cintura o il ministro usava quella cinghia, eppure è abbastanza logorante da assorbirmi, da avvolgermi in esso. Al sicuro.

Il che mi sembra esilarante, visto che Daddy in quel momento mi sta sculacciando ancora e ancora, il mio culo è in fiamme e il dolore aumenta. Non dovrei sentirmi affatto al sicuro. Questa è violenza. Questa è sofferenza. Questo è…

Perfetto.

Mi sottometto alla mano di Erik, crollando contro le sue gambe, e le mie grida si trasformano in singhiozzi mentre lascio andare la vergogna, lasciando che la mano di Daddy e il bruciore della sua sculacciata riempiano lo spazio che lascia.

«Ecco fatto,» mi dice. «Che bravo ragazzo. Sai cosa fare. Ho quasi finito qui. Il tuo culo è tutto rosso. È bellissimo.» Mi schiaffeggia di nuovo. «Di' a Daddy come ti senti.»

«Vuoto. Pieno.» Ansimo mentre mi sculaccia di nuovo. «Entrambe le cose, Daddy. Sono entrambe le cose.»

«Vuoto di cosa? Pieno di cosa?»

«Vuoto di… passato. Pieno di questo. Di questo *sentimento*. Questa grande sensazione.»

«Dov'è la vergogna, dolce ragazzo?»

«Non lo so, Daddy. Non c'è più. Non la sento più. È solo che…» Arriva un altro schiaffo. «Sento solo te.»

«Bravo, così bravo.» Mi passa la mano sul sedere. «Ma guardati. Cristo, le cose che mi fai.»

Sento quello che gli faccio. È duro e bramo ciò che può offrire. Voglio succhiarglielo, prenderlo nel culo, qualsiasi cosa. Ma quando Erik mi dice di alzarmi, non mi dà nessuna delle due cose. Invece, mi bacia e ci stringiamo l'un l'altro, le lingue e le labbra si toccano, molto più teneramente della maggior parte dei nostri baci di ieri.

Quando si allontana, sono eccitato. Anche lui lo è, ma dice solo: «Lasciami prendere una lozione per il tuo culo. Non ti rimarranno lividi. Non ho colpito così forte. Ma sarà un po' dolorante e ho intenzione di portarti a cavallo più tardi. Lo sentirai.»

Il tempo che impiega a spalmare la lozione è straziante, quando sembra che non ci sia alcuna promessa di orgasmo in vista. Alla fine, mi abbraccia di nuovo, baciandomi la testa e passando le mani sulla peluria del mio corpo che sembra piacergli tanto.

«È ora di colazione,» dice infine.

Vedo che il suo cazzo si è afflosciato e che, mentre il mio è ancora duro e voglioso, lui è pronto ad andare avanti.

«Daddy,» provo. «Il tuo ragazzo è arrapato.»

«Dovrà aspettare. Daddy è già stato distolto dai suoi piani mattutini. Colazione, poi spalare, poi il fienile.»

«E i regali?»

«Non ancora. Babbo Natale non arriva prima di stasera. Possiamo goderci questo momento di gioco ancora un po'.»

Un fiume di gioia scorre in me. Daddy sta godendo di questo, sta godendo di *me*.

Questo pensiero mi riempie di un raggio di sole di orgoglio, che spazza via le ombre della vergogna persistente.

CAPITOLO DICIANNOVE

Erik

MENTRE SPALO LA neve dai gradini e li cospargo di sale per far sciogliere il ghiaccio, penso a Matthew. Non posso fare a meno di pensare a lui e a quello che abbiamo fatto insieme. Mi si agita dentro in un modo positivo che mi ruba il respiro, e anche quando mi rimprovero, mi dico di concentrarmi sul qui e ora, sui gradini davanti a me e su nient'altro, non ci riesco.

La mia mente torna ancora e ancora al corpo flessuoso di Matthew che si contorce sotto di me mentre lo sculaccio, alle grida di dolore e di estasi e al piacere che ho provato nel portarlo in quei luoghi.

Cristo. Ho spinto i limiti con lui in modi che con chiunque altro avrebbero richiesto mesi, e ho avuto solo un giorno con Matthew. È irresponsabile. Chissà quale genio sto facendo uscire dalla lampada con tutto questo gioco della vergogna e con la manipolazione psicologica?

Eppure, il pensiero di fermarsi ora, di cercare di invertire la rotta, sembra crudele. Lui è con me e ha almeno un altro giorno qui, forse due, visto lo spessore umido e ghiacciato della neve. Per non parlare del fatto che non voglio passare il giorno di Natale senza di lui. E se riusciamo ad abbattere quei muri, ad aprire i suoi problemi e ad affrontarli…

Ma non è così che funziona. Il gioco perverso non è una soluzione magica per qualsiasi dolore che una persona porta con sé. Può aiutare o lenire, se applicato bene, o può aggravare se applicato male.

Cosa sto facendo ora?

È difficile da dire. Quando sono con Matthew, tutto sembra chiaro. Riesco a vedere il sentiero su cui guidarlo come se la mano di Dio stesso mi avesse mostrato la direzione e mi avesse esortato a guidare Matthew. E così ho fatto. È la sensazione più naturale del mondo. La scelta più facile da fare, non perché sia semplice, ma perché è giusta.

O almeno così sembra, nel momento in cui la passione è alle stelle e i suoi occhi sono fissi nei miei, così innocenti eppure non giovani…

Lo voglio come non ho mai voluto un ragazzo prima d'ora. Lo voglio perché non solo penso di poterlo guidare per diventare un uomo migliore, ma perché quando sono con lui, quando sono il suo Daddy, sono l'uomo che voglio essere. Le scene si svolgono nella mia mente con una chiarezza incontaminata, una purezza d'intenti e un'eccitazione ruggente. I suoi problemi si fondono con la mia conoscenza innata come l'alba si fonde con il cielo fuori dalla mia finestra ogni mattina: luminosa, bella, chiara e piena di speranza.

Penso a Brandon e al suo stupido sorriso dopo essere stato scopato fino allo sfinimento, alla sua risatina stuzzicante e ai suoi occhi umidi quando mi ha parlato di Ferko e mi ha confessato che i suoi progetti futuri non mi includevano più.

Brucia ancora. Mi manca ancora.

Ma se penso a com'era essere il Daddy di Brandon? Non era affatto così.

Per risolvere anche il più semplice dei problemi di Brandon, mi ci sono voluti mesi di dominazione soft, e lui si è divertito a fare il monello più di quanto si sia divertito nella dinamica Daddy/boy. Inoltre, non è mai stato particolarmente bisognoso. Non come Duncan, che ha richiesto tante cure e attenzioni; lui è stato più simile a Matthew, solo che era giovane, appena uscito dall'adolescenza. Non c'è stata molta profondità. Io ho dato e lui ha preso, e ho pensato che ciò fosse quello che voleva.

Ma con Matthew, quando do, non sembra che lui prenda e basta. Sembra che anche lui stia donando.

Non voglio parlarne con Nick. Neanche un po'. Avrebbe troppe cose da dire e non sui problemi reali, ma solo sul fatto che aveva ragione e che è un bene che io abbia partecipato all'asta. E sì, è stato così, ma visto quanto mi sento incasinato, non è così semplice.

Quando finisco con il sale, risalgo i gradini e mi fermo sul portico. Dalla finestra vedo Matthew sul divano, avvolto nelle coperte che gli ho steso sopra, con la testa all'indietro e la bocca aperta, di nuovo addormentato. La sua barba sta iniziando a crescere e dovrò fargliela radere prima di fare altro sesso, altrimenti pungerà.

Mi sono rasato mentre lui mangiava la colazione che gli ho preparato: porridge d'avena con molto burro, frutti di bosco, semi di chia e un po' di proteine in polvere. Ma dopo, aveva un aspetto così sonnolento e dolce, ancora esausto dopo il grande giorno, che ho avuto pietà di lui. Perdere la maggior parte della sua verginità lo ha davvero sfinito.

Così l'ho lasciato a riposare sul divano, ho acceso il fuoco e ho messo su della rilassante musica natalizia, per aiutarlo a riprendersi mentre io mi occupavo dei lavori all'aperto.

Non aveva protestato, limitandosi a dire: «Grazie, Daddy,» con quella voce dolce e sensuale che ogni volta mi fa contrarre le palle dalla libidine.

Si era addormentato in pochi minuti.

Un cardinale passa di lì, rosso brillante contro la neve bianca, interrompendo le mie fantasticherie.

Guardando l'orologio, mi rendo conto che devo controllare Molly e il suo cucciolo. Non voglio che Matthew si svegli e si preoccupi per la mia assenza, quindi gli mando un messaggio. Il suo telefono è a portata di mano e spero che il trillo non lo svegli. Ha bisogno di riposo.

Vado alla stalla per la manutenzione di cavalli e capre. Rimani qui ad aspettarmi.

Lo invio, guardandolo attraverso la finestra. Non si desta.

Sollevato, mi dirigo verso la stalla. La neve in superficie è diventata una crosta ghiacciata e i miei scarponi fanno uno scricchiolio soddisfacente a ogni passo. Il cielo è blu come un uovo di pettirosso e le montagne sono inondate di luce e neve scintillante. La vista dal belvedere di Tully sarà senza dubbio bellissima. Avevo già programmato di portare Matthew a fare un giro, oggi, ma ora so quale sentiero userò.

Mentre lavoro, mi rendo conto che sto canticchiando *Winter Wonderland*.

Prendersi cura dei cavalli e delle capre richiede tempo e impegno, poiché ogni animale ha bisogno di più amore e attenzione dopo una tempesta di neve, quando non sono liberi di muoversi. Trascorro del tempo con loro e mi accorgo che, così facendo, riesco a smettere di essere ossessionato da Matthew.

Ma l'effetto è temporaneo. Non appena ho finito di controllare Molly e la piccola Miss Merry Joy-Joy, la mia mente torna alle preoccupazioni del momento.

A parte Nick, conosco alcune persone del kink club locale, ma nessuno è un mio confidente. Mi sembrerebbe strano contattare uno di loro e confessare che sono nel bel mezzo di un grande, splendido errore con un ragazzo, e che non voglio smettere. Ma non so se sia etico andare avanti solo perché mi sembra naturale, giusto e bello.

Guardo il telefono, controllando l'ultima serie di messaggi che ho scambiato con il mio amico amante dei kink di fuori città, RJ Blitz. L'ultima chiacchierata risale a mesi fa, ma RJ aveva dichiarato: «Se hai bisogno di qualcosa o vuoi semplicemente parlare di nuovo di queste cose, chiamami. Sono qui per te.»

È successo mentre affrontavo l'abbandono di Brandon. RJ è stato solidale e gentile e, soprattutto, non si trovava ad Asheville, quindi non ho dovuto preoccuparmi di incontrarlo in giro o che spettegolasse con altri del nostro ambiente nella zona.

Con un sospiro, gli mando un messaggio, anche se è ancora mattina presto. RJ viaggia molto e non si sa in quale parte del mondo possa trovarsi. Le possibilità che sia nel mio stesso fuso orario sono piuttosto scarse.

Immediatamente, il mio testo viene visualizzato come letto e, senza indugio, appaiono i puntini di risposta.

Mentre aspetto di vedere se può chattare, preferibilmente via FaceTime, penso a come ho conosciuto RJ e suo marito, Aaron, qualche anno fa. Una casa discografica mi aveva ingaggiato per addestrare all'autodifesa i membri di una band country femminile e il loro entourage misto.

All'epoca RJ era il chitarrista solista della band durante i tour e, per quanto ne so, lo è ancora, e Aaron, un ex insegnante, ha lavorato per il gruppo dando ripetizioni ai loro figli durante il viaggio. Sia RJ che Aaron hanno seguito i miei corsi di autodifesa e mi sono piaciuti fin dall'inizio. Dato che ho dovuto viaggiare con il gruppo per un paio di mesi, come quando lavoravo sui set cinematografici di tutto il mondo, ho avuto modo di conoscerli abbastanza bene.

Durante le chiacchiere davanti a un drink al bar dell'hotel o mangiando cene da asporto sull'autobus, ho saputo che Aaron, un bel ragazzo più grande di RJ, era stato l'insegnante di inglese di RJ alle superiori. Mentre RJ aveva da sempre una cotta per Aaron, questi lo aveva ignorato fino a *molto tempo* dopo il diploma.

Dopo qualche birra, un venerdì sera a metà del tour, RJ mi ha inavvertitamente rivelato di avere una relazione D/s soft. Qualche giorno dopo, mi sono fatto coraggio e gli ho confessato che anch'io ero nella scena.

Nel corso del tour, noi tre abbiamo spesso discusso i pregi della dinamica Daddy/boy rispetto ad altri giochi D/s, e dei rapporti tra dolore, vergogna e umiliazione in quel contesto. Prima che il lavoro finisse, abbiamo analizzato tutti i tipi di perversione.

RJ e Aaron hanno conosciuto Brandon durante il tour, quando è venuto a trovarmi per qualche giorno. E in seguito sono usciti con lui alcune volte, quando siamo andati a mangiare in coppia. Così, quando Brandon mi ha lasciato, ho contattato RJ per condividere il mio shock e il mio dolore.

RJ ha capito subito come mi sentivo. Mi ha detto che, anche se non avevo mai immaginato che il rapporto con Brandon sarebbe durato per sempre, avevamo avuto qualcosa di bello, e lui lo aveva visto con i suoi occhi. Quella consapevolezza, unita al fatto che non viveva qui, mi ha reso facile condividere i miei sentimenti con lui.

Dopo Brandon, RJ è stato in grado di aiutarmi come Nick e il kink club locale non erano riusciti a fare. Forse ora può aiutarmi di nuovo.

Trattengo il respiro mentre le bolle scompaiono e poi riappaiono.

Fanculo il correttore automatico. L'autobus saltella troppo. Posso chiamare?

Sì, ti prego, rispondo.

Appare una chiamata FaceTime in arrivo. RJ ha un bell'aspetto. I capelli gli sono cresciuti un po' e gli sfiorano gli zigomi in modo molto rock. Sembra in gran forma, con guance rosee e occhi brillanti.

Sembra anche che sia stipato in una di quelle cuccette da autobus turistico che ricordo troppo bene. Non è una zona molto comoda, ma serve allo scopo. Aaron non è lì, quindi chiedo prima di tutto di lui.

«Sta parlando con Larissa dei voti della figlia. Potrebbe volerci un po'.»

«Ah, sì, immagino che Larissa sia una vera mamma orsa per

quanto riguarda le questioni scolastiche.» Quindi è ancora in tour con lo stesso gruppo. Larissa è la cantante e una donna adorabile, ma anche una tipa tosta.

«Sì,» dice RJ. «Avrà bisogno di un po' di sostegno per accettare il fatto che la sua bambina è in difficoltà, e *tutti* noi dobbiamo ridimensionare le nostre aspettative sulle sue future prospettive universitarie.»

«Ah, sembra divertente.»

«Come sbattere un dito del piede. Venti volte. Povero Aaron.»

Rido, ma è una risata distante. La mia mente vortica, cercando di capire come porre a RJ la fatidica domanda, come spiegare chi è Matthew e cosa c'è di diverso in lui, e sto già cercando di indovinare quale sarà la risposta di RJ.

Lui intuisce la mia distrazione e va subito al sodo. «Cosa c'è? Stai bene?»

«Sto bene. Sto solo...» Sibilo tra i denti. «Si tratta di un ragazzo.»

«Non è sempre così?» dice RJ con una risata. «Ancora Brandon?»

«No, no, se n'è andato per sempre.»

«Mi dispiace, amico.»

«Anche a me,» rispondo in automatico, e mi rendo conto che, per la prima volta da quando Brandon se n'è andato, forse non sono poi così dispiaciuto. «È un ragazzo nuovo. È un uomo, in realtà.»

Le sopracciglia di RJ si sollevano. «I tuoi ragazzi non sono tutti uomini? Spero proprio di sì.»

Roteo gli occhi. «Sono stati tutti maggiorenni, se è questo che vuoi sapere, ma giovani. Questo è più grande di me.»

«Fantastico,» dice RJ corrucciandosi. «Divertimento perverso. Gli uomini più maturi conoscono tutti i trucchi.»

«È questo il punto.» Faccio una pausa, cercando di capire quanto posso condividere senza violare la privacy di Matthew. Non che RJ lo conoscerà mai. Quello è parte del problema. Dovevamo passare una notte insieme e basta, ma con lui sto già alzando il livello di perversione a livelli sempre più alti. *Cazzo.*

«Qual è il problema?» chiede RJ.

«È vergine. O lo era. Praticamente. Aveva praticato un po' di sesso orale che riguardava più l'essere usato che altro. Niente di sensuale. Niente di vero tra uomini. Capisci cosa voglio dire?»

«Sì, ho capito. E lasciami indovinare: si è appena dichiarato come gay, giusto?»

Annuisco e mi passo una mano sugli occhi.

«Hai una situazione da brutto anatroccolo? Ora ti segue, vuole di più, ma non è…»

«No!» Sbuffo, irrazionalmente irritato per conto di Matthew. «Niente del genere.»

RJ ride. «Allora starò zitto e lascerò che sia tu a dirmelo. Che succede?»

«È bellissimo e sexy, e lo desidero come raramente ho desiderato un uomo prima d'ora.»

«Finora tutto bene.»

«Ma non è di qui. Le storie a distanza non fanno per me. Voleva solo una notte.»

«Okay, torniamo indietro. Di dov'è, perché vuoi una cosa a distanza e perché solo una notte?»

«Sì, okay, fammi solo…» Mi sfrego la fronte e sospiro. «Lasciami cominciare dall'inizio.»

RJ mi ascolta mentre descrivo il piano di Nick per farmi "tornare in pista" con l'asta di beneficenza. Gli confesso persino di aver fissato un'offerta di apertura incredibilmente alta, in modo che nessuno puntasse su di me. Fischia sottovoce quando gli racconto di aver visto Matthew dall'altra parte della caffetteria prima di sapere che era il vincitore dell'asta, e di come avrei voluto scoparmelo in bagno.

Diventa serio, però, quando gli confesso l'intensità dell'ultimo giorno e dell'ultima notte, come non mi sarei mai aspettato di essere così preso da un ragazzo come Matthew, o così eccitato dalla *sua* eccitazione.

«Quando Matthew è arrivato qui nella mia baita, le cose si sono messe in moto così in fretta che mi sarei dovuto preoccupare. Ma non è stato così,» dico. «Sento che quando sono con lui so chi sono, chi sono destinato a essere e cosa diventerò, ed è fantastico.»

«A me sembra una combinazione vincente. Qual è il problema?»

«La distanza.»

«Perché? Dove vive?»

«Nashville.»

Fa una pernacchia. «A *distanza*? Lo fai sembrare come se venisse dall'Australia. Puoi uscire con un ragazzo che vive a Nashville. Ci sono anche voli diretti, e sono piuttosto economici, se ricordo bene.»

Grugnisco. È vero, ma… «Ho bisogno di un ragazzo che dorma al mio fianco ogni notte. Non voglio una relazione solo nei fine settimana.»

«Va bene, allora trasferisciti a Nashville.»

«I miei affari sono qui.»

«Fallo trasferire ad Asheville.»

«Lo conosco appena!»

RJ ride di nuovo. «Oh, cavolo.»

«Cosa?»

«Hai paura.»

«Stronzate.» Sbuffo di nuovo, ma sto mentendo.

«Vai avanti,» mi sprona RJ. «Tira fuori tutte le ragioni per cui non funzionerà. Sentiamo.»

«Voleva solo una notte.»

«Gli hai chiesto se era disponibile a fare di più?»

«Ha nevicato. Siamo bloccati qui per Natale. Quindi, ha "di più", che lo voglia o no.»

RJ ride e io comincio a riconsiderare la mia scelta di mandargli un messaggio. «Sembrava turbato dalla prospettiva di essere bloccato con te? Era contrario a passare più tempo a scopare selvaggiamente?»

«Come sei volgare,» borbotto, anche se nella mia testa non sono migliore.

«Lo ha fatto?»

«No. Sembrava...» Sono infastidito, perché RJ mi sta facendo notare le mie cazzate, e fa schifo. In fondo non è meglio di Nick, anche se meno autocompiaciuto.

«Come ti è sembrato?» insiste.

«Contento?»

«Mi sembra un bene.»

Sospiro. «Il fatto è che non sono sicuro di farlo nel modo giusto, e con "giusto" intendo eticamente.»

«Oh?» Aggrotta le sopracciglia. «Perché ti preoccupi di questo?»

«È così inesperto, e lo dico in tutti i sensi che contano nel kink, eppure quando iniziamo una scena...» Mi schiarisco la gola, imbarazzato. «Comincio a *volare* e non voglio atterrare. Neanche lui sembra volerlo. Controllo spesso le sue parole di sicurezza, e lui è onesto con me quando è giallo o addirittura rosso. Ma se è verde, finisco per assecondarlo, ed è così *bello*. Per entrambi. Eppure, alla luce del giorno, mi preoccupo: e se lo avessi portato troppo in alto? E se quando tutto questo sarà finito, lui cadrà?»

«Non è questo che fai? Insegnare alla gente a cadere?»

«Sì, ma questo è diverso. E se gli facessi del male?»

«Ah.»

Aspetto che mi dia qualche consiglio, qualcosa di intelligente o anche di stupido, qualcosa che mi chiarisca cosa devo fare, che sia corretto o talmente sbagliato, ma che mi faccia capire la cosa giusta. RJ non dice nulla.

«Allora, cosa devo fare?»

«Beh, amico, credo che tu abbia solo due opzioni.»

«Ovvero?» La speranza nella mia voce è imbarazzante.

«Dovrai essere del tutto onesto con te stesso e ammettere che vuoi di più con questo ragazzo, a qualsiasi costo, oppure che sei troppo spaventato per tuffarti nella cosa più vera che tu abbia mai conosciuto.»

Espiro come se mi avessero dato un pugno. In un certo senso è così. Quando ho scritto a RJ volevo la verità, ma a quanto pare non la volevo *così*. Non è la "cosa più vera che abbia mai conosciuto".

«Sono stato con Brandon per anni, porca miseria.»

«E Brandon ti ha fatto sentire come questo ragazzo? Mai? Anche all'inizio?»

Rimango in silenzio.

«Quindi *è* la cosa più reale, e tu hai paura. Lo capisco. È una faccenda importante.»

«Non ho paura,» mi giustifico.

«Hai paura di farti male. Che cadrai e non sarai in grado di rialzarti come uno dei tuoi stuntman addestrati. Che sarà di nuovo come con Brandon, ma peggio.»

«Ti sbagli. So cosa voglio e cosa non voglio. Tutto qui. E non voglio una cosa a distanza.»

«Giusto.» Scrolla le spalle. «Come vuoi tu.»

«Si merita un Daddy che stia con lui giorno per giorno. Non si tratta solo di me,» rispondo, come se mi accusasse di essere egoista.

«Probabilmente.»

«Mi interessa ciò che vuole e merita. È mio dovere, come suo Daddy, dargli la priorità sopra ogni altra cosa.»

«Ah-ha.»

«Quindi si tratta di *lui* e di ciò di cui ha bisogno, non solo di ciò che voglio io.»

«E ha bisogno di un Daddy di seconda categoria che non può vederlo come lo vedi tu, solo perché quel tizio è nella stessa città? E tu hai bisogno di un ragazzo nuovo e scintillante, senza rughe sul viso, che possa ridacchiare in modo sciocco a tutto ciò che dici e succhiarti l'uccello per qualche mese o anno, prima che se ne vada e ti lasci in pace?»

«Vaffanculo.»

«Volevi la mia opinione.»

«Non ho chiesto di essere insultato.»

«Non è un insulto se qualcuno ti fa notare che hai paura di essere amato, o se ti ricorda la conversazione che abbiamo avuto ad Albuquerque, quando l'autobus si è rotto. Te la ricordi?»

«Mi ricordo.»

«Brandon non era con noi, e tu eri ubriaco di quel vino rosso che Aaron ha comprato in quel merdoso negozio di liquori, l'unico posto raggiungibile a piedi, e hai detto…»

«So quello che ho detto,» sbotto.

«E *tu hai* detto: "Non potrò mai avere quello che avete tu e Aaron". Ti ho chiesto perché e…»

«So cosa cazzo ho detto!»

«Hai aggiunto: "I ragazzi se ne vanno sempre perché, alla fine, non vale la pena di restare".»

«Ero ubriaco. Non ha nulla a che fare con questa situazione.»

«Cosa succede se qualcuno resta, Erik? Cosa succede se trovi qualcosa di simile a quello che ho con Aaron? E se questo ragazzo ti vedesse, ti *vedesse* davvero, *cazzo, e* rimanesse comunque? E poi?»

«Non resterà.»

«Questo ragazzo? O un ragazzo qualsiasi?»

«Non lo so,» ammetto.

«Cerca di capirlo prima di perdere qualcosa di prezioso per qualche scusa di merda.» La testa di RJ si gira di lato. «Oh, ehi, tesoro. Stavo solo parlando con Erik di cose perverse.»

Il volto di Aaron appare con un'angolazione scomoda nella metà destra dello schermo. È bello come sempre, con delle fossette che rivaleggiano con quelle di Matthew. «Ciao!» Sorride e saluta.

Ricambio, anche se un po' a malincuore.

RJ continua: «Gli stavo dicendo che dovrebbe essere coraggioso e affrontare questo nuovo ragazzo che sta frequentando.»

«Non lo *frequento*,» lo correggo. «Sono stato vinto in un'asta e lui si è goduto il mio cazzo per un paio di notti. Tutto qui.»

RJ alza gli occhi. «È tutto qui, dice. Tutto qui.»

«Non chiameresti RJ se fosse *tutto qui*,» dice Aaron con un sorriso complice. «Segui i suoi consigli. È bravo a sfoltire le stronzate e ad arrivare al cuore delle cose.»

Sospiro. È vero. È anche per questo che l'ho contattato, ma non credo di poter seguire il suo consiglio. È troppo reale. Il pensiero di *provarci* con Matthew mi fa sentire...

Cazzo.

RJ ha ragione. Sono terrorizzato. Ma se tento di immaginare un futuro in cui Matthew sta con me, vedo giorni, settimane, mesi e *anni* di tempo a scoprire cos'altro c'è nel profondo del suo animo, a scavarlo, per farlo uscire e lasciarlo libero. Vorrei solo ridere, girare e urlare al cielo.

Sono nei guai fino al collo. Così fottuto.

«Seguirei il suo consiglio,» concordo. «Se non fossi un codardo.»

RJ punta le dita come una pistola e spara allo schermo. «*Bam.* Hai colto il punto.»

Non lo so, ma vedo che non c'è modo di tirarsi indietro da ciò che ho iniziato con Matthew. Non so nemmeno come andare avanti, ma almeno RJ non mi ha riempito di stronzate spacciandole per verità.

Parlo con Aaron per qualche minuto di cose leggere; siamo entrambi insegnanti e ci piace confrontarci sul modo migliore per raggiungere i nostri studenti. Dopodiché, ci auguriamo tutti un buon Natale prima di chiudere la telefonata.

Mi siedo sullo sgabello accanto al recinto di Molly e Miss Merry Joy-Joy, per osservarle insieme. Molly si riposa mentre la capretta si diverte a saltellare. Cade. Si rialza di nuovo. Cade. Si rialza.

È questo che insegno, no?

Allora perché ho tanta paura di cadere? Questa cosa con Matthew è un regalo di Natale del tipo più perverso. Ma è anche bello. Inaspettato. Intenso. Mi fa dolere le palle e cantare il cuore.

RJ ha ragione. Non voglio che finisca.

Ma, cazzo, e se rimanesse e io lo lasciassi entrare? Se gli permettessi di vedere il vero me e si scoprisse che non sono l'uomo che pensa io sia, o che non sono il Daddy di cui ha bisogno? E se mi concedessi di credere di avere più di qualche anno con un ragazzo? Di ammettere il potenziale di questa storia? Un potenziale *per sempre?*

E se dopo un po' si stufasse di questo gioco, o si stufasse di me, e se ne andasse anche lui? Come Brandon, come Duncan e Garrett, ma questa volta non posso dire a me stesso che fa parte del processo. Questa volta sarà un uomo più grande a lasciarmi, e forse ciò mi tocca troppo da vicino.

La mia mente si allontana dai ricordi di mio padre.

Forse ho lo stesso bagaglio emotivo di Matthew. Diavolo, ho con me l'equivalente del gigantesco sacco dei giocattoli di Babbo Natale pieno di problemi.

Fanculo a tutto questo. RJ può andare a succhiare il cazzo di Aaron e a schiaffeggiargli il culo. Predico tanto sul cadere e rialzarsi, ma *questo* tipo di vulnerabilità e di rischio è troppo. Non ho mai dato tanto potere a nessuno e non ho intenzione di cominciare ora.

Questo fine settimana con Matthew è così intenso solo perché è un momento fuori dal tempo, una bolla di pura energia sessuale e di connessione, che mi mancava da troppo tempo. Ho dimenticato quanto potesse essere bello. Probabilmente, qualsiasi altro ragazzo potrebbe darmi un'eccitazione altrettanto forte dopo un periodo di astinenza così lungo. Sto proiettando troppo sulla situazione. Dovrei dare a Matthew la migliore esperienza di Daddy possibile, e smettere di preoccuparmi.

RJ si sbaglia. Questa cosa è bella *proprio perché* fugace. Non è destinata a essere di più. Non so come mi sia venuto in mente di chiamarlo per un consiglio. Sono più vecchio di lui, anzi, sono più vecchio anche di Aaron, e ho molta più esperienza con il kink.

Quindi, sì. Porterò Matthew a volare il più in alto possibile e lo riporterò a terra sano e salvo. Una volta atterrato, gli darò un bacio sulla guancia, una pacca sul sedere e lo manderò in giro per il mondo a cercare un Daddy fisso. Qualcuno che viva vicino a lui e che possa prenderlo con sé per sempre e per davvero.

Anche se quel pensiero mi fa sentire vagamente male, è comunque la cosa giusta da fare. La mia esitazione è forse dovuta al pensiero del mio aperto, fiducioso Matthew nelle mani dell'uomo sbagliato. Potrebbe fare molti danni.

Tuttavia, l'uomo giusto potrebbe cambiare in meglio la vita di Matthew.

Non sono io quell'uomo.

Ma posso aiutare Matthew a trovarlo. Ho conoscenze nel campo del kink. Posso incaricare Nick di trovare un bravo Daddy nella zona di Nashville. Possiamo organizzare un incontro con Matthew dopo che tutto questo sarà finito. Mi sentirò meglio se l'uomo che lo prenderà con sé sarà stato almeno vagliato da qualcuno che ha a cuore i suoi interessi.

Certo, ha l'amico Doug che ha redatto i contratti molto solidi per il nostro tempo insieme, ma quel tizio lo ha usato in passato. Per quanto mi riguarda, non ci si può fidare di lui.

Un Daddy valutato da me è esattamente ciò di cui Matthew ha bisogno. Sono sicuro che sarà d'accordo se glielo dirò. È d'accordo quasi su tutto.

L'agitazione che si crea nel mio stomaco è stupida. La ignoro. Così come ignorerò RJ. Ho il controllo. Ho tutto sotto controllo. È Natale, festeggeremo insieme il nostro bonus e questo è quanto.

Anche se dovessi cadere un po' durante la mia permanenza con Matthew, non sarà troppo grave. Posso ancora rialzarmi.

CAPITOLO VENTI

Matthew

MI SVEGLIO DI nuovo con la luce del sole di metà mattina sul viso. Come stordito, apro gli occhi e osservo il camino, l'albero di Natale e la neve che luccica fuori. Mi viene da sorridere.

Sono qui nel rifugio di Erik, o baita, come la chiama lui, e questo è reale. L'ho fatto. Ho finalmente fatto sesso con un uomo, un uomo premuroso, intenso e passionale, ed è stato tutto ciò che avevo sognato e anche di più. La sensazione di languore nei miei muscoli? Anche quella è reale. La soddisfazione nelle mie ossa? È reale.

Oh, Signore, tutto nelle ultime ventiquattro ore è stato strabiliante. Mi sento come un puledro appena nato, entusiasta e fremente, con le zampe traballanti e le ginocchia nodose. O forse sono come la capretta nella stalla di Erik: frizzante, vivace, euforica, come se potessi scalare le montagne o trotterellare ovunque in un parossismo di gioia.

Stringo le natiche e sorrido per quanto è sensibile il mio buco del culo, o *fica,* come lo chiama Daddy. Lo faccio di nuovo. È come un'iniezione di estasi diretta al cuore, che galoppa come un cavallo.

Stringo la coperta su di me con entrambi i pugni, tiro la stoffa fino alla bocca ed emetto un gridolino. È come se stessi per scoppiare, se non lascio liberi i sentimenti. Altri piccoli strilli seguono il primo.

Porca puttana. Sono così felice. Non sapevo nemmeno che fosse possibile esserlo. Ogni parte di me si sente sveglia e viva. Il mio sangue è frizzante, il cuore batte forte, il cervello è su di giri e le mie cellule sono in fibrillazione. I capezzoli sono duri, l'uccello semi eretto. Un altro piccolo grido, anch'esso soffocato dalla coperta.

Una parte insensata di me vuole catturare questa sensazione, e l'unico modo che mi viene in mente per farlo è scattare un selfie che documenti questo momento della mia vita in cui sono perfettamente felice. Non sono sicuro di aver mai provato questa sensazione prima d'ora.

Accendo il telefono e mi arrivano una dozzina di messaggi. Li ignoro abbastanza a lungo per scattare la foto e sorridere all'immagine di me stesso: gli occhi che brillano, i capelli in disordine e un segno rosso sul mento dovuto a una bruciatura da barba. Per aver baciato Erik. Mi mordo il labbro inferiore e penso a quanto fosse fantastico il suo cazzo, a quanto vorrei succhiarglielo di nuovo, ma questa volta il suo sperma mi riempirà la bocca e io…

Il telefono mi ronza in mano. Arriva un altro messaggio. Da Doug.

Apro la chat e vedo che ne ha inviati diversi nelle ultime venti ore. Nove per l'esattezza, e sono tutte versioni diverse della stessa cosa:

Dove cazzo sei?

Perché non hai risposto?

Ti ha ucciso?

Non sai che non puoi andare a casa di uno sconosciuto senza dare la tua posizione a un amico? Se ti ammazza, non sono responsabile. Capito?

Li scorro tutti e sorrido per la strana sensazione di calore che provo nel petto. Non avevo idea che Doug si sarebbe preoccupato così tanto di quello che mi sarebbe potuto succedere. Sembra davvero spaventato. Mi dispiace, ma è bello sapere che prova ancora dei sentimenti forti per me. Forse siamo di nuovo amici, in fin dei conti, e non ho rovinato tutto implorando Forest di scoparmi la bocca. Forse mi sono guadagnato un invito a Natale per il prossimo anno.

Digito una risposta.

Sto bene. Grazie per avermi contattato.

Posizione?

Spedisco l'indirizzo.

Prova che sei vivo?

Invio il selfie che ho appena scattato.

Sembri felice.

Lo sono.

Quando tornerai a casa? Voglio vederti quando torni in città.

Perché?

Forest ha un amico che pensa possa fare al caso tuo e, visto che hai colto la palla al balzo, credo che tu possa essere della partita.

Il mio buonumore vacilla. *Chi è il ragazzo?*

Doug ci mette un po' a rispondere. I tre puntini continuano a saltellare, quindi qualsiasi cosa abbia da dire è lunga. Mi si stringe lo stomaco e mi ritrovo a guardare fuori dalla grande finestra, a scrutare il fienile, sperando che Daddy venga a salvarmi da questo scambio di messaggi.

Odio pensare all'inevitabile futuro in cui finirò per dire di sì al sesso con un uomo che non sarà Erik. E dato che Daddy non rimarrà con me, so che alla fine acconsentirò. Perché dopo l'ultima notte con Daddy non posso tornare a essere celibe e solo. Non posso proprio.

Il telefono trilla.

Paul Adler. È l'avvocato con cui la società di Forest collabora quando la situazione si fa critica. Potente. Ricco. Si scopre che sta anche cercando una situazione a breve termine con un uomo sottomesso della sua età. Ha buone credenziali. Ho controllato le referenze. I precedenti sottomessi dicono che è corretto e divertente. Non ci sono segnalazioni di problemi.

Fisso quelle righe più a lungo di quanto Doug sembri ritenere necessario, perché mi scrive: *Non* devi *decidere adesso. È per questo che volevo vederti. Volevo parlarne e poi magari presentarvi.*

Il mio sguardo torna alle calze ancora piene, perché Erik dice che ora devo aspettare la mattina di Natale. Per quanto sia curioso di aprire i miei regali, sarà ancora più speciale aspettare.

So che questa non può essere la mia casa, ma…

Voglio passare i Natali qui, con calze, luci e regali e un albero che riempie l'aria di aroma di pino. Voglio che Erik sia il mio uomo e che questa baita sia la nostra casa. Un posto dove siamo onesti insieme, e perversi insieme, e dove imparo tutto su ciò che c'è dietro la sua calma esteriore. Un luogo in cui lo aiuto a prendersi cura degli animali e mi occupo della contabilità della sua attività e…

Tutto ciò è sciocco e ingenuo. Ma non voglio incontrare questo Paul Adler. Non voglio vedere se potrebbe essere adatto alle mie "esigenze" o a qualsiasi altra cosa.

Voglio che Daddy torni dalla stalla, mi prenda tra le braccia, mi baci e faccia in modo che tutto questo si dissolva in calore, passione e sesso. Voglio che mi coccoli sul divano, che mi dia da mangiare alla sua tavola, che mi baci nella doccia e che mi scopi nel suo letto.

Mi sfrego la fronte. Cristo, è tutto incentrato sul sesso. È solo questo?

Non ha importanza quando non c'è più nulla da offrire. Non dopo che la neve si sarà sciolta e dovrò andarmene. Quindi, se voglio vivere di nuovo un'esperienza come quella di ieri sera, se non voglio tornare a strisciare nella mia vita solitaria per morire da solo, dovrò mettermi in gioco, come ho fatto con questa esperienza di dicembre. I risultati sono desolanti.

Forse anche Paul Adler varrà la pena. O forse no, ma controllare non fa male.

Non so quando tornerò.

Pensavo che dovessi rientrare oggi. Questo tizio ti tiene in ostaggio?

Sono bloccato dalla neve. Dobbiamo aspettare che spalino le strade prima di poter andare.

Sembra una cattiva pianificazione da parte sua, o voleva che tu fossi intrappolato lì con lui per il giorno di Natale? Si sente così solo?

Trasalisco, sapendo che sono io quello entusiasta di non essere solo a Natale come al solito. *Sapeva che avrebbe nevicato, ma ne è scesa più del previsto.*

Così dicono tutti i serial killer.

Hai controllato tu stesso le sue referenze.

L'ho fatto. E, a detta di tutti quelli con cui ho parlato, è un tipo a posto. Ma se prova a fare qualcosa di strano, vattene.

Come? La mia macchina è sotto un mucchio di neve. Ma non sono preoccupato. Finora non è stato altro che gentile.

E intenso, e splendido, e attento, e nel fienile da troppo tempo.

Avrò bisogno di una prova che tu stia bene ogni ventiquattro ore di assenza, o chiamerò la polizia.

Sì, sì. Non sapevo che ti importasse.

Ci tengo. Non mi piace che tu chieda a mio marito di scoparti la faccia, ma ci tengo molto a te.

Sussulto, scioccato dal fatto che abbia tirato fuori il mio grande errore. È stato l'elefante nella stanza per tanto tempo. Le dita mi tremano e scrivo: *Mi dispiace molto per questo. Lo sai che mi dispiace. Come posso rimediare?*

Non si può.

È un ponte che non riesce a superare, e la sensazione di calore che avevo provato nei suoi confronti solo pochi istanti prima si raffredda.

Doug manda un altro messaggio. *Voglio dire che non hai bisogno di fare niente. Dopo quello che ti ho fatto al college e dopo che mi hai perdonato per averti usato, non avrei dovuto farti passare l'inferno per un solo errore. Forest è sexy. Capisco perché tu voglia succhiarglielo.*

Ignoro ciò che ha detto su Forest e mi rivolgo di nuovo al passato. *Volevo sapere cosa era successo tra noi all'epoca.*

Ti meritavi di meglio di quello che ti ho dato. Non avrei dovuto trattarti come ho fatto. Sono stato duro con te, ti ho usato per avere sollievo e non ho ricambiato.

Non volevo essere ricambiato. Volevo sentirmi maltrattato.

Il messaggio successivo impiega molto tempo ad arrivare.

Quando hai chiesto a Forest di scoparti la bocca, non ero geloso. Ma tutta quella roba? Io e te al dormitorio? Mi è tornato in mente. Mi sento in colpa ogni volta che me lo ricordo. A volte penso che se ti avessi trattato meglio, avresti trovato qualcuno anni fa, e non ti saresti sentito così inutile.

Non so cosa dire, così fisso le parole, cercando di dargli un senso.

Ecco perché sono stato uno stronzo con te, Matthew. So che è da egoisti, ma odio sentirmi in colpa, quindi ti ho evitato quando ho potuto. Scusami.

Guardo il messaggio, stupito dalla sua confessione. Fa male, ma almeno ora capisco. *Ti perdono*, digito.

E poi, come se non potesse sopportare di essere serio ed emotivo un altro secondo, mi chiede: *Se stai ancora con questo Daddy, perché mi mandi messaggi e non ti fai scopare?*

È nella stalla a prendersi cura degli animali.

Fienile? Animali? È una scena di Un tranquillo week-end di paura?

Ha cavalli e capre e alcuni cani e gatti.

E questi siamo noi, tornati alla normalità. È strano quanto lo abbia desiderato, e ora che è successo, e dopo la sua confessione di egoismo, provo una strana calma. Lo perdono. Forse non dovrei, ma lo perdono.

Mi hanno detto che era un imprenditore.

Lo è. È una lunga storia. Ti racconterò tutto quando ci vedremo.

Perché non aiuti Daddy a fare le sue faccende?

Perché Daddy mi ha detto di restare qui a riposare davanti al fuoco come un bravo ragazzo coccolato.

Beh, non abituartici. Paul probabilmente è più esigente. Scommetto che vorrà che tu strisci sotto la sua scrivania e che gli permetta di scaldare il suo cazzo nel tuo buco mentre svolge le sue pratiche.

Il mio uccello reagisce, ma non mi vedo davanti la faccia di uno sconosciuto Paul Adler. Invece, mi immagino a quattro zampe sul pavimento di un ufficio, a strisciare sotto una scrivania di legno e ad appoggiare la testa sulle mani giunte, con il culo all'aria, mentre Daddy Erik si posiziona dietro di me con il cazzo di fuori.

Con qualche posizione creativa, si spingerà dentro di me e… lo *terrà* lì, magari scivolando dentro e fuori in modo graduale, mentre lavora alla scrivania sopra di me, scarabocchiando. Riesco a immaginarlo così bene che riesco quasi a sentire il graffio della matita che si muove sulla carta, il fruscio della penna quando firma, e quando avrà finito il lavoro, mi afferrerà i fianchi per scoparmi sul serio.

Ora sono duro. Duro e voglioso. La parte anteriore delle mutande che Daddy mi ha fatto indossare si tende sul mio uccello. Sono tentato di mettermi in ginocchio, con la testa sul pavimento, il culo in alto, e aspettare Daddy così.

Cosa penserà se entrerà e mi vedrà così pronto e…

Il suono del telefono mi riporta alla realtà.

Paul ci starebbe, tra l'altro. Anche lui vorrebbe conoscerti.

Non dovevamo parlarne prima?

Lo faremo. Ma è difficile inserirsi nel suo programma. Potrai incontrarlo dopo Natale, avere uno o due giorni di tempo per riflettere e concludere un accordo per sei settimane di servizio entro l'anno nuovo.

Sei settimane di servizio? Mi hanno appena scopato per la prima volta. Non è una cosa veloce?

Matthew, ti conosco da molto tempo. Hai bisogno di un Daddy o di un Master. Vedrai.

Non posso non essere d'accordo con Doug. Sono qui, in questo momento, a desiderare il ritorno del mio Daddy, a volere che mi salvi da questa conversazione e dal futuro.

Salvarmi dall'incontrare Paul o dal prendere il suo cazzo.

CAPITOLO VENTUNO

Erik

QUANDO TORNO DAL fienile, mi fermo sotto il portico e guardo di nuovo dalla finestra. Matthew è sveglio e sta guardando il suo telefono. Quando apro la porta, butta il telefono da parte e il suo viso si riempie di sollievo.

«Cosa succede? C'è qualche problema?»

L'espressione di Matthew si offusca di nuovo e guarda il cellulare. «No, è solo che…»

«Cose di lavoro?» ipotizzo. È una scusa comune per evitare una conversazione scomoda.

Annuisce, le rughe tra le sopracciglia si fanno più profonde. «Qualcosa del genere.»

Mi tolgo gli scarponi e li ripongo ordinatamente prima di appendere il cappotto, srotolare la sciarpa e spazzolarmi i capelli. Sono un po' umidi a causa dei piccoli pallini ghiacciati che il cielo continua a sputare di tanto in tanto. «Qualcosa del genere, ma non quello,» aggiungo, voltandomi verso il fuoco e posandovi con cura altra legna. Quando mi volto verso di lui, incrocio le braccia sul petto e dico: «Di' a Daddy cosa ti preoccupa.»

«Non è niente, Daddy; sto bene.»

«Rosso,» dico.

«Cosa?» Matthew sussulta e impallidisce.

«Rosso. Questo finisce finché non mi parli. Se è lavoro, va bene, è lavoro, ma voglio sapere se è davvero così. Se non è lavoro, allora non possiamo continuare finché non avremo risolto il problema.

Non sarebbe sicuro. Tu non saresti nello stato d'animo giusto e nemmeno io lo sarei.»

Matthew si lecca le labbra e lancia un'occhiata nervosa al telefono. «Il mio amico Doug mi stava controllando.»

«Doug,» dico, cercando di non far trasparire il disprezzo dal mio tono. «È il tuo amico del controllo di sicurezza.»

«Sì, credo. Non gliel'ho chiesto io, però. Era preoccupato per me perché non avevo risposto ai suoi messaggi e non gli avevo dato la posizione in cui mi trovo con te.»

«Mi stai dicendo che nessuno sa dove sei?»

«Doug sì. Adesso.»

«Matthew, non puoi…»

«Doug mi ha già rimproverato.»

Sbatto le palpebre, sorpreso dalla sua reazione. In passato è stato del tutto accondiscendente. D'altra parte, non l'ho mai rimproverato veramente. E ho chiamato il rosso. Non è in modalità ragazzo in questo momento, quindi non dovrei nemmeno cercare di fare il Daddy.

«Bene. Sono contento che lo abbia fatto. È per questo che sembravi turbato quando sono entrato? Perché il tuo amico ti stava dando fastidio?»

«No, Daddy.»

«Adesso è Erik,» gli ricordo gentilmente.

«Possiamo tornare a Daddy, per favore?» chiede, le ciglia abbassate e le labbra piegate con tristezza.

«Sarai sincero con me?»

«Sì, lo prometto.»

«E non ti nasconderai da me?»

«Te lo prometto, Daddy.»

«Va bene, ragazzo. Siamo verdi.»

Le spalle di Matthew si rilassano e lui si mordicchia il labbro inferiore prima di scrutarmi con quell'innocenza che mi disorienta, soprattutto se incastonata in quel viso con la barba sale e pepe e i segni del tempo vicino agli occhi. «Doug vuole che incontri un uomo, quando tornerò.»

Lo stomaco mi si ribalta e cerco di non pensarci, girandomi per prendere un attizzatoio e punzecchiando il fuoco finché non si accende al punto giusto. «È questo che ti ha fatto innervosire?»

«Sì, Daddy.»

«Parlami di lui.» Rimetto a posto l'attizzatoio.

«È un Dom, o forse un Daddy, e sta cercando un sottomesso a breve termine. Doug lo ha già esaminato e pensa che saremmo una buona coppia. Doug dice che quest'uomo, Paul, è ansioso di conoscermi. Cerca un ragazzo della sua età, così almeno non sarò una sorpresa per lui.»

Cerco di non trasalire di fronte a quelle parole.

Matthew continua a parlare. «Non so se voglio conoscerlo.»

Neanch'io voglio che Matthew incontri quell'uomo, ma non è proprio quello che speravo quando ero nella stalla? Qualcun altro che si occupi di Matthew?

«Vuoi che controlli le sue credenziali e le sue referenze?» Presumo che l'uomo abbia delle referenze decenti se Doug, l'"amico", lo ha raccomandato. So che si è informato su di me, prima del mio primo incontro con Matthew, la settimana scorsa.

«Lo faresti?» chiede Matthew in un tono imperscrutabile. C'è qualcosa di più, ma non so bene cosa.

«Sarei onorato di assicurarmi che tu sia in buone mani quando mi lascerai. Anzi, lo considererei un dovere.»

Matthew deglutisce e abbassa lo sguardo. «Sì, Daddy.»

«Fatti mandare i suoi dati. Mi occuperò io di lui.»

«Certo. Lo chiedo subito a Doug.»

E lo fa. Manda un messaggio al suo amico e, quando arriva la risposta, me lo inoltra. Il mio telefono vibra nella tasca posteriore. Resisto all'impulso di controllare il messaggio. Non appena lo farò, comincerò a immaginarlo: il mio Matthew con un altro uomo, sotto di lui che…

Cazzo. Me lo sto già immaginando.

Un momento. *Il mio* Matthew? Potrò anche essere il suo primo uomo, ma Matthew non è mio, a prescindere dagli impulsi beceri che sono stati risvegliati in me dalla sua potente combinazione di maturità e innocenza.

Mi riscuoto e mi avvicino a lui con un sorriso. «Sei pronto per la prossima attività, piccolo?»

«Sì, Daddy,» risponde con impazienza, e so che pensa che si tratti di altro sesso. Mi dispiace deluderlo, ma…

«Andiamo a vestirci. Andremo alla stalla per un po' di esercizio fisico leggero e per una passeggiata a cavallo, come ti ho promesso.»

Matthew si aggiusta l'inguine e io prendo in considerazione l'idea di prendermi qualche minuto per fargli un pompino, ma voglio che sia bramoso più tardi, quando gli lascerò prendere il mio culo. «Apprezzo che il mio ragazzo mi voglia così tanto. Mi piace come sei reattivo.» Gli bacio il lato del collo, gli stuzzico i capezzoli e gli succhio il lobo dell'orecchio. «Senti come gemi per Daddy.»

«Oh, sì,» sibila, strofinando l'inguine sulla mia coscia.

«Ma non è questo il momento, dolcezza. Daddy deve allenarsi e anche tu hai bisogno di fare un po' di esercizio. Inoltre, questa neve ha lasciato dietro di sé dei panorami troppo belli per essere sprecati.»

FAR INFAGOTTARE MATTHEW è piuttosto divertente.

Gli lascio indossare le cose essenziali da solo: una mia calzamaglia termica, troppo grande per lui, e i suoi jeans. Ma quando inizia a indossare la felpa che ha portato, gliela prendo dalle mani e la appoggio sul letto. I suoi occhi si soffermano lì, come se sperasse che quello sia un segnale del fatto che ho intenzione di rinunciare al nostro allenamento e di buttarlo sul materasso e spogliarlo di nuovo.

È una tentazione, ma entrambi dobbiamo conservare gli orgasmi per il grande evento di stasera.

Mi volto verso la cassettiera e tiro fuori due maglie termiche, una rossa e una verde. «Queste serviranno a trattenere il calore del corpo.»

Infila prima quella rossa e io ammiro il colore contro la sua pelle chiara e la base scura dei suoi peli. Poi indossa quella verde. Sembra un elfo. Un elfo molto sexy e dolce. Gli do un bacio sulla guancia e prendo un maglione rosso da un altro cassetto. «Ora questo.»

«Ho la mia felpa,» ribatte, guardando il letto da sopra la spalla. «La tua è un po' grande.»

«Sì, ma voglio che lo indossi.» Mi lecco le labbra, chiedendomi se insisterà sulla questione o chiederà il perché. Sarei felice di dirglielo: ho un leggero interesse per un uomo più minuto nei miei vestiti. Mi è sempre piaciuto vestire i miei ragazzi più esili con le mie camicie. C'è qualcosa di sexy nel modo in cui gli abiti pendono, nel modo in cui le maniche scendono troppo lunghe e il colletto espone il collo ai baci. Non che io lasci il collo di Matthew esposto. La sciarpa verrà dopo.

Ma Matthew non lo chiede. Indossa il maglione e si gira verso di me con quegli occhi che praticamente mi implorano di approvarlo.

«Bene,» dico, e gli afferro il davanti del maglione largo, tirandolo vicino a me. Lui viene docile, tremando quando gli poso la bocca sul collo, sul lobo e sul punto dietro l'orecchio che ho scoperto lo fa gemere tanto. Quando l'ho eccitato di nuovo e cerca di strofinare il bacino contro la mia coscia per fare attrito, lo lascio fare. Baciandogli la bocca perché non riesco a resistere, ci abbandoniamo al momento. Dopo qualche minuto, lui ansima e io anche, e siamo entrambi eccitati e duri.

Stupido, ma sexy.

«Ora,» riprendo senza fiato. «Al piano di sotto.»

«Davvero?» chiede. «Ma…»

«Ma cosa? Il mio ragazzo ha bisogno di fare esercizio.»

«Davvero?»

Lo accarezzo di nuovo. «Ti farà bene.»

«Il mio corpo non è…»

Gli mordo delicatamente il lato della mascella. «Il tuo corpo è stupendo. Assolutamente bellissimo, cazzo. Non si tratta di questo, ma di prendermi cura di te. Daddy è responsabile per te e, dato che i nostri piani sono stati prolungati, mi assicurerò che il tuo corpo sia curato in ogni modo.»

«A me va bene qualsiasi cosa preveda di stare nudi nel letto,» sussurra e mi lancia un sorriso sornione.

Il mio stomaco si contrae. Sono felice di rivedere questa versione di lui. L'ho vista al bar e diverse altre volte il primo giorno, ma da quando è arrivato è rimasto perlopiù in modalità "ragazzo docile". Mi fa piacere vedere che sta tornando a essere quello di sempre. «Tra poco sarai nudo a letto. Capito?»

«Sì, Daddy.»

Gli bacio di nuovo la bocca e quando cerca di attirarmi a sé per uno scambio più acceso, mi allontano. «Ora porta il tuo bel culo di sotto.» Gli do uno schiaffo sul sedere mentre passa. «Così. Vai.»

Si guarda alle spalle, con le guance paonazze e il collo arrossato dallo sfregamento della mia barba.

Al piano di sotto, lo conduco all'attaccapanni. Avvolgendogli al collo una sciarpa a quadri rossi e verdi, mi viene in mente quella che non ho mai usato ieri sera in camera da letto. Forse stasera sarà pronto per un po' di bondage leggero, dopo che avrò mantenuto la promessa di fargli provare il mio culo.

Devo ammettere che non ho valutato l'idea di prenderlo. La verità è che non mi piace particolarmente. Non perché abbia idee ridicole sul fatto che sia una posizione "passiva" o "poco virile", però. Posso essere dominante anche in quella situazione. Solo che non mi eccita mai.

Mi piace la sensazione, e a volte godo parecchio, ma non ho mai raggiunto l'estasi mentre prendo un cazzo. Trovo che la sensazione mi distragga troppo per ottenere e mantenere l'erezione. Alla fine, di solito finisco per scopare la bocca del mio ragazzo o per capovolgerlo, in modo da essere sopra per finire.

Ma con Matthew l'idea mi stuzzica, se non altro perché non lo ha mai fatto prima. Mi piace il fatto di poter controllare il modo in cui sperimenterà per la prima volta quel piacere fisico distinto e perfetto. Avere quel controllo su di lui è eccitante. Così come il pensiero di essere protagonista di tutti i suoi ricordi futuri di ogni prima volta che condividerà con me.

Il fatto di essere l'uomo che lui ricorderà fino al giorno della sua morte come il suo vero primo mi eccita profondamente.

Non mi ero mai reso conto prima d'ora di quanto un sentimento simile mi abbia sempre portato ai miei ragazzi. Mi piace essere quello a cui guarderanno come guida verso la virilità adulta da uomini gay. E ora amo essere l'uomo che inizierà anche Matthew.

«Ti piace vestirmi?» mi chiede, mentre lo aiuto a infilarsi il cappotto.

«Sì.»

«Un'inclinazione o qualcosa del genere?»

«Un po'.»

«Oh.» Sorride, con gli occhi che si increspano ai bordi, e io vorrei baciare quelle rughette. Non ha idea di quanto possa essere affascinante.

«Non mi considero un sadico o un Dom. Sono sempre stato più un Daddy.» Mi volto verso la porta e la apro, facendogli cenno di andare per primo. «Non tutti lo sono.»

«Cosa vuoi dire?» chiede mentre attraversa il portico e si mette vicino alla ringhiera, scrutando il panorama. La giornata è stupefacente. Il giorno precedente le nuvole, la nebbia e la tempesta di neve le avevano offuscate, ma finalmente si vedono le montagne contro il cielo cristallino.

«Amo fare qualcosa per l'altro. Mi piace cucinare per i miei ragazzi, vestirli, far loro il bagno a volte, coccolarli. Questo genere di cose. Alcuni Daddy preferiscono che i loro ragazzi li servano, più che il contrario. Vogliono che siano i loro ragazzi a lavarli, a preparare la cena, a fare il bucato... Ammetto che di tanto in tanto faccio fare il bucato ai miei ragazzi, ma mi occuperò sempre dei piatti.»

«Perché?» Si gira verso di me, e la luce del sole trasforma il nocciola dei suoi occhi in pozze dorate. Ne sono sconcertato.

Allungo la mano, gli afferro la nuca e lo avvicino, baciandogli il padiglione auricolare. «Perché mi piace.»

Matthew ridacchia e mi sorride quando mi tiro indietro. Cristo, è bellissimo. Com'è possibile che sia arrivato alla sua età senza essere mai stato sedotto da un uomo premuroso? Chi non vorrebbe prendersi cura di lui?

«A me piace fare il bucato,» ammette. «La mia parte preferita è scaricare l'asciugatrice. Tirare fuori i vestiti quando sono ancora caldi è confortante, e il profumo fresco che riempie l'aria? Lo adoro.»

«Ne sono lieto,» dico, con un impeto di emozione che mi fa sentire un adolescente impacciato. Compenso prendendo il comando. «Andiamo.»

Mi permette di guidarlo oltre la nicchia con la vasca idromassaggio e di scendere fino al sentiero che porta al fienile. Ieri non gliel'ho mostrato tutto. Sul retro c'è un'altra porta che conduce all'area di allenamento. È lì che porto i miei clienti, se o quando li porto qui, ed è lì che inizierò ad allenare Matthew a rialzarsi dopo una caduta.

Ma prima dobbiamo attraversare la distanza tra la baita e il fienile. Gli uccelli cinguettano, l'odore freddo della neve ci riempie le narici e un suono scricchiolante proviene dalle montagne. Gli alberi intorno a noi sono curvi sotto i rami carichi di neve. Matthew assapora tutto con calma, e quando Brodie e Scott corrono verso di lui, li accarezza e si lascia leccare le mani, senza smettere di camminare accanto a me.

«Sono felici che tu sia ancora qui.» È una bugia. Ai cani non importa nulla di Matthew, non ancora, ma *io* sono felice che sia ancora qui.

«Ah sì?» chiede, ma sta guardando me. Beccato. Lui sa.

Mi schiarisco la gola. «Anche se non lo sono loro, lo sono io.»

Arrossisce e io vorrei leccargli le guance. «Sono felice di essere ancora qui.»

«Sento che un giorno con te non sarebbe stato abbastanza. Non sarei stato giusto con te.»

«Sì? Perché?»

«Perché tu meriti più di una notte. Meriti che ci si prenda cura di te e credo che, anche se avessimo passato una notte fantastica e ci fossimo svegliati con le calze, la colazione di Natale e i regali previsti, ti saresti sentito…» Non so come spiegarlo.

«Usato?»

«Forse, ma pensavo più che altro al fatto che hai bisogno di più *aftercare*.»

«Aftercare. Sono le coccole e gli abbracci che vengono dopo una scena kink, giusto?»

«Sì, ma non si tratta solo di quello. Quello che stiamo facendo adesso rientra nel concetto. Ti sto dimostrando che ho spazio per te, che sia nudo o meno, a prescindere dagli orgasmi.»

«Voglio darti degli orgasmi,» dice, e il suo sorriso è sfrontato anche se il rossore torna a imporporargli il viso. È buffo. Lo adoro.

«Li accetterò volentieri e li pretenderò persino, ma mi dà gioia anche passare del tempo con te quando non scopiamo. Questa è la chiave. Sei più che un buco per il piacere.»

Non dice nulla per alcuni lunghi istanti e i cani ci passano di nuovo davanti. Scott ha un bastone in bocca e lo lancia in aria per prenderlo, lo manca e Brodie lo afferra.

«Hai ragione,» riprende. «Volevo sentirmi accudito. È una parte di ciò che ho desiderato e che mi è mancato. E questo, stare con te in un modo non erotico, essere costretto ad aspettare il sesso, persino, mi fa sentire accudito.»

«Bene. Sono contento che tu capisca.»

«E so che non era previsto, ma essere qui per Natale è…» deglutisce con forza, «…speciale.»

Il mio petto si stringe. «Lo è.»

«Però voglio fare altro sesso.»

Rido. «Te lo prometto.»

Mi tende la mano e io la prendo. Non riesco a sentire la sua pelle attraverso i guanti, ma il nostro legame c'è lo stesso. Ronza tra noi come una cosa viva. Cerco di non analizzarlo e di godermelo. Perché, a dire la verità, non ho mai provato niente di simile con un altro uomo.

CAPITOLO VENTIDUE

Matthew

L A SALA DI allenamento di Erik è grande. Quando accende la luce, illuminando l'interno, rimango sorpreso sia dalle dimensioni che dall'atmosfera professionale, anche se non dovrei esserlo, visto che il suo lavoro è quello di formare attori, ballerini, acrobati e persino musicisti di scena.

Ora che ci penso, credo che il fienile sia molto più grande dell'area che ho visto per le capre e i cavalli. Non lo avevo notato prima perché non mi ero soffermato sulla planimetria dell'edificio, ma ora mi sembra ovvio. Se ci avessi pensato, avrei immaginato che quell'area fosse tutta piena di fieno. Ma no, Erik dice che è tutto conservato nel fienile.

Un gatto a tre colori sta dormendo su una pila di stuoie spesse all'interno della porta. Credo che in qualche modo si sia intrufolato dalla stalla. Mi fermo proprio accanto a lui, per osservare l'ambiente freddo, il riscaldamento è al minimo, a quanto pare, e il gran numero di oggetti e attrezzature che contiene.

Il gatto apre gli occhi a metà per scrutare Erik e me. Segue Erik con lo sguardo mentre questi si toglie la giacca e attraversa la stanza, passa davanti ai bilancieri e si sposta verso il riquadro di pavimento coperto da morbidi tappetini, dove si ferma vicino a una selezione di kettlebell di varie dimensioni e pesi.

«Togliti il cappotto e vieni qui,» mi chiama, e io passo le dita sulla schiena morbida del gatto prima di obbedire. «A proposito, lei è Dolly.»

«È carina.» Presto mi ritrovo a pochi metri da lui con il cappotto in mano, senza sapere cosa farne.

«Basta che lo butti sopra il mio.»

Lo faccio, e la gatta si sposta dal suo trespolo per posarsi sui nostri cappotti, facendo le fusa.

«Maledetti gatti,» borbotta bonario Erik. «Uno di loro ha il senso dell'umorismo e si diverte a saltarti addosso all'improvviso. Stai attento.»

Mi giro, ma non vedo altri gatti nella stanza.

Erik mette da parte due mazze da baseball in metallo. «Cerchiamo di far sterilizzare tutti i gatti, indipendentemente dal sesso, prima di averne troppi che girano. Ma a volte arriva una gatta randagia, già incinta o in calore, e finiamo per dover trovare una casa per sei piccoli.»

C'è un lungo specchio sulla parete accanto a lui e posso vederci riflessi entrambi. Erik è alto, muscoloso e così bello, che mi chiedo perché non abbia provato a recitare lui stesso, invece di addestrare gli attori a fare quello che fa lui senza sforzo. E poi ci sono io. Ammetto di essere abbastanza attraente. Con quello strano bagliore maniacale negli occhi, i vestiti troppo grandi di Erik e l'atteggiamento languido, penso di essere persino un po' sensuale.

Inclino la testa, osservandoci entrambi.

Forse è un'illusione, ma stiamo bene insieme. Uno grande e grosso, l'alto più snello ed esile. Capelli castano chiaro e pelle abbronzata accanto a una chioma brizzolata e una carnagione pallida. E i suoi trentacinque anni non sembrano troppo pochi rispetto ai miei quarantuno. È chiaro che chiunque ci veda insieme saprebbe che Erik non è solo maturo, ma è anche un uomo di comando. Si muove e parla con una tale sicurezza.

Io, invece? Anche stando fermo e rilassato, con questa nuova ondata di sentimenti, ho una postura che può essere descritta solo come passiva, sottomessa. Immagino che questo sia ciò che Erik deve vedere quando mi guarda.

Mi piace.

Mi piaccio quando sono accanto a lui. Anche se in questo momento non sono "il suo ragazzo" e lui non è "Daddy", approvo questo Matthew. Non è tutto aggrovigliato, non si vergogna della sua vita o dei suoi desideri, non sta cercando di essere qualcuno che non è. È semplicemente Matthew.

Ed Erik è solo Erik.

Mi lecco le labbra. No, Erik è sempre Daddy, e quando sono con lui non sono forse il suo ragazzo? I nostri ruoli sono naturali e chiari. Non c'è conflitto in me quando sono accanto a lui. Posso semplicemente rilassarmi in quel luogo di fiducia.

Non so se mi sono mai sentito così in vita mia. Né a casa né a scuola, né tantomeno sul posto di lavoro. Ho sempre dovuto mascherare la mia vera natura. Questa è la prima volta che sono davvero me stesso.

È come se fossi diventato suo nel momento in cui mi ha visto al bar e mi ha riconosciuto per quello che ero: l'uomo che lo aveva vinto all'asta.

Ora non posso smettere di essere il suo ragazzo. Non in sua presenza. Nemmeno quando chiama il rosso.

«Hai freddo?» mi chiede, riportando la mia attenzione al presente. Mi rendo conto di aver avvolto le braccia intorno a me mentre pensavo. «Posso accendere la stufa.»

Sciolgo le braccia. «Sto bene.» Tra gli strati di biancheria termica e il suo maglione, ho molto caldo.

«Va bene, allora.» Erik si toglie anche il maglione, rimanendo solo in maglia termica attillata. Posso vedere i muscoli attraverso di essa e l'ombra dei suoi capezzoli. Mi rendo conto di non averli ancora baciati o leccati.

Ci sono così tante cose che vorrei fare. E così poco tempo per farle. E se fossi dovuto partire stamattina? E se non avessi mai la possibilità di rimediare a questa situazione?

Erik mi guarda. «Fai attenzione, per favore. Capisco che tu stia ancora elaborando la notte scorsa, ma è importante. Non voglio che tu ti faccia male.»

«Giusto. Mi dispiace.»

«Non devi scusarti; ascoltami bene. Ti spiegherò cosa sto facendo man mano.»

Annuisco, studiando il corpo forte di Erik che si piega, che mette in mostra il culo sodo, ricordo di averlo afferrato ieri sera mentre si immergeva in me, e avvolge le mani intorno al manico della kettlebell.

«Tieni la schiena dritta,» dice. «È importante. Non piegarla.»

Mi mordicchio il labbro mentre lui solleva il busto, in modo che la schiena sia perpendicolare al pavimento, prima di far oscillare la kettlebell tra le gambe, lasciandola volare all'altezza degli occhi, poi si alza e flette il sedere prima di piegarsi per far dondolare di nuovo l'attrezzo tra le gambe. Esegue dieci ripetizioni prima di appoggiare la kettlebell sul pavimento.

«Ora parliamo dei punti chiave.»

Mi fa cenno di mettermi al suo fianco ed esegue i movimenti senza peso, quindi mi guarda mentre faccio la stessa cosa. «Bene, bene,» dice, dirigendomi verso la seconda kettlebell.

«Comincia a sollevarla. Voglio vedere se il peso va bene per te.»

Sposto la kettlebell dal pavimento, ma è un po' troppo pesante, quindi la lascio cadere di nuovo. Sferraglia sul cemento. «Scusa.»

«È tutto a posto. Te ne prendo un'altra. Aspetta.»

Proviamo altri due pesi prima che si convinca che non mi farò male facendo l'esercizio. Si mette accanto a me e mi osserva con attenzione mentre faccio una serie di otto sollevamenti.

«Bene.»

Sto già ansimando e inizio a sudare, il che è un po' imbarazzante, ma Erik non dice nulla al riguardo. Anzi, guarda l'orologio e, dopo qualche istante, mi dice: «Ancora.»

Ora sto davvero sbuffando, ma Erik mi fissa con un'espressione impassibile.

«Un'altra serie e poi potrai riposare mentre io faccio la mia.»

Non discuto, e quando mi dice di iniziare, lo faccio. La serie successiva è più dura, ma finisce presto e, pur sudando, soprattutto con gli strati di magliette e il maglione, non sono del tutto esausto.

Sono anche più che felice di guardare Erik. Il suo corpo è bellissimo e, dopo qualche serie da dieci, si toglie la maglietta intima e mi regala la vista del suo petto e delle sue spalle scintillanti.

«Ora faremo degli squat.»

Dopo la prima serie di squat mi tolgo il maglione troppo grande e la maglia termica. Noto che i suoi occhi indugiano sul mio corpo, più affamati di quanto mi sarei aspettato, vista la facilità con cui ha rifiutato la prospettiva di un orgasmo stamattina.

Dopo aver finito gli squat con una kettlebell leggera, viene dietro di me e io non protesto né mi muovo, quando lui si preme contro la mia schiena e fa scorrere le mani sulla parte superiore del mio corpo, grattandomi i peli del petto e scendendo fino alla peluria sotto l'ombelico. Ora sono eccitato, il che renderà a dir poco sconveniente fare altri squat.

Mi bacia la nuca, la spalla, poi il mento, la mascella e la parte anteriore della gola, finché viene davanti a me e inizia a succhiarmi i capezzoli. Le mie ginocchia tremano e mi aggrappo alla sua testa, usando la sua forza per sorreggermi.

Prima il sinistro, poi il destro e di nuovo il destro; mi stuzzica con i denti e la lingua. Quando si stacca, il suo mento è arrossato dal graffio dei peli del mio petto, ma i miei capezzoli sono ancora più rossi.

Ansimo, sostenendomi ai bicipiti che si flettono sotto i miei palmi, mentre lui mi mette le mani sulla vita e mi trattiene, non permettendomi di sfregare la mia erezione su di lui.

«Ora ti faccio vedere il *turkish get-up*,» annuncia con tono roco ed eccitato. Almeno non sono solo nella mia lussuria. Sembra che non riesca a trattenere le mani o le labbra per finire l'allenamento. Mi posa le mani sulle clavicole, quindi mi dà un bacio profondo e umido prima di spingermi fisicamente lontano da lui. «Guarda con attenzione. Se domani saremo ancora bloccati dalla neve, mi aspetto che tu lo faccia. Ma per oggi, te lo risparmio.»

«Sì, Daddy.» Sembro drogato. Vorrei che smettesse di fare qualsiasi cosa stia facendo e mi piegasse sul…

«Matthew, stai prestando attenzione?»

«No, Daddy,» ammetto.

Ride, si aggiusta l'uccello e dice: «Guardami.»

Ora è a terra con una kettlebell e, mentre lo guardo, esegue una serie complicata di movimenti, sempre tenendo il peso sopra la testa. Per la prima volta da quando mi sono svegliato, spero che la neve si sia sciolta entro domattina. Non credo di poter fare quello che ha appena fatto lui.

«Questo è il *turkish get-up*.»

«A cosa serve?»

Sorride. «Allena i muscoli a rialzarsi.» Lo fa di nuovo. E ancora. «Con questa mossa si può sviluppare la forza del core, il complesso di muscoli addominali e lombari, necessaria per qualsiasi impresa che richieda di alzarsi da terra.»

«Non credo che il mio lavoro di contabile lo richieda, Daddy.»

Ride e mette giù il peso, si avvicina a me e mi passa di nuovo le mani sul petto come se fosse incapace di trattenersi. «Probabilmente no. Ma la forza dei muscoli…» Mi tocca gli addominali e fa scorrere le mani sulla schiena. «È la chiave per invecchiare bene, e c'è qualcosa da dire sulla correlazione tra un core forte e la forza interiore.»

«Ah sì? Quindi anche tutti i culturisti hanno una grande forza interiore?» Alzo un sopracciglio.

Ridacchia di nuovo. «Ma guardati, che sfoderi il tuo sarcasmo con Daddy.»

«Ho solo dei dubbi, Daddy, che una persona forte fisicamente sia anche sempre forte emotivamente.»

«Mi sembra giusto. Ma l'ho visto più volte con le persone che alleno. Quando imparano ad alzarsi, letteralmente, da terra, quando il loro core diventa più forte e possono rimettersi in piedi in modo più fluido con un uso minimo o nullo delle mani, vedo crescere anche la forza interiore.»

«Ho bisogno di più forza interiore, Daddy?»

Mi stringe i fianchi e mi guarda negli occhi. «Non tutta la forza. Un bene. Credo che tu lo sappia. Sei stato forte per molto tempo in modi che ti hanno ferito. Hai tenuto sotto controllo i tuoi desideri quando i tuoi genitori erano vivi, e sei abbastanza forte da presentarti ogni giorno a un lavoro che non ti soddisfa perché hai bisogno di soldi, perché è la cosa responsabile da fare. Sei stato abbastanza forte da tenere nascosta la verità ai tuoi perché non volevi farli soffrire, e questo era un desiderio potente quanto quello di evitare che si rivoltassero contro di te, vero?»

«Sì,» mormoro. Non ho detto nulla di tutto questo a Erik, eppure lui lo ha capito. Sa che non ho mantenuto il segreto solo per paura, ma per amore. E sa quanto ho dovuto essere forte per tenere chiuso quel cassetto per tutti quegli anni.

«Ma questa forza non è il tipo di forza interiore che voglio coltivare in te, ragazzo.»

Vuole coltivare qualcosa in me? Abbiamo ancora una notte, due al massimo, può piantare dei semi che cresceranno senza la luce del suo affetto?

«Voglio che impari la forza interiore che deriva dal fare cose che pensavi di non poter fare, dall'essere coraggiosi, come quando hai fatto un'offerta per me all'asta, o come quando sei venuto qui o ti sei fatto fare quel clistere. È un tipo di forza diversa da quella che ti porta a perseguire ciò che è rispettabile a proprie spese. Ti permette di crescere.»

«E il *turkish get-up* mi farà crescere?» Non resisto all'impulso di essere sfacciato. Daddy vuole vedere il vero me.

Ride di nuovo. «Ti farà diventare un gigante.»

«Però mi piace essere il tuo piccolino, Daddy.»

Mi accarezza il viso, il suo sudore si mescola al mio. «Puoi rimanere piccolo finché vuoi. Ci vuole molta forza per esserlo.»

Tengo la lingua a freno. Voglio essere il *suo* ragazzo devoto.

Vorrei essere qui tra un mese, un anno, con Erik che mi guarda mentre eseguo quel dannato esercizio per una dozzina di volte di seguito. Gli mostrerei quanto posso essere resistente e quanta forza interiore e coraggio posso coltivare.

Ma credo che non ci sarò, perché non ho il coraggio di dirglielo.

Invece, lo bacio di nuovo e lui mi lascia fare. Passano alcuni minuti prima che riesca a trovare la volontà di allontanarmi di nuovo.

«Andiamo,» mi dice, prendendomi per un braccio e conducendomi alla porta, lasciandosi alle spalle le nostre maglie. «Diamoci una rinfrescata. Non possiamo andare a cavallo con il cazzo duro.»

«IL TUO CULO sta bene?»

«Sì.» Stringo le cosce intorno al grosso corpo che si muove sotto di me.

«Stai andando benissimo. Un talento naturale.»

«Grazie.»

Non mi sento esattamente a mio agio sul dorso di un bestione come Zebra Cake, che è dolcissimo come mi ha assicurato ieri Erik. Non sono sicuro di essere tagliato per l'equitazione. La sella non è molto comoda e, sebbene non abbia mentito a Daddy ogni volta che mi ha chiesto del mio sedere, non sono stato nemmeno del tutto sincero.

Ogni scossone, e ce ne sono molti mentre Zebra Cake si fa strada sui pendii scoscesi del sentiero che attraversa la proprietà di Erik, mi ricorda che non solo mi ha sculacciato stamattina, ma che ieri sera ho avuto il suo grosso cazzo dentro di me. Ma mi piace che me lo rammenti, quindi, anche se fa male, non ho intenzione di lamentarmene.

I ricordi di ciò che mi ha fatto sono troppo belli, troppo preziosi, e ogni dolore li riporta alla mente con una chiarezza cristallina che mi fa battere il cuore. Se non facesse così freddo e se la mia ansia non fosse alle stelle, visto il modo in cui gli zoccoli di Zebra Cake si posano su pietre che mi sembrano molto insidiose, potrei anche fare il tifo per lui.

Ma così com'è…

«Erik,» chiedo. «È sicuro?»

«Certo,» risponde lui da dietro le spalle. «Non ti porterei mai su un sentiero pericoloso né ti farei salire su un animale non sicuro. Zebra Cake è un bravo ragazzo. Non ti farà cadere.»

«Ma se inciampa su una di queste rocce?»

«Ha un passo sicuro.»

Non rispondo, mentre guardo gli zoccoli di Zebra Cake che atterrano su un'altra pietra liscia e rotonda, e le sue caviglie dall'aspetto fragile non si storcono.

«Matthew, colore?»

«Siamo in una scena?»

Non me ne ero reso conto. Pensavo che si trattasse solo di Matthew ed Erik che uscivano a fare un giro nella bianca e scintillante giornata di neve.

«Anche se non siamo in una scena, hai sempre il diritto di interrompere qualsiasi cosa stiamo facendo. Se per te questo è rosso, dillo e ci fermeremo.»

«Qui?» domando, fissando il dislivello oltre il bordo vicino al sentiero. «Come qui?»

«Sì, se lo vuoi. Se hai bisogno di fermarti per sentirti al sicuro.»

«No, sto bene. Possiamo continuare.»

«Oppure, se preferisci, possiamo salire sulla parte più pianeggiante del sentiero davanti a te e chiamare il rosso su questo.»

«No,» ripeto, scuotendo la testa. «Va bene così. Mi fido di te.» Ed è vero. Mi fido di Erik più di quanto non mi sia mai fidato di nessuno in vita mia, tranne forse di mia madre, e anche con lei non mi sono mai sentito abbastanza a mio agio da dichiarare la mia omosessualità. Ho mostrato a Erik più cose del mio vero io nelle ultime ventiquattro ore di quante ne abbia rivelate a chiunque altro in precedenza. Mi fido ciecamente di lui. Al punto da affidargli la verità su di me.

«Va bene, ragazzo. Usa i tuoi colori se cambi idea.»

Notando il suo uso di "ragazzo", rispondo a mia volta. «Sì, Daddy.»

Mentre continuiamo a salire sul fianco della montagna, non riesco a decidere quale sia la vista migliore: il meraviglioso paesaggio che si dispiega intorno a me, tutto bianco e magico, o le spalle larghe, i fianchi stretti e il magnifico culo di Erik che ondeggia a ogni passo di Tyrone. Erik indossa solo un maglione sopra una maglia termica, jeans, scarponi robusti e guanti.

«Il segreto è la biancheria termica,» mi ha assicurato prima, mentre ci rivestiva dopo l'allenamento. «Calzamaglia e maniche lunghe, calze spesse e un maglione sono più che sufficienti per tenerci al caldo.» Mi ha passato ogni capo man mano che lo nominava e mi ha osservato attentamente mentre lo indossavo.

Finora ha ragione. Ho freddo, ma non è insopportabile, e prendo nota di comprare della biancheria termica per il mio prossimo viaggio invernale a un convegno annuale di contabilità su al nord. Mi congelo sempre in quelle occasioni.

Dopo quasi un'ora di cammino lento e tortuoso sul fianco della montagna, lungo la riva di un ruscello ghiacciato e passando accanto a pareti di roccia variopinta, arriviamo a una radura. È ampia e ricoperta di neve, ed entrambi i cavalli faticano nel farsi strada attraverso la fitta coltre incontaminata. Una volta al centro, Erik si ferma e fa un cenno all'orizzonte.

Distolgo lo sguardo dal suo culo e rimango a bocca aperta di fronte allo splendido panorama. Le montagne sono come una torta a strati di terra e cielo, il bianco della neve è quasi azzurro e il blu del cielo è così puro da togliermi il fiato. Le conifere aggiungono macchie di verde e la nebbia, così comune in questa parte dei Monti Appalachi, si stende su ogni cosa in ciuffi e pennacchi come una glassa.

«Wow,» dico, mentre Zebra Cake si muove sotto di me. «È bellissimo. Grazie per avermi portato qui.»

«Volevo condividerlo con te,» risponde, voltandosi per smontare da Tyrone. «Andiamo. Scendi subito.» Mi raggiunge e lascio che mi aiuti a scendere dalla sella come una damigella in pericolo, perché non sono proprio sicuro di riuscire a smontare da Zebra Cake senza cadere. Erik dice che cadere fa bene a un uomo, ma non credo di voler rischiare di farmi male proprio qui.

Erik sembra essere d'accordo perché è prudente con me. Anche quando sono in piedi, non mi lascia andare. Sto per dirgli che sto bene, che può lasciarmi andare, quando mi trascina vicino a sé e mi bacia.

La bocca di Erik mi fa scordare il panorama. È un'àncora calda nell'aria gelida e io inseguo le sue labbra quando si tira indietro. È una mia cattiva abitudine volere più di quanto Daddy mi stia dando in quel momento, ma lui non sembra farci caso, e non mi ha mai rimproverato per aver cercato di prolungare i nostri baci.

Non che mi abbia mai veramente rimproverato per qualcosa. E data la brevità del tempo trascorso insieme, è improbabile che gliene venga data la possibilità.

Per lui voglio essere buono. Perfetto.

Quando me ne andrò, voglio lasciare un ricordo che vada oltre i suoi sogni più sfrenati, in modo che ogni volta che penserà a me, ricorderà quanto sono stato obbediente con lui. Voglio che pensi a me ogni Natale. Molto più spesso, a dire il vero, ma farò in modo che questo Natale sia uno di quelli da ricordare.

«Sei così allettante,» mi sussurra all'orecchio, facendomi rabbrividire per il calore e il solletico del suo respiro. «Se fossi un po' più giovane e un po' più stupido, ti spingerei giù in quel cumulo di neve e te lo succhierei proprio qui.»

«Puoi,» ribatto. «Se vuoi, Daddy.»

«Lo so, ragazzo. Mi permetterai di farti qualsiasi cosa.»

«Voglio solo essere il tuo bravo ragazzo.»

«Lo sei già, Matthew. Porca miseria, sei *davvero* un bravo ragazzo.» Mi accarezza il collo. Tyrone è in piedi accanto a noi e sbuffa leggermente per il freddo. «Non mi ero reso conto di quanto io avessi bisogno di questo. Di quanto avessi bisogno di legarmi così a un ragazzo. Speravo di ritrovare il mio amore per questo tipo di gioco, di trovarvi un significato e, *cazzo, ho* trovato tutto questo e molto di più. Grazie per avermelo mostrato.»

Sorrido alla sua eco delle mie stesse parole riguardo al panorama. «È stato un piacere, Daddy.»

Ride. «È stato così, vero? Sei desideroso e un allievo avido, impari in fretta.»

«Voglio imparare a scoparti, Daddy.»

«Oh, ho intenzione di insegnarti.» Mi attira abbastanza vicino da farmi sentire la sua erezione attraverso gli strati di biancheria lunga e jeans. Non ce l'ho duro, ma il desiderio sale velocemente mentre lui si spinge contro di me. «Ma questo è per dopo, quando saremo in una casa calda e asciutta. Cosa posso insegnarti qui, ragazzo?»

«Qualsiasi cosa. Sono pronto a imparare.»

«In ginocchio.»

Obbedisco all'istante, nonostante la neve, e quando apre i pantaloni mi rendo conto che sta usando il corpo di Zebra Cake per ripararci dal vento freddo. Erik si appoggia al fianco del cavallo, che sopporta facilmente il suo peso. «Succhiamelo,» ordina, indicando il suo cazzo, arrossato e probabilmente dolorante per il freddo.

Apro la bocca e prendo la punta, afferrandone la base con la mano guantata.

«Bravo il mio piccolo,» dice Daddy, facendo cadere nella neve il berretto di maglia che mi ha prestato, per passarmi le dita tra i capelli. «Più piano, muoviti un po' più piano per me adesso.»

Eseguo e muovo la testa, facendo attenzione ai denti. Quando inizio ad andare ancora più a fondo, a prenderlo in gola, lui schiocca la lingua.

«No, dolce ragazzo. Scoparti la faccia è bello e il massaggio di gola è fantastico, ma tu lo usi per vergognarti, e noi non stiamo facendo questo gioco, al momento. Stiamo giocando con il piacere. *Il mio* piacere.»

Le mie ginocchia si bagnano di neve sciolta che penetra attraverso gli strati, ma lavoro sul suo cazzo come se la mia vita dipendesse da quello: bacio, succhio, lecco e lo porto a metà strada prima di interrompermi. Ho preso un ritmo e posso dire che gli piace perché ansima e grugnisce. La sua coscia si tende sotto la mano con cui mi ci sono aggrappato.

«Proprio così,» sussurra, accarezzandomi con delicatezza i capelli. «Daddy sta per venire.» La sua voce sembra sforzata. «Ingoia per me, dolcezza. Ingoia tutto.»

Ci vogliono ancora alcuni minuti d'impegno prima che mi afferri la testa, mi tenga fermo e mi venga in bocca. Ingoio avidamente, sperando che non ne esca neanche una goccia. Ha un sapore amaro e forte, ma non mi importa. È buono perché è di Daddy. Ne berrò altri litri se lui ne avrà ancora da dare.

«Cazzo,» ansima. Scivola via dalle mie labbra, si accuccia e si unisce a me, inginocchiato sulla neve. Zebra Cake scalpita e sbuffa, ma per il resto rimane tranquillo accanto a noi.

«Grazie, Daddy,» dico mentre lui mi passa il pollice guantato sulle labbra, che mi sembrano gonfie per lo sforzo e il freddo. Preme il pollice all'interno e io succhio la pelle. Il sapore è in qualche modo familiare. Mi riporta alla mente un flash della mia infanzia: i guanti di pelle di mio padre sul volante.

Erik sfila il pollice. «È stato speciale. Tu sei speciale.»

«Anche tu sei speciale, Daddy.»

«Sì,» concorda. «È una *cosa* speciale.» Sembra triste per questo, rassegnato, e non so cosa pensare. Ma poi sorride. «Il mio ragazzo deve venire adesso?»

«No,» gli dico sinceramente. «Non ce l'ho duro.»

«Oh?»

Abbasso la testa, la preoccupazione mi assale. «Va bene così, Daddy?»

«Ragazzo, se non sei duro, va benissimo. Finché fai solo le cose che vuoi fare, sono felice.» Fa una pausa. «Volevi succhiare l'uccello di Daddy e ingoiare il suo sperma?»

«Sì, tantissimo.»

«Sono soddisfatto.» Si alza in piedi e mi aiuta a fare altrettanto. «C'è un sentiero più lungo che porta all'altro lato della montagna. Te la senti, ragazzo?»

«Voglio solo stare con te, Daddy.»

Non c'è risposta più onesta di quella. Se Erik volesse, mi accamperei con lui in una tenda in mezzo a questa radura. Se gli andasse bene, camminerei con lui nella neve finché non troveremmo una grotta in cui fare sesso. Se me lo chiedesse, mi metterei a quattro zampe e mi lascerei scopare qui nella neve, anche se dovessi congelarmi. Qualsiasi cosa pur di renderlo felice. Se posso servirlo ed essere servito da lui, sarò felice.

È meglio di quanto avessi mai immaginato.

Sono pronto a rinunciare a tutto pur di far durare ogni secondo con Erik solo un po' di più. Quando la neve si scioglierà e verrà il disgelo, credo che il mio cuore si spezzerà.

Ma Erik non vuole un ragazzo come me. È una cosa speciale, come ha detto lui, una cosa fuori dal tempo. Vorrà qualcuno più giovane, più sexy, con la lucentezza di una vita non ancora vissuta. Ripenserà alla storia con me con affetto, forse con nostalgia, ma se chiedessi di più, la bolla scoppierebbe e io rovinerei tutto.

Eppure sono sul punto di domandarglielo quando lui si inginocchia di nuovo, intreccia le dita e mi indica di puntellarmi ai suoi palmi. Quando lo faccio, mi spinge di nuovo sulla schiena di Zebra Cake. Schiocca la lingua e Tyrone torna a scalpitare da dove si era allontanato mentre facevo un pompino al suo cavaliere.

Mi si secca la bocca quando Erik sale su Tyrone con un unico movimento, come se non fosse nulla di che, e quando accosta il suo cavallo al mio, si china a baciarmi di nuovo. Mi sembra di essere in un film. Questa non può essere la mia vita, eppure la desidero così tanto che fa male.

Erik dà il comando ed entrambi i cavalli si dirigono verso il sentiero che vuole che seguiamo. Mi vengono le lacrime agli occhi.

Cazzo, è fantastico. Voglio sapere di più su di lui.

Voglio di più di *tutto* questo.

Ma non posso averlo. Devo accettare quello che posso avere. Un Natale. È tutto.

Daddy vorrà un ragazzo, vero? E io sono troppo uomo.

CAPITOLO VENTITRÉ

Erik

DOPO LA CAVALCATA, mostro a Matthew come prendersi cura dei cavalli e controlliamo di nuovo le capre, soprattutto Molly e Miss Merry Joy-Joy. È entusiasta delle buffonate delle capre e questo mi fa sorridere. Anch'io le trovo sempre divertenti.

È bello vedere che prova gioia per gli animali. Quando Tammy Spaccaschiena, una delle grasse gatte del fienile, dimostra come ha ottenuto il suo nome saltando dal fienile sulle spalle di Matthew, lui strilla, ma subito scoppia a ridere. Si china per accarezzare la schiena nera e massiccia, mentre lei si muove tra le sue gambe miagolando.

«Le piace l'elemento sorpresa,» dico, dando manciate di mangime alla capra Jerrykins e al suo migliore amico Bobbins. «È un bene che tu abbia tanti strati addosso, però, o i suoi artigli avrebbero fatto un male cane.»

«Non vedo nessun apparecchio per la mungitura. Hai detto che tenete le capre per il loro latte. Ne vendete *qualcuna* per la carne?» mi chiede. Posso dire che spera che non lo facciamo. Il che è molto dolce. Ma non deve preoccuparsi di questo.

«No, le affittiamo in primavera, estate e autunno per vari scopi di manutenzione. Le capre mangiano molte specie di piante invasive che le persone non vogliono nei loro giardini, nei parchi cittadini o nelle loro fattorie, come il kudzu, l'edera velenosa e l'edera inglese. Cose del genere.»

«Ah, bene. Non lo sapevo.»

«Siamo stati fortunati a poter costruire una vita che ci appassiona, facendo carriere che amiamo. Mia madre mi ha educato a credere nel fatto che la mia vita sia significativa e utile agli altri.»

Mi chiedo se Matthew capirà come questo si colleghi al mio ruolo di Daddy, ma lui mi chiede qualcos'altro su un argomento che Brandon diceva *essere* molto rilevante per i miei interessi kink.

«E tuo padre? Non ne hai mai parlato.»

«Non c'era.»

«Oh?»

Matthew non insiste, ma vedo la curiosità nei suoi occhi. Non gli devo una spiegazione, ma ne merita una. Le relazioni di ogni tipo dovrebbero essere reciproche e nessuno dovrebbe mai avere il sopravvento, soprattutto nelle interazioni kink dipendenti dalla vulnerabilità.

Non tutti i ragazzi o i sottomessi vogliono conoscere le debolezze del loro Daddy o del loro Master e, tra i miei ragazzi, solo Brandon ha cercato di scavarmi dentro. Solo *lui* è riuscito a sbirciare sotto la superficie. Ed è forse per quello che mi ha fatto così male quando se n'è andato. Anzi, senza forse. Sicuramente, è così.

Eppure Matthew è diverso, no? È qui per imparare e ciò che gli insegnerò durante questo prezioso tempo insieme è ciò che porterà a casa e riterrà giusto, ciò che accetterà in futuro. Matthew non è qui solo per il kink. Non sta cercando una via d'uscita, quanto piuttosto una via d'entrata verso l'amore per se stesso. Quindi cosa significa per lui se il Daddy con cui sta non si fida a rivelargli la sua oscurità e il suo dolore passato? Se il suo Daddy non lo lascia entrare?

Non voglio che Matthew mi lasci pensando di essere l'unico che ha dovuto rivelare i suoi segreti. Non è questo che vuole. Inoltre, non è quello di cui ha bisogno. Ha bisogno di sviluppare l'amore per se stesso grazie a qualcun altro che vede e accetta ogni singola parte di lui. Ancora di più, Matthew ha bisogno che quella *stessa* persona lo sostenga e gli ispiri fiducia. Cioè, chiunque sia il suo Daddy o il suo partner, dovrà essere a proprio agio nel rivelare la propria fragilità.

È una rivelazione improvvisa, come se la verità mi fosse caduta nel cuore dall'alto. Come in ogni interazione con Matthew, almeno quando siamo insieme, non devo pensare a cosa fare, a cosa serve a lui o a cosa serve a *me*. Tutto viene naturale, come respirare.

Mi allontano da Tyrone e mi appoggio alla parete accanto al recinto di Dora. Metto le mani in tasca, consapevole di manifestare un pizzico di insicurezza e un lieve desiderio di nascondermi. Ma continuo. «Mio padre se ne è andato quando avevo sei anni. Si occupava di cavalli. È così che lui e mia madre si sono conosciuti.»

Matthew sembra percepire che quello che sto dicendo è importante per me. Si avvicina, mi tocca il braccio e alza lo sguardo con un'accettazione che di solito considero di mia competenza. Ma quando i suoi occhi nocciola si addolciscono, capisco che, per la prima volta da quando ci siamo conosciuti, si sente davvero più grande di me.

Non mi dispiace.

«Mio padre viaggiava molto, andava alle mostre di cavalli, li vendeva.» Penso che andrò subito al sodo per dimostrare a Matthew e a me stesso se sanguino ancora. È passato un po' di tempo dall'ultima volta che ho controllato. «Si è scoperto che aveva un'altra famiglia. Noi non sapevamo nulla di loro. Loro non sapevano di noi.»

«Oh.» La mano di Matthew si stringe sul mio avambraccio.

«Già.»

«E adesso?»

«Non lo vedo da quando avevo dieci anni. Passavo le estati con lui e gli altri figli: la prima moglie ha divorziato dopo aver scoperto di me e mia madre, ma lui aveva ancora qualche diritto sui bambini. Io, però... era tutto volontario. Non aveva alcun diritto legale di vedermi dopo che mia madre lo ha portato in tribunale.»

«Ah.» I suoni sommessi di Matthew mi incoraggiano a continuare.

«Volevo vederlo. Era mio padre e gli volevo bene. Volevo stare con lui. Così d'estate portava me e i miei due fratellastri in giro con lui per aiutare con i cavalli e passare un po' di tempo insieme. Ma abbiamo iniziato a renderci conto che aveva una donna diversa in ogni città, e lui diceva: "Non parlarle di Miranda" o "Non parlarle di Lydia" o di chiunque fosse l'ultima amante nel posto precedente.»

Le mie sopracciglia si abbassano e la gola si stringe. «Ma mi piacevano Miranda, Lydia e Susan. Mi piacevano tutte, e la voce di mia madre nella mia testa mi diceva che non era giusto. Che non era un vero uomo, non il tipo di uomo che volevo essere. Così ho smesso di passare le estati con lui e ho iniziato invece ad aiutare mia madre a costruire l'attività della fattoria.»

«Mi dispiace,» dice Matthew; le sue dita si aggrappano al mio avambraccio come se potesse ricacciare dentro il dolore. Non so nemmeno perché sia così difficile per me dirlo. Non è come con il padre di Matthew. Quell'uomo non ha mai permesso a Matthew di essere onesto e ha scelto di non conoscere veramente suo figlio. Io ho *scelto* di allontanarmi. Mio padre voleva conoscermi. Dopo un po', sono stato io che non ho più voluto averci nulla a che fare.

Mi sento ancora come se mi avesse lasciato e, giusto o no, fa male come se lo avesse fatto anche lui.

«Brandon diceva sempre...» Vedo una piccola smorfia nell'espressione di Matthew.

«Continua,» mi sprona, le sue parole contraddicono la reazione fisica. «Che cosa diceva Brandon?»

Decido di fidarmi di lui. «Brandon diceva che ho problemi con la figura paterna, ed è per questo che sono diventato un Daddy. Per essere il genitore di me stesso facendo il genitore di altre persone.»

«Pensi che abbia ragione?»

«Forse.»

«Pensi che valga la pena di indagare?»

Gli sorrido. «Forse.»

«Erik,» esordisce, e io non lo correggo per aver usato il mio nome. In questo momento sono io il più giovane e la sua guida non è qualcosa che dovrei disprezzare o buttare via. «Brandon ti ha mai visto? Il *vero* te stesso?»

Inclino la testa pensieroso. Potrei mentire e lui mi crederebbe, so che lo farebbe. «No.»

«Perché no?»

«Non mi sono mai fidato abbastanza da mostrargli tutto.»

«Ti fidi di me?» mi chiede. In questo momento non sono Daddy, sono il vero Erik e lui mi *vede*.

Penso a quello che mi ha chiesto RJ al telefono. Mi lecco le labbra prima di rispondere. «Credo di sì, perché questo sono io. Il vero me stesso.»

«Qualcuno dei tuoi ragazzi ha mai...» si interrompe. I suoi occhi si offuscano prima di chiudersi.

«Mai cosa?»

«Ti hanno mai fatto un clistere?» chiede a bassa voce. «Come ho fatto io quando sono arrivato qui? Lo hai mai fatto vedere a uno dei tuoi ragazzi?»

Scuoto la testa. «No.»

L'ho mostrato solo a Daniella, la mia dominatrice del college, e solo una volta. È lei che mi ha insegnato a partire da lì, ad andare dritto al cuore della questione in quel modo.

«Pensi che lo farai mai?»

«I ragazzi non vogliono pensare al loro Daddy in quel modo,» ribatto. È una stronzata. Sono nella comunità kink da abbastanza tempo da sapere che c'è un modo per farmi somministrare un clistere da un ragazzo e per mantenere uno spazio da Daddy, per trasformarlo in un atto di servizio. La verità è che non voglio essere così vulnerabile con nessuno. E se mi deludessero?

Come ha fatto tuo padre? Posso immaginare Brandon che me lo chiede, o anche Matthew. Soprattutto Matthew, se avesse avuto un po' più di tempo per entrarmi dentro. È un bene che se ne debba andare al disgelo. Vede troppo di me.

Non che mi dispiaccia.

Matthew

DOPO UNA LUNGA doccia, mi vesto solo con le mutande pulite che mi ha dato Erik, questa volta aperte completamente sul retro, e scendo al piano di sotto per chiedere se posso aiutare a preparare la cena. Erik mi sorride. «Ho quasi finito. Vai ad aspettare a tavola.»

Lo faccio, sedendomi accanto al capotavola, in un punto da cui posso vedere la cucina. Guardo Erik che prepara i piatti. Il profumo di rosmarino e di patate dolci sale nell'aria.

Dovrei sentirmi sciocco, con addosso solo le mutande, mentre Erik è vestito con jeans e un maglione leggero, purtroppo non natalizio, ma il blu scuro gli dona. Ma non è una sensazione sciocca. Mi sento sexy e diverso. Nuovo. Come tutto il resto degli ultimi giorni, emozionanti nella loro unicità, preziosi perché con me c'è Erik. Erik, che mi ha chiesto di fare, essere e sentire tutto questo.

Non riesco a capacitarmi che mi trovi attraente; riesce a malapena a distogliere lo sguardo da me mentre mangiamo. Non parliamo, a parte i convenevoli in cui gli faccio i complimenti per il cibo e lui mi chiede se voglio più sale, ma anche quello non mi mette a disagio.

È una bella sensazione, dopo una lunga giornata. Ho caldo nonostante sia praticamente nudo, grazie a Erik che ha acceso la caldaia e rinfocolato il caminetto. Mi rilasso con lui nella relativa tranquillità, godendomi solo il rumore delle forchette sui piatti e il jazz festivo che Erik ha messo in sottofondo. Mi torna in mente quando suonavo in un gruppo jazz durante il mio primo e unico semestre a Belmont. Al concerto di Natale avevamo presentato versioni soft di jazz contemporaneo di *It Came Upon a Midnight Clear* e *Soul Cake*. Non che fossi stato molto bravo e la band mi avrebbe cacciato, se non avessi mollato prima io. Ho comunque un bel ricordo di quel periodo.

Dopo cena, Erik mi conduce sul divano e mi ordina di mettermi comodo. Non esito a obbedire. Mentre lo guardo sistemare il fuoco per la seconda sera consecutiva, mi sorprendo nel vedere che la calza con il mio nome, che è sempre stata appesa alla mensola del camino, è ora sul tavolino di fronte a me. Per quanto io sia tentato di frugarci dentro, so che non mi è ancora permesso.

Le cosce e il culo mi fanno ancora male per la cavalcata di prima e sono stanco fino alle ossa. È una stanchezza piacevole, però, nata da uno sforzo diverso da quello che ho fatto da quando ero bambino. È una fatica derivata dal sesso, dall'attività fisica con la kettlebell e dal tempo trascorso in sella, oltre che emotiva, perché mi sono tanto sforzato di non perdere il controllo sotto l'assalto di così tanti sentimenti.

Perché ci sto affogando dentro.

E che sensazioni! Nulla di mai provato prima. Effervescenti e luminose. Mi sento come se stessi brillando di emozioni sorprendentemente intense ma scintillanti, che mi riempiono come bolle di sapone.

Non proprio bolle di sapone, piuttosto perle di tapioca nel bubble tea che prendo vicino al mio ufficio a Nashville. L'idiozia del paragone mi fa sorridere.

Se cerco di dare un nome ai sentimenti che provo, questi scivolano via, proprio come la tapioca, per non incasellarsi in una definizione specifica. Quasi come se nascondessi a me stesso il nome dei sentimenti. Sospetto di sapere perché.

Mi vedo a casa, in cucina, a scoprire dove Erik tiene le spezie e i filtri del caffè e in quale armadietto si trovi il colino. Mi immagino passeggiare lungo il sentiero che porta al fienile, con i cani che mi corrono accanto. Prendere un bastone. Lanciarlo per loro. E loro che corrono per riportarmelo.

E poi che imparo a conoscere i cavalli, ad accudirli, a prendermi cura dei loro zoccoli e delle criniere. Familiarizzo con le capre, le carico sul rimorchio e le porto fino alla periferia di Asheville, per consegnarle nel giardino di qualche ricco hippie.

Posso guardare mentre Erik allena le persone nella stalla. Mi tratterrò, starò fuori dai piedi, non sarò invadente, eppure sarò lì a vedere celebrità minori e maggiori imparare a cadere. E anch'io posso imparare a cadere. Erik mi darà lezioni individuali, finché non sarò così bravo da aiutarlo a volte, facendo da figurante per le dimostrazioni con i suoi clienti.

Mi occuperò della contabilità di Erik per la sua attività, subentrando a chi se ne occupa ora, controllando le ricevute e facendo quadrare i conti, portandogli in dono la mia formazione.

E mi vedo prendere di nuovo in mano la chitarra, naturalmente solo per sfizio, strimpellando sul portico in una sera d'estate, mentre le lucciole danzano sulle pendici della montagna, senza preoccuparmi di essere all'altezza di qualcuno che non siamo io e Daddy. Nella mia fantasia, Erik se ne sta seduto con una birra in mano, la testa inclinata all'indietro, gli occhi verso le stelle, ad ascoltare. Senza mai criticare. Prende me e la musica che offro per quello che sono e per quello che è.

Posso vedere tutto. Voglio almeno provarci.

La domanda è: Erik può volere questo? E se può, lo vorrebbe con *me*? È chiaro che vuole scoparmi. Lo vedo nei suoi occhi, lo sento nel modo in cui mi tocca e l'ho assaggiato nello sperma con cui non ha resistito a riempirmi la bocca durante la nostra cavalcata. Ma più di questo? Con *me*? Non lo so. Ne dubito.

Non ho il tempo di scivolare nella disperazione per il mio desiderio di qualcosa di così lontano dai limiti di ciò che Erik ha accettato, perché proprio in quel momento lui si allontana dal fuoco. Mi siedo più dritto mentre mi raggiunge sul divano.

«Allora, piccolo mio, sei pronto a vedere cosa c'è nella tua calza?»

Annuisco, deglutendo a fatica, desiderando che possa leggermi nella mente e sapere cosa sta succedendo. Perché non può rispondere alle mie domande senza che io debba pronunciarle ad alta voce? «Pensavo di dover aspettare la mattina di Natale.»

«Beh, nella mia famiglia abbiamo la tradizione delle calze alla vigilia e dei regali la mattina di Natale. Babbo Natale arriva sempre un po' prima, quando ce lo meritiamo.»

Sorrido. «Anche se siamo cattivi?»

Ride e mi bacia profondamente, staccandosi per dire: «Soprattutto se siamo cattivi.»

Mi sento come un bambino, quando tiro la calza verso di me, ma presto mi perdo nella sorpresa mentre tiro fuori gli oggetti. C'è il sapone fatto a mano che ho ammirato il giorno in cui abbiamo passeggiato per la città. Una piccola scatola di dolci di Chocolate Fetish con tutti i miei gusti preferiti. Il fatto che si sia ricordato di tutto quello mi fa battere il cuore.

Prendo un paio di calzini fatti a maglia con il filato arcobaleno dal negozio di Wall Street e rido quando Erik insiste perché li indossi subito. La lana è morbida e calda, e anche se da bambino non sopportavo i calzini noiosi che i miei genitori mi facevano trovare sotto l'albero, questi sono meravigliosi.

Ridacchio pensando a come devo apparire, seduto sul divano di Erik con indosso solo mutande senza culo e calzini arcobaleno. I suoi occhi scintillanti valgono tutte le sciocchezze. I calzini non mi hanno mai reso così felice.

C'è anche un pacchetto di incenso al patchouli, il mio preferito.

E una serie di cristalli e pietre, ognuno con una piccola nota su ciò che dovrebbe fare "per l'energia" di una persona.

«Non pensavo che ti piacesse questo genere di cose,» mormoro, accarezzando con le dita il diaspro a forma di cuoricino. Il biglietto che lo accompagna dice che aiuta a fornire un'energia calma e edificante nei momenti difficili, portando il possessore a una visione più ottimistica della vita.

«Oh, sono amico di Ella, la ragazza che gestisce il negozio di cristalli, e lei non sbaglia mai.»

«Credi che funzionino?»

«Penso che siano belle, quindi non importa. Se aiutano, bene. Se non lo fanno, va bene lo stesso.»

Prendo in mano la pietra rossa rotonda. Il biglietto dice che si tratta di corniola e che dona al portatore vigore, coraggio e una gioia persistente. Ci sono altri quattro cristalli di colore giallo, rosa, azzurrino e viola, ma passo alla prossima cosa nella calza.

Un portafoglio in pelle morbida.

Poi una tazza a forma di gatto. La stessa che avevo tenuto in mano per qualche istante in uno dei negozi di souvenir in cui eravamo andati quel giorno. È piena di caramelle natalizie.

«Questo è troppo,» dico. «Ci sono ancora dei regali sotto l'albero.» Non riesco a smettere di sorridere.

Erik fa l'occhiolino. «Prenditela con Babbo Natale. Ma quelli devono aspettare fino a domattina. Nel frattempo, che ne dici di entrare nella lista dei cattivi?»

Come mi sento? Come se questo fosse il Natale più bello di sempre. Non voglio che finisca mai.

CAPITOLO VENTIQUATTRO
Erik

IL VAPORE DELL'IDROMASSAGGIO mi offusca gli occhi mentre guardo Matthew che si immerge. Noto che gli fanno male le gambe, probabilmente per la cavalcata, ma forse anche per le posizioni che gli ho fatto assumere ieri sera.

Il suo corpo è magro e diventa rapidamente rosa per il calore. Ammiro quanto sia sexy, mi godo il suo gemito mentre si posiziona davanti a uno dei getti. «Ah,» si lascia sfuggire, rovesciando la testa all'indietro e guardando le stelle sopra di noi, visibili al di sopra del vapore. «È una sensazione fantastica.»

Non rispondo perché il commento non lo richiede. La vasca idromassaggio è uno degli aspetti che preferisco della vita alla baita e la uso ogni volta che mi fermo qui. È sicuramente meglio della misera doccia che ho in casa ad Asheville.

Se quest'anno io e mia madre riusciremo a gestire meglio le nostre finanze, forse potrò chiudere il centro di addestramento in città, rinunciare al contratto di affitto della casa e trasferirmi qui in modo permanente. Sono sicuro che ci sia un modo per costruire l'attività in modo da renderla redditizia.

Dico tutto questo a Matthew, mentre si dondola leggermente di fronte a me.

«Qual è il problema con le tue finanze?» chiede, e poi sembra pentirsene. «Mi dispiace. Sono così abituato a occuparmi del reddito altrui al lavoro, che l'informazione mi sembra solo un problema di matematica e nulla più. Probabilmente non avrei dovuto chiedere.

La maggior parte delle persone considera il denaro un fatto personale.»

E invece perdere la verginità non lo è? Sono quasi tentato di chiederglielo.

Invece dico: «Tranquillo. Non è niente di segreto. Non è che abbiamo davvero problemi di soldi. Io me la cavo abbastanza bene, e anche mia madre. Lei mantiene la fattoria in attivo, facendo corsi di pet therapy per bambini con bisogni speciali e affittando le capre. Tuttavia, la maggior parte delle nostre entrate deriva dal mio impiego come trainer privato. Molte persone sono disposte a venire qui per le mie competenze, il che è ottimo, ma in genere faccio pagare meno rispetto a quando vado a domicilio.»

«Questo ha senso.»

«Tutto è cambiato durante la pandemia COVID-19,» spiego. «Prima facevo tutti gli allenamenti che non riguardavano i cavalli nel centro di Asheville. Lì ho una bella struttura, con molto spazio per il lavoro aereo.»

«Il lavoro aereo sembra davvero fantastico.»

«Può essere, ma ammetto che, dopo una caduta di qualche anno fa in cui mi sono rotto una caviglia, non sono più così appassionato. Ma paga bene e a livello nazionale sono pochi gli allenatori che se ne occupano.»

«Ah.»

«Le cose andavano benissimo, ma poi è arrivata la pandemia.»

La fronte di Matthew si aggrotta con comprensione. «Oh, sì. È stato un periodo difficile per molte persone.»

«Gli spettacoli sono stati chiusi su tutta la linea: ballerini, attori, tornei di arti marziali, produzioni televisive, film... tutti cancellati. Beh, non tutti, ma la maggior parte. Il che mi ha lasciato con poche persone che avevano ancora bisogno del mio lavoro. A causa del virus, ho ritenuto più sicuro spostare la maggior parte dei miei allenamenti qui, nel fienile. In questo modo, potevo controllare più facilmente chi entrava in contatto con me e mia madre. Naturalmente, ciò significava anche che avevamo bisogno di un posto dove ospitare i clienti, dato che non potevamo rimandarli ad Asheville ogni notte senza aumentare il rischio di esposizione. Con una sola camera da letto nella casa principale e la stanza di mia madre al piano di sotto, abbiamo colto l'opportunità di aggiungere una residenza per gli ospiti dietro il fienile. Costruirla ha esaurito le nostre riserve più di quanto avrei voluto.»

«Una residenza per ospiti?»

«Ah, non te l'ho ancora mostrata. È solo una piccola baita situata dietro il fienile, con una camera da letto, una cucina completa, un soggiorno e un bagno.»

«In questo caso, non capisco perché tu voglia continuare ad affittare una casa ad Asheville. Come si potrebbe *non* cogliere al volo l'occasione di venire ad allenarsi qui?» Matthew agita una mano in giro. «È bellissimo. Anche in inverno, il paesaggio intorno alla baita è incantevole. È così tranquillo.»

«Sempre merito di mia madre,» rispondo. «Adora venire qui fuori e lavorare la terra.» Sorrido, pensando a lei la scorsa primavera, così orgogliosa della fioritura del suo glicine. «Non ho abbandonato la mia casa ad Asheville per due motivi. Primo, lascerei gli altri affittuari a bocca asciutta, e secondo, ho bisogno di essere in città per allenare i clienti interessati alla parte aerea. Non ho le strutture per fare qui quel tipo di lavoro. Non ancora, comunque.»

«Affittuari?»

Spiego la mia sistemazione ad Asheville e i ragazzi che vivono lì.

«Hai una vita sociale attiva,» dice Matthew, spostando la schiena per essere più vicino a un getto. Il vapore che sale gli fa arricciare i capelli brizzolati. «Deve essere bello.»

«Ti senti solo a Nashville?» Conosco già la risposta. Per non essersi dichiarato fino a quasi quarant'anni, per fare un'offerta su una fantasia natalizia con uno sconosciuto, non può avere molti amici.

«Non lo so.» Matthew sospira. «Non ci sono molte persone che mi interessa frequentare, da quelle parti. A volte sento di aver bisogno di un taglio netto.»

Il solo pensare a Nashville gli causa inquietudine. Sembra che muoia dalla voglia di spiccare il volo, ma è incatenato al suo posto. «Cosa ti ferma?»

«Niente, credo,» prosegue, scrutando attraverso il vapore che sale verso la notte. «Dico davvero. Non c'è niente che mi trattenga lì, adesso.»

Il mio cuore soffre per lui. «Prima erano i tuoi genitori?»

«Sì. E poi sistemare il loro patrimonio. E poi... il fatto che non so che altro fare di me stesso. Forse mi manca l'immaginazione.»

«Ne dubito.»

Matthew scrolla le spalle, facendo scivolare tante goccioline. Cambia argomento. «Deve essere bello viaggiare come hai fatto tu. Dove ti ha portato il tuo lavoro?»

Quando ho finito di elencare le città e le nazioni che ho visitato, le sopracciglia di Matthew sono arrivate all'attaccatura dei capelli e i suoi occhi brillano di un'invidia che vorrei spegnere. Posso portarlo con...

No.

Non dovrei nemmeno pensarci. Non posso portarlo con me la prossima volta che lascerò il Paese. Non è qui per questo tipo di futuro.

A meno che, forse, non sia...

«Matthew,» comincio, ma non so cosa dire o come dirlo. Per la prima volta in sua presenza, ho la lingua bloccata e poco chiara. Non so come andare avanti.

«Sì, Daddy?»

Sorrido. Ecco, ci siamo. Così va meglio. Solo a sentire quella parola, mi sento già più lucido. «Ragazzo, ti piace stare qui con me?»

«Mi piace, Daddy.»

«E, se potessi, resteresti più a lungo?»

Le labbra di Matthew si chiudono, come se stesse trattenendo i suoi sentimenti più intimi. Un attimo, e chiede: «Quanto tempo?»

Mi gira un po' la testa mentre le parole mi escono di bocca. Cerco di farle sembrare leggere, come se stessi scherzando. Ma dentro di me penso che forse le penso davvero.

«Per sempre?»

Matthew

PER SEMPRE?

È serio? Non può esserlo, eppure, nel profondo del mio cuore, voglio che lo sia. Perché anche se è troppo presto per dire che sono innamorato di lui, di certo lo sono di questa baita, di queste montagne, del fienile e delle capre.

Ho già costruito una vita nella mia testa, un sogno bellissimo in cui posso vedere come sono la primavera, l'estate e l'autunno su queste cime. In cui imparo ad andare a cavallo, a cadere e a rialzarmi. È assurdo quanto mi piaccia questa fantasia.

Conosco a malapena l'uomo che ho di fronte, eppure se qualcuno mi tenesse sotto tiro e mi dicesse: "Decidi ora. Torna a casa, a Nashville, al tuo lavoro, alla tua storia e alla tua vita lì, o rimani qui ad Asheville in questa baita con Erik, il tuo Daddy."

Rimarrei in un batter d'occhio.

Non sono sicuro se questo dica di più su quanto sia noiosa la mia vita a casa, inutile e priva di valore, o su quanto sia stata meravigliosa con Erik. Dopo un solo giorno trascorso in sua presenza, ai suoi ordini, mi rendo conto di quanto possa essere vibrante anche un solo secondo, quando è riempito dalla persona, dal luogo e dalla ricerca giusti.

Naturalmente, vorrei portare con me Simmony Sunshine. Avrebbe una vita esaltante come gatto di casa qui nella baita, senza mai diventare un abitante del fienile come i gatti di Erik, ma a parte il mio fido amico a quattro zampe, mi lascerei tutto dietro, se potessi restare.

«Non puoi dire sul serio,» balbetto, ridendo perché penso che potrebbe fare meno male se ammettesse che si tratta di uno scherzo.

Erik mi tocca il viso, mi sfiora la fossetta, mi passa il pollice sul labbro inferiore. La sua voce è roca. «Non dovrei esserlo. Ma se lo fossi?»

Il cuore galoppa. «È troppo.»

«Lo è.» Annuisce. «Lo è davvero.»

Nei suoi occhi vedo il non detto "eppure lo voglio lo stesso". Il mio cuore sembra volermi uscire dal petto. Il vapore mi soffoca, e mi gira la testa.

«Devo lavorare tra un paio di giorni,» dico, per sviare il discorso.

Voglio che Erik mi dica di mandare a fanculo il lavoro per sempre, e che invece rimanga a scopare *lui* per sempre. Voglio che mi afferri per la nuca e mi trascini verso di sé per un bacio umido e bollente, che si trasformi in un'esplosione di piacere qui nella vasca idromassaggio. Voglio che mi porti di sopra, mi leghi al letto e mi tenga lì fino alla fine dei tempi…

Beh, forse non proprio *lì*.

Perché voglio anche coccole sul divano, passeggiate a cavallo al tramonto e scoprire com'è la situazione della sua casa ad Asheville. Voglio conoscere sua madre.

Voglio molte cose. Le ho sempre volute. Per tutta la vita ho voluto, voluto e *voluto*. E non ho mai avuto alcuna speranza di ottenere nulla fino a ora. Forse ancora non ne ho alcuna. Siamo entrambi abbastanza grandi da sapere che non è il caso di buttarsi a capofitto in questa situazione.

Ma quando mi fa scivolare sulle sue ginocchia, mi prende la nuca e mi tira giù per un bacio…

Non mi interessa se si suppone che io abbia superato *da anni* tutti quei sentimenti fluttuanti, dolorosi e meravigliosi che irrompono in ogni mia cellula e consumano i miei pensieri più elevati. Non mi importa se Erik ha trentacinque anni ed è abbastanza intelligente da sapere che dire queste cose a me, a chiunque, a questo punto di una relazione, con il mio livello di inesperienza, è irresponsabile e promette molto più di quanto possa mantenere.

Non mi interessa se siamo due idioti.

Voglio solo le sue labbra sul mio collo, sulle mie clavicole, che mi succhi il lobo dell'orecchio. Voglio che le sue mani mi sfiorino, che prendano il mio cazzo.

«Dai, ragazzo,» dice Daddy, sollevandomi dalle ginocchia. «Andiamo dentro.»

Non esito, lo seguo fuori dalla vasca e dentro un asciugamano caldo e soffice. Ridacchio con lui mentre saliamo le scale coperte di neve, tornando al piano principale illuminato solo dall'albero di Natale, e ci dirigiamo verso la scala che ci porta alla sua camera da letto.

Non vedo l'ora di vedere cosa succederà lì. Qualunque cosa ci riservi il futuro, so che tutto ciò che accadrà questa notte sarà *glorioso* come il cielo che si apre con un coro di angeli.

CAPITOLO VENTICINQUE
Erik

NON POSSO CREDERCI. Non l'ho mai fatto prima con nessuno dei miei ragazzi. Potrei dire a me stesso che lo sto facendo ora con Matthew perché voglio che capisca che un buon Daddy può arrivare in cima partendo dal basso, ma la verità è che voglio dargli qualcosa che non ho mai dato a nessuno.

Se lo è meritato. Dopo tutto quello che mi ha permesso di avere e di custodire per lui, voglio donare anche a lui qualcosa di speciale.

Anche se è spaventoso.

«Ecco,» lo incoraggio. «Apri subito l'acqua.»

«Sei sicuro?»

Sono sdraiato nella vasca, nudo e su un fianco, un beccuccio pulito per il clistere inserito nel culo, e il mio dolce ragazzo sottomesso mi chiede se sono sicuro? «Aprila.»

Lo fa. È sempre una sensazione strana, l'impeto del liquido caldo e la pressione che aumenta.

«Quanto a lungo?» chiede.

«Ancora un po',» gli dico. «Toccati.»

«Sì, Daddy.» Il suo uccello si sta afflosciando, ma lui lo strofina di nuovo fino a farlo diventare duro. «Adesso?»

«Ancora un po',» sussurro. Gocce di sudore spuntano sulla mia fronte, il cuore mi batte più forte e mi rimbomba nelle orecchie. L'impulso di lasciarmi andare cresce e io lo soffoco. «Ora,» dico. «Chiudi e sfilalo.»

Matthew fa come gli ho detto. Le sue dita tremano mentre

estrae il beccuccio dal mio culo. «Come posso aiutarti, Daddy?»

«Dammi un secondo,» rispondo, con il forte desiderio di espellere il liquido. Aspetto che passi prima di alzarmi in piedi. Gli prendo la mano ed esco dalla vasca. Nonostante la pienezza dell'intestino, mi sento forte mentre lo conduco al bagno. Gli indico il pavimento accanto alla tazza. «Inginocchiati.»

Lo fa e io prendo posto sulla tavoletta del water. Serro i muscoli per trattenere l'acqua, e cerco di non ridacchiare, perché sarebbe disastroso, quando vedo le guance rosse di Matthew e le sue ciglia socchiuse. È imbarazzato e non riesce a incontrare il mio sguardo.

Gli tocco i capelli e lui solleva il viso. «Tieni gli occhi su di me. Ti sto dando qualcosa che non ho mai dato a nessuno prima.»

Lui annuisce, il pomo d'Adamo si muove quando deglutisce brusco.

La vergogna mi attraversa mentre ripenso a quando Daniella mi ha fatto passare un momento simile, quando avevo diciannove anni. Ma lascio che tutto scorra via. Quello ai miei piedi è il mio ragazzo, che mi guarda con il tipo di pura innocenza che raramente ho visto in qualcuno della metà dei suoi anni, e che aspetta che io gli mostri il mio vero io.

«Questo è un regalo,» dico.

«Grazie, Daddy,» sussurra.

Matthew non sbatte le palpebre, non si muove e non distoglie lo sguardo. Tiene gli occhi fissi nei miei, attenti; le labbra fremono, ma non ne escono parole.

«Grazie,» mormora di nuovo quando è finita.

«Ora hai una parte di me che nessun altro ragazzo ha mai avuto,» dico. «Rispettala.»

«Lo farò.»

Mi pulisco e ci porto nella doccia. L'acqua e il sapone lavano via tutto, tranne il ricordo, e ci baciamo finché il mio cazzo diventa duro e insistente. Matthew è aggrappato a me, bagnato e affamato, la sua stessa erezione pulsa per il bisogno, e io sussurro: «Ora è il momento. Vieni a scopare il tuo Daddy.»

Matthew

NON MI SBAGLIAVO.

È più grandioso, più bello, più intenso di quanto potessi immaginare. Mi inginocchio sulle piastrelle fredde e dure e fisso i suoi occhi mentre si svuota. Non una volta distoglie lo sguardo. Nessun rossore di vergogna gli colora le guance. Non si nasconde mai. È coraggioso come aspiro a essere io.

Lui è il mio Daddy, non Erik, ed è abbastanza forte da poterlo fare senza battere ciglio o avere paura.

Il mio cuore sembra cresciuto al doppio delle dimensioni normali, come se premesse contro le mie costole. Se solo trovassi le parole giuste, le userei per venerare la sua mascolinità, la sua forza e la sua sicurezza. Voglio che mi sostenga. Che mi impedisca di cadere.

Anche se dice che cadere è una cosa che tutti devono imparare a fare.

Dopo aver concluso, ci spostiamo nella doccia e Daddy continua a stuzzicarmi fino alla follia.

«Da questa parte,» dice, mentre finisce di asciugarmi. «Non abbiamo ancora finito.»

Il letto è ancora in disordine da stamattina e mi sorprende che non lo abbia ancora rifatto. Ma quando mi ci spinge sopra, non mi importa che le lenzuola conservino il profumo del nostro piacere della sera prima, mescolato a quello del suo sapone. Questo siamo noi, insieme.

È bellissimo.

«Sei pronto a scoparmi, dolce ragazzo?» chiede Daddy, salendo su di me, a cavalcioni dei miei fianchi e sedendosi sulle mie cosce. Il mio uccello si solleva dal nido di peli scuri che lo circonda e lui accarezza con le dita la peluria, evitando di toccarmi il cazzo o le palle.

«Sì, per favore, Daddy.»

«Per prima cosa, devi prepararmi il culo. È passato un po' di tempo dall'ultima volta che ho preso un cazzo. Ho bisogno che tu mi faccia dilatare.»

Mi contorco sotto di lui. «Mostrami come fare, Daddy.»

Lui sorride e si china a baciarmi le labbra e il collo. «Certo, dolce Matthew. Ti mostrerò tutto quello che devi sapere. A cominciare da come leccarmi.»

Gemo.

«Di che colore siamo?» chiede.

«Verde.»

«Vuoi mettere la tua bocca sul mio culo?»

Ripenso alla sensazione dello stretto anello di muscoli contro i miei polpastrelli quando l'ho aiutato a lavarsi nella doccia e annuisco. «Lo voglio.»

«Vuoi scoparmi con la lingua?»

«Voglio scoparti in ogni modo,» sussurro. «*In ogni modo*. Ti prego, Daddy, lasciamelo fare.»

Ride. «Tesoro mio, otterrai quello che vuoi. Non preoccuparti.»

Mi bacia, e la dolcezza delle nostre bocche che si uniscono, il tocco delle lingue e la condivisione dei respiri mi fanno girare la testa. Quest'uomo mi ha conquistato, ha cambiato la mia vita, ha scosso la mia anima. Voglio seppellirmi dentro di lui e non uscirne più.

E accadrà presto.

Quando mi ha fatto eccitare così tanto che riesco a malapena a respirare, si alza sopra di me, in piedi sul letto. Il soffitto ad arco dietro di lui risplende di blu alla luce della luna proveniente dalle finestre, e io ansimo mentre lui si sposta in modo che i suoi piedi siano ai lati del cuscino dove poggia la mia testa.

«Mi accovaccerò,» mi dice. «E tu mi sbranerai il culo.»

«Va bene,» acconsento, con la voce affannata.

«Colore?»

«Verde.»

«Se vuoi smettere e non riesci a dire rosso o giallo, batti tre volte sulla mia gamba.»

«Sì, Daddy.»

Si abbassa e il suo culo, muscoloso e stupendo, mi arriva dritto in faccia. Non so cosa fare, ma lui mi afferra la nuca. «Leccami. Fai cantare il buco del culo di Daddy.»

Gli apro le natiche e ci seppellisco il volto; le mie labbra trovano il punto che cerco. Assaporo la sensazione degli spasmi del suo ano in risposta al mio tocco e, quando lo lecco, lui sibila, tirandomi di nuovo i capelli.

«Fallo, dolce ragazzo. Tratta il mio culo come se volessi mangiarlo, ingoiarlo tutto, scoparlo. Non essere timido adesso.»

Grugnisco e obbedisco. L'odore del suo inguine, le sue palle appoggiate sulla mia faccia a bloccarmi la vista, ogni cosa contribuisce all'impressione che esista solo il qui e ora. Mi scateno sul suo culo, leccando, baciando, persino mordendo piano, e quando Daddy mi lascia i capelli per afferrare la testiera con entrambe le mani e le sue gambe iniziano a tremare, spero che sia almeno in parte dovuto ai miei sforzi e non solo perché i suoi muscoli si stanno stancando.

Quando si solleva da me, l'aria fresca sul mio viso è una delusione. Vorrei tirarlo di nuovo giù, ma lui si butta sul letto al mio fianco, mi stringe a sé e mi bacia. Condivido il suo sapore, gemo nella sua bocca e lui mi stuzzica il buco con le dita prima di staccarsi per sussurrarmi: «Mi hai fatto eccitare tanto, dolce ragazzo. La prossima volta voglio mangiare la tua fica.»

«Va bene,» accetto, e lui ride.

«Così disponibile. Così voglioso.» Mi bacia la gola, i capezzoli e il ventre, mentre scivola tra le mie gambe. Mi afferra dietro le ginocchia, spingendole indietro. Io lo aiuto tenendomi i polpacci.

«Che meraviglia,» dice, accarezzandosi l'uccello duro. «Voglio sporcarti i peli di sperma.»

«Ti prego, Daddy, per favore.»

Ride. «Dirai "ti prego" a qualsiasi cosa, vero?»

Annuisco.

«Allora sentiamo. Urla per me, tesoro.»

Ho appena il tempo di aprire la bocca, desideroso di dargli ciò che chiede, prima che lui sia tra le mie natiche a leccarmi. Grido, mi contorco, la sensazione è travolgente come l'ultima volta, eppure mi trattengo, rifiutandomi di pronunciare le parole che lo faranno rallentare o fermare.

Mi fa girare a pancia in giù e mi divora la fica finché non mi aggrappo alle lenzuola, cercando di allontanarmi da lui e dal piacere che mi dà. Ma Daddy mi tiene i fianchi con le sue grandi e forti mani, bloccandomi sul posto. Scalcio, urlo e imploro, proprio come mi ha chiesto.

«Ti prego! Daddy, ti prego! Ho bisogno che tu mi scopi, Daddy! Ti prego!»

«Mm-mm.» Strofina il mento barbuto sulla mia natica. Il dolore residuo della sculacciata rende più intensa la sensazione. «Non è questo che stiamo facendo, dolcezza. Questa volta farai godere Daddy con il tuo cazzo, ricordi?»

Ansimo e mi contorco. Non so più cosa voglio. Sono tentato di chiamare il giallo e rinegoziare, pregandolo di scoparmi. Ma voglio affondare nel suo corpo caldo e sodo. Voglio sentire il suo culo che si stringe attorno al mio cazzo. Voglio lodarlo per aver accolto il mio uccello nella sua fica stretta, proprio come lui ha fatto con me.

«Daddy...»

«Lascia che ti lecchi ancora un po', ragazzo mio, e poi ti insegnerò cosa fare al mio culo con le tue dita.»

Non so se posso sopportarlo, ma annuisco, mugolando sul cuscino mentre lui torna a fare del culo il centro del nostro mondo. Quando si stacca, sono un pasticcio bavoso e con gli occhi pieni di lacrime, ma ciò non gli impedisce di lubrificare tre delle mie dita e dirmi di infilargliele dentro.

«Solo uno all'inizio, ma poi quante ne vuoi. Il mio buco sa come prenderle.»

«Posso chiamarla la tua "fica", Daddy?» Ci ha posizionati su un fianco, faccia a faccia. La sua gamba destra è piegata, con il ginocchio appoggiato sul mio fianco. La mia mano sinistra è scivolosa di lubrificante.

«In questo letto e quando sei con me, sì. Altri uomini potrebbero avere regole diverse.» Si tende e sento che quelle parole lo hanno portato fuori dalla scena, fuori dalla stanza.

Lo tiro a me. «E se *volessi* chiamarla fica, Daddy?»

I suoi occhi assumono una nuova luce. «Sei un po' monello.» Mi tocca i capelli. «Ti dona. Ma se chiami il mio buco del culo "fica", dovrò punirti.»

Tremo mentre lui guida le mie dita. «Come mi punirai?»

«Ti legherò e ti farò eccitare, ma non ti farò venire.»

«Lo faresti?» Annaspo. Sembra inebriante.

Ride. «Ti piace l'idea. Certo che ti piace.» Daddy mi tocca il polso, posizionando la mano. «Ora concentrati. Uno, e poi qualche altro...»

Guardo Daddy negli occhi mentre spingo il dito medio nel suo culo contratto. «Oh,» mi lascio sfuggire, sconvolto dalla soddisfazione viscerale di essere dentro un altro uomo, dentro Erik, il mio Daddy. Anche solo con un dito, mi sento invadere dalla forza e dalla passione. È *giusto* così. Ne avevo bisogno da tanto tempo.

«Ora gioca con il bordo,» mormora, spostando il ginocchio più in alto sul mio fianco, aprendosi di più a me. Il suo cazzo è mezzo floscio. Con l'altra mano lo afferro. «Così va bene,» mi incoraggia. «Di solito perdo l'erezione quando si tratta di culo, ma sono ancora eccitato. Non preoccuparti. È comunque una bella sensazione.»

Ma non si ammorbidisce nella mia mano. Diventa duro e io lo accarezzo mentre spingo un altro dito, quindi un terzo.

«Ah!» esclama Daddy. «Ecco il mio bravo, dolce ragazzo. Ora trova la prostata di Daddy. Trovala.»

Lavoro le dita più a fondo, ruotando, cercando di trovare l'angolazione, e quando Daddy sussulta e il suo uccello freme nel mio pugno allentato, so di aver trovato il punto giusto. Vi premo i polpastrelli, strofinando.

«Cazzo, piccolo,» grugnisce. «È così…» Il sudore gli scivola sul viso e mi guarda con occhi appassionati e selvaggi. «Sei così bello.» Lo dice con una soggezione che mi tocca l'anima e io gli sussurro la mia verità.

«Voglio essere il tuo miglior ragazzo, Daddy.»

Lo voglio dire in tanti modi. Voglio essere il migliore per lui e voglio che mi consideri il migliore tra tutti i ragazzi. So che è improbabile. Non ho capacità, né resilienza giovanile, un culo sodo, fascino, denti perfetti e occhi scintillanti, ma ho devozione. Potrei dargli devozione. Per sempre, come ha detto lui. Se me lo permettesse.

«Piccolo, proprio lì,» ansima; i suoi fianchi si contraggono mentre lo penetro con un dito e gli colpisco la prostata a ogni spinta. «Ce l'hai fatta. Ci sei riuscito alla grande.»

Lo lascio farfugliare mentre gli bacio la fronte e lecco via il sudore. Lo masturbo, gli succhio l'orecchio e bacio la sua bocca affamata ed esigente. Sta sudando per il piacere e continua a farfugliare lodi quando abbassa una mano per afferrarmi il polso.

«Basta.»

Mi fermo.

«Fuori.»

Faccio scorrere le dita per liberarle.

Trema mentre prende di nuovo il lubrificante. Mi passa un fazzoletto di carta dal contenitore del comodino per ripulirmi e apre il flacone.

«Così va bene.» A cavalcioni sui miei fianchi, passa le dita tra i peli sul mio petto, tirandoli leggermente. «Adesso Daddy prenderà il tuo cazzo e tu lo farai godere tanto, capito?»

«Sì.» Il mio cuore freme. La stanza si oscura, le nuvole passano sopra la luna crescente.

«Sì, cosa?»

«Sì, Daddy.»

Mi passa di nuovo le mani addosso e si posiziona. «Di che colore siamo?»

«Verde.»

«Vuoi venire nel culo di Daddy?»

«Sì, ti prego, Daddy.»

«Bravo ragazzo.»

Non sono preparato alla velocità con cui accade.

«Cazzo, Daddy!» grido mentre il mio cazzo scivola nel posto più stretto, caldo, dolce e sexy in cui sia mai stato. Mi contorco in preda al piacere, che mi scorre a ondate su tutto il corpo, mi scatena la pelle d'oca e mi fa indurire i capezzoli così tanto, da essere straziante.

«Piccolo, stai andando benissimo,» mi elogia Daddy mentre si abbassa. Quando sono completamente dentro, si struscia sui miei fianchi, dal pube alle natiche. «Guardati,» mormora, strofinando le mani sulla peluria del mio corpo e strizzandomi i capezzoli. «Sei così felice di essere dentro il tuo Daddy, vero?»

«Sì,» sibilo. «Daddy, sono così felice.»

«È questo che vuoi, ragazzo?»

Afferro una delle sue mani e la sollevo verso la mia gola. I suoi occhi si scuriscono, ma mi tiene il collo in modo che il mio pomo d'Adamo prema contro il palmo della sua mano.

«Mmh, ragazzo, hai bisogno di essere dominato, vero?»

Annuisco e la sua mano si stringe su di me, così mi sento come se mi tenesse fermo. Mi tiene sotto il suo comando, anche se il mio cazzo è nel suo culo.

«Così va bene,» sussurra, fissandomi negli occhi con uno sguardo ponderato e consapevole. «Sdraiati e lascia che Daddy ti cavalchi.»

Il dolce attrito e la stretta sono fantastici. Gemo di beatitudine mentre si solleva e si abbassa sul mio cazzo, e cerco di spingere verso l'alto, per avere un po' di controllo.

Daddy mi lascia il collo e mi dà uno schiaffetto sulla guancia, non molto forte, rimproverandomi: «Il tuo piacere ora è proprietà di Daddy. Stai fermo. Senti tutto. Non fare altro che *sentire*, ragazzo.»

Gli ho permesso di prendermi. Non c'è dubbio che sarei venuto se nell'ultimo giorno non avessimo già messo a dura prova i limiti del mio periodo refrattario. Tuttavia, sono grato che stia durando. Sono sotto un uomo splendido, con i muscoli dell'addome, del petto e delle gambe che si flettono, il sudore che lo fa profumare di buono e il suo culo che mi stringe il cazzo mentre lui lo cavalca con forza.

Quando mi lascia il collo, mi avvicino per mettergli le mani intorno alla gola. A quel collo taurino. Non faccio pressione, e lui mi guarda senza smettere di prendere il mio cazzo, ancora e ancora, sussurrando cose che mi fanno arricciare le dita dei piedi e dolere le palle. Tutte cose sconce. Tutto ciò che ho bisogno di sentire.

«Mio dolce pervertito,» dice, prendendosi in mano l'uccello e accarezzandolo. «Senti le pulsazioni di Daddy sotto i tuoi palmi? È la mia vita, ragazzo. È forte e potente e può sostenerci entrambi.»

«Daddy,» rantolo, con le palle che mi si serrano per il bisogno, ma con l'orgasmo troppo lontano. «Daddy, prenditi cura di me, ti prego.»

Sposta le mie dita dalla sua gola e mi afferra di nuovo il collo, questa volta con entrambe le mani. Preme più forte di prima e smette di cavalcare il mio cazzo.

«Anch'io sento la tua vita,» dice.

Gemo, sentendo il suo battito cardiaco pulsare intorno al mio cazzo, il suo calore vibrare intorno a me.

«La tua vita è bellissima. Sei più forte di quanto pensi,» mormora. «Sei come l'erba gatta o la polvere d'angelo allucinogena. Mi fai sballare. Mi fai *sentire* troppo.»

«Mi fai salire sopra?» chiedo. «Per favore, Daddy?»

Lui annuisce e si stacca da me. L'aria fresca della stanza è uno shock per il mio uccello, già abituato al calore del corpo di Daddy. Steso di schiena, Daddy è così bello che mi viene da piangere. Aggiunge altro lubrificante, solleva le gambe e mi lascia entrare tra di esse. Mentre mi spingo in avanti, allunga una mano per guidarmi dentro di lui.

Lo fisso negli occhi mentre mi spingo oltre l'anello stretto del suo culo. Non interrompe il contatto visivo, mostrandomi il suo viso che reagisce alle sensazioni, lasciandomi osservare i suoi occhi addolcirsi mentre mi spingo dentro di lui e accedo al suo mondo interiore.

Ricordo come ci siamo fissati prima, dopo il clistere, e questo non è meno intenso. Daddy mi sta regalando questi pezzi di sé e io li conserverò dentro di me.

Sono cose che saranno sempre mie, anche se questa baita e questa vita non lo saranno, per quanto lo desideri.

«Bravo ragazzo,» dice Daddy, mentre io mi spingo in profondità. «Lo senti?»

Annuisco.

«Dimmi cosa senti.»

«Il battito del tuo cuore sul mio cazzo. La tua vita. La tua forza. Sei così forte, Daddy. Puoi affrontare qualsiasi cosa.»

Sorride. «Oh, dolce ragazzo, vieni qui.» Mi tira al suo petto, baciandomi la testa mentre mi aggrappo al suo torso forte e mi inarco dentro e fuori dal suo culo caldo. Mi strofina su e giù per la schiena, sussurrandomi mentre lo scopo. «Il dolce ragazzo di Daddy sta facendo un ottimo lavoro per farmi godere. Sei così bravo in questo, piccolo mio. Così bravo per Daddy.»

La scopata diventa qualcosa di diverso rispetto a quando mi stava cavalcando. È languida, lenta, e mi accoccolo su di lui mentre lo stringo ancora e ancora, lasciandomi avvolgere dal sostegno del suo corpo forte, dalla morbidezza del suo conforto e dal dolce calore del suo culo.

«Matthew, Daddy è tanto orgoglioso di te,» sussurra. «Sei il mio dolce ragazzo. Il mio bravo ragazzo.»

Il profumo del suo sudore e la tenerezza della nostra unione durano fino a quando non raggiungo un punto di non ritorno. La morbida, bellissima scopata sale in scintille di piacere che esplodono da me in un'esplosione di sperma. Mi aggrappo a lui, baciando i suoi pettorali, tremando per le scosse di piacere.

«Questo è il mio bravo ragazzo,» sussurra Daddy, con voce forte e sicura. «Il mio ragazzo *migliore*.»

Sobbalzo e mi scarico di nuovo in lui, mordendogli il capezzolo. Gemo, le parole si depositano nel mio cuore. Il migliore. *Il migliore.*

È finita. Ci sdraiamo insieme, il mio cazzo scivola da lui, mentre il suo preme ancora forte contro il mio stomaco. Siamo affannati, ed entrambi *sentiamo* troppo.

CAPITOLO VENTISEI

Erik

L A NOTTE SCORSA mi rimbalza ancora nel cervello mentre sorseggio il caffè e guardo la neve che si scioglie. Le ultime notizie su Twitter dichiarano aperta l'autostrada attraverso il passo, così come la maggior parte delle strade principali, ma le strade di montagna sono ancora in attesa dei camion del sale. Ho una scusa per tenere Matthew con me ancora per un giorno. Uno di quei miracoli natalizi a cui la gente ama credere.

Voglio che rimanga. Potrei anche averne bisogno, dopo quello che abbiamo fatto ieri sera.

Non credo che dimenticherò mai l'espressione del suo volto, l'abbandono al piacere e il tenero affetto che brillava nei suoi occhi. È un uomo adorabile. Ma anche profondamente bisognoso.

Non so come abbia fatto a rimanere così innocente quando ha vissuto l'omofobia e ha dovuto nascondersi, crescendo. Non riesco a immaginare cosa significhi. Merita una tregua da ogni tipo di dolore.

L'ho lasciato addormentato a letto, a smaltire l'intensità degli ultimi due giorni. Questa mattina si merita di dormire fino a tardi, anche se il mio orologio interno non mi concederà mai questo lusso, nemmeno la mattina di Natale.

Per non parlare degli animali nella stalla: hanno bisogno di essere accuditi nonostante la pioggia, il sole o i giorni di estenuanti giri di sesso. Così mi sono trascinato fuori dal letto il più silenziosamente possibile, ho arrancato fino alla stalla con una fitta al culo che non sentivo da tempo e ho fatto il mio dovere con i cavalli, le capre, i cani e i gatti.

Per tutto il tempo che ho lavorato, la mia mente ha continuato a rivedere la sera prima. Il modo in cui si è inginocchiato davanti alla tazza, l'espressione seria con cui mi ha guardato svuotarmi del clistere, e il modo in cui è apparso quel momento, assistendovi senza giudicare, senza lasciare che la vergogna vincesse. Gli ho mostrato qualcosa che solo Daniella ha mai visto prima. Nessun altro. Nessun ragazzo.

Sorseggiando il mio caffè, non riesco a non rifletterci di nuovo.

A cosa stavo pensando? Volevo dargli un pezzo di me, qualcosa di unico, ma perché? Questo fine settimana mi sono ritrovato in un posto dove non avrei mai voluto andare. È troppo. Sono troppo coinvolto.

Ma non voglio che se ne vada. Sono grato di avere un altro giorno con lui. Lo terrei qui una settimana se potessi, gli farei condividere il Capodanno con me, gli farei conoscere mia madre.

A proposito, stamattina ho perso una sua telefonata mentre lavoravo. Indosso il cappotto più pesante e un berretto e mi dirigo fuori verso il dondolo della veranda, portando con me una coperta pesante. Una volta che mi sono sistemato, effettuo la chiamata su FaceTime e sorrido quando il suo volto riempie lo schermo del mio telefono.

«Ehi, tesoro!» Un ampio sorriso le increspa il volto segnato dalle intemperie e gli occhi azzurri scintillano di felicità. «Buon Natale! Come va con Molly?»

«Lei e la sua capretta stanno bene.»

«Bene! Questa è una buona notizia! Hai già pensato a un nome?»

«Miss Merry Joy-Joy.»

Mia madre sbatte rapidamente le palpebre. «È insolito.»

«Sì, l'ha scelto un amico.» Prevedo le domande in arrivo e decido di evitarle al volo. «Come stanno zia Meryl e gli altri?»

«Beh, sai com'è, c'è sempre qualche dramma. In questo momento, tuo cugino Leo e suo marito, il dottor Anderson, sono qui con la loro bambina, che è una cosa piuttosto strana.»

«Mi ricordo del loro matrimonio. La chiamano ancora Lucky?»

«Certo che sì.»

«È un buon nome per un cavallo o un cane, ma non per un figlio.» Abbiamo avuto la stessa conversazione sul nome della bambina anche dopo il matrimonio. Io e mia madre lo facciamo spesso: ci si confronta sulle stesse cose a distanza di qualche anno. È confortante. «La salute di Leo va bene?»

«Sai com'è. Avrà sempre dei problemi. Ma con un medico devoto come marito, se l'è cavata bene. Sono una bella coppia.» Fa una pausa. «Allora, il tuo, ehm, *appuntamento*? Com'è andato? Immagino bene, visto che avete scelto il nome della cucciola di Molly.»

«Sottile, mamma.»

«Non volevo esserlo. Voglio solo che tu sia felice.»

«Sono felice.» È una risposta di riflesso. Sappiamo entrambi che non è vero, o almeno non lo è più da quando Brandon se n'è andato.

«Sono sicura che lo sei molto in questo momento, dopo essertela spassata. Poche cose rendono un uomo più felice. Ma io parlo di felicità a lungo termine. È ciò che conta di più. L'appuntamento era con qualcuno che poteva renderti così felice, Erik?»

Il mio viso è rosso per il freddo, ma è anche per qualcos'altro. Mi strofino gli occhi e mi rendo conto che è imbarazzo per come mi sono comportato durante tutto questo, per come sono caduto sotto l'incantesimo di Matthew.

Gli ho dato parti di me stesso, parti intime e personali di me stesso. Ho lasciato che anche lui mi desse altrettanto. Ho messo in gioco il cuore, e non era previsto.

Quanto sono stato imprudente? Cristo.

«Oh? È andata male?» chiede lei, con la fronte aggrottata dalla preoccupazione. «Hai un'aria scontenta.»

«No, no. È andata bene. Sta ancora andando bene.»

«Ah sì?» Gli occhi di mia madre tornano a brillare, e questa volta di gioia assoluta. «È rimasto per Natale? Come si chiama?»

«Matthew.»

«E una notte è diventata *due* con *Matthew*?»

Roteo gli occhi. «E visto lo stato delle strade, potrebbero diventare tre.»

Mia madre percepisce qualcosa nel mio tono e la gioia abbandona i suoi occhi, sostituita dalla premura. «E tu cosa ne pensi?»

Le mie guance si scaldano di nuovo. «Mi sta bene.»

«"Mi sta bene".» Alza gli occhi al cielo e si scosta i capelli biondi dagli occhi, scoprendo le sopracciglia. «Dov'è adesso?»

«Dorme.»

«A quest'ora?»

Rido. «Non è abituato alla vita di fattoria, mamma. Di solito riposa fino a tardi nei fine settimana.»

«Beh, se glielo lasci fare comunque, è qualcosa che ti sta un po' più che bene,» dice. «Altri tuoi ragazzi sono stati fuori a pulire le stalle o a sollevare kettlebell, iniziando ad "allenarsi" fin dal primo giorno.»

Non le faccio notare che fare qualcosa di *diverso* con Matthew potrebbe indicare che non ho alcun interesse a tenerlo con me per farlo crescere nel modo giusto. Ma ha ragione, ovviamente. Sono tenero con Matthew come non lo sono mai stato con Brandon, Duncan o Garrett, e sicuramente non con nessuno dei miei compagni temporanei.

Quando stamattina mi sono svegliato, mi sono girato su un fianco e ho visto il suo viso nel bagliore della luce dell'alba. Mi sono sciolto. Le ciglia scure appoggiate sugli zigomi, le sopracciglia lisce e rilassate e i piccoli ventagli di rughe vicino agli occhi? Tutto da baci.

Mentre lo guardavo inspirare ed espirare, con il dolce profumo della sua pelle che mi raggiungeva, ho pensato alla storia di un principe cinese di tanto tempo fa che aveva tagliato la manica lunga della sua veste perché il suo amante vi si era addormentato sopra. Aveva distrutto i suoi abiti regali e di valore inestimabile piuttosto che svegliare l'uomo. E in quel momento ho capito che se avessi dovuto tagliare le lenzuola per alzarmi dal letto senza disturbare Matthew lo avrei fatto.

«È diverso,» ammetto a mia madre.

«Sono tutti diversi,» mi ricorda.

«È vero. Ma è… più grande di me.» Penso che sia il modo migliore per farle capire quanto Matthew sia differente dai miei ex ragazzi.

Le sue sopracciglia spuntano sotto la frangia e la sua bocca si apre e si chiude un paio di volte prima che dica: «Quanto più vecchio?»

«Solo qualche anno. Ha quarantuno anni.»

«Ah.» Sbatte le palpebre. «Capisco. Quindi… in questo scenario…» Si morde il labbro come se stesse cercando la frase perfetta. «Allora sei tu il ragazzo?»

«No.» Rido. «Lo è lui.»

«Oh?»

«L'età non conta. È un ruolo.» Non è passato molto tempo da quando ero preoccupato per la questione dell'età. Ora non mi tocca affatto. Avevo dei pregiudizi al riguardo, ma Matthew mi ha mostrato la luce.

«Giusto, giusto. Ho capito. Credo.» Mia madre inclina la testa, un'espressione pensierosa si posa sui suoi lineamenti fini. «Immagino che possa essere una buona cosa.»

Rido di nuovo. Mia madre, sempre ottimista, pensa che potrebbe essere una buona cosa. Non c'è da sorprendersi.

Sorride. «Parlami di lui. Com'è?»

«È bello,» rispondo, scalciando contro il pavimento del portico per far partire il dondolo. «E ingenuo in modo affascinante. Più ingenuo di Brandon o Garrett, forse quanto Duncan.»

«Alla sua età?»

«Lo so. È incredibile che abbia mantenuto quel livello di innocenza. È unico.» E bellissimo. Ma non lo dico. «È stato protetto in molti modi. Cresciuto da genitori religiosi.»

«Ohhh,» dice lei, annuendo con la testa. «Capisco.»

«Ha vissuto con loro per tutta la vita, quindi non ha mai avuto la possibilità di…» Agito la mano. «E ora loro non ci sono più, sono morti, e lui vuole scoprire se stesso in tutti i modi in cui non ha mai potuto farlo prima.»

«Lo stai aiutando a farlo? Che bello, Erik. Che inizio speciale di una relazione.»

Sbuffo una risata. Non ne ha idea. Non ne ha la minima idea. È stato bellissimo e tutto troppo, troppo affrettato. È stato irresponsabile e selvaggio ed esattamente ciò di cui avevo bisogno ma che non avrei mai dovuto avere. Peggio ancora, è destinato a fallire. «Vive a Nashville.»

«Beh, non è obbligato a rimanere lì, no? Non lo ucciderebbe trasferirsi qui.»

«Mamma…»

«Allora?»

«Non è così. Matthew è qui solo perché ha vinto la mia esperienza di Daddy/boy all'asta di beneficenza di Natale. Non ha intenzione di rimanere. Ha una vita tutta sua. Non è mai stato destinato a rimanere.»

Ma so che *vuole* restare. L'ho visto nei suoi occhi ieri sera quando gli ho chiesto di restare per sempre, e l'ho visto sul suo viso quando si è spinto dentro di me. L'ho sentito nel modo in cui si è aggrappato a me mentre mi scopava dolcemente, e mentre sbuffava e tremava per l'orgasmo tra le mie braccia.

Non vuole tornare a casa più di quanto lo voglia io. E mia madre, per quanto sia un angelo, non cerca di dissuadermi da quei sentimenti irrazionali. È un'eterna ottimista e pensa sempre che ogni ragazzo con cui flirto sia "quello giusto".

E se per la prima volta volessi anche io che un ragazzo fosse "quello giusto"?

No, basta. Non funzionerà mai per tanti motivi.

«Non prova lo stesso sentimento per te?»

«È solo un'avventura di una notte che si è trasformata in un'avventura di tre notti, mamma.»

«No, ti conosco, Erik. Hai lo sguardo stralunato che si ha sempre quando ci si innamora per la prima volta. Lo conosco bene. Lo hai avuto quando ti sei innamorato di Jason Doloman al liceo, e poi di Ellie McGuire al college, e naturalmente di Duncan e Garrett. Certo, con Brandon ci è voluto un po' più di tempo perché era un vero pestifero, ma ho capito quando ti sei innamorato di lui. È stato durante il viaggio in Canada per le riprese del film con quell'attore ex di Leo, Curtis Banks.»

«Che stronzo.»

«È stata la prima volta che Brandon ha viaggiato con te. Non so cosa sia cambiato durante quel viaggio, ma quando sei tornato a casa avevi le stelle e la luna negli occhi ed eri cotto di lui. Finché non è partito.»

Sospiro. Ha ragione. Mi *sono innamorato* di Brandon durante le riprese canadesi, anche se non sono stato disposto ad ammetterlo a me stesso, né per parecchio tempo dopo. «Non metterla così.»

«Come si dice?»

«Brandon non se n'è andato. È cresciuto. È andato avanti.»

«Giusto. Beh, usa pure qualsiasi eufemismo tu voglia usare per sentirti meglio riguardo a ciò che è successo. Il fatto è che ti ha lasciato e ti ha spezzato il cuore. È questo che ti trattiene dall'abbracciare questo nuovo amore, tesoro? Perché, se è così, ti capisco. È facile voler ergere un muro di difesa. Ma non privarti di questa gioia. La vita è troppo breve.»

«E se alla fine non mi portasse gioia? E se avesse qualche orribile abitudine? O qualche modo di pensare e di essere che non è compatibile con il mio? E se fosse un repubblicano?»

«Non ti ho mai visto fare domande del genere su uno dei tuoi ragazzi in passato. Ti sei sempre tuffato a capofitto in ogni relazione. Non hai mai saggiato il terreno. Che ne è stato del "i dettagli non contano, mamma"? Che fine ha fatto il "tutto andrà come deve andare"?»

«Con Matthew è diverso.»

«Perché?»

«Perché ho sempre saputo che gli altri se ne sarebbero andati! *Volevo che* se ne andassero!»

Ecco. L'ho detto. E dall'espressione di mia madre capisco che sa bene quanto me quello che ho ammesso. Matthew pensa che io sia forte. La verità è che sono un codardo. Un vigliacco timoroso che può vivere "alla grande" solo restando in una zona di comfort.

«No, mi ricordo com'è andata con Brandon. Volevi che rimanesse…»

«Alla fine, forse. Ma quando è iniziata…» Scuoto la testa. «Non mi sono mai aspettato che rimanesse con me. Sapevo che se ne sarebbe andato al momento opportuno, fin dall'inizio. È per questo che l'ho fatto entrare nella mia vita. Se avessi saputo che mi sarei innamorato di lui, quanto avrebbe fatto male perderlo… Molto più di quanto abbia fatto male quando Duncan e Garrett se ne sono andati. Cristo, mamma, non lo avrei fatto entrare nella mia vita. Sarei scappato il primo giorno.»

«Brandon è stato il tuo primo vero amore.»

Mi strofino il petto. Fa male solo a ricordarlo. Un'eco del dolore che finalmente si sta attenuando. «Non voglio passarci di nuovo. Non ne vale la pena.»

«Piccolo, la possibilità di un lieto fine vale la pena. Questo Matthew potrebbe essere il tuo lieto fine.»

Sospiro. Non lo dirò mai a mia madre, ma lei non ha avuto un lieto fine, quindi perché dovrei aspettarmelo io? Non è stato Brandon a privarmi della fiducia negli uomini, ma mio padre. Ci ha traditi. Da quel giorno, non ho mai creduto, nemmeno per un momento, che gli uomini fossero un porto sicuro per il mio cuore. È il motivo per cui ho sempre avuto *dei ragazzi*, per cui sono sempre stato un Daddy per loro.

Gli uomini? Non mi sono mai fidato di loro come fonti di stabilità o felicità duratura. Una scopata veloce? Certo. Altro? Mai.

Per questo *sono* l'uomo che ho sempre voluto che mio padre e gli uomini intorno a me fossero: responsabile, amorevole, dolce, premuroso, dominante, autoritario e *presente*. Il gioco durante il sesso? È solo un modo per esprimere il tipo di persona che voglio essere. Il tipo di persona che non mi aspetto che nessuno sia mai per me.

L'obiettivo di "rimettermi in gioco" con quest'asta era quello di vedere se mi sarebbe piaciuto essere un Daddy a breve termine. Se posso ancora svolgere questo ruolo collaterale senza stravolgere la mia vita o quella di qualcun altro. Ma ripensando al nostro primo appuntamento, per mancanza di un termine migliore, non ho avuto pensieri da Daddy a breve termine su Matthew. Fin dall'inizio ho fantasticato su come sarebbe stato tenerlo nella mia vita abbastanza a lungo da insegnargli la NASCAR, la poesia e molto altro.

Una vocina sussurra: *"Diavolo, è intrappolato qui, potresti iniziare oggi…"*

Vorrei prendermi a schiaffi. Invece, mi strofino i capelli e gemo.

«A cosa stai pensando? Hai la fronte tutta aggrottata.» Se fosse a casa, mia madre mi passerebbe la punta delle dita tra le sopracciglia per distendere il mio cipiglio. La sua voce si addolcisce. «Sono certa che faccia paura, ma non lasciare che la paura e quello che è successo con Brandon ti rubino tutto. Non ne vale la pena.»

«Brandon ha semplicemente seguito ciò che era naturale e giusto. È cresciuto, è cambiato e se n'è andato. Sono orgoglioso di lui per aver riconosciuto che era arrivato il momento, anche quando io non lo sapevo.»

«Oh, accusi me di essere una romanticona, ma eccoti qui a indorare la pillola.»

Sbuffo. «Come mai?»

«Quel ragazzo ha abboccato all'esca di un altro e ti ha lasciato per corrergli dietro. Questo è tutto ciò che è successo. Non è "cresciuto" più di quanto non cresca un adulto. Ha fatto quello che ha sempre fatto, quello che gli uomini fanno sempre: ha seguito il suo uccello. Ti ha lasciato a bocca asciutta per una bella serie di orgasmi su un cazzo fresco, tutto qui.»

«Mamma,» mi viene da dire. È sempre franca, ma questo va oltre il limite anche per lei.

«È la verità. Ti ho lasciato raccontare queste sciocchezze su come tu abbia fatto il tuo lavoro come suo "Daddy", e lui sia "cresciuto", e tutte quelle stronzate perché pensavo che ti rendesse più facile dimenticarlo.» Scuote la testa. «Ma ora te ne stai lì come se un angelo fosse caduto dal cielo e fosse finito nel tuo letto, ma mi stai dicendo che questo Matthew non può essere il tuo uomo perché potrebbe *rimanere*? Ho capito bene?»

Rido.

«Cosa?»

«In realtà si chiama Angel. Matthew Angel.»

«Ecco! È un segno.»

Roteo gli occhi. «Non so cosa sia peggio. Che rimanga o che se ne vada… Cosa faccio se rimane, mamma? Come funziona? Non ho mai visto una relazione del genere.»

«Perché tuo padre ci ha lasciato.»

«Sì, e anche la maggior parte dei padri dei miei amici ha fatto così. E tutti i miei ragazzi. Se ne vanno. È quello che fanno gli uomini. Lo hai appena detto anche tu. Se Matthew *rimane...*» Scuoto la testa. «Non riesco nemmeno a immaginarlo.»

Ma è una bugia. Riesco a immaginarlo perfettamente.

Matthew in mutande, seduto sul nostro divano, con i capezzoli rosei, il labbro inferiore arrossato e gli occhi accesi per me.

Matthew seduto al bancone della cucina, vestito con una camicia abbottonata, intento a scrivere al computer e a sorseggiare pensieroso un caffè.

Matthew che strimpella una chitarra accanto a un falò vicino al fienile. Non l'ho ancora visto suonare, ma è sempre lì, nella mia mente.

Matthew in groppa a Zebra Cake, che mi segue attraverso i passi di montagna e si ferma a rotolare con me su una radura erbosa.

Me lo immagino in sala d'allenamento, sudato mentre si spinge sempre più in là, con i suoi muscoli leggeri che diventano più forti a ogni giorno che passa.

Lo vedo nel mio letto, nudo, tremante di piacere e di lussuria, con gli occhi che diventano caldi e selvaggi appena prima di venire. Riesco a vedere il suo sorriso tranquillo e compiaciuto mentre gli bacio il viso e gli dico quanto sia bravo, quanto mi piaccia scoparlo, quanto sia il mio ragazzo, il mio angelo...

«Che assurdità è questa?» incalza mia madre. «Non c'è una ricetta per far funzionare una relazione. Si costruisce una vita insieme nel modo più adatto, con chi si ama. Tutto qui. Non ci vuole una laurea. Non devi risolvere equazioni o altro. Devi solo iniziare ad accogliere l'altra persona nella tua vita, renderla importante, farle mettere radici dentro di te. Nota che ho parlato di radici, non di ali. Hai sempre parlato di far crescere le ali ai tuoi ragazzi. Non questa volta.»

«Non lo hai nemmeno incontrato. Non sai nulla di lui.»

«Ha quarantuno anni. Si chiama Matthew. Ti fa brillare gli

occhi come se dietro le tue iridi sorgesse un sole. Ne so abbastanza.»

«Non è niente, mamma.»

«È più di quanto sapessi di Brandon, ma cosa ho detto di lui quando lo hai portato a casa la prima volta?»

Sospiro e mi passo di nuovo una mano sui capelli. «"Questo ti spezzerà il cuore se glielo permetti".»

«Ma ho *anche* detto che ne sarebbe valsa la pena.»

«Non è stato così.»

«Oh, piccolo, amare è sempre meglio che non amare. Avere è meglio che non avere. E perdere è meglio che non aver mai avuto. Questi luoghi comuni esistono per un motivo, Erik.»

«Forse sì, ma ti sbagli su Matthew.»

C'è un movimento attraverso la finestra e guardo Matthew che entra in cucina con indosso solo la biancheria intima. «Non posso averlo.»

Lei sbuffa e io alzo gli occhi al cielo.

«Devo andare,» le dico con un mezzo sorriso. «La Bella Addormentata si è svegliata.»

«Non rovinare tutto,» mi dice, salutandomi e dandomi un bacio. «Fagli capire che vuoi di più. Vedi cosa succede. E comunque, buon Natale.»

Ricambio il bacio e chiudo la telefonata. Il fatto è che ho già detto a Matthew che voglio di più, e lui ha detto che è troppo, e ha *ragione*. Ma so anche che se gli chiedo di restare domani sera, e la sera dopo, e quella dopo ancora, troverà il modo di dire sì.

Ne sono sicuro, me lo sento. E alla fredda luce del giorno, questo mi spaventa a morte.

Matthew si volta verso la finestra, si stiracchia e mette in mostra il suo bel corpo. Sembra un ragazzino nonostante sia così virile con tutti quei peli sexy. La pancia è piatta e i fianchi snelli. Mi lecco le labbra mentre lo guardo.

Credo sia giunto il momento di farlo inginocchiare di nuovo per me.

Voglio vedere il suo corpo slanciato ai miei piedi, la sua bocca matura che mi accoglie…

Anche se tutto ciò va contro il mio buonsenso, anche se sto già esagerando, lui è qui almeno per un'altra notte. Non permetterò che il mio turbamento emotivo ci rovini la serata. E mi prenderò tutto quello che posso prima che se ne vada.

Deve andarsene.

Perché non posso permettermi di vedere cosa succede se Matthew dovesse rimanere. Non sarò in grado di renderlo felice. Non so nemmeno cosa significhi al di fuori di un rapporto da Daddy, e non posso permettermi di scoprirlo. Non dopo tutti questi anni in cui ho cercato di essere il miglior uomo possibile. Non posso sopportare che mi venga confermato che non vale la pena stare con lui, e che ogni uomo che amo se ne va, proprio come mio padre.

Matthew pensa che io sia forte, ma sono un codardo.

Nonostante tutte le mie prediche sull'importanza di sapersi riprendere da una caduta, è emerso che sono troppo debole per compiere l'impresa da solo.

CAPITOLO VENTISETTE
Matthew

ERIK ENTRA DALLA veranda, portando con sé una coperta e sfoggiando le guance rosee per il freddo. Rabbrividisco quando l'aria fredda che entra dalla porta che si apre e si chiude si diffonde nella stanza, e mi avvolgo le braccia intorno al corpo.

Quando mi sono svegliato da solo nel letto, ho pensato che fosse uscito per occuparsi dei cavalli e degli altri animali, ma mi sono sorpreso che mi avesse lasciato dormire. Non c'è un motivo particolare. Immagino solo che nel suo ruolo di Daddy avrebbe normalmente svegliato il suo ragazzo, anche dopo una lunga notte di scopate, e lo avrebbe messo al lavoro nella stalla.

E invece, per qualche motivo, mi ha lasciato ai miei sogni.

Non so cosa pensare, né se mi abbia riservato un trattamento speciale o meno. Forse è tutto nella mia testa. Quando mi sorride, accantono ogni pensiero. È incredibilmente bello e io sono cotto di lui. Vorrei inginocchiarmi ai suoi piedi calzati in scarponi.

«Buon Natale. Hai dormito bene?» chiede, gettando la coperta e il telefono da parte, sulla poltroncina accanto alla porta.

«Buon Natale anche a te. E sì. Grazie, Daddy.»

Si china per togliersi gli scarponi prima di rimettere il berretto sull'attaccapanni e aggiungere anche la giacca. «Facciamo colazione.»

Da come lo dice, però, ho la sensazione che non stia parlando di uova e pancetta. Il mio stomaco è vuoto e avrei bisogno di mangiare, ma il pensiero di ingoiare prima lo sperma di Daddy mi rende debole. Mi inginocchio proprio dove mi trovo, sulla soglia tra il soggiorno e la cucina.

«Merda, ragazzo,» dice Daddy, slacciandosi la cintura e abbassandosi i jeans e le mutande in modo che il suo cazzo emerga dal ciuffo castano chiaro di peli pubici. La mia bocca si riempie di saliva e la conservo per bagnargli l'uccello. Mi avvicino mentre si dirige verso di me, ma lui mi respinge le mani. Mi afferra i capelli con forza ma senza farmi male e mi inclina la testa all'indietro, in modo che lo guardi dal basso.

Fa scorrere il pollice lungo la mia mascella. «Ti sei rasato.»

«Sì, Daddy.»

«Bravo ragazzo.»

Pizzicandomi il mento tra il pollice e le dita, mi apre la bocca. Il mio cuore batte forte e il mio cazzo preme contro la parte anteriore delle mutande. «Hai degli occhi bellissimi,» dice Daddy burbero. «Che belle ciglia. Cazzo.» L'ultima parola gli scappa dalla bocca come se fosse quasi arrabbiato. «Sei così sexy. Cristo.»

Tiro fuori la lingua, desiderando il suo cazzo, implorandolo con lo sguardo, e lui geme prima di darmi ciò di cui ho bisogno. La sua carne ha il sapore muschiato del lavoro nella stalla e io spalanco la bocca per accoglierlo, sentendo le mie labbra tendersi. Daddy si avvicina, facendomi inclinare maggiormente il capo; mi concentro per non avere conati di vomito quando il suo uccello mi colpisce in fondo alla gola.

«Inspira dal naso per me,» mormora, e la sua mano tra i miei capelli diventa delicata. «Bravo. Ora tira fuori la lingua più che puoi, voglio appoggiarci l'uccello. Sì, così. Cazzo.» Sotto i miei palmi, le sue cosce tremano e io stringo di più, tenendomi forte. «Un altro respiro, tesoro. Dentro e fuori. Bene. E ora apri la gola per me.»

È facile. Tutti quegli anni in cui ho lasciato che gli uomini usassero la mia bocca mi hanno benedetto con un'abilità che, in questo momento, sembra piacere a Daddy. La saliva mi cola dalle labbra e scivola giù tra i suoi peli pubici, bagnandogli le palle che premono sul mio mento. Daddy mi tiene lì, con il suo cazzo grosso in gola, la mano tra i miei capelli e gli occhi intensi e pieni di emozioni fissi nei miei.

Non riesco a decifrarle, ma le mie sono chiare. Sono felice. Profondamente, veramente felice. Le lacrime mi scivolano da sotto le ciglia e Daddy sposta la presa sulla mia testa per asciugarle con i pollici.

«Come sei dolce,» sussurra. «Prendi il cazzo di Daddy come un autentico angelo. Dio, quanto mi piace.» Passa i polpastrelli sulle mie sopracciglia e le liscia; vengo preso dall'urgente bisogno di respirare. «Avanti,» mi incoraggia. «Inspira intorno al mio uccello. Puoi farcela.»

Ci provo, ma è grosso e ho paura di avere dei conati di vomito. Daddy si limita a tenermi la bocca ferma e, quando emetto un respiro umido e strozzato, mi sorride. «Questo è il mio angelo. Quanto sei bello. La tua gola è perfetta.» Ansimo di nuovo. «Cazzo, Matthew. Sei perfetto. Così perfetto.»

Quando si tira fuori, sempre ai suoi piedi, traggo un altro respiro disperato, con la saliva sul mento e sulle guance e la gola secca. Non appena ho ripreso fiato, apro la bocca e imploro con gli occhi.

«Oh, dolce ragazzo, vuoi ancora il cazzo di Daddy? Hai fame stamattina?»

Non rispondo perché lui me lo infila in gola come voglio io, ma spero che lo veda nei miei occhi: *tanto affamato, Daddy. Affamato di te.*

Il mondo sembra luccicare ai bordi; mi sento confuso, leggero e pesante al tempo stesso, come se stessi volando ma il grosso uccello di Daddy mi tenesse a terra. Mi aggrappo alle sue cosce, sentendo il denim contro i palmi. Li strofino su e giù, mi concentro su quell'attrito per restare concentrato. Sono qui, sul pavimento della cucina di Daddy, e lascio che mi scopi la gola e mi soffochi con il suo cazzo.

Lo adoro. Mi piace da impazzire.

«È bellissimo,» prosegue Daddy, toccando i bordi tesi della mia bocca spalancata per lui. «*Sei* bellissimo. Fatto per inginocchiarsi davanti al tuo Daddy. Per adorarmi con il tuo corpo, non è vero, Matthew? Il piccolo angelo di Daddy.»

Non riesco a rispondergli, così chiudo gli occhi e li riapro, sperando che le mie emozioni traspaiano dalla mia anima. Voglio inginocchiarmi per lui e solo per lui. Voglio che pensi che i miei sforzi qui valgono il tempo e l'energia necessari per tenermi come suo ragazzo. Non mi interessa più se si merita una persona più giovane e migliore. Voglio quest'uomo. Voglio il suo uccello e la sua casa, la sua vita e il suo amore.

Voglio essere il suo ragazzo per sempre e per davvero.

«Ora succhialo finché non vengo,» mi dice, tirandosi indietro appena un po', liberandomi la gola, e sposta le mie mani dalle sue cosce perché lo afferri alla base. «Usa le mani. Fammi venire.»

«Sì, Daddy,» gracchio.

Non sono ancora molto esperto, ma sono entusiasta e posso vedere dal luccichio dei suoi occhi che gli piace tanto quanto gli piace quello che sto facendo al suo cazzo con la bocca, che è tutto quello che mi viene in mente e che potrebbe essere piacevole: leccare, succhiare, masturbare, muovere la testa su e giù per la sua asta e accarezzare le sue palle.

Ho preso un ritmo che sembra apprezzare particolarmente. Gli cedono le ginocchia e si aggrappa al bancone per reggersi.

«Così. Ci sono quasi, non fermarti!» Daddy mi afferra i capelli, il suo viso si contrae, e io mi spingo la lingua nella sua fessura finché lo sperma non schizza, colpendomi le labbra, i denti e la parte posteriore della gola. «Sì,» mugola, scosso dall'orgasmo. «Proprio così, ragazzo.»

Le dita di Daddy si infilano tra i miei capelli mentre passo la lingua sul suo uccello. Mi siedo sui talloni per pulire l'eccesso dal mento e lecco anche quello. Ha un sapore aspro e amaro, come di bicarbonato di sodio e lime. Mi piace che sia il suo sperma e che sia venuto grazie a me. Mi piace avere il privilegio di fare colazione così.

Non un altro ragazzo.

Io. Matthew Angel.

«Grazie, Daddy,» sussurro. «Grazie per questa deliziosa colazione.»

Ride, gli occhi si increspano ai bordi, mostrando gli effetti della lunga esposizione al sole. È così bello. Ho un tuffo al cuore, e un sorriso mi si apre sul viso, senza volerlo. L'ho reso felice. L'ho fatto venire e ridere. Cosa può volere di più un ragazzo?

«Grazie per aver ingoiato,» sussurra.

«L'ho fatto solo per te.»

Gli bacio la punta dell'uccello e lo aiuto a infilarlo nei pantaloni e a riallacciare la zip. Una volta che Daddy si è rivestito, mi tira in piedi, facendomi passare le mani dappertutto, toccandomi ovunque ma non dove ne ho più bisogno: il mio cazzo dolorante.

«Sei troppo grande, Matthew,» mormora, e io mi irrigidisco, ma lui continua. «Troppo maturo per venire così spesso in pochi giorni, quindi dovrai aspettare.»

«Daddy?» chiedo, confuso, ma non dico che dovrei partire oggi, se le strade sono libere. Non voglio andarmene. Se vuole che rimanga qui con lui, se vuole che resti…

«Le strade non sono ancora sicure,» spiega. «Hai un'altra notte con me.» Mi bacia le labbra, il naso e poi le clavicole. Nonostante l'orgasmo, sembra fuori di sé per la lussuria quando mormora: «Buon Natale a te, dolce ragazzo. È ora di aprire altri regali.»

«Mi hai già dato troppo,» insisto, ma il mio cuore si gonfia e guardo i pacchetti colorati sotto l'albero. Non credo che ci saranno dei pratici pantaloni di velluto a coste.

«È così che un Daddy deve trattare il suo ragazzo.»

«A meno che Daddy non voglia che sia il ragazzo ad accudire lui,» gli ricordo.

«È così che preferisci?»

«No,» sussurro mentre mi conduce al divano. «Così è perfetto.»

I regali sono incartati così bene che mi chiedo se li abbia fatti lui stesso o se li abbia fatti realizzare da un professionista in un negozio. In ogni caso, quando mi mette le scatole in grembo una per una, mi incoraggia a strappare la carta, cosa che era vietata a casa mia quando ero piccolo. Mia madre la riutilizzava sempre per rivestire gli scaffali o per incartare altri regali.

È divertente lanciare in giro la carta, lasciare che il suono dello strappo attraversi la stanza, e sia lui che io ridiamo quando per sbaglio strappo la scatola su uno di essi cercando di liberare l'involucro dal nastro adesivo ostinato.

«È ridicolo,» ridacchio, mentre sollevo l'assurdo e meraviglioso maglione natalizio. È un modello Fair Isle con base nera e colori alternati rosso, bianco e verde, con tre file di capre che indossano sciarpe e, sul davanti, il muso di una capra gigante che assomiglia molto a Miss Merry Joy-Joy.

«Indossalo,» mi incoraggia.

La lana è morbidissima, la più fine che si possa immaginare, e così infilo il maglione, godendomi il soffice e caldo abbraccio sulla pelle. «Ti sembro sciocco? Con addosso solo questo maglione e le mutande?»

«No, sei sexy.»

Erik allunga la mano dietro il divano e tira fuori un'altra scatola. «Questo è per me.» È un maglione simile, con uno sfondo rosso e una faccia di capra adulta in bianco e nero. Si toglie la maglietta e indossa il maglione.

Mi si stringe la gola. Non è proprio ciò che avevo sognato?

«Vai avanti. Aprine un altro,» esorta Erik.

Quando è finita, guardo il mio bottino. Due belle camicie verdi e un maglione blu che ha scelto solo per me. Un barattolo fatto a mano di "pomata per palle", un deodorante per le mie parti basse in una profumazione scelta da lui. Un libro di poesie di un altro dei suoi preferiti e una piccola cornice vuota.

«Questa cos'è?» e la indico.

«Un attimo e vedrai.» Fa un cenno verso l'ultima scatola. «Apri anche questa.»

La spacchetto e dentro c'è una macchina fotografica Polaroid, già caricata con la pellicola.

«Ecco.» Me la prende dalle mani. «Facciamoci qualche foto.»

Mi si stringe il petto. Non sono sicuro di volere delle foto. Se non posso continuare a vivere questo momento, non sono certo di volerlo immortalare. Ma gli permetto di posizionarci sul divano e di scattare le foto. La macchina fotografica le sputa fuori e mentre si sviluppano a una a una, disposte sul tavolino, sono sopraffatto dalla loro purezza.

Siamo io ed Erik in maglioni natalizi, come avevo immaginato all'asta, entrambi splendenti dall'interno, ancora più luminosi dell'albero di Natale.

«Cosa ne pensi?» chiede, sollevando una delle foto e avvicinandola alla cornice. «Questa è bella.»

Annuisco, con la gola e il petto contratti, in preda alla strana sensazione di essere sul punto di schiudermi.

Prendo la cornice dalle sue mani una volta che ha fissato la nostra foto all'interno.

Eccoci qui: occhi marroni accanto a quelli nocciola, capelli scuri accanto a quelli più chiari e il mio sorriso ampio come il suo. Che cos'è questo? Che cosa abbiamo fatto insieme? So solo che…

È troppo bello.

Erik

STUZZICARE MATTHEW È un piacere.

Anche se ho dei dubbi su quanto profondamente mi stia coinvolgendo nel kink con lui, non riesco comunque a trattenermi dall'andare oltre le mie intenzioni. Siamo così lontani dai termini del nostro contratto, anche se ancora nell'ambito del consenso, che non riesco a credere ai miei impulsi.

Se non altro, l'adrenalina accumulata in queste scene mi permette di mettere da parte tutti i sentimenti e le paure emerse durante la conversazione con mia madre. Posso concentrarmi su di lui, sul presente e su ciò che abbiamo in questo momento.

Dopo aver negoziato i dettagli, Matthew mi permette di legarlo nudo a una sedia della sala da pranzo con delle sciarpe e di brutalizzarlo con baci alle sue zone più sensibili, di leccargli l'uccello e le palle e tormentargli i capezzoli. Non ho mai visto un uomo con capezzoli così reattivi. Mi accovaccio davanti a lui, facendo scorrere le dita intorno alle areole e guardandolo contorcersi.

Quando aggiungo le labbra, la lingua e i denti, quasi si alza dalla sedia, o lo farebbe se non fosse legato.

«Splendido,» lo elogio. Si merita tante lodi. Non ha idea di quanto sia stato bravo negli ultimi giorni. Non avendo mai fatto nulla di tutto questo prima, non può saperlo. Giusto o no, mi fa battere il cuore sapere che sono il primo uomo a vederlo così. L'*unico*.

Matthew inclina la testa all'indietro, il sudore si accumula alla base della sua gola e il suo respiro si fa corto e affannoso. Rimane immobile. «Daddy,» mugola, e io rido mentre il suo cazzo si flette e le sue palle si contraggono contro la morbida corda che ho usato per prevenire il suo orgasmo. Ci passo sopra le dita, verificando che non sia troppo stretta e che non ci siano sfregamenti.

Soddisfatto, sussurro: «Il tuo orgasmo appartiene a Daddy, ragazzo. Non è vero?»

«Sì, Daddy,» geme. «Ti prego.»

«No.»

Matthew trema, ma quando torno a giocare con i suoi capezzoli si inarca, il suo cazzo perde copiose quantità di liquido preseminale. È del tutto eretto e il suo volto innocente rivela il piacere delirante che prova. Mi viene un'ottima idea, così sorrido, abbasso la testa e gli succhio il cazzo continuando a pizzicargli i capezzoli, gratificato dalle sue grida vogliose. Brama l'orgasmo. Quando sento che ha raggiunto un punto di eccitazione tale che nemmeno la corda morbida riuscirà a trattenerlo, mi stacco.

«No, Daddy!» grida. «Ti prego! Cazzo, Daddy, farò il bravo. Te lo prometto. Ti scongiuro, fai venire il tuo ragazzo, Daddy. Lascia che il tuo ragazzo venga…» Sta quasi singhiozzando; il sorriso mi si spegne sul volto, che diventa serio mentre lo conforto con baci sulle labbra, sul mento, sui lobi delle orecchie e sul collo.

«Ecco il mio dolce ragazzo,» mormoro. «Sta facendo un ottimo lavoro per Daddy. Non è così, piccolo?»

«Davvero?» ansima; la voce gli si spezza e le lacrime scivolano di nuovo sulle guance. Questa volta non sono dovute al mio cazzo che lo soffoca, ma al bisogno selvaggio di venire.

«Hai una parola per me, Matthew? Possiamo porre fine a tutto questo.»

Prende un respiro tremante prima di scuotere la testa. «No, Daddy. Continuiamo.»

«Allora posso fare questo?» Gli lecco un capezzolo. Il suo respiro si spezza. «E questo?» Bacio l'addome villoso, leccando il pelo morbido fino al pube. «E questo?» Succhio una palla tesa, stretta per essere stata legata.

«Daddy,» geme, torcendo le mani contro le sciarpe che lo legano alla sedia. «Non ce la faccio più. Ti prego. Non ce la faccio più, Daddy.»

«Allora usa la parola, Matthew.»

Lui scuote la testa e io rido, baciandogli l'interno delle cosce, le palle e prendendo di nuovo in bocca la punta del suo uccello.

«Merda!» rantola, strattonando ma senza liberarsi. «Daddy! Ho bisogno… voglio… Aiutami, Daddy! *Aiutami!*»

Succhio senza sosta, paziente, e lo faccio crollare. Si agita, piange e grida per essere liberato, ma io non glielo concedo. Posso essere un vero bastardo quando decido di stuzzicare il mio ragazzo, ma c'è un'altra ragione per questa follia. Voglio che venga mentre lo scopo e non sono ancora pronto per questo. Quindi deve aspettare.

Gli bacio il cazzo e ci soffio sopra. «Matthew, oggi sei stato un ragazzo meraviglioso per me. Hai sopportato molto. È ora che tu abbia una ricompensa, non credi?»

La sua testa si solleva. Gli occhi brillano di speranza. «Sì, Daddy, ti prego.»

«Va bene,» dico, slegandogli le palle e toccandole con attenzione. Lui sibila alla liberazione pungente delle sue parti più delicate. «Ti piacerà questa ricompensa.»

«Ne sono sicuro, Daddy,» concorda. «Prometto che mi piacerà.»

«*Lo so.*»

Gli slego i piedi e le mani, strofinandoli prima di aiutarlo ad alzarsi. È instabile e trema come una foglia mentre lo conduco al divano. È arrivato a un livello febbrile di eccitazione ed è pronto al sollievo. Lo faccio sedere e lo bacio con passione.

Matthew diventa frenetico e cerca di strusciarsi contro il mio ventre mentre mi metto a cavalcioni sulle sue gambe, appena fuori dalla sua portata. Il suo bacio è disordinato, disperato e fuori controllo e, quando mi tiro indietro, mi guarda con occhi smarriti e selvaggi, a malapena coerenti. È nel profondo del subspace, molto, molto lontano, eppure non è mai stato così presente come in questo momento con me.

«Bravo il mio ragazzo,» lo lodo di nuovo, alzandomi in piedi e prendendogli il mento tra le dita.

Matthew ansima ed è tutto rosso per l'eccitazione. «Daddy?»

«Mettiti comodo.» Mi volto verso il tavolino, dove prima avevo lasciato la sua biancheria intima. «Solleva i piedi. Così.» La comprensione gli sorge sul viso mentre gli tiro le mutande su per le gambe, sopra le cosce, e copro il suo uccello teso e affamato. «Bravo ragazzo.» Mi alzo di nuovo. «Ora resta qui. Non toccarti.»

«Daddy,» ringhia, ed è quanto di più vicino alla rabbia abbia mai sentito in lui, credo. La consapevolezza mi fa esplodere di una calda e dolce lussuria. Ho perforato la sua armatura. Ho rivelato il suo *io*. Ora è qui con me e sta per chiedere ciò che vuole. Lo aspetto e poi… sì! «Daddy, fammi venire.»

«Ecco,» dico, applaudendo come se avesse eseguito una bella performance. «Molto bene. Ora, usa la tua parola di sicurezza e tutto questo può finire, oppure…» So cosa sceglierà. «Oppure siediti e prendi quello che ti darà Daddy.»

Geme, si lecca le labbra, cerca di mettere a fuoco gli occhi e non ci riesce. «Daddy… Daddy, ti prego.»

«Aspetta qui, Matthew. Non toccarti.»

«Altrimenti?»

«Altrimenti Daddy ti punirà.»

Deglutisce con forza. «Come?»

«Dovrai venire da solo per il resto del tempo che passeremo insieme,» dico. «Non nella bocca di Daddy, né grazie alla sua mano, né nel suo culo.»

Le labbra di Matthew tremano, come se stesse per piangere davvero, a dirotto, ma poi annuisce. «Sì, Daddy. Aspetterò qui. Non mi toccherò. Mi comporterò bene.»

Gli passo le dita tra i capelli, inclinando la testa all'indietro in modo che incontri il mio sguardo. «Lo so. Sei così bravo.» Non mi sono mai sentito tanto in controllo, tanto potente con un ragazzo. Ed è una sensazione perfetta.

Cazzo. Devo darmi una calmata, mi dico, mentre attraverso la stanza a grandi passi verso l'albero di Natale. Sotto di esso c'è un ultimo regalo nascosto così bene in fondo, che non se n'è accorto prima. È una scatola grande e lunga con l'etichetta *"A Matthew, da parte di Daddy"*. La trascino verso di lui.

«Questo è il mio ultimo regalo per te, ragazzo.»

«L'ultimo?» chiede confuso, sbattendo le palpebre.

«Aprilo.» Non oso rispondere alle sue domande non dette: "Cosa significa ultimo? È davvero finita dopo questa notte?". «Vai avanti. Vedi se ti piace.»

«Mi piace, Daddy,» sussurra prima ancora di iniziare a staccare la carta. Accarezza la scatola e poi, con dita tremanti, cerca di aprire i bordi nastrati.

«Strappala, tesoro.»

Ci prova, ma le mani gli tremano troppo ed è così debole di desiderio che si è praticamente sciolto sul divano, così gliela apro io. Le mani di Matthew seguono le mie, strappando la carta con me, finché non si trova di fronte alla scatola stessa.

«Se non ti piace posso farlo cambiare.»

Matthew solleva il coperchio, il suo respiro si blocca e gli occhi si riempiono di lacrime. «Daddy…»

«Che ne dici, ragazzo?»

Matthew solleva la custodia dalla scatola, sganciando i fermagli ed esponendo la chitarra. Il legno della chitarra classica brilla alla luce e le corde di nylon emettono suoni limpidi e riecheggianti quando la appoggia a faccia in su sulle ginocchia. «Daddy, è bellissima.»

Certo che lo è. Avevo notato che l'aveva guardata durante la nostra permanenza ad Asheville alla Woodrow Instrument Company, e all'inizio non pensavo di comprargliela. In effetti, quando sono tornato nei negozi per prendere i suoi regali, avevo pensato di scegliere cose che potessero entrare facilmente nella calza. Ma ho continuato a pensare alla chitarra e sono passato a prenderla due giorni dopo.

«Sai suonarla, vero?»

«Sì,» sussurra Matthew. «O almeno credo. È passato molto tempo.»

«Hai una chitarra?»

Scuote la testa. «Papà ha venduto la mia. Quando ho mollato la Belmont. L'ha regalata a una famiglia in fondo alla strada con tre figli adolescenti che stavano imparando a suonare. Non aveva mai voluto che ce l'avessi, diceva che non ero un musicista nell'anima, e forse non lo ero sul serio. Ma allora mi era sembrato importante che almeno ci provassi. Così avevo risparmiato abbastanza soldi dai miei lavori estivi e avevo comprato una chitarra classica e una acustica. Erano mie e… le ha vendute.»

La voce di Matthew ora è più chiara. Sta lasciando il subspace più profondo, ma non c'è dubbio che stia ancora andando alla deriva. Sembra circonfuso da un'atmosfera fluttuante, una sensazione di lontananza come se stesse vivendo in un sogno. È così che mi sento anch'io.

«Suona,» dico. «Daddy vuole sentire la tua musica, ragazzo.»

«Sono arrugginito e non sono mai stato molto bravo,» mormora, pizzicando le corde. «Però è accordata.»

«L'ho fatta accordare io stesso, e sono stato molto attento.»

«Mmh.» Matthew posiziona la chitarra, chiude gli occhi e inizia a strimpellare alcuni accordi. Non è niente di impressionante, ma il ritmo costante e la dolcezza del suono si alzano intorno a noi. Sorrido alla sua immagine: seduto con addosso la biancheria intima che gli ho regalato, che suona questa musica, ancora stordito dal nostro gioco. È bellissimo. Voglio conservare questo momento per sempre.

Posso.

Nel mio cuore.

I ricordi servono a questo.

«Adesso mi fanno male le dita, Daddy,» dice Matthew dopo alcuni minuti di accordi e strimpellate. Mi porge la chitarra con gli occhi lucidi. «Posso smettere adesso, per favore?»

«Certo,» rispondo, prendendo la chitarra e appoggiandola contro la parete dietro la sedia accanto al divano. «Ora,» dico, tornando al divano. «Daddy vuole abbracciarti.»

Matthew annuisce e aspetta che mi spogli anch'io rimanendo solo in boxer. «Sei così sexy, Daddy,» sussurra mentre mi metto davanti a lui, con il cazzo duro che sporge dalla parte superiore dei boxer. Gli metto le mani addosso e lui le strofina sugli addominali, sulle cosce e sul sedere. Chinandosi in avanti, mi accarezza le palle, annusandomi, respirandomi come se volesse annegare nel mio odore.

Premo il suo viso al mio inguine con forza prima di lasciarlo andare. «Lascia che Daddy ti tenga in braccio adesso.»

«Sì,» acconsente, sollevando le braccia. «Stringimi.»

Lo prendo in braccio e lo porto verso le scale. Non è leggero, ma trasportarlo non è un problema dopo tutto il lavoro che ho fatto con le kettlebell e altri tipi di allenamento con i pesi nel corso della mia vita.

Matthew mi annusa la gola, mi bacia il lobo dell'orecchio e sussurra: «Voglio ancora venire, Daddy.»

«Lo so, angelo. Ma è Daddy che decide quando.»

Lui rabbrividisce e io lo tiro su un po' più in alto, per avere una presa migliore prima di iniziare a salire le scale. Sono forte, ma questa è una sfida e quando sono in cima sono ansante e sudato. Lui mi tiene il collo e non lo molla.

Lo porto a letto.

Matthew si distende sulle lenzuola pulite che ho cambiato. È snello e villoso al punto giusto, non posso resistere a far scorrere di nuovo le mani su di lui, con il cazzo che si contrae per il modo in cui i peli del suo corpo mi sfiorano i palmi. È sexy, virile, eppure è un sottomesso naturale. Il mio ragazzo.

Mi stendo al suo fianco e lo prendo tra le braccia, facendogli appoggiare la testa sul mio petto, e gli bacio la sommità del capo. Inalo il suo profumo e memorizzo la sensazione di lui contro di me.

Devo creare ricordi per il futuro.

CAPITOLO VENTOTTO

Erik

«QUESTA È TUA madre?» mi chiede Matthew, fermandosi con una tazza di cioccolata calda accanto alla collezione di foto sul mio comò.

«Sì.»

«È giovane.»

«Mi ha avuto a diciassette anni.» Sorrido alla foto di noi due con il nostro cavallo Smoky, ormai scomparso da tempo, durante le riprese di un vecchio spettacolo western che era stato uno dei miei primi lavori di formazione. «A volte siamo stati più amici che genitore e figlio. Non mi dispiaceva. E continua a non dispiacermi.» Anche se non voglio pensare alle cose che mi ha detto prima al telefono. Non ora che ho accettato che l'esperienza si stia avviando alla conclusione.

In un certo senso. Perlopiù. Quasi?

«Oh?» Le labbra di Matthew si inclinano di lato in un'espressione triste. Non lo definirei un sorriso, ma non è nemmeno una smorfia. «È strano, ho vissuto con i miei per tutta la vita, ma non sono mai stati miei amici. Sono sempre stati solo… i miei genitori, capisci? Non mi sono mai sentito pienamente adulto quando ero con loro.» Abbassa lo sguardo; indossa solo la biancheria pulita che gli ho messo prima. «Credo di non esserlo ancora. Il che spiega il gioco che faccio con te.»

«Ehi,» gli dico, facendogli cenno di avvicinarsi. «Vieni qui.»

Matthew si accosta, con una vaga espressione di vergogna sul volto.

«Non c'è nulla di infantile nell'essere il mio ragazzo. Ci vuole una grande forza d'animo e di carattere per arrendersi a me come hai fatto tu.»

Sto cercando di convincere me stesso tanto quanto lui. So che deve partire e andare nel mondo. So che altri uomini lo useranno e si approfitteranno di lui, ma voglio credere che sarà abbastanza forte da affrontarlo. La profondità della sua sottomissione è una prova della sua forza.

Ma Matthew intuisce la stronzata. «No.» Mi fissa con occhi tristi. «Per certi versi sono ancora un bambino. Avrò anche quarant'anni, ma ci sono parti di me, parti importanti, che hanno ancora bisogno di essere educate.» Deglutisce. «Daddy, puoi… puoi…» Si schiarisce la gola. «Quando ieri sera hai detto che dovrei restare per sempre, era solo la lussuria a parlare? Voglio dire, e se potessi…» Prende un respiro tremante e si affretta a continuare. «Credo di voler sapere: mi vuoi per qualcosa di più di questo?» Ci indica. «Più dell'avventura che ho comprato?»

Il mio cuore batte forte e il sangue mi rimbomba nelle orecchie. Mi si secca la bocca. Non so cosa dire, quindi non dico nulla. Matthew capisce e il suo sguardo diventa timido e imbarazzato, annuisce e distoglie lo sguardo. «Capisco. Non devi dire nulla. Te lo leggo in faccia.»

«Matthew…»

Solleva le mani. «No, ti prego, non farlo. Rovinerebbe il tempo che ci resta. Non avrei dovuto chiederlo. Dimentica che lo abbia fatto.»

Come un codardo, mi alzo in piedi, lo abbraccio e approfitto della via d'uscita che mi ha fornito.

Il che fa di me uno stronzo.

Più tardi, nella stalla, Matthew accarezza Dipsy e mi guarda mentre faccio i miei esercizi. Non si sta allenando perché credo abbia bisogno di riposare. Sono stati giorni intensi dal punto di vista fisico, emotivo e mentale. Ho già oltrepassato tanti limiti con lui, ho reso questo tempo insieme molto più di quanto avessi mai voluto, e molto più di quanto possa aspettarmi da futuri partner. Mi vergogno di me stesso per non aver avuto il coraggio di parlargli prima, di mettere tutto in chiaro. Quindi sto cercando di avere un approccio più distaccato per il resto della serata.

«Quindi insegni anche le arti marziali ai tuoi clienti, giusto?» chiede Matthew, accarezzando la testa di Dipsy, che fa le fusa.

«Già.»

«Puoi insegnarmi? Solo un po', prima di partire domani.» Sorride ironico. «Avrei bisogno di aiuto nel reparto di autodifesa. E se il prossimo uomo che incontrerò non fosse buono con me come lo sei stato tu?»

Mi si annoda lo stomaco e per poco non mi cade la kettlebell sull'alluce. Il fatto è che potrebbe accadere. Molto probabilmente succederà, e il pensiero di Matthew là fuori con un altro che lo usa con meno grazia e amore di me mi dà il voltastomaco.

E non solo il pensiero che sia costretto a fare qualcosa che non vuole, o addirittura forzato, ma il fatto che qualsiasi altro uomo possa ammirare la sua faccia durante l'orgasmo, o vederlo contorcersi per la beatitudine, o sudare per la gioia, o assistere a quell'espressione estasiata quando è appena stato penetrato…

«Cazzo,» mormoro, passandomi una mano sul viso sudato, ma ricaccio il sorriso prima di voltarmi verso Matthew e fargli cenno di avvicinarsi. «Vieni. Posso insegnarti un paio di cose.»

Lo porto sul tappeto. È morbido e adatto alle cadute.

Le basi sono abbastanza semplici e presto lo faccio rimbalzare tra il piede sinistro e il destro, con le mani in alto, colpendo l'aria.

«Sei coordinato.» Impara in fretta quando si tratta di cose fisiche. «Facevi sport da bambino?» gli chiedo, dimostrandogli di nuovo i movimenti.

Li ripete facilmente. «Baseball e basket. Mia madre non voleva che facessi football.»

«Ti muovi bene.»

Sorride. «Lo so.»

Ah, il mio ragazzo sta diventando presuntuoso. È adorabile quando si sente bene con se stesso. «Bene, passiamo alla fase successiva.»

Esaminiamo diverse impostazioni di base per i pugni, che sottolineo debbano essere sferrati solo se non si ha altra scelta. «La prima reazione deve essere la fuga. È *sempre* la scelta migliore.»

Ansimando, rimbalza avanti e indietro, tirandomi qualche colpo alle mani. «Insegnami qualcosa di utile, allora. So già scappare.»

Sorrido. «Va bene. Vediamo come liberarsi dalle prese.»

Non è un talento naturale, ma ci arriva abbastanza in fretta. Afferrandolo da dietro, gli mostro come liberarsi una presa da sopra. Lo fa più volte. Quindi lo afferro da davanti e gli mostro un'altra tecnica.

Si dimena un po', ma alla fine ci riesce. Quando vado a mostrargli la rottura della presa al collo, fa cenno di aver capito. Ma quando lo prendo di nuovo, rimane lì, con le mani alzate per afferrare i miei avambracci e il respiro affannoso.

«Vai,» lo incoraggio.

Non lo fa.

Lo lascio andare, lo faccio girare e capisco cosa sta succedendo. È eccitato. I suoi pantaloni da ginnastica presi in prestito si sono allargati sul davanti e le guance sono arrossate per lo sforzo e l'eccitazione. I suoi occhi sono diventati foschi.

«Cos'è questo?» chiedo, prendendogli il mento e sollevandolo. «Ti piace essere violento con Daddy?»

«Un po',» sussurra, lo sguardo si sposta sul pavimento. «Potresti...» Arrossisce ancora di più.

«Potrei cosa, ragazzo?»

Gli occhi di Matthew si sollevano per incontrare i miei, con quelle ciglia scure che delineano il nocciola in modo così grazioso. «Potresti inseguirmi? Mi afferreresti? Mi ribellerei, ma...» La sua gola scatta mentre deglutisce con forza. «Ma ti lascerò vincere.»

Beh, cazzo, se il piccolo stronzo perverso vuole giocare sporco, che sia. Giochiamo.

«Proteste verbali?»

«Sì. Ti chiederò di smettere, ma non lo farò sul serio.»

«Le parole di sicurezza sono rosso e giallo.»

«Sì, Daddy.»

«Pronti?»

Si irrigidisce.

«Adesso.»

Matthew si precipita alla porta della sala di allenamento, la spalanca e corre fuori. Gli do un po' di vantaggio, anche se è abbastanza veloce che dovrò faticare per prenderlo, e poi gli vado dietro.

È una corsa sfrenata attraverso i campi di neve sciolta, piena di ansiti, sterzate per evitare le pozzanghere e corse su terreni sconnessi. A volte alleno i miei clienti qui. Soprattutto quelli che hanno riprese che richiedono corse drammatiche all'aperto o scene di battaglia, ma non ho mai inseguito un amante sul fango e sull'erba innevata, sapendo che quando lo prenderò, si batterà con me.

Ma mi lascerà vincere.

Sono più esperto di Matthew nel correre su terreni irregolari, quindi lo raggiungo abbastanza in fretta, ma gioco con lui, lasciandolo sfrecciare a sinistra e in avanti, solo per farsi raggiungere ancora una volta. Lo afferro da dietro, lo sollevo e lo faccio cadere sull'erba fangosa.

Matthew si batte contro di me, ma non gli ho ancora insegnato come si scappa quando qualcuno ti tiene a terra, e lui lotta invano, spingendo, spintonando, cercando persino di scalciarmi via, ma io lo immobilizzo con poco sforzo. È di nuovo tutto rosso e ansima forte, gli occhi lucidi mentre sussurra: «Non farlo, Daddy. Non farlo.»

Non rosso. Non giallo, solo "non farlo".

«Hai un colore, ragazzo?»

Scuote la testa. «Non farlo, Daddy,» ripete, questa volta in modo quasi sornione.

Lo capovolgo. «Ecco. Ti faccio vedere quanto ti piace il cazzo di Daddy nel culo.»

Non ho il lubrificante, e questa è una follia, ma inizio a conservare la saliva in bocca per lo scopo. Farà male, ma percepisco nel respiro accelerato di Matthew, nelle sue dita che si stringono nell'erba ricoperta di neve, che lo vuole. Ha le sue parole di sicurezza, se ne ha bisogno.

«Daddy,» piagnucola. «Ma Daddy... è sbagliato. È una cosa brutta. È un peccato.»

Se le cose fossero diverse, giocherei con la sua vergogna finché non la assocerebbe solo al fatto di venire per me, di venire per il suo Daddy.

«Rimani lì,» ordino, allentando la presa sui suoi polsi e abbassandogli i pantaloni della tuta per esporre quel culo delizioso. È perfetto, e al sole brilla bianco come la neve che si scioglie sul campo, ed è spolverato di peli scuri al posto dell'erba.

«Cazzo, adoro il tuo culo,» mormoro.

«Daddy, è sbagliato,» sussurra Matthew, ma solleva il sedere in segno di supplica affinché io faccia qualcosa, qualsiasi cosa con esso. «Fermati.»

«Hai un colore?»

«No.»

«Shhh,» lo tranquillizzo. «Lascia che Daddy ti faccia godere, dolce ragazzo.»

Gli allargo le natiche a rivelare il tesoro dei tesori: quel buco dolce e stretto, che mi ha dato tanto piacere negli ultimi giorni. E ha dato piacere anche a lui. Se lo faccio ora, sarà dolorante quando lo scoperò di nuovo stasera, e non ho dubbi che dovrò avere il suo culo un'altra volta prima che se ne vada. Ma Matthew vuole giocare con la vergogna, e io non ho paura di portarlo lì.

Possiamo farlo.

Mi metto al lavoro, leccando e sputando, lubrificandolo, mentre lui si lamenta e mi implora di smettere. «È sbagliato, Daddy. Non va bene. Fermati, fermati, ti prego, Daddy, *non farlo.*»

Il mio stesso cuore batte all'impazzata e, per un attimo, mi perdo nel ruolo. Sono il Daddy che sta facendo qualcosa di sbagliato, che sfoga la sua lussuria peccaminosa sul suo ragazzo innocente, e il mio cazzo si indurisce da quanto è indecente.

Quando Matthew è abbastanza bagnato da sopportare un affondo, mi spalmo di saliva la cappella, mi allineo e lo zittisco mentre spingo. Molto, molto *lentamente.*

«Daddy,» piagnucola, tendendo la schiena. Si alza sui gomiti, quasi sbattendo la testa contro la mia mascella.

«Basta così,» gli dico. Faccio scivolare le mani intorno alla sua gola e appoggio i gomiti sulle sue scapole. Aumento la presa sul collo fino a sentire il battito forte contro le dita. Non abbastanza da soffocarlo, ma abbastanza da fargli sentire il mio controllo mentre mi concentro e inizio a muovermi dentro di lui.

A poco a poco.

Dentro e fuori.

Lento e sicuro.

Lo spalanco, crudo e ruvido, mentre lui mugola e implora sotto di me. Quando sono in profondità, mi fermo e gli bacio i capelli. Si contorce sotto di me. Allora gli stringo ancora un po' la gola prima di allentare di nuovo la presa, solo per fargli capire che lo controllo ancora.

«Lo senti, ragazzo?»

«Sì, Daddy.»

«Quello è il cazzo di Daddy, proprio dove deve stare. Nel profondo del suo dolce ragazzo.»

Singhiozza nel modo sexy che ha quando giochiamo con la sua vergogna. «Daddy…»

Non credo che nessun altro uomo lo vedrà mai così, o se lo vedrà, non saprà come gestirlo. Quello mi terrorizza per lui. Mi terrorizza anche per *me*. Com'è possibile che io sia così sicuro quando stiamo giocando con il fuoco in questo modo?

«È una bella sensazione, vero?»

Matthew scuote la testa. «È sbagliato. È un peccato.»

«Il peccato è bello,» gli sussurro all'orecchio e faccio oscillare i fianchi, sbattendo l'uccello contro la sua prostata. Lui sussulta sotto di me. «Senti il peccato, ragazzo? Ti farà venire.»

Lui geme e le sue dita spasimano contro il terreno fangoso. L'aria fredda mi brucia i polmoni, ma il mio cazzo è caldo nel suo culo e il mio corpo sul suo soffoca il gelo. Baciandogli la tempia, scopro che è sudata e che la sua gola è calda sotto i miei palmi. Ma è il suo splendido calore interno che mi spinge ad andare avanti. Sento che potrei scoparlo qui, su questa terra bagnata dalla neve, per sempre.

«Daddy, aiutami,» sussurra, e io gli mordo un orecchio. Lui gorgoglia e rabbrividisce sotto di me, spostando una mano verso il basso, infilandola sotto il bacino e inclinandolo appena.

Gli lascio andare la gola e faccio rotolare entrambi; lui giace sopra la mia pancia, ancora impalato dal mio uccello, e tutti e due ora fissiamo il cielo di un azzurro purissimo. La mano di Matthew si muove mentre si masturba in cerca di sollievo, e io gli sussurro cose sconce all'orecchio, per aiutarlo e andare a stuzzicare le sue paure più profonde.

«Verrai sul cazzo di Daddy? Verrai per il tuo Daddy come lo sporco peccatore che sei?»

«Daddy.» Ansima, la mano si muove più velocemente.

«Vedi? Daddy sapeva che ti sarebbe piaciuto. Tutti quei "non farlo, Daddy". Tutte le tue suppliche per farmi smettere. Ma tu *volevi che* te lo mettessi dentro, vero? Volevi che il cazzo di Daddy ti spaccasse il culo.»

Matthew geme e la sua testa si piega di scatto, mancandomi di poco la faccia. Si sforza, si masturba più velocemente e io mi limito a tenergli fermi i fianchi, mantenendo il mio uccello il più possibile dentro.

Cristo, come è possibile che stiamo di nuovo scopando? Perché tra noi è fantastico, ecco il motivo. Ogni volta con Matthew è come un fuoco fuori controllo. Programmo di fare una cosa, e poi… finiamo in una situazione come questa. E non riesco a pentirmene. È sempre perfetto.

«Daddy, io… voglio…» La sua voce è tanto rotta quanto sensuale. Voglio ingoiare quel suono e renderlo parte di me. Voglio tenerlo per sempre. «Sto per… venire, Daddy.»

«Fai vedere a Daddy quanto ti piace il suo cazzo,» sussurro. «Vieni per me. Fammi vedere, dolce ragazzo.»

«Oh, Cristo,» ringhia.

Lo sento, il meraviglioso stringersi e contrarsi della sua carne intorno a me mentre viene. Lo spingo di nuovo a pancia in giù e lo penetro con forza; lui ansima con piccoli suoni spezzati. Il mio orgasmo sale mentre gli tengo la nuca in modo che sia a faccia in giù nella terra e gli sussurro all'orecchio: «Prendi lo sperma di Daddy. Apri e *prendilo*.»

Trema sotto di me, un secondo orgasmo lo attraversa, e io gli respiro forte nell'orecchio, facendolo contorcere mentre lotto per raggiungerlo.

Quasi. Quasi.

E…

«Sì! Sì, tesoro, *cazzo*.» Gli bacio l'orecchio e scalcio contro l'erba bagnata, in preda all'orgasmo. «Che bravo ragazzo,» gracchio mentre mi accascio, ancora scosso dal piacere. «Che ragazzo sporco e peccaminoso. Daddy ti ama. Daddy ti ama così tanto.»

Matthew sfila le mani da sotto di sé e si allunga per stringermi la testa, tenendo la mia bocca vicino al suo orecchio. Respiro lì, rabbrividendo per qualche scossa di assestamento. «Maledizione, Matthew. Mi fai impazzire,» sussurro.

Con fatica mi stacco dal suo culo e poi uso il mio sperma come una sorta di balsamo sul suo bordo arrossato. Matthew rimane immobile sulla terra fangosa per qualche minuto, poi si capovolge. La sua parte anteriore è coperta di fango, proprio come la mia schiena, e i suoi occhi sono umidi, le guance rosse e ha uno sguardo vulnerabile.

«Cosa c'è, ragazzo?»

Si lecca le labbra, sembra sul punto di dire qualcosa di importante, ma alla fine mormora solo: «Fa freddo, Daddy.»

Normalmente, insisterei per sapere che cosa non mi stia dicendo; è mio dovere di Daddy assicurarmi che tutte le esitazioni e le preoccupazioni vengano affrontate. Ma sospetto di cosa si tratti e la codardia mi impedisce di esigere la verità. Lo aiuto ad alzarsi, gli tiro su i pantaloni della tuta e lo abbraccio mentre camminiamo, sporchi di fango, verso la casa.

«Andiamo,» sussurro. «Facciamo una doccia. Dopo, altra cioccolata calda. Poi ci riposiamo.»

Solo più tardi, una volta che siamo di nuovo entrambi puliti e ci siamo accoccolati con la promessa della cioccolata calda sul mio divano, guardando *Die Hard,* mi permetto di ricordare ciò che ho detto, ciò che so che Matthew non ha voluto dire lì per terra.

Gli ho detto che lo amo. Mentre il mio cazzo pulsava ancora nel suo culo, gli ho detto non una, ma due volte che lo amo.

Cazzo.

Cazzo, cazzo, cazzo.

Gli bacio i capelli e Matthew si accoccola contro di me.

Che razza di Daddy sono. Che pasticcio si sta rivelando.

Un pasticcio splendido, delirante e coinvolgente.

CAPITOLO VENTINOVE

Matthew

N ON VOGLIO CHE questo Natale finisca mai. Non perché sia perfetto, penso che ci possano essere Natali migliori e più belli di questo, date le giuste circostanze, ma perché non voglio che il mio tempo con Erik finisca.

La cena è una mia ricetta, anche se la prepariamo insieme. Lavorando come una squadra perfetta, tagliamo le verdure, prepariamo gli gnocchi e controlliamo i fornelli prima di impiattare alla perfezione. Daddy è contento di tutto questo, e geme al primo morso di pollo e gnocchi.

«Chi ti ha insegnato a cucinare così?»

«Mia madre,» dico, lasciandomi scappare il mio accento del Sud. Non è una cena tradizionale a base di tacchino, ma è un piatto adeguato al Natale, ricco di carboidrati. Indosso ancora le mutande e il grembiule natalizio.

«Ha fatto un favore al mondo.»

Arrossisco. «Mi fa piacere che lo pensi.»

«Allora, com'era? Crescere in casa tua?»

«In parte te l'ho già detto.»

«Dimmi di più.»

Non so se si tratti di un discorso tra Erik e Matthew o tra Daddy e ragazzo, ma non importa. Voglio comunque raccontargli tutto. Se avessi il tempo, lo farei. «So che penserai che per me è stato orribile crescere in una casa con genitori che pensavano che essere gay fosse un peccato.»

Erik non nega, mi guarda mentre mangia un boccone e aspetta che io continui.

«Ma abbiamo passato molti bei momenti. Io e mia madre non eravamo molto uniti, non come sembra che tu lo sia con la tua, ma lei passava il tempo a insegnarmi a cucinare, a pulire e a prendermi cura di me stesso. Le piaceva ballare e abbiamo frequentato insieme un corso di ballo da sala quando ero al liceo.»

«Oh? Sei ancora bravo?»

«Ne dubito. Ricordo qualche passo. Tu balli?»

Erik alza le spalle. «Un po'. Niente di eclatante. Vai avanti.»

«Comunque, era dolce, sai? E mi voleva bene. Ero il figlio che desiderava ardentemente. Ma una volta arrivato, credo di essere stato una delusione. Non la *peggiore delle* delusioni, ma nemmeno ciò che sperava. Le sarebbe piaciuto diventare nonna, avrebbe voluto vedermi sposato e tutto il resto. Ma in ogni caso, ho molti bei ricordi di lei. Mi preparava il pranzo per la scuola ogni giorno. Mi portava agli allenamenti di baseball e poi a lezione di chitarra. Le piaceva guardare le soap opera con me, e registrava *Il tempo della nostra vita* mentre ero a scuola per guardarlo insieme nel fine settimana.»

«Guardi ancora le soap?»

Rido. «Di tanto in tanto. Quando mi manca mia madre o altro. Le soap hanno al tempo stesso un ritmo rapido e lento. Così puoi staccare per un anno e quando torni non è cambiato abbastanza da confonderti. Si può sempre rientrare.»

«Guardavo *Febbre d'amore* con mia nonna quando andavo a trovarla durante le vacanze estive.»

«Allora lo capisci.»

Erik annuisce. «Parlami di tuo padre.»

«Oh. Beh, io e mio padre…» Mi avvento sul boccone successivo, infilzandolo con la forchetta. «Non litigavamo o altro. Anzi, facevamo molto insieme. Mi ha insegnato la manutenzione dell'auto e della casa, ed era lui che si assicurava che fossimo sulla strada per la chiesa alle nove e quindici di ogni domenica mattina. Faceva il catechista ed era profondamente devoto. Ha cercato di instillare in me la stessa convinzione.»

«Ha funzionato?»

«In un certo senso.»

«Vai in chiesa?»

Scuoto la testa, ma poi ritratto. «Beh, a volte. Sono cresciuto in quell'ambiente. Gli amici della mia famiglia e la comunità sono tutti lì. A volte torno indietro solo per ricordare perché me ne sono andato. E perché mi mancano, sai? Voglio dire, mi mancano i miei genitori e la vita che avevamo. Non perché fosse tutta rose e fiori, ma perché era la mia esistenza normale e confortevole.» Gli faccio un sorriso ironico. «Sono stanco di questa zona di comfort.»

«Così mi sembra di capire,» dice, alzando un sopracciglio. «Oggi hai superato i limiti del comfort per entrambi, non è vero?»

Arrossisco, ripensando al modo in cui l'ho incitato al nostro gioco perverso sul campo. Per me, tutto quello si intreccia con il modo in cui mio padre mi parlava di Cristo. «L'ho fatto.»

«Non c'è bisogno di essere imbarazzati. Come ho detto prima, il gioco della vergogna può essere una parte del kink.»

Sorrido per riconoscere le sue affermazioni, ma la mia mente è ancora rivolta a mio padre. «Mio padre non mi ha fatto tanto la predica su Dio, quanto piuttosto ha infuso di religiosità in tutto ciò che riguardava la nostra vita. Ho smesso di dire le preghiere prima di mangiare qualche mese dopo la loro morte, e mi è sembrata una grande ribellione. Puoi immaginare come questo tempo trascorso con te sia stato un colossale vaffanculo a tutto ciò in cui sono stato educato a credere. Quindi grazie. Ne avevo bisogno.»

«C'è un lato oscuro in tutti noi, e il kink può essere un buon modo per riconoscerlo e dargli ciò che vuole. Nel tuo caso, sei gravato dalla vergogna, e finché non trovi un modo per scacciarla, anche sfoggiarla è un modo per ribellarsi.»

«Volevo bene ai miei genitori. Davvero.»

«Sono contento che non sia andata peggio di così.»

«Non c'è stato alcun abuso fisico, mentre l'abuso emotivo e mentale è stato...» Rifletto sul modo migliore per dirlo. «Era una cosa di poco conto, non intenzionale e quasi impossibile da definire abuso.»

«Immagino che, a causa della tua natura sottomessa, tu non abbia fatto nulla per provocarli. Hai seguito la corrente e loro non hanno mai notato come per te ci fosse un attrito interno in quella quotidianità.»

Sospiro. «Pensavano davvero di avere una bella vita, e siccome ci credevano, credo che fosse così. Ritenevano anche che se tutti avessero vissuto come loro, anche loro sarebbero stati felici. Erano compatibili. Si amavano. Io ero amato.» Sbuffo una risata. «Ero *amato,* ma non *visto.* Ed è questa la differenza, no? Alcuni dicono che non è possibile, ma io sono la prova vivente che si può amare qualcuno senza conoscerlo. È quello che hanno fatto i miei genitori.»

«Ma *ti* hanno amato? O hanno amato un'illusione? Amavano qualcosa, ma se si trattava di *te*?» Erik scrolla le spalle. «Questa è una domanda per qualcuno più intelligente di me.»

«Hanno amato parti di me.»

«Vero.»

«E io ho amato alcune parti di loro. Chi vede davvero *tutto* di un'altra persona? Mi hai visto nel mio momento più vulnerabile. Mi hai visto venire e dormire, ma anche tutti quegli anni che ho vissuto con i miei genitori fanno parte di me, e tu non potrai mai *sapere* tutto questo. Nessuno può. Forse, se avessi avuto un fratello, avremmo potuto condividere alcuni ricordi di famiglia e concordare sul fatto che quei ricordi rappresentavano ciò che erano, ma anche con i fratelli, la storia non è sempre coerente. Non tutti vengono trattati allo stesso modo dai genitori.» Mi acciglio, rendendomi conto di sembrare sulla difensiva. «Scusa, non volevo essere...» Mi indico con un gesto vago. «I miei genitori sono ancora un argomento delicato per me. È difficile perché non ci sono più, e voglio onorare le parti buone di loro perché ce n'erano molte, ma è anche vero che essere loro figlio mi ha incasinato.»

«Capisco,» dice Erik, con gli occhi pieni di attenzione per me. «Sono abbastanza sicuro che sia così per la maggior parte delle persone. Nessuno è perfetto.»

Faccio per ribattere. Erik è stato molto più di quanto avessi mai immaginato quando ho fatto la mia offerta all'asta. Molto di più. Per me è stato perfetto.

Ma poi ricordo la sua dichiarazione d'amore mentre stavamo scopando nel campo e il modo in cui ha evitato di parlarne in seguito. Penso anche a quanto siano state esagerate alcune delle scene che abbiamo fatto, visto il poco tempo trascorso insieme, e so che...

Non è perfetto.

Ma il modo in cui è imperfetto mi attrae. Vorrei avere l'opportunità di rimuovere altri strati e trovare la parte di Erik che mi fa arrabbiare e mi infastidisce. Ci deve essere una parte di lui sotto quella apparenza perfetta che verrà a galla per colpirmi abbastanza duramente da dimostrare la sua umanità. Il fatto che non abbia affrontato il suo scivolone verbale di prima ci è vicino, però. Mi fa arrabbiare.

Facendo un respiro profondo, decido di affrontare la questione. «Daddy?»

Sbattendo le palpebre, Erik ci mette un attimo a rispondere, e ora è chiaro che la nostra conversazione precedente è stata nei panni di Matthew ed Erik. Quando risponde, la sua voce ha quella sicurezza che a volte perde quando non è nel ruolo. «Sì, ragazzo?»

«Prima, quando stavamo scopando fuori...» Dal modo in cui la sua faccia diventa neutra capisco che sa cosa sto per tirare fuori. «Hai detto…» Il mio viso si scalda, ma continuo. «Hai detto che sono un ragazzo sporco e peccaminoso…»

«Era un gioco di ruolo. Non penso che tu sia peccaminoso. Non penserei mai che quello che facciamo l'uno con l'altro sia un peccato. Non credo nemmeno nel concetto stesso.»

«Lo so, Daddy. Non era questo che volevo chiederti.»

Daddy si schiarisce la gola e vedo che decide di fare l'uomo prima che io possa chiedere il resto.

«Ho detto che ti amo.» Daddy sorride con tenerezza. «Lo pensavo nel momento esatto in cui ho pronunciato quelle parole. Ero dentro di te, mi sentivo così bene, e nel mio cuore c'era affetto per te.» Si tocca il petto. «È possibile, come hai detto tu, amare un uomo senza conoscerlo. Ma questo non significa che io sia innamorato di te. C'è una differenza, no? Posso amarti in senso astratto, ma non posso essere innamorato di te senza conoscerti meglio.»

«Voglio che tu mi conosca, Daddy.»

«Matthew…»

Metto giù la forchetta, con il cuore in fibrillazione. «C'è un motivo per cui non possiamo avere più tempo di questo?» La mia voce è rauca e la mia gola stretta. «C'è un motivo per cui tutto questo deve finire?»

Daddy… no, adesso è Erik, c'è qualcosa che si sposta nelle sue spalle, nel suo viso quando si cala nel ruolo. Sospira a fondo. «Matthew, ci sono così tante ragioni.»

«Quali?» Le lacrime mi pungono gli occhi, ma sbatto le palpebre e le trattengo.

«Tu vivi a Nashville.»

«C'è Internet. I telefoni. Gli SMS!» Sono sempre più turbato. «Gli aerei! Io ho una macchina! Anche tu ce l'hai!»

«Non sono fatto per le storie a distanza. Sono una complicazione.»

La gola mi si stringe ancora di più.

«C'è anche il fatto che sei così inesperto...»

«Non sono abbastanza bravo in questo? Hai bisogno di qualcuno più abile nel sesso?»

Erik sbatte le palpebre. «No, non è affatto così. Sei fantastico a letto. È stato un onore e un piacere condividere questo tempo con te. È per il *tuo* bene che te lo dico. Dovresti esplorare di più. Avere più uomini. Sperimentare diversi tipi di sesso. *Divertirti*. Vivere la vita che avresti dovuto vivere in tutti questi anni.»

«E se non volessi?» L'indignazione sale.

«Allora non è necessario.»

«Ma se volessi stare con te invece di divertirmi con altri uomini?»

«Matthew, non puoi abbandonare la tua vita, cambiare tutto e buttarti in qualcosa con me solo per il tempo trascorso insieme. È stato intenso per entrambi, e capisco che non vuoi lasciarlo andare. Siamo stati in una bolla di intimità e passione che esiste al di fuori della nostra vita normale. Può sembrare un'esperienza meravigliosa, bellissima, che non dovrebbe mai finire. Ma *finirà*. Finisce. Deve finire.»

«E gli altri ragazzi?» Mi sfugge il groppo che minaccia di soffocarmi. «A volte li lasci stare con te per anni.»

«Sì, ma anche quelle relazioni sono finite.»

È di questo che ha paura, quindi non vuole ammettere che questa cosa tra noi è straordinaria? «E se questa non finisse?»

«Non puoi volere un impegno con me, Matthew. Non sai cosa potresti perderti.»

«I miei genitori erano fidanzati fin dal liceo. Non sono mai usciti con nessun altro. Erano felici. Non avevano bisogno di sperimentare né di scopare con altre persone né di "divertirsi" nel modo in cui tu mi stai raccomandando, e si sono amati fino alla fine.»

«Può succedere. Ma è raro.»

«Quindi stai dicendo che se me ne vado da qui, vado a letto con altri uomini, ho altri Daddy,» Erik non riesce a dissimulare la sua smorfia, «e sperimento altri tipi di sesso, solo *allora sarò* in grado di sapere cosa voglio? Non posso sapere cosa voglio *adesso*? Come uomo adulto?»

«Matthew...» Lo dice con tanta gentilezza che una lacrima mi scende dall'occhio. Erik si sposta in avanti per asciugarla con il pollice. «Ragazzo, non piangere adesso. C'è un grande mondo là fuori che ti aspetta. Daddy ti ama abbastanza da mandarti in giro. Mi ringrazierai per questo più tardi.»

Mi alzo in piedi, lascio cadere il tovagliolo accanto al piatto e mi volto. «Non lo farò.»

Sembra infantile come quando mio padre insisteva che alla fine lo avrei ringraziato per qualche dura lezione che mi aveva impartito, ma mi sento irremovibile come allora. Solo che questa volta ho il vantaggio di essere adulto e *so che* è una stronzata. Solo che ora sono troppo ferito per capire perché.

Vado al piano di sopra ed Erik non mi segue. Nell'intimità del suo bagno, chiudo la porta a chiave e guardo la vasca dove mi ha fatto il clistere appena due giorni prima, meravigliandomi di come quel singolo gesto abbia abbattuto tanti miei muri. Sapeva che sarebbe successo. Lo ha fatto apposta.

Eppure le sue mura non sono state scosse nemmeno dopo che mi ha permesso di farglielo, vero? Sono rimaste intatte.

Come può essere giusto?

Seduto a gambe incrociate sul tappetino della vasca, con la schiena appoggiata al bordo di porcellana, mi copro il viso e cerco di respirare. La scusa della lunga distanza è assurda. Non è che Nashville sia in un altro continente.

Pensa che io sia infatuato perché è la mia prima scopata. Forse lo sono. Ma tutte le relazioni non iniziano forse con una cotta o un'infatuazione? Pensa che io abbia bisogno di più esperienza prima di sapere cosa voglio. Può darsi.

Ho un Dom, Paul Adler, da incontrare, dopotutto, e sarebbe interessante vedere come stare con lui. Come potrebbe essere un'esperienza diversa. Ma se Erik dicesse che posso restare e che possiamo provare annullerei l'incontro senza pensarci due volte.

Ringhio e mi strofino il viso accaldato con i palmi delle mani.

Non avevo voluto vedere una parte di Erik che mi avrebbe infastidito?

Eccola qui.

CAPITOLO TRENTA
Erik

Aspetto che Matthew torni di sotto; quando finalmente mi raggiunge, lo faccio sedere sul divano e gli prendo le mani tra le mie. «Matthew, tutti gli uomini pensano di innamorarsi alla prima scopata.»

«Non è...»

«Lascia che Daddy finisca di parlare,» lo interrompo. «Sono lusingato che tu voglia di più con me. Questo tempo con te è stato più che speciale. Non ne dimenticherò mai un momento. Ti sono grato per quello che mi hai mostrato e per quello che ho imparato da te.»

Cerca di parlare di nuovo, ma io gli metto le dita sulle labbra.

«Quello che *ho* imparato è che non sono pronto a impegnare di nuovo il mio cuore con qualcuno. Quando Brandon mi ha lasciato ho sofferto molto, e non sono abbastanza coraggioso da rischiare di nuovo quel dolore. Tu sei fantastico. Mi è piaciuto molto conoscerti, abbracciarti e poterti dare tutto quel piacere, gioia e gioco. Introdurti al kink è stata una benedizione nella mia vita, di cui non riesco a misurare il valore... Ma sono pronto per qualcosa in più. Capisci?» Sollevo le dita dalla sua bocca.

«Non sono io, sei tu? Perché ti sei innamorato del tuo ultimo ragazzo?»

Sospiro, evitando il suo commento su Brandon. «Beh, è un po' come te. Credo che tu meriti di fare una serie di esperienze diverse prima di decidere in cosa impegnarti. In questo momento, questa sembra eccitante e tutto ciò che potresti desiderare, ma è perché è la prima che tu abbia mai avuto. È come se fossi con me in un acquario, ma fuori di qui c'è un oceano.»

«Davvero? Ora è "ci sono molti pesci nel mare"?»

La delusione e il disprezzo nella sua voce mi colgono di sorpresa. Rimango per un attimo immobile, cercando di decidere cosa dire. Ma lui parla di nuovo prima che ne abbia la possibilità.

«Erik… o Daddy, qualunque cosa, con chiunque io stia parlando, sia Daddy che Erik, ho bisogno che tu lo capisca subito.» Matthew mi prende le mani e mi guarda negli occhi. «Sono un uomo adulto. Potrei non aver infilato il cazzo in molti ragazzi o essere stato scopato in dieci modi diversi da una mezza dozzina di uomini, ma *so* cosa voglio. E quello *che* voglio è avere una relazione con te. Cuore e testa ne sono del tutto consci. Capisco che non ti piaccia l'idea della distanza, nemmeno io la amo, ma se tu volessi questo con me, credo che cercheresti di farlo funzionare. Capisco anche che tu pensi che io abbia bisogno di più esperienza, ma non me ne frega niente dell'esperienza, dunque non dovrebbe importare nemmeno a te. A meno che tu non intenda dire che non riesco a soddisfarti, e allora questo conta molto…»

«No, non è…»

«Shh.» Mi zittisce davvero e io smetto di parlare. Sbatto le palpebre mentre mi guarda nell'anima e continua. «Capisco anche che il tuo ultimo ragazzo ti ha spezzato il cuore, e ti ha fatto più male di quanto immaginassi. Penso che debba averti sorpreso molto, dato che ti sei protetto dalla sofferenza uscendo con uomini che sai che si sarebbero allontanati perché avevano un posto dove andare, una traiettoria di vita diversa, che non comprendeva te. Quindi esserti innamorato di lui, averlo amato con tutto il tuo cuore e poi averlo perso…»

«Non con *tutto il* mio cuore.» Cristo, sembro un bambino di dieci anni. Dov'è finito il mio tono da Daddy?

«Anche la metà di un cuore che si frantuma fa un male cane. Forse non conosco l'amore romantico, ma i miei genitori se ne sono andati e questo mi ha spezzato il cuore. So cosa si prova.» Matthew mi solleva una mano e mi bacia le nocche. «Quindi hai ragione. Se non si tratta di me che non sono in grado di soddisfarti…»

«Non è questo il punto.»

«Quindi *sei* tu e non io. È dura perché tu non sei qualcosa che io possa aggiustare o cambiare. Solo tu puoi farlo. Dunque questo significa che domani dovrò andarmene da qui e continuare la mia vita. Non c'è problema. Lo capisco. Non mi piace, ma lo capisco. Non sei pronto per una persona come me. Hai bisogno delle rotelle per allenarti ancora un po' prima di andare in bicicletta.»

«Matthew…»

La sua audacia dovrebbe farmi arrabbiare, e invece sono trafitto dall'asprezza della sua verità. Mi ha scoperto. Un mezzo celibe cresciuto come un chierichetto mi ha esposto.

«Quindi domani tornerò a casa e andrò avanti con la mia vita. Ho un appuntamento con quel Dom di cui ho parlato e lo rispetterò. Vedrò se *è* quello che voglio, e in tal caso, vedremo come andrà a finire. Starò bene, Daddy. Non preoccuparti di questo ragazzo. Ma se sei pronto a togliere le rotelle e salire su una vera bicicletta chiamami. Sai dove trovarmi.»

Matthew si alza, mi prende per mano e mi conduce verso le scale.

«Abbiamo il resto della serata e non voglio sprecarla in questo modo. Andiamo, Daddy. Il tuo piccolo vuole giocare. Il Natale finirà presto.»

Lo seguo, con il cuore che batte forte e le ginocchia deboli. Sono fuori di me. Mi ha appena chiamato Daddy, ma raramente mi sono sentito così giovane. Fin dall'inizio ho pensato a Matthew come a un uomo ingenuo, debole e vulnerabile. Ma mi ha mostrato la verità.

È forte, coraggioso e di gran lunga più saggio di me.

Eppure, quando sale sul letto, volge lo sguardo su di me e allunga la mano dicendo: «Ho bisogno di te, Daddy. Prenditi cura del tuo ragazzo,» sono di nuovo io al comando. Sono il suo Daddy dell'asta di beneficenza.

Anche se tecnicamente ho consegnato ciò che ha comprato, nel mio cuore sono ancora in debito con lui, stasera.

PARTE QUARTA

L'esperienza del dopo

CAPITOLO TRENTUNO

Matthew

P AUL ADLER È splendido.

Ha i capelli neri e ben pettinati, gli occhi azzurri, una mascella che potrebbe tagliare la carta e una corporatura slanciata che rivela una grande forza fisica.

Sono seduto di fronte a lui nel suo loft nel centro di Nashville, con una vista spettacolare sullo skyline, sorseggiando bourbon e ripensando all'accordo che abbiamo preso all'inizio della settimana. Ho lo stomaco in subbuglio. Voglio credere che sia l'attesa, ma mentre penso alle varie scene che ho accettato, non posso fare a meno di desiderare di farle con Erik.

Ma non è una possibilità.

Da quando ho lasciato la sua baita non ho più avuto sue notizie, e ho troppo buonsenso e orgoglio per contattarlo. Se non è interessato a me, non lo è, e devo affrontare la realtà e andare avanti. E se gli piaccio, ma ha troppa paura di ammetterlo? Allora si tratta di un'altra serie di problemi di cui non ho bisogno nella mia vita.

Voglio amare me stesso, abbracciare i miei bisogni sessuali e il mio essere queer. Ho bisogno di un uomo, un Dom, un Daddy che sappia gestirmi, che voglia *impegnarsi a* gestirmi.

Paul Adler non è quell'uomo.

Ma vuole firmare un contratto di sei settimane, che è più di quanto offerto da Erik. Una volta terminato, Paul ha detto che mi aiuterà a trovare qualcun altro.

Proprio come Erik, sembra che Paul abbia un'avversione per le relazioni a lungo termine in questo momento della sua vita, ma ama avere un ragazzo o un sottomesso ai suoi ordini nelle settimane in cui non è sommerso dal lavoro. Da quello che ho capito, è un uomo molto importante e ha in mano il destino dei contratti di molte star della musica country e di altre persone ricche, in quanto è il loro avvocato.

A volte prende lunghe pause e poi torna alla sua carriera altamente stressante ma redditizia. Quando ci siamo incontrati per la prima volta, mi ha detto: «Di solito mi prendo sei settimane durante le vacanze, ma quest'anno non sono riuscito a trovare il tempo per vari motivi. Quindi sono in ritardo per le ferie e ho un po' di tensione da sfogare. In genere, per questo periodo assumo un compagno, e non sempre è di tipo sessuale. Non è nemmeno sempre Dom/sub. Sono un uomo impegnato. Non ho "amici". A volte ho bisogno di compagnia più che di orgasmi o di kink. Ma quest'anno…» Il suo sorriso si è fatto un po' malizioso. «Ho avuto dei mesi difficili. Voglio *tutti gli* orgasmi e il kink. Sei sicuro di essere pronto? Doug mi ha informato della tua situazione e ho capito che sei nuovo nel settore. Ho la responsabilità di occuparmi di te e non ho paura di farlo. Ti fidi di me?»

Mi sono fidato allora e mi fido anche adesso. La penna è accanto al foglio. Posso firmarlo e la prima scena inizierà stasera.

Una parte di me vuole farlo. Sono eccitato e desidero i piaceri che ho appena scoperto e sperimentato con Erik.

Ma un'altra parte di me desidera ardentemente tornare dal mio Daddy. L'uomo che non ho smesso di desiderare nemmeno per un momento da quando sono uscito dal suo vialetto.

«Non c'è problema se si scopre che non sei pronto per questo,» dice Paul, accavallando le gambe. Allunga il braccio lungo lo schienale del divano di fronte a me. Siamo separati l'uno dall'altro da un lungo tavolino in legno di fattura artigianale che deve essere costato più di diecimila dollari. Ammiro il modo in cui si appoggia sensuale ai cuscini. È un sogno da guardare. Qualche settimana fa, immaginarlo mentre prendeva il controllo su di me mi avrebbe fatto ansimare e sciogliere sul pavimento.

Potrebbe ancora farlo, se glielo permettessi.

«Ho solo qualche altra domanda,» dico, faticando a formularne una vera e propria. Alla fine chiedo: «Conosce Erik Garner? È un Daddy della scena kink di Asheville.»

Il sopracciglio sinistro di Paul si inarca, ma lui scuote la testa. «No, ma presumo che sia l'uomo con cui sei stato prima. L'unico, giusto?»

«Giusto. È solo che... continuo a pensare a lui. È normale?»

«Normale?» Paul riflette, rigirandosi tra le dita il bicchiere di bourbon. «Direi che è abbastanza comune pensare molto alla prima scopata, se non è stata una brutta scopata. O forse anche lo è stata.»

«Chi è stato il suo primo?» Sto prendendo tempo e lo sappiamo entrambi.

Paul si lecca le labbra e si passa una mano sulla barba scura prima di dire: «Possiamo giocare a conoscerci; sono felice di farlo. Ma se vuoi andartene, non devi fare altro che uscire dalla porta.»

Porto le mani strette sulla fronte. Chinando la testa, chiudo gli occhi e respiro. «Non sono sicuro di quello che voglio.»

«Sembravi molto sicuro durante il nostro ultimo incontro, quando abbiamo stilato questo accordo.»

Annuisco, ma non alzo la testa, tenendo le mani contro la fronte e inspirando ed espirando con gli occhi chiusi. «Lo so.»

«Cosa è cambiato?»

«Allora ero più arrabbiato,» sussurro. «Volevo dimostrare a me stesso e a lui che potevo andare avanti. Che non ero l'uomo debole e ingenuo che lui pensa che io sia, e che sono pronto a fare i passi necessari nella mia vita per ottenere ciò di cui ho bisogno. Passi che lui non ha il coraggio di fare.»

«E adesso?»

Rido sottovoce e sollevo la testa. «Ora mi manca davvero tanto.»

Paul fa roteare il liquore nel suo bicchiere. «Lo hai avuto nella tua vita per quanto tempo? Tre giorni?»

«Quattro.» Se conto il giorno in cui ci siamo incontrati per stipulare il contratto, e lo faccio.

«E da quanti giorni è uscito dalla tua vita?»

«Era finita il ventisei e oggi è il trenta, quindi…»

«Cinque giorni.»

«Sì.»

«Direi che devi pensare a lui almeno per qualche altra settimana, prima di iniziare a voltare pagina.»

«Signore?» Mi ha detto di chiamarlo così.

«Sì?»

«Non voglio andare avanti.»

Lui sorride, scuotendo la testa. «Certo che no.»

«E comunque mi vuole qui con lei?»

«Non è una cosa per sempre, Matthew. Puoi volere questo Erik sia che tu sia qui con me, sia che tu sia là fuori da solo. Starò bene in entrambi i casi. È una tua scelta.»

«Se scelgo di stare con lei, faremo quello che c'è scritto in questo accordo?»

Annuisce. «E alla fine ti verrà corrisposto lo stipendio che pago a tutti i miei sottomessi.»

È una somma ingente. Significa che posso lasciare il lavoro di contabile. Significa che posso pensare a una nuova vita senza attingere troppo ai fondi che i miei genitori mi hanno lasciato.

«E se me ne andassi subito, uscendo, allora io…» Mi mordo il labbro. «Tornerei a una vita senza sesso e…»

«Ehi, ehi,» mi interrompe, sollevando le mani. «Sei un uomo incredibilmente sexy. Puoi fare sesso quando vuoi. Ci sono app, locali, bar e persino un club BDSM che puoi provare. Puoi trovare soddisfazioni in modi diversi dal nostro accordo.»

«Però lei mi piace. È il tipo di uomo che sto cercando.»

«Lo sono, sì.»

Gemo e mi mordicchio il labbro inferiore.

Paul si alza, mi raggiunge e mi fa alzare. È più basso di me, il che è strano, eppure quando i nostri occhi si incontrano sento che è lui a comandare e che potrei obbedirgli. Mi passa le mani tra i capelli e mi sorride. «Non è necessario che tu lo decida stasera. Non ti metterò fretta.»

«Ma la sua vacanza… Se dico di no, avrà bisogno di un altro ragazzo.»

«Posso trovarne uno. Volevo te, ma non mi mancano le offerte in questo momento. Lo stipendio mi rende una preda piuttosto eccitante.» Ride, fa scivolare le mani sulle mie spalle e le stringe. «Vai a casa. Pensaci su. Fammi sapere domani mattina.»

«Volevo venire per lei stasera,» confesso, arrossendo.

«Anch'io. Saresti così bello in ginocchio per me.» Fa spallucce. «Ma *c'est la vie*.» Paul mi guida verso la porta del loft. «Aspetto tue notizie. Non metterci troppo, ma… Matthew? Mi raccomando, la prossima volta.»

Mi bacia la guancia e mi manda via.

Quando esco dal parcheggio sotto il suo palazzo, sono sudato e confuso. Volevo essere usato stasera, essere scopato e venire, e sono curioso di sapere come sarebbe Paul a letto, come mi toccherebbe e quale piacere mi donerebbe. Sarebbe diverso da quello che mi ha dato Erik?

Ma si tratta solo di curiosità.

Cosa voglio veramente?

Erik.

CAPITOLO TRENTADUE

Erik

IL BLUE RIDGE Kink Club non è il luogo in cui vorrei essere, eppure sono qui.

Nick mi ha costretto a presentarmi con promesse di conversazione e whisky, ma nel momento in cui mi trovo lì, mi accorgo che non ho voglia di nessuno dei due. Il locale è pieno di uomini amanti dei kink, pronti e disposti a giocare. Alcuni sono anche piuttosto sexy, come il ragazzo che mi è passato davanti indossando orecchie da coniglio e una coda pelosa attaccata appena sopra il culo sporgente.

Ma nessuno di loro verrà a casa con me stasera.

«Parla,» mi intima Nick, voltandosi sullo sgabello girevole prima di appoggiare un gomito sul bancone e il mento sul pugno.

Roteo gli occhi. Non c'è molto che non abbia già detto. «Non sono pronto. Non c'è altro da aggiungere.»

«Quindi il ragazzo dell'asta è stato un fallimento?»

Sospiro. Nick vuole sempre ridurre le cose a qualcosa di semplice, e questo non lo è. «È stato fantastico.»

«Ma tu non sei fatto per le lunghe distanze, bla bla bla, tutte le altre scuse, giusto?»

«Non sono scuse.»

«Beh, immagino che non sia stato lo zuccherino perfetto.»

Faccio una smorfia. «Cosa?»

«Lo zuccherino perfetto. Lo sai.» Nick alza gli occhi su di me. «Non lo sai? Okay, allora, sei mai stato a un'orgia e ci sono tre bei culi allineati sullo schienale di un divano pronti per essere scopati?»

«Sembra molto specifico. Sei sicuro che non sia una storia di vita vissuta?»

«Lo è, ed è così che so che gli zuccherini perfetti sono reali.»

Agito il bicchiere di whisky verso di lui, esortandolo a farla finita con quella sciocchezza. Ne ho appena bevuto un sorso. L'alcol sembra sempre più attraente in teoria che in realtà. Almeno per me.

«Allora, tre culi, tutti allineati. Ne scopi uno, ed è bello, ma ce ne sono altri due, quindi tiri fuori e scopi quello successivo e quello successivo ancora. È sexy. Sono tutti sexy. Ma per qualche motivo, il culo numero uno ti ossessiona. Il miglior culo del set. E tu continui a volerlo, anche se un altro ragazzo geme come una cagna in calore, si contorce sul tuo cazzo e ti implora di andare più forte.»

«Una cagna in calore è uno zuccherino perfetto?»

«No, il culo inspiegabilmente buono è lo zuccherino perfetto. Cristo, fai attenzione. Uno zuccherino raro e prezioso. Se quel tizio lo fosse stato, non lo avresti mai lasciato andare. Quindi forse non era quello giusto.» Indica la stanza. «Hai ampia scelta.»

«Non è ciò che voglio.» Io voglio Matthew, che non è un tesoro da trovare. È molto di più. È un angelo. Non solo perché è il suo vero cognome.

«Stai davvero rinunciando al kink?»

«Non so cosa sto facendo, Nick,» sospiro. «Questa sera non mi va.»

«Beh, e allora cosa ti va?»

Scuoto la testa e guardo l'orologio prima di gettare di nuovo lo sguardo sulla stanza. Non c'è nessuno con cui voglio parlare qui, e sicuramente nessuno con cui voglio scopare. «Credo che non ci sia molto da fare. Andrò a casa.»

«Questa sarà l'ultima volta che ti vedrò qui,» dice con la sua franca astuzia.

«Possibile.»

«Trentacinque anni sono troppo pochi per appendere definitivamente il cappello da Daddy al chiodo.»

«Forse hai ragione, ma mi è passata la voglia, anche se non so perché.»

Ma è così. Per un bellissimo fine settimana, il miglior Natale da quando ero un bambino che credeva in Babbo Natale, di voglia ne ho avuta fin troppa, pienamente soddisfatta. Non credo che potrò mai più raggiungere quel tipo di gioco perfetto con qualcuno. Matthew è stato il mio ultimo ragazzo.

«Un cuore spezzato può rovinare molte cose belle, ma guarisce. Alla fine. Forse ti ho messo fretta.»

«Può darsi, ma non posso dire di essermene pentito.» Non rimpiangerei mai Matthew, ma allo stesso tempo, dannazione, vorrei non aver mai avuto un assaggio di lui. Non è la stessa cosa del rimpianto, ma ci si avvicina troppo. «Stasera non mi stuzzica niente. Voglio solo andare a casa.»

«Vai,» risponde Nick, dandomi una pacca sulla spalla. «Se passi da queste parti, allora ci vedremo. Altrimenti, beh, possiamo prenderci un caffè o qualche altra cosa.»

«Oppure potresti venire alla baita, montare qualche cavallo, fare un po' di allenamento con me.»

«Passo. I cavalli sono troppo grandi perché un uomo se ne occupi. Me lo ha insegnato mia madre.»

«I cavalli richiedono rispetto, è vero, ma sono animali meravigliosi.»

«Così si dice.»

Gli stringo la mano. «Grazie per averci provato, Nick. Farmi uscire di nuovo sulla scena è stata una buona idea. Ho imparato molto e ho capito che in questo momento non sono nello stato d'animo giusto per il kink.»

«È meglio saperlo che non saperlo,» concorda. «A presto, Erik.»

«A presto.» Mentre mi allontano, un ragazzo dai capelli rossi con addosso solo un perizoma blu e tacchi alti si avvicina a Nick, dicendogli qualcosa che lo fa ridere e guadagnandosi uno schiaffo sul sedere. Il ragazzo si appoggia a Nick e, mentre mi avvio per uscire, sono sicuro che il mio amico abbia trovato il suo giocattolo per la notte.

Il viaggio di ritorno a casa è breve e veloce. Tutti i vari coinquilini sono fuori a fare le loro cose, quali che siano, tranne Charles, che sta cucendo nella sua stanza con la porta e le finestre aperte e un ventilatore acceso.

«Cerchi di riscaldare tutta Asheville?» chiedo.

Non smette di lavorare. «Il riscaldamento è bloccato su alto. Si muore di caldo.»

«Fantastico,» borbotto. «Da quanto tempo va avanti?»

«A tratti negli ultimi giorni. Gli altri sono andati a cercare un posto dove dormire per la notte. Presto andrò a casa di mio zio. Devo solo finire...» Sorride sfoggiando una chiostra di denti candidi. «Ecco. Fatto.» Charles si alza e tira fuori una cosa di pizzo e fronzoli che suppongo sia un altro campione della sua "lingerie per uomini", ma non sono sicuro di come vada indossato.

«Bello,» dico, perché è più facile che fare domande.

«Un best-seller di prossima vendita,» proclama.

«Senza dubbio. Quando guadagnerai abbastanza soldi per avere un vero studio?»

«Vuoi che me ne vada?» domanda accigliato.

«Certo che no, ma sicuramente avrai progetti più grandi di questo posto.»

«Oh, sì.» Sorride sfacciato. «Comprerò una casa e assumerò degli assistenti. Col tempo, non sarò solo una stilista di lingerie solitaria. Sarò un'icona della moda.»

«Approvo questo piano.»

Tornando in corridoio per armeggiare con il termostato, ci metto solo pochi secondi prima di arrendermi e ritirarmi nella mia camera da letto. Lì dentro è una sauna e mi siedo sul letto per un lungo momento, fissando il soffitto. Non so cos'altro fare, così apro anche le finestre. Nel cuore dell'inverno.

Che confusione.

Raggomitolato sul letto, tiro fuori il telefono e faccio quello che faccio troppo spesso. Rileggo gli ultimi messaggi che ho scambiato con Brandon.

Ti auguro tutto il meglio, ma ti prego di non scrivermi più.

Mi mordo il labbro inferiore mentre rileggo la sua risposta: *Mi dispiace che sia così doloroso per te. Sei stato l'uomo di cui avevo bisogno per molto tempo e non ti dimenticherò mai. Ferko ti saluta.*

Chiudo gli occhi e immagino il volto di Brandon. I suoi occhi blu che scintillano mentre ride. Le labbra rosse intorno al mio cazzo. Il suo corpo flessuoso che freme sotto di me mentre lo scopo. Il sussulto del suo culo quando cammina. Mi piace tutto quello. O meglio, mi piaceva. Probabilmente mi piace ancora.

Ma non lo voglio più.

Anche se entrasse dalla porta in questo momento, si inginocchiasse e implorasse di essere di nuovo il mio ragazzo, lo manderei per la sua strada, perché sono convinto di ciò che ho detto a Matthew: nessuno dei miei ragazzi era destinato a durare.

Li ho scelti apposta.

Chiudo gli occhi e la mia mente mi tradisce mostrando Matthew che mi aspetta alla baita. Penso a lui che trasferisce le sue cose, che occupa un posto fisso nella mia vita. Sotto il terrore che quelle immagini evocano, una sensazione di calore mi sboccia dentro.

Ma quando penso di invecchiare con lui, di farlo restare con me e di essere il mio ragazzo anche quando avrà sessant'anni e io cinquantaquattro... al diavolo, anche più vecchio! Come può funzionare?

Mia madre è sola, non ha mai trovato il vero amore e siamo sempre stati solo noi due. Come si fa a costruire un futuro con un amante? Forse dovrei chiamare mio cugino Leo e chiedergli perché lui e il suo medico hanno deciso di sposarsi, come facevano a sapere che sarebbe durata e che avrebbero potuto creare una famiglia e un futuro insieme.

O forse dovrei chiedere a RJ e Aaron.

Invece, apro la chat con Matthew.

L'ultimo messaggio è di quando mi ha fatto sapere che era arrivato a casa sano e salvo a Nashville dopo il nostro tempo insieme. Da quel pomeriggio non c'è stato più nulla. È giusto, è quello che gli ho chiesto, eppure non è quello che voglio. Negli ultimi cinque giorni, ogni volta che il mio telefono ha suonato, ho sperato che fosse lui.

Rileggo i nostri messaggi della notte successiva al nostro primo incontro. Poi raddoppio l'errore aprendo la foto che mi ha mandato: dopo l'orgasmo, con lo sperma dappertutto e quell'espressione selvaggia e bellissima sul viso. Ho lasciato che questo ragazzo, questo splendido, sottomesso, dolce ragazzo, se ne andasse perché sono un codardo. Si è preso un tale rischio con me, si è fidato di me per tutto ciò che è importante, con corpo, mente e anima, e io l'ho deluso.

Ho deluso me stesso.

Metto da parte il telefono e guardo fuori dalla finestra aperta, sentendo l'aria fredda che mi scorre sul viso. Dalle bocchette della stanza fuoriesce calore. Caldo e freddo soffiano su di me in contemporanea. È una sorta di metafora della mia vita? Sento che potrebbe esserlo.

«Ehi,» dice Charles dalla porta aperta. «Io vado. Starai bene qui?»

«Certo che sì.»

«Davvero? Stai bene?»

«Sì.»

«Ha chiamato Brandon o qualcosa del genere?» chiede, entrando con cautela nella stanza.

«No.»

Rimane in mezzo alla stanza per un attimo, pensieroso. «Ah. Era da un po' che non eri così giù. Ho pensato che forse… Ma non importa. Dai, ci vediamo. Buonanotte.»

«Notte,» dico, ma mi siedo e lo osservo inoltrarsi lungo il corridoio, tutto ancheggiante.

Forse *dovrei* contattare Brandon. Forse è questo che non va in me. Se mettessi le cose in chiaro con lui, se chiudessi in via definitiva…

Afferro il telefono e lo blocco. Mi ritrovo di nuovo di fronte al corpo di Matthew e ai suoi bellissimi occhi.

Non scrivo a Brandon.

Invece, digito un messaggio a Matthew, lo rileggo una mezza dozzina di volte e lo cancello. Aspetto qualche secondo, riflettendo, prima di scriverlo di nuovo.

Voglio chiedergli se sta bene, se ha dei rimpianti su di me, su di noi, se vuole rivedermi, se magari possiamo considerare di avere qualcosa di occasionale finché non sono più sicuro di me …

Ma invece invio: *Posso chiamarti? È importante.*

Mi si annoda lo stomaco e sudo. Che cos'è quello che provo? Non ne sono sicuro.

Ma sembra coraggio.

CAPITOLO TRENTATRÉ

Matthew

P OSSO CHIAMARTI? È importante.

Inspiro ed espiro. Sono davanti all'ascensore nel parcheggio sotto l'edificio di Paul. Ci ho dormito sopra e sono venuto qui dopo essere passato da casa a cambiarmi dopo il lavoro. Ero troppo nervoso per cenare, perché ho deciso che sono pronto a firmare l'accordo e a farmi condurre da Paul in una scena di base come suo sottomesso.

Questo, con Paul, è ciò che voglio.

Oppure lo era.

Finché non è arrivato quel messaggio.

Perché *voglio* Erik. È solo che se non posso averlo, voglio continuare il mio viaggio alla scoperta di me stesso, e Paul mi sembra un uomo a posto, una persona affidabile con cui continuare. Il tipo che fa per me.

Ma, più di ogni altra cosa, voglio stare di nuovo con Erik.

Mi ritrovo di nuovo in macchina, rabbrividendo nel freddo umido del piazzale di cemento. Guardo ancora una volta il messaggio di Erik. Non riesco a sperare. Probabilmente si tratta solo di qualche piccolo problema che deve risolvere. Forse ho lasciato qualcosa nella sua baita e gli serve il mio indirizzo. Forse c'è stato un problema con l'incasso dell'assegno di beneficenza.

Forse… oddio, e se volesse che gli facessi da referenza per un altro ragazzo?

Mi sento male.

Stringo gli occhi, faccio un respiro profondo e rispondo con: *Certo. Quando?*

Ora?

Sì

Mi chiama subito, e io rispondo. Grazie al cielo c'è il segnale quaggiù.

«Ciao, hai bisogno di qualcosa?» chiedo tutto d'un fiato, come se parlando così in fretta potessi impedirgli di ferirmi o di negarsi a me di nuovo. Lui non *mi vuole*. Lo ha detto chiaramente.

C'è un lungo silenzio all'altro capo, prima che Erik dica qualcosa che mi lascia senza fiato.

«Di te. Ho bisogno di te.»

Il mio cuore ruzzola. Paul Adler, il suo loft da quattro milioni di dollari e il suo sorriso fisso scompaiono dalla mia mente. Sono qui con Erik in linea e lui ha bisogno di me.

«Come?» Forse ha bisogno delle mie competenze contabili? Il mio indirizzo? Forse vuole che gli restituisca la chitarra?

«In molti modi, ma soprattutto ho bisogno che tu mi perdoni.»

«Per cosa?»

«Per essere stato un codardo. Non avrei mai dovuto dirti che non volevo provare ad avere una relazione con te. La verità è che lo voglio, ma non so *come*. Non ho mai preso questo tipo di impegno prima d'ora. Non l'ho nemmeno mai *visto* fare. Io e mia madre? Beh, mio padre ci ha lasciati, come ti ho detto. E la maggior parte dei genitori dei miei amici ha divorziato. Mi sono lasciato andare solo con ragazzi di un certo tipo. Ragazzi che erano solo di passaggio.»

«Davvero?» Mi gira la testa. Afferro il volante anche se ho parcheggiato. Sta succedendo. Mi sta dicendo che mi vuole.

«Il fatto è che sei venuto da me perché volevi imparare ad amare te stesso e ciò che hai tenuto a distanza per tutta la vita, e io pensavo di potertelo insegnare. Ma come posso insegnartelo se io stesso tengo a distanza le persone e le cose che farebbero crescere *me*?»

«Ti faccio crescere?»

«Merda, avrei dovuto dirti tutto questo di persona. Avrei dovuto salire in macchina e guidare fino a casa tua.»

«Hai almeno il mio indirizzo?»

«Da qualche parte nei documenti legali dell'asta. Avrei potuto trovarlo, raggiungerti e chiederti perdono in ginocchio per essermi comportato come se sapessi così tanto, quando invece avevi ragione tu. Avevi ragione, cazzo. *Stavo* davvero scappando da noi, da quanto stiamo bene insieme, in tutti i sensi, perché ho paura. Sono terrorizzato. E sei tu quello coraggioso, l'adulto, quello che stava per fare un salto nel vuoto per noi, e dopo tutto quello che hai passato...»

«Anche tu ne hai passate tante. Hai buone ragioni per non sperare che qualcuno rimanga. Per temere di essere ferito.»

«Voglio migliorare le nostre vite, Matthew. Entrambe le nostre vite. Credo che quello che abbiamo condiviso la scorsa settimana sia stato speciale. Insostituibile. Nessun altro si è mai avvicinato a farmi sentire così vivo, completo e in pace.»

«Dici sul serio? Non sei solo o arrapato o...»

«Dico sul serio. Posso avere qualsiasi culo quando voglio. Ma non voglio un culo qualsiasi. Voglio il tuo. Hai capito?»

E io? C'è solo una cosa che posso dire. «Sì, Daddy.»

Il respiro gli si blocca. «Oh, Dio. Dillo di nuovo.»

«Sì, Daddy. Ho capito.»

«Quando puoi tornare a casa da me?»

La mia mente vortica. «Devo occuparmi di alcune cose.»

«Il tuo lavoro, sì, e il tuo gatto. Forse possiamo capire...»

«La cosa più urgente è fare marcia indietro sul Dom con cui stavo per incontrarmi di nuovo,» lo interrompo. «Sono nel parcheggio sotto il suo loft.»

Erik emette un ringhio confuso. «*Ancora?*» Si schiarisce la gola.

«Va bene. Va bene.» Non sembra che lo pensi davvero. Il che non dovrebbe entusiasmarmi, ma è così. Aggiunge: «Sono contento che tu stia esplorando. Se vuoi giocare con lui, lo capirò e...»

«Voglio *te*, Erik.» Guardo le auto incredibilmente costose parcheggiate nelle vicinanze. Probabilmente costano ciascuna più di quanto io guadagno in un anno con il mio lavoro. Che vorrei tanto lasciare. «Non lui.»

«Ti ha toccato questo *Paul Adler*?» Pronuncia il nome come se gli lasciasse un brutto sapore in bocca. È geloso.

Non riesco a trattenere un sorriso. «Un po'?» Ci siamo stretti la mano e mi ha baciato la guancia.

«Sei venuto per lui?»

«Non vedo perché siano affari tuoi, ma no. Non abbiamo ancora firmato il contratto.»

«Perché no?» Erik sembra scettico.

«Non ne ero convinto. Ma ora sono qui perché avevo deciso di portare avanti il nostro progetto. Nel frattempo è stato un perfetto gentiluomo.» E poi, poiché mi piace il tono rauco e arrabbiato della sua voce in questo momento, aggiungo: «Ha delle belle mani. Finora è stato gentile, ma aveva dei progetti per dopo, che includevano del sadismo.»

«Sei *d'accordo*?»

«Non credo mi dispiacerebbe,» ammetto. «Ma preferirei che tu mi inseguissi per un campo e che ti rotolassi con me, invece.»

Il suo ansimare bisognoso di risposta mi fa girare la testa dalla gioia.

Erik

STA SUCCEDENDO. MATTHEW mi rivuole. Sono stordito dalla mia

fortuna. «Quando posso vederti?»

«Presto,» risponde. «Ho alcuni problemi da risolvere qui a casa e devo dire a Paul che non firmerò il contratto.»

Vorrei prendere in mano quel contratto e ridurlo in piccoli brandelli.

«Ma venerdì penso di poter venire da te.»

«Prendi l'aereo. Ti vengo a prendere all'aeroporto. Pagherò il volo.»

«È una cosa stupida e costosa.»

Devo mettere a posto le cose con lui e non credo di poter aspettare fino a venerdì. «Verrò io da te.»

«Non è necessario.»

«In realtà, sì. Sei stato troppo buono con me, Matthew. Posso anche avere il ruolo di Daddy, ma anch'io sto ancora imparando. Dovresti chiedermi di più. È una cosa che dobbiamo capire insieme.» Rimane in silenzio per un attimo e il mio stomaco si agita per l'ansia. «Capisci cosa sto dicendo? Dovrei darti più di quanto ho fatto. Avrei dovuto dare di più a tutti i miei ragazzi.»

«In che senso?» domanda con voce soffocata.

«Avrei dovuto darti una vera possibilità di avere il mio cuore, di far parte della mia vita. Te lo meritavi, lo meritavano tutti. Forse Brandon sarebbe rimasto se gli avessi dato l'impressione di aspettarmi che lo facesse.»

«Forse lo avrebbe fatto.»

«*Tu lo* avresti fatto.»

Matthew ride e sembra che gli faccia male la gola. «Sì, lo avrei fatto.»

«Non voglio Brandon,» gli dico. «Voglio te. Ma è troppo tardi? Sei andato avanti?»

«No.»

«Ma stavi per firmare un contratto con un altro uomo…» Non riesco a credere di averne tanto bisogno, ma una parte di me vuole che Matthew lo dica esplicitamente. Voglio essere certo che non preferisca l'idea di un altro uomo al posto mio. Che cosa ridicola, è l'antitesi del kink, non sono queste le regole del gioco...

Eppure questo non è un gioco. C'è in palio il mio cuore.

«Non essere sciocco, Daddy. Sono il tuo ragazzo. Come potrei andare avanti?»

Gli occhi mi si riempiono di lacrime e la gola si serra. «Potresti. Sei abbastanza forte da fare tutto ciò che vuoi, Matthew. Ma sono felice che tu non lo abbia fatto. Voglio che tu sia il mio ragazzo. Voglio vedere se può funzionare a lungo termine.»

«Lo voglio anch'io.»

«Ti va bene se vengo a trovarti?» Guardo l'orologio. Devo capire come spegnere il riscaldamento in casa e si sta già facendo tardi. Guidare fino a Nashville stasera significa arrivare tardi, ma non voglio aspettare. «Stasera?»

«Non hai clienti, Daddy?»

«No, tesoro.»

«Non ti dispiace guidare?»

«Sarebbe un onore per me venire da te.»

Matthew esita e mi chiedo se non l'abbia messo troppo sotto pressione. È un preavviso breve per una visita. Non è nemmeno a casa sua. È fuori dall'appartamento di un Dom. È nella sua macchina. Sono uno stronzo, ma...

«Va bene, Daddy. Ti mando un messaggio con il mio indirizzo.»

Tiro un sospiro di sollievo.

CAPITOLO TRENTAQUATTRO
Matthew

RIATTACCO IL TELEFONO, scosso. È davvero possibile che meno di un'ora prima mi fossi rassegnato a stare con Paul per le prossime sei settimane e ora devo rinnegare tutto, correre a casa, pulire il bagno, passare l'aspirapolvere e starmene seduto in attesa che Daddy arrivi a *casa mia*? Il posto in cui sono cresciuto. La casa ancora intrisa della vita e dell'energia dei miei genitori.

Sento che potrei andare in iperventilazione, ma non posso mandare a Paul un messaggio in cui gli dico che mi sto tirando indietro. Non è giusto nei suoi confronti. Dopotutto, sono ancora nel suo palazzo. Così scendo dalla macchina, prendo l'ascensore e busso.

Le sopracciglia di Paul si inarcano quando apre la porta e mi chiedo cosa veda sul mio viso. Ovviamente non è quello che si aspettava. Mi fa cenno di entrare. Scuoto la testa.

«Mi dispiace, signore, ma non firmerò.»

Stringe le labbra; la sua espressione si vela di delusione, ma quando mi stringe la spalla il gesto è pieno di gentilezza. «Grazie. Capisco.»

«Ma non ho spiegato.»

Sorride dolcemente. «Non credo che tu debba farlo. A meno che non ci sia qualcosa che vuoi che io sappia, di cui pensi che debba essere a conoscenza. Perché ho l'impressione che non si tratti di me.»

«Non lo è, signore.»

«Stai bene? Hai bisogno di parlarne?»

«No.»

Paul mi stringe di nuovo la spalla e mi lascia. «Ti auguro tutto il meglio. Forse ti vedrò in giro per la scena. Grazie di tutto.»

Vorrei migliorare la situazione, lenire qualsiasi ferita al suo ego, ma non sembra colpito in quel senso. È deluso, ma niente di più. Suppongo che sia cosa buona e giusta, ma vorrei che un uomo con cui mi sono quasi impegnato per sei settimane avesse avuto una reazione maggiore. Suppongo che ciò significhi che è un bene che sia andata così. Se lui è così emotivamente non disponibile, mi sarei trovato con l'amaro in bocca.

«Grazie anche a lei, signore.»

Paul non chiude la porta finché non mi ha visto risalire sull'ascensore e io tiro un sospiro di sollievo quando il suo sguardo blu sparisce oltre le porte. Mi appoggio alla parete, lasciando che l'ascensore mi riporti al parcheggio e alla mia auto. Il senso di colpa mi dice che dovrei pensare a Paul, alla situazione di stallo in cui l'ho lasciato per le sue tanto necessarie vacanze, ma non è così. Penso solo a una cosa.

Tornare a casa e prepararmi all'arrivo di Daddy.

Mentre esco dal parcheggio e mi addentro nella buia notte invernale, calcolo l'ora. Se Daddy partirà presto, posso contare sul fatto che sarà qui per le due del mattino.

Voglio fargli trovare il cibo pronto, nel caso abbia fame. E pulire per bene la casa. Dovrò cambiare la lettiera di Simmony Sunshine come prima cosa. Avrò bisogno che il mio *corpo* sia pulito e…

La mia mente vortica con tutto quello che voglio fare prima del suo arrivo.

Mi chiedo cosa penserà di come sto vivendo. Come potrebbe cambiare il sentimento che lui prova per me e come il vederlo in casa mia potrebbe farmi sentire con me stesso.

Lo saprò presto.

CAPITOLO TRENTACINQUE

Erik

È TARDI E sono stanco. La voce allegra della mia app di navigazione mi avvisa che la mia destinazione è più avanti sulla sinistra.

Mentre scendo dall'auto, noto che la casa di Matthew è a due piani in stile Craftsman e corrisponde al resto del quartiere. Costruita probabilmente negli anni Sessanta, o prima, sembra che nel tempo non sia stata sottoposta a grandi modifiche.

La luna nel cielo è bianca e rotonda, quasi piena, e penso a come una delle attrici con cui ho lavorato una volta mi avesse detto che in astrologia le lune piene rappresentano il raccolto di una seminata. Conseguenze e risultati.

Qui il territorio è pianeggiante e il vento vi soffia con maggior agio rispetto ai monti. Lì il vento è incanalato e concentrato, oppure dolce e serpeggiante. Qui è vasto, aperto, freddo e veloce.

Mi tranquillizzo.

Le luci sono accese in casa di Matthew. Riesco a vedere il soggiorno e noto che l'arredamento ricorda quello di mia zia Meryl a Blountville: un divano a quadri con tende abbinate alla finestra e mobili di legno massiccio di vario tipo.

Mentre alcune case del quartiere sono ancora addobbate con le decorazioni natalizie, quella di Matthew non lo è. Dovrebbe esserlo. Lui merita ogni luminaria, ogni gingillo e ogni ghirlanda scintillante.

Mi assicurerò che li abbia in futuro.

Vedo una luce accendersi dietro a una finestra del piano superiore e spegnersi di nuovo. Facendo un respiro profondo, mi dirigo verso la porta d'ingresso, pronto ad affrontare le conseguenze della luna piena. Ma mentre lo faccio, la porta si apre e la sagoma familiare di Matthew è lì ad accogliermi.

Non dice nulla, si appoggia allo stipite della porta e mi aspetta. Mi avvio lungo il vialetto e salgo i tre gradini alla luce del portico. Ha un bell'aspetto. In salute. Non è che cinque giorni di distanza possano aver fatto molta differenza, ma sono felice di vedere che non è dimagrito e che i suoi occhi brillano.

«Ciao, Daddy,» mi saluta dopo un lungo e pesante silenzio che non so come interpretare. «Entra.»

Lo seguo all'interno e, quando chiude la porta dietro di noi, mi giro e gli afferro le spalle. Mettendo le braccia ai suoi lati, ingabbiandolo contro la porta, esamino il mistero della sua espressione. Il suo mento è inclinato verso l'alto, gli occhi ampi e desiderosi, anche se ora un po' nervosi, e il respiro si fa sentire in sbuffi eccitati.

«Ragazzo.» Gli prendo il mento e lo sollevo più in alto, piegandomi per premere un bacio sulla fossetta che tanto mi è mancata, sull'angolo delle sue labbra, sul naso e sulla fronte. «Mi sei mancato.»

«Davvero, Daddy?»

«Sono tentato di scoparti proprio ora, contro questa porta.»

«Fai pure, Daddy.» Matthew ride e si appoggia all'indietro. «Te lo lascerò fare.»

Gli accarezzo il collo, aspirando il suo profumo prima di strofinare le labbra sulle sue. «Cazzo, mi sei mancato.»

«Anche tu mi sei mancato.»

La mia mente è in bilico tra il fare marcia indietro e il discutere come una persona ragionevole, davanti a tè e biscotti, o qualsiasi cosa Matthew abbia in mente, perché non è possibile che sia stato seduto qui nelle ultime cinque ore ad aspettarmi con calma. Ha preparato *qualcosa, probabilmente* se stesso, il cibo, questa casa e Dio solo sa cos'altro.

Ma non voglio aspettare. Voglio ricordare a me stesso e a lui che è il *mio* ragazzo, che sono il suo Daddy, e non solo un uomo qualsiasi da vezzeggiare o da apprezzare, nel modo in cui inizialmente non avevo le palle per fare.

«Mettiti in ginocchio.» Lo spingo giù, compiacendomi quando si abbassa subito. Tengo le mani appoggiate alla porta dietro di lui. «Slacciami i jeans.»

Le mani tremano mentre lavora per aprirmi la patta, quindi mi guarda per ricevere istruzioni e io vorrei piangere davanti al suo sguardo perfetto, sottomesso e adorante. Non me lo merito. Ma nessun uomo lo merita. Matthew è un dono, un dono immenso e bellissimo.

«Sai cosa fare,» sussurro. «Mostrami quello che ricordi di ciò che ti ho insegnato.»

Mi libera il cazzo dalle mutande e dai jeans, che abbasso lungo i fianchi per facilitargli il compito. Lo afferra alla base e le sue ciglia scure si abbassano sugli zigomi mentre chiude gli occhi e si prende un momento per godersi la sensazione di me nella sua mano.

Solleva le palpebre e mi fissa. «Ti piace questo, Daddy?» Apre la bocca, tira fuori la lingua e lecca la punta.

«Molto, dolce ragazzo. È quello che serve a Daddy. Fammi vedere come me lo succhi.»

Lo fa e, Cristo, non so se si sia esercitato su una banana o se sia solo un fottuto genio, perché mi succhierà via il cervello dal cazzo se non lo farò rallentare. Ma non lo faccio.

Lascio che si dia da fare su di me mentre lo fisso, dando sfogo al mio piacere quando si tira indietro per prendere un respiro affannoso e alza lo sguardo per valutare l'effetto che ha su di me. Sorridendo, si rimette al lavoro. Aggroviglio le dita nei suoi capelli, mormorando lodi e gemiti e avvicinandomi sempre più all'orgasmo.

«Proprio così,» dico mentre spalanca la gola e mi inghiotte a fondo. «Questo è il mio piccolo succhiacazzi.» Non ha molto senso, ma sto tremando per il bisogno represso. I miei palmi sono sudati quando li appoggio di nuovo sulla porta, e scivolano. «Che bravo ragazzo. Così bravo con Daddy.»

Gli occhi di Matthew sono caldi e disperati mentre mi fa godere, e quando sono vicino all'orgasmo, gli afferro i capelli, gli tengo ferma la testa e gli sussurro: «Lascia fare a Daddy, tesoro. Lascia che si prenda la tua bocca.»

Penetro lentamente nella sua gola e mi sfilo di nuovo. Gli occhi di Matthew si rovesciano all'indietro e suoni soffocati fuoriescono insieme alla saliva umida e appiccicosa mentre mi spingo dentro di lui. So che è stato scopato in gola da altri uomini, ma in questo momento sono io che lo possiedo, che prendo il mio piacere proprio sulla soglia della sua casa d'infanzia, con i ricordi dei suoi genitori, che lo avrebbero rifiutato per questo, tutti intorno.

«Sei di Daddy, dolce ragazzo,» sussurro. «Di nessun altro. Non conta nient'altro che questo. Ricordalo.»

Geme e io mi immergo nel suo calore vibrante. La gola si stringe quando deglutisce. «È così bello. Sei fatto per questo. Fatto per essere il mio ragazzo.»

«Daddy,» sussurra quando mi tiro fuori e lui riprende fiato. Con gli occhi umidi, si mette a sedere e mi fissa, la bocca rossa e le labbra gonfie. «Vienimi in bocca, Daddy. Fammi bere il tuo sperma. Fammelo ingoiare.»

«Oh, lo avrai.» Gli afferro di nuovo i capelli e, usando l'altra mano per premere sull'articolazione della sua mascella, gli apro la bocca. Non ha bisogno di quel tipo di forza, ma si sottomette facilmente, e io mi spingo di nuovo dentro di lui fino a quando non sono in profondità. I suoi occhi lacrimano, le labbra si stringono intorno alla base del mio cazzo e la gola si contrae per la mia intrusione.

Lo tengo stretto, aspetto che i suoi occhi inizino a sgranarsi prima di staccarmi per lasciarlo respirare. Lo ripeto. Una, due, tre volte. Gli stringo i capelli e sussurro: «Daddy ti ama, ragazzo.»

Lui geme e io inclino la testa all'indietro, ansimando, mentre il piacere mi afferra per le palle e pompa in raffiche acute e dure che mi tolgono il fiato. Matthew ha un conato ma si riprende, ingoia avido il mio sperma prima di staccarsi per leccare l'eccesso dalle mie palle e dalle sue stesse mani. Si siede sui talloni e si lecca i palmi come un gattino.

«È così buono, ragazzo?» chiedo, roco, ancora ansimante e appoggiato pesantemente alla porta d'ingresso di casa sua. «È quello che ti serviva?»

«Sì, Daddy. Grazie,» risponde con un sospiro di sollievo.

Lo tiro su. Assaporare il mio sperma sulla sua bocca con il primo bacio da quando ci siamo lasciati è gratificante in un modo barbaro e cavernicolo. Sento di poterlo possedere, reclamare e marchiare come mio. Mi piace sapere che sta assorbendo le mie proteine, il mio DNA, incorporandolo nel suo essere e nelle sue cellule. Sto facendo di Matthew il mio ragazzo dentro e fuori.

«Mi piace, Daddy,» mugola quando finalmente lascio la sua bocca. È floscio, anche se sento il suo cazzo duro come il ferro scavare nella mia coscia. «Adoro quando vieni per me.»

«Te lo meriti,» gli dico. «Sei così eccitante, così bravo. Ti meriti lo sperma di Daddy.»

«Grazie.»

«*Miao.*»

Abbasso lo sguardo e un gatto bianco e arancione, simile a Daisy, ci scivola intorno alle caviglie facendo le fusa. Scoppiamo a ridere.

«Questo è Simmony Sunshine,» dice Matthew, indicando la creatura affettuosa. «È amichevole.»

«Capisco,» dico, tirandomi su i jeans e infilando l'uccello nei boxer. «È carino. Come te.»

Matthew si gratta leggermente i peli che sbucano dal colletto. Le sue labbra brillano per la saliva del nostro bacio e i suoi occhi sono annebbiati. «Hai fame?» chiede, emergendo dal subspace in cui si è calato così rapidamente per me.

«Non lo so. Che cosa hai preparato?»

Mi prende per mano e mi conduce dall'ingresso, attraverso il soggiorno, fino alla cucina, entrambi nervosi e ancora scossi dalla lussuria, dalla felicità e dai brividi che derivano dal fatto di essere rimasti svegli fino a tarda notte. Mi fa sedere a un tavolo che sembra uscito dagli anni Sessanta, così come il linoleum e gli armadietti.

«Non sapevo cosa cucinarti,» dice Matthew, mettendomi davanti un piatto. «Così ho fatto questo.»

È la ricetta del pollo e degli gnocchi che abbiamo preparato insieme il giorno di Natale. Sono più affamato di quanto pensassi prima di trovarmi davanti il delizioso piatto fumante. Sollevo la forchetta e inizio a mangiare. Mi accorgo però che lui non lo fa. «Hai mangiato stasera?»

«Sì. Prima, mentre preparavo.»

«Prendine ancora.»

Lui scuote la testa e il rossore gli sale sul collo e sulle guance. «Mi sono pulito dentro per te. Voglio essere pronto, Daddy.»

Sono vagamente deluso che abbia fatto un clistere senza di me e che non potrò più spogliarlo e metterlo a nudo in quel modo, ma suppongo che non sia un diritto che mi sono riguadagnato. Non che me lo sia mai *guadagnato*, ma ora sono determinato a farlo per il futuro.

Lascio perdere la questione. Mentre mangio, sento il peso del suo sguardo, ma non è gravoso. È come una garza che mi sfiora, e quando sollevo il viso lui sorride, con la speranza e il cuore negli occhi. Come ho fatto a mandare via quest'uomo? Perché ho pensato di non dover cercare qualcosa di vero con lui? Qualcosa di duraturo?

Guardo la cucina, le prove della sua famiglia e gli anni della sua vita prima di me, e mi chiedo cosa signifìchi tutto questo per lui. Vorrei chiederglielo, ma vorrei anche dargli quello che vuole. Posso vedere nei suoi occhi che spera che lo faccia venire presto, e non credo che sarà in grado di concentrarsi su qualcos'altro finché non lo soddisferò.

O forse tutte le cose serie, ciò che vuole dalla vita e cosa vuole fare con tutta la roba che i suoi genitori gli hanno lasciato, letterale e metaforica, devono comunque aspettare la luce del mattino.

Stasera è troppo tardi per approfondire tutto questo.

«Daddy è dispiaciuto,» dico. «Mi perdoni?»

Matthew alza le spalle. «Naturalmente.»

E forse può essere davvero così semplice.

CAPITOLO TRENTASEI

Matthew

DOPO CHE ERIK ha finito di cenare, lo conduco al piano di sopra, oltre le foto della mia famiglia appese al muro, oltre la porta che conduce alla mia stanza e in fondo al corridoio, in una parte della casa in cui non entro spesso. Apro la porta.

Il grande letto dei miei genitori è lì, intatto, anche se stasera ho cambiato le lenzuola per la prima volta dalla loro morte. Ho lasciato accese le lampade sui comodini, che illuminano la stanza con una luce calda e soffusa.

Erik mormora qualcosa, ma non oso fermarmi per fargli pensare a dove si trova o a cosa stiamo facendo qui dentro, perché non riesco a spiegarlo. È troppo intenso, troppo *tutto*, ma so anche che *devo* farlo, e devo farlo ora.

Forse quando sarà finita, sarò in grado di trovare una ragione.

Erik non fa domande. Fa scorrere lo sguardo sulla stanza, sulle foto sul comò, sulla carta da parati, sulle grandi finestre che si affacciano sul cortile, e non dice nulla. Si gira verso di me e inizia a spogliarmi.

Il nodo allo stomaco si scioglie, il calore si accende sulla mia pelle, e quando sono nudo e ansante, e in preda all'eccitazione, mi permetto di dire: «Questa è la stanza dei miei genitori.»

«Lo so.»

«Questo è il loro letto.»

«Sì.»

«Ho bisogno che tu lo faccia qui, Daddy.»

«Va tutto bene, ragazzo.» Erik mi raggiunge, mi fa indietreggiare verso il materasso e mi ci spinge sopra. Si inginocchia sul bordo del letto e mi trascina per i fianchi finché il mio culo non è sul bordo del materasso. «Credo di aver capito di cosa hai bisogno.»

Ho un lieve capogiro mentre gli permetto di spingermi le gambe all'indietro e divaricarle. Mi afferro l'erezione e la accarezzo mentre lui si china e sospira tra le mie natiche. L'atmosfera tra noi è solenne, anche quando inizia a baciarmi lì.

La stanza è silenziosa, tranne che per i suoni che emettiamo noi: ansiti, leccate umide e gemiti. Fuori è notte fonda e la stanza è gravata dal passato. Lotto per tenere gli occhi aperti, per osservare la stanza familiare, i ricordi che mi assalgono da ogni angolo: il profumo di mia madre che proviene dal bagno interno, il luccichio delle cinture di mio padre sulla parete dove sono ancora appese, il ricordo di quando ne ha usata una su di me, quando ho accidentalmente rotto la finestra di un vicino.

Ora sono nella loro stanza con Daddy, con le gambe alzate e aperte, la sua faccia tra le mie natiche, e gli sto permettendo di farmi qualcosa che loro disprezzerebbero, qualcosa per cui mio padre mi punirebbe a cinghiate se lo sapesse, qualcosa che nel mio cuore temo sia un peccato.

E, *cazzo, è* così bello.

Gemo, sudato, e afferro la testa di Erik, i suoi corti capelli ruvidi sui miei palmi, e lo imploro di non fermarsi. «Ti prego, Daddy, fai venire il tuo dolce ragazzo. Ti prego.»

Daddy non smette di leccarmi e stuzzicarmi tra mugolii di piacere. Io gemo e tremo; bramo il suo calore sopra di me, mi sento infreddolito ed esposto nell'oscurità della stanza.

«Daddy, Daddy,» piagnucolo. «Aiutami. Ti prego, Daddy, aiutami.»

È un grido che nella baita aveva un significato profondamente personale per me, ma ora, qui, in questa casa, in questa stanza, circondato da quei ricordi, significa molto di più. Un dolore profondo sboccia nel mio ventre, nel mio cuore e nei miei polmoni. Un singhiozzo roco.

Si fa strada fuori da me e, quando si libera, mi porto il pugno alla bocca per soffocarlo. Daddy non smette di lavorare sul mio culo e le mie gambe tremano, i talloni tamburellano sulla sua schiena e sulle sue spalle.

Le lacrime mi colano sul viso mentre mi pizzico i capezzoli e mi accarezzo l'uccello; reclamo la mia sessualità, il mio piacere e il mio desiderio, il fatto che un uomo stupendo mi stia leccando il culo.

Grido: «Guardami, papà! Guardami!» Ma non mi riferisco a Erik, e lui sembra saperlo, poiché si avventa su di me con maggior vigore. «Guardami! Sono gay e mi *piace*.»

Singhiozzo di nuovo, ma mi sento meglio, sollevato, con l'anima meno lacerata. Mi accarezzo più velocemente, raggiungendo il limite del piacere, e quando sento l'orgasmo incombente, chiedo: «Posso venire, Daddy? Per favore?»

Erik risponde togliendomi la mano dall'uccello e privandomi del sollievo, ma non smette di divorarmi. Mi aggrappo al copriletto che la zia di mia madre le aveva regalato per il matrimonio e mi inarco quando Daddy tuffa le dita dentro di me. Il piacere sussulta a ogni sfioramento della mia prostata e grido il mio bisogno e la mia gioia perversa; il mio uccello gocciola liquido preseminale sul ventre, così abbondante che mi scivola lungo i fianchi e imbratta le lenzuola.

«Mettiti in ginocchio sul bordo del letto, ragazzo,» mi ordina Daddy; tremo così tanto per l'eccitazione, la mancanza di sonno e le emozioni inebrianti, che faccio fatica a obbedire. Una volta che l'ho fatto, però, rimango scioccato nel vedere che la mia nuova posizione mi permette di vedere il grande ritratto dei miei genitori sulla parete opposta.

È lì da che ne ho memoria, ma ora che sono nudo, che sto gocciolando sul loro letto e che sto per prendere il cazzo di Daddy nel culo, mi rendo conto di quello che ho preparato: il confronto di cui avevo bisogno dal giorno della loro morte.

«Siediti,» dice Daddy, mettendosi dietro di me e avvolgendomi il braccio intorno al petto, tirandomi in modo da farmi sedere sui talloni. «Baciami.»

Giro la testa e, sebbene l'angolazione sia scomoda, Daddy si china a divorare la mia bocca. Le nostre lingue si scontrano con lussuria. Mi sciolgo in lui, le mie labbra formicolano e sono sovra-stimolate, il mio respiro è pieno del suo profumo e la nostra saliva si mescola sul mio mento. Erik sospira contro le mie labbra: «Andia-mo, tesoro mio. Facciamogli vedere chi sei.»

Annuisco, con le lacrime che mi pungono di nuovo gli occhi, e mi posiziono sui gomiti e sulle ginocchia, a culo in su.

Lo *schiocco* dell'apertura del flacone del lubrificante mi dice che ha trovato il posto dove l'ho appoggiato prima sul comodino. Il liquido è fresco sulla mia pelle, una promessa di piacere sconvolgen-te. Fisso il ritratto, le rughe accanto alla bocca di mio padre, la severità dei suoi occhi e l'espressione placida e innocente di mia madre.

Forse la nostra prima volta insieme, dopo aver pensato che non avremmo mai potuto avere più di un week-end, avrebbe dovuto riguardare *noi*. Forse avrebbe dovuto riguardare il legame come coppia che accettava di affrontare un futuro di qualche tipo insieme, di provarci almeno, ma so che nel profondo del cuore non posso farlo finché non avrò messo a tacere il mio passato. Per quanto possa sembrare contorto, per andare avanti con Erik devo affrontare mio padre.

La punta dell'uccello di Erik spinge contro di me. «Aiutami, Daddy. Aiutami.»

«Lo farò, piccolo mio. Daddy scaccerà la vergogna a colpi di cazzo.» Strofina la punta tra le mie natiche e ordina: «Mostra loro la tua faccia. Fagli vedere chi è il loro figlio.»

Arriccio le dita dei piedi e gemo quando si spinge dentro di me. Mi chino in avanti per facilitare il compito a entrambi e grido quando il suo uccello mi accarezza la prostata, le lacrime tornano a pungermi gli occhi quando i peli pubici sfregano contro le mie natiche, seguiti dal morbido bacio delle sue palle sul retro delle mie.

«Ecco,» dice Daddy, afferrandomi le spalle e premendo per sprofondare dentro di me fino alla base. «Questo è ciò che sei. Di' loro quello che hai bisogno che sappiano, angelo.»

«Mi piace essere scopato, papà. Mi piace così tanto.» Non so se mi sto rivolgendo a mio padre o al mio Daddy che ora si sta lentamente spingendo dentro di me, strusciando contro il mio culo a ogni affondo. «Mi piace ingoiare e succhiare il cazzo. Mi *piace*, papà.»

«Bravo ragazzo. Così si fa,» mi elogia Erik, accarezzandomi lungo la schiena per afferrarmi i fianchi. «Apri quella fica. Daddy ti scoperà con forza. Fagli vedere come ti piace.»

«Sì, per favore! Oh, *cazzo*!» Grido quando inizia a cavalcarmi così forte, che la mia vista si annebbia. Riesco a malapena a mettere a fuoco la foto dei miei genitori. Il mio culo ha degli spasmi, i muscoli si stringono e ogni mia cellula è accesa di piacere ed energia erotica. In quest'atto così sincero e reale mi sento vivo. Erik mi sta scopando e sono così *fottutamente* felice. «Daddy, fammi venire! Fai venire il tuo ragazzo! Ti prego!»

Ma Daddy non lo fa. Mi scopa fino a farmi ansimare, sudare, gridare; il mio uccello ha lasciato un pasticcio sul copriletto di mia madre. Sento la perfezione strisciante e sconvolgente dell'orgasmo che si avvicina, anche se non mi sono toccato da quando Daddy mi ha allontanato la mano. Sta per afferrarmi. Mi prenderà.

Rabbrividisco e mi aggrappo al copriletto, concentrandomi sui miei genitori attraverso il sudore che mi cola negli occhi. «Guardami,» dico con forza. «Guardami! *Vedimi!*»

La marea del piacere si infrange e io urlo; uno spasmo mi coglie attorno al cazzo di Daddy, e il mio sperma si riversa sul letto in getti bianchi e densi. Gemo, i miei capezzoli si inturgidiscono e vengo travolto da brividi convulsi. È una sensazione perfetta, come se stessi espellendo con il sudore la mia vergogna, il mio odio per me stesso e tutta la paura che ho provato nella mia vita.

«Bravo il mio ragazzo,» dice Daddy accarezzandomi la schiena. «Vieni sul cazzo di Daddy come un angelo. Quanto sei dolce.»

Mi contorco di nuovo. Il momento erotico fa il paio con lo sguardo severo di mio padre che mi scruta dal ritratto. Il mio stesso bisogno di essere amato e lodato sovrasta tutto. «Daddy, amami,» sussurro. «Amami, ti prego.»

«Ti amo, angelo. Ti amo così tanto.»

Mi accascio, seppellendo il viso nel copriletto, e mentre Daddy affonda nel mio culo e viene con un grido, inizio a singhiozzare. Ma non è per il dolore o la vergogna. È per il sollievo.

«Grazie, Daddy,» mugolo. «Grazie.»

CAPITOLO TRENTASETTE

Matthew

«TI SENTI MEGLIO?» mi chiede Erik, versando altro tè caldo nella mia tazza. Si siede accanto a me al piccolo tavolo della cucina.

Indosso una tuta e una vecchia maglietta morbida sotto un maglione che mia madre mi ha fatto a maglia quando avevo sedici anni. È comodo e largo, con il collo floscio e le maniche troppo lunghe. Mia madre non era una gran lavoratrice a maglia.

Erik è tornato a indossare i jeans e il maglione con cui è arrivato, e vorrei che fosse più comodo. Penso di offrirgli qualcosa dal mio guardaroba, ma non gli andrebbe bene niente, e i vecchi vestiti di mio padre sono ben lontani da ciò che un uomo come Erik troverebbe rilassante. Mi ricordo che probabilmente ha un cambio in macchina, se vuole andare a prenderlo.

Non riesco a rispondere alla sua domanda, quindi sorseggio il tè in silenzio. Mi sento allo stesso tempo meglio e molto peggio. Non so cosa pensare di questo miscuglio di emozioni, ma Erik mi sta vicino, mi tocca e continua a riempirmi la tazza con la bevanda che gli avevo chiesto di preparare, anche se non mi piace. Mia madre mi preparava sempre il tè quando non mi sentivo bene.

Perché non mi sento bene?

Subito dopo il sesso, stavo alla grande, come se mi fossi liberato di una vita di odio verso me stesso e di rabbia verso i miei genitori, ma già durante la doccia la sensazione si è dissolta. La vergogna e l'umiliazione si sono abbattute su di me, rendendomi difficile respirare o anche solo stare in piedi, mentre Erik mi lavava dalla testa ai piedi e dappertutto, prestando molta attenzione allo stato del mio culo dopo il furioso martellamento che mi ha fatto subire.»

Stringo le natiche e sento il residuo appiccicoso della crema che vi ha spalmato, qualcosa che ha trovato nei cassetti del bagno dei miei genitori. Non ho nemmeno chiesto cosa fosse o suggerito che potesse essere lì da molto tempo. Ho semplicemente lasciato che si prendesse cura di me.

«Non so cosa ci sia in te, angelo,» dice Erik, e questa volta, per qualche motivo, la parola ha un significato completamente nuovo. Alzo lo sguardo verso di lui, chiedendomi se lo intenda nel modo in cui lo sento. «Ma quando ti scopo, le cose sembrano andare in direzioni impreviste, non è così?»

«Davvero?»

«Mi dico sempre che non lascerò che il kink vada troppo in profondità o troppo in fretta, ma subito dopo mi accorgo che stiamo giocando con la tua vergogna come maiali nel fango, rotolandoci dentro fino a ricoprirci, e anche se penso che sia una cosa buona portare alla luce tutto quello che c'è di sbagliato, a volte può portare a un *sub drop*. Qualsiasi tipo di gioco può farlo, ma soprattutto le cose emotivamente intense come quelle che abbiamo fatto prima. Sai cos'è?»

«Il sub drop?»

«Sì.»

Faccio spallucce. Ricordo di averne sentito parlare da qualche parte, ma in questo momento mi sembra che il mio cuore, la mia mente e la mia anima si stiano muovendo nel fango che Erik ha appena menzionato. Non saprei fare due più due.

«Il sub drop è un calo emotivo e fisico dopo un'intensa scena kink. Può essere aiutato da cose come l'aftercare, le coccole…»

«Il tè caldo,» aggiungo stancamente.

«Sì, e snack zuccherati o calzini morbidi. Ognuno è diverso.»

Erik mi massaggia di nuovo la schiena. «A volte le persone vogliono parlare.»

«Di cosa?»

«Nel nostro caso, si potrebbe voler parlare di quello che abbiamo fatto di sopra o di noi, ma a volte la gente vuole parlare di cose non correlate, qualcosa che le distragga.» Fa una pausa e guarda l'orologio sopra la stufa. «Ma ora dovresti dormire.»

Scuoto la testa. «Non voglio dormire. Voglio stare sveglio con te.»

Erik sembra sul punto di discutere, ma osserva la cucina e oltre la porta che conduce al soggiorno. «C'è un posto dove possiamo coccolarci? Magari guardare la televisione?»

«Sì,» dico, alzandomi e prendendolo per mano. «Da questa parte.»

Non avrei mai immaginato di avere un uomo qui, nel salotto dei miei, sul divano con me, e di sicuro non avrei mai pensato che, in tal caso, sarei stato sdraiato con la testa sul suo grembo mentre lui gioca con i miei capelli con una mano e con l'altra usa il telecomando per scorrere le opzioni di Netflix.

Tutto ciò che riguarda questa serata è surreale. È difficile credere che prima ero fuori dal loft di Paul a immaginare un futuro molto diverso da quello da cui mi sto lasciando sfiorare in questo momento. È ancora più difficile pensare che Erik abbia guidato per tutte quelle ore solo per vedermi. Deve aver desiderato davvero starmi vicino, stasera.

Il mio stomaco si contorce. E io? Ho fatto in modo che tutto fosse incentrato su di me, su ciò di cui avevo bisogno e volevo fare, e ora sono un disastro per questo. Erik deve essere deluso.

«Mi dispiace, Daddy,» mormoro.

«Per cosa, angelo?»

Di nuovo, *angelo* invece di *ragazzo*. Il mio cuore vuole che ciò significhi qualcosa, che si stia orientando verso qualcosa di più romantico con me, meno basato sul kink e più personale.

«Per averti fatto fare questo con me.»

«Non mi hai costretto a fare nulla. Anch'io ho delle parole di sicurezza, e se non fossi stato d'accordo o a mio agio con quello che stavamo facendo, le avrei usate.» Erik sospira. «Forse avrei dovuto, se non altro perché è successo tutto così in fretta. Avremmo dovuto parlare della scena, pianificarla…»

Erik mi intreccia le dita tra i capelli e mette il telecomando sul tavolino accanto al divano, apparentemente rinunciando a trovare un programma. «Continuo a lasciare che le cose si spingano troppo in là con te, confidando che possiamo gestire tutto insieme, perché mi sembra così giusto in quel momento. Devo lavorarci su.»

«Ti prego, non farlo,» esclamo, prendendogli la mano e stringendola prima di portarmela al petto. «Mi piace come sei con me, come tutto scorre tra di noi.» Gli bacio le nocche e premo di nuovo la mano sul mio cuore. «Non *volevo* parlarne prima di farlo. Temevo di non farcela. Ma avevo bisogno di affrontare tutto quello. Dovevo far sì che mi vedessero. Ma non possono e non vogliono, perché sono morti. Quella era la cosa più vicina che potessi fare.»

«Capisco.»

«Ma non avrei dovuto usare te per riuscirci.»

«Avresti dovuto assolutamente farlo. Con chi altri avresti potuto, se non con me? E se ne hai bisogno ora, o stanotte, per poter andare avanti in qualsiasi futuro tu e io cerchiamo di costruire insieme, così sia. Anche se solo per poter andare *da solo* verso un futuro senza di me, allora che sia, perché tu meriti di essere libero da queste cose, angelo.»

«Continui a chiamarmi "angelo".»

«Vuoi che smetta?»

«Mi piace. Crescendo, i compagni di squadra a volte mi chiamavano Angel, ma quando lo dici tu, ha un suono diverso. È speciale.»

«*Sei* un angelo, il *mio angelo*. D'ora in poi, "ragazzo" è solo per il kink e il sesso. "Angelo" è per tutto il resto del tempo, in qualsiasi momento.»

Rotolo sulla schiena, così posso osservare il suo viso. Più che altro, gli vedo la parte inferiore del mento e il naso, ma almeno lo vedo quando gli chiedo: «Cosa vuoi che siamo?»

«Amanti. Fidanzati,» risponde. «Mi sembra il miglior punto di partenza.»

«Voglio essere il tuo ragazzo.»

«E chi sa cosa succederà dopo? Io di sicuro non lo so. Questo sarà un territorio nuovo per me. Dovrai avere pazienza se a volte sarò timoroso, ma ti prometto che mi rialzerò ogni volta che cadrò.»

«E ti prometto che ti aiuterò ad alzarti.»

Erik sorride, passandomi le dita sulla fronte. «Ho chiamato mia madre durante il viaggio per farle sapere che sarei venuto qui stasera, e lei è già decisa a farti venire ad Asheville a vivere con me.» Ride. «Ha intenzione di trasferirsi nella casa dietro il fienile per darci spazio e privacy. So che è molto. Non ti sto facendo pressione. È solo contenta che io abbia trovato qualcuno con cui condividere quest'avventura. Provarci, intendo. Provarci davvero.»

«Anch'io sono emozionato,» sussurro. La notte è stata lunga e la quiete della casa è profonda. Persino Simmony Sunshine dorme profondamente sopra il modem del Wi-Fi. «Sarà felice nella casa dietro il fienile?»

«Certo. Credo che lei stessa voglia una maggiore privacy. E questo lascerà il piano inferiore a disposizione di eventuali clienti che avranno bisogno di un allenamento a lungo termine, finché non riusciremo a costruire una seconda casetta,» prosegue. «Oh, e mia madre vuole conoscerti. Ma forse è troppo presto per farlo.»

«Non lo so,» dico con una mezza alzata di spalle. «Mi hai visto in molte posizioni vulnerabili; mi sembra giusto incontrare tua madre e vederti in una di esse, tanto per cambiare.»

«Mi hai visto fare il clistere. È stato vulnerabile per me.»

«Lo è stato davvero?»

«Certo.» Arrossisce. «L'ho mostrato solo a un'altra persona.»

Gli sfioro la guancia ispida e mi godo la sensazione della barba sui polpastrelli. «Grazie, allora. Sei stato stoico. Sembrava facile per te.»

«Sono bravo a fingere,» dice. «Essere un Daddy, in passato, ha significato fingere di essere forte e di avere il controllo, ma per qualche motivo, con te sembra reale. Giusto.»

«Voglio vedere tutte le versioni del vero te. Compreso come sei con tua madre. Sono curioso di conoscerla. Sembrate molto uniti.»

«È una brava donna. Ti piacerà.»

«Penso proprio che sarà così.»

«Quando sono uscito di casa, stasera, mi sono detto che volevo fare tutto con calma con te, ma non so ci riuscirò,» ammette Erik. «Io e te? Ci buttiamo a capofitto nelle cose, e credo che sia improbabile che possiamo rallentare la nostra corsa per qualsiasi cosa ci sia da fare insieme.»

«Beh, probabilmente è come andare a cavallo, no? Se andiamo troppo veloci, potremmo cadere, ma possiamo sempre risalire.»

«A meno che non ci spezziamo la schiena cadendo.»

«O i cuori,» sussurro, toccandogli il petto. «Ti prometto che farò del mio meglio per proteggere il tuo, Erik. Capisco che tu abbia paura di vedertelo infrangere di nuovo e, ovviamente, non posso giurare che non succederà, ma farò del mio meglio per assicurarmi che tu non venga mai colto alla sprovvista come è successo con Brandon.»

«Grazie. E prometto lo stesso a te.»

«Parleremo di tutto, come stasera, e ci assicureremo che l'altra persona sappia sempre cosa vogliamo e dove stiamo andando. Saremo una squadra.»

«Una squadra.» Ride. «Sai, non ho mai fatto parte di una squadra. In tutto il mio lavoro, in tutto quello che faccio, si tratta di individui.»

«Per tua fortuna, mio padre mi ha fatto giocare nella Little League,» dico ridendo.

«Questa volta dovrai insegnarmi tu.»

La menzione di mio padre mi fa tornare la calma. Mi ero sentito più leggero, sollevato sulle ali della speranza e dell'eccitazione offerte da quello scambio di promesse e dall'apertura dei sentimenti. Ma ora, in un attimo, sono di nuovo a terra.

«Era un brav'uomo,» mormoro, stringendo la mano di Erik al mio petto. «Lo amavo, e so che lui amava me, o almeno quella parte di me che conosceva, che *voleva* conoscere, e questo dovrebbe essere sufficiente.»

«È sufficiente.»

«No,» lo contraddico. «Non potrà mai esserlo. Vorrei che lo fosse, ma non lo è. Prima, quando eravamo… quando ero…» Mi schiarisco la gola, le lacrime che sembrano soffocarmi.

«Fai con calma.»

Inspiro ed espiro dal naso, lentamente, come se stessi riprendendo fiato mentre gli succhio l'uccello. Quando sento di essermi ripreso, continuo: «Quando mi stavi scopando e io fissavo la loro foto, ho desiderato tanto che fossero vivi, che uscissero da lì, che mi abbracciassero mentre tu…» Mi interrompo. Sembra una cosa perversa. «Non è che volessi coinvolgerli nel sesso, ma avevo bisogno e volevo che mi abbracciassero davvero, anche la parte peggiore di me.»

«È quella la parte peggiore di te?» chiede con tono di sfida. «Pensaci. Lo è?»

«No,» ammetto, con il respiro affannoso. «È una delle migliori. È una parte bellissima di me. L'affetto e il sentimento che c'è tra noi, quello che vorremmo far crescere, quello che possiamo fare l'uno con l'altro per esprimerlo… Tutto ciò riflette la parte migliore di chi sono. È ciò che sono più profondamente nel mio intimo. Non sono un contabile né un chitarrista, anche se mi piace suonare. Non sono il loro figlio né un bravo ragazzo cristiano né un frequentatore di chiese. Non sono i vestiti che indosso o le cose che mangio…»

«Tu sei Matthew.»

«Sono quello che sono quando sono nudo e mi faccio scopare dal mio Daddy, da te.»

«È una componente importante di ciò che sei,» concorda Erik. «Il mio angelo, il mio ragazzo.»

«Sì, e prima? Avevo bisogno che amassero anche quella parte di me. È la parte migliore di me, Erik, non la peggiore. La parte *migliore*.»

«Ci sono così tante parti buone di te, Matthew. Sei gentile, generoso, intelligente, divertente e responsabile. Sei un bravo figlio e sei rimasto al loro fianco fino alla fine, e tutto quello fa parte di te. Ma ciò che hai dovuto nascondere potrebbe sembrare la parte più importante della tua identità in questo momento, e per qualche tempo a venire. È naturale. Ma c'è anche dell'altro in te, oltre all'essere il mio ragazzo. Tuttavia, tu *sei il* mio ragazzo. Il mio perverso, villoso depravato. La mia dolce fichetta.»

«Oh Dio,» sussurro. «È così sporco.»

«Ti piace,» dice con un sorriso stanco. «Ti piace pensare che io possieda il tuo corpo? E quella fica stretta?»

«Sì, Daddy.»

«Perché non voglio che nessun altro lo tocchi senza il mio permesso, capito? Non Paul Adler, cazzo, né nessun altro.»

«Nessuno.» Sento il mio uccello diventare di nuovo duro e spero che la notte, anche se è molto tardi, non sia finita. «Daddy?»

«Sì, dolcezza?»

«Fai l'amore con me.»

«Perché no,» dice Erik, aiutandomi ad alzarmi dal divano. «Dove vuoi che lo faccia?»

«Qui,» dico indicando il divano. «E lì.» Indico il tavolo della cucina visibile attraverso la porta. «E nella mia camera. E poi di nuovo nel loro letto.»

«Non so se riusciremo a venire così tante volte stasera,» ridacchia Erik, accarezzandomi l'orecchio. «Ma posso scoparti in tutti quei posti prima o poi, senza dubbio. Dove vuoi che ti faccia venire come prima cosa?»

«Nella mia stanza,» dico. «Mi sono masturbato lì dentro per tanto tempo, sognando di essere scopato in quel letto. È ora che diventi realtà.»

«Sei proprio un angioletto pervertito.»

Rido. «Matthew Angel. Sono io.»

Mi bacia il naso. «Proprio così.»

O è Matthew Devil? Non lo so e non mi interessa, mentre conduco Daddy per mano oltre le scatole di decorazioni per l'albero di Natale che ho tirato fuori dalla soffitta. Erik le nota e si ferma.

«Hai messo le decorazioni per Natale?»

«No. Ma quando sono tornato da casa tua, ho portato giù le scatole per guardarle. Mi sembrava troppo stupido montare un albero dopo il giorno di Natale. Dove avrei potuto trovarne uno? Ma le ho scartate. Le ho ammirate. L'anno prossimo senza dubbio addobberò l'albero.» Faccio una pausa. «Ovunque io sia a Natale.»

Erik annuisce e mi stringe la mano. «Sì, lo farai.»

Al piano di sopra gli dico: «Questa è la mia camera da letto.» Apro la porta della stanza familiare. «Ci dormo dalla notte in cui mi hanno portato a casa dopo l'adozione.»

Guardando il letto matrimoniale, l'illuminazione d'atmosfera che ho installato prima e le opere d'arte accuratamente selezionate incorniciate alle pareti, Erik chiede: «Ti sei masturbato molto qui dentro, vero?»

«Sì, Daddy.»

«Vuoi far vedere a Daddy come si fa?»

Mi mordicchio il labbro inferiore per un momento, guardandolo da sotto le ciglia, sapendo che gli viene duro quando faccio l'innocente. «Sì, se Daddy nel frattempo si dedica al culo del suo piccolo…»

«Con piacere.»

Il mondo si è spaccato in due. La mia esperienza di Daddy natalizia è finita, ma tutta la mia vita è appena iniziata. Quella che vivrò come Matthew, l'angelo di Erik.

Il dolce ragazzo di Daddy.

EPILOGO

Erik

IL DESTINO È una cosa strana, come ama dirmi Matthew, perché se un anno fa non mi fossi fatto convincere da Nick a mettere il mio stupido poster all'asta kink di beneficenza, stasera non sarei qui seduto a bermi un cocktail natalizio a base di Kentucky Buck, mentre guardo mia madre e il mio ragazzo che montano l'albero di Natale il giorno dopo il Ringraziamento.

È stato un anno intenso. Tra il trasloco di mia madre nella casa dietro il fienile, la ripresa della mia attività nel periodo successivo alla pandemia e Matthew che ha lasciato il suo lavoro per stabilirsi qui con me, neanche tre mesi dopo aver deciso di fare sul serio, le cose sono state frenetiche.

Soprattutto perché abbiamo scelto di vendere la casa dei genitori di Matthew dopo averne liquidato l'arredamento e gli interni, e disdetto il contratto di affitto della casa di Asheville quando è stato chiaro che Charles era interessato ad acquistarla. Ho anche chiuso le strutture in città e ho smesso di accettare i clienti per l'addestramento aereo. In tutto ciò, non abbiamo avuto un momento per respirare. E ogni attimo libero lo abbiamo passato a scopare, a giocare e a scoprire le nostre anime.

Io lo adoro. Anche Matthew lo adora. Me lo ha detto molte volte.

Non potremmo essere una coppia meglio assortita. Siamo entrambi dipendenti dall'andare in profondità e con forza, e lo facciamo insieme in modo naturale. Ogni sessione di kink è come uno scavo aperto nella nostra anima, che ci lascia ancor più coinvolti.

E per di più, lo amo come non ho mai amato un uomo prima d'ora. Sono grato di aver avuto la possibilità di conoscerlo così. Canto le lodi del destino, di Dio o del maledetto Nick per averci fatti incontrare l'anno scorso.

La playlist di Natale è stata messa insieme da mia madre, quindi è un'accozzaglia di classici delle feste, canzoni country e jazz stagionale. Bizzarra, ma rispecchia i gusti di mia madre e ciò che ascoltavo da ragazzino. Durante la cena, Matthew ha aggiunto alla playlist anche alcuni dei suoi brani preferiti d'infanzia, tra cui canzoni natalizie di cantanti cristiani contemporanei di Amy Grant e Sandi Patty.

Mi piace sentire Matthew cantare.

Lo sta facendo proprio ora, mentre appende le decorazioni di quando era bambino, alcune sbiadite e fragili, ma tutte ancora bellissime. Sentire il suo caldo timbro da tenore mi fa vibrare di gioia. So che è a suo agio e felice se sta cantando, e questo è tutto ciò che voglio al mondo.

La sua voce non è eccezionale, ma non è nemmeno male. Posso capire, però, perché non fosse destinato ad avere successo nella musica. Matthew dice di non avere il talento *o* il coraggio, ma abbiamo dimostrato più volte che, del secondo, Matthew ne ha molto. È coraggioso, forte e disposto a confrontarsi con le parti oscure di sé che la maggior parte delle persone rifugge per tutta la vita. Diavolo, l'ho fatto per anni persino io.

Se avessi continuato a scappare, ora sarei solo, e forse per il resto dei miei giorni.

Devo molto a Nick, e in questi giorni non manca mai di ricordarmelo. Vorrei che anche lui trovasse qualcuno da amare, ma è certo che morirà da solo. Condivide la mia precedente affinità con i giovani, e tutti i ragazzi che prende sotto la sua ala volano via nel giro di pochi mesi. Sembra che non riesca a far durare la relazione con nessuno di loro. Spero che qualcosa cambi presto per lui.

Ho sempre pensato che tutti i ragazzi se ne sarebbero andati. Ma Matthew mi ha dimostrato il contrario.

Per quanto riguarda gli amici di Matthew, Doug e Forest, sono venuti a trovarci qualche volta e ho quasi, *quasi* del tutto perdonato Doug per aver usato Matthew al college. Ma serberò sempre rancore.

Per quanto riguarda l'uomo per cui ho quasi perso Matthew, Paul Adler, si dice che anche quest'anno stia cercando compagnia per il Natale. Spero che la trovi. Ogni buon Dom e Daddy merita un incontro durante le feste, e apprezzo che sia stato gentile con Matthew in quel periodo così difficile.

Sazio dopo un altro meraviglioso pasto festivo, appoggio i piedi avvolti in calzini spessi sul tavolino, mentre accarezzo Simmony Sunshine e scorro i social media sul telefono. Sto ammirando le belle foto di mio cugino Leo con suo marito e la loro figlia, quando arriva un messaggio. L'anteprima che lampeggia sullo schermo mi fa quasi strozzare con il mio Kentucky Buck. Il mio pollice si posa sul messaggio. Mi viene voglia di aprirlo, ma quell'impulso è un tradimento nei confronti di Matthew?

Sorseggio il drink, mettendo da parte il telefono per guardare Matthew che si agita intorno all'albero. Ride con mia madre e si ferma di tanto in tanto a bere un sorso del suo cocktail a base di champagne, prima di tornare ad appendere orpelli e ornamenti su indicazione di mia madre.

«Ecco,» dice mia madre, e gli fa notare uno spazio vuoto. «Riempi quel buco.»

Mi mordo il labbro inferiore per evitare di fare una battuta su come Matthew sia molto bravo a riempire i buchi, ma lui preferisce farsi riempire i suoi, grazie mille. La playlist riparte dall'inizio e io mi rilasso sul divano mentre i campanelli delle slitte e le strimpellate country riempiono l'aria.

Matthew si gira per prendere la chitarra, si appoggia al cuscino su cui era seduta mia madre vicino all'albero e inizia a pizzicare una semplice melodia che si sposa bene con la musica registrata.

Mentre inizia a indicare a mia madre i rami ancora da addobbare, riprendo in mano il telefono. Va bene essere curiosi. È normale.

Apro il testo.

Ciao Daddy, sono il tuo ragazzo preferito che ti augura buon Natale da Budapest. Le cose qui vanno bene, anche se in questi giorni sono tornato single. Mi manchi, Daddy. Anche io ti manco? Tornerò a casa a febbraio. Vediamoci.

C'è una foto allegata. È un selfie che mostra Brandon da solo, con un sorriso sfacciato e un berretto rosso in testa. Brilla di giovinezza ed energia, e riesco quasi a sentire la sua risata nelle orecchie. È bellissimo. Mi è piaciuto molto scoparlo.

Ma non *lo* amo più.

Alzo lo sguardo verso Matthew, che sta ancora suonando la chitarra, e digito una risposta.

Ciao, Brandon. Mi fa piacere vederti così bene. A febbraio sarò in viaggio per lavoro. Una nuova produzione in Canada. Il mio ragazzo viene con me. Si chiama Matthew. Sono felice con lui. Ti auguro ogni bene.

Includo una foto che mia madre ha scattato a me e a Matthew prima, in piedi davanti a uno dei tanti alberi di Natale all'aperto che lei ha addobbato lungo tutto il vialetto. Nella foto, Matthew ride e tiene in braccio una capretta che ha appena battezzato Holly's Holiday Harmony, o Holly-Holiday, e io lo sto guardando come se il mio cuore stesse per scoppiare.

Premo invio.

Il messaggio viene subito visualizzato. Non so che ora sia a Budapest, ma non è presto. Aspetto di vedere se risponderà e, proprio quando penso che non lo farà, appare una reazione di pollice in su.

Tutto qui. Niente di più.

Ho chiuso per sempre con Brandon. Gli auguro il meglio, ma ora ho il mio uomo, il mio ragazzo e il mio angelo.

«Matthew,» dico, e lui alza lo sguardo con quegli occhi grandi e in qualche modo ancora così innocenti. «Vieni.»

Mette da parte la chitarra e mi raggiunge quasi strisciando. Se non ci fosse mia madre, avrei avuto una reazione molto particolare, ma così com'è, riesco a tenere sotto controllo la libido.

Trascino Matthew sul divano e lo faccio accoccolare vicino a me. «Grazie,» gli sussurro all'orecchio.

«Per cosa?»

Per avere quarantadue anni, sto per dirgli.

Per essere così bello, coraggioso e vulnerabile.

Per avermi detto che avevo bisogno di te.

Per aver avuto ragione.

Per avermi permesso di vedere la tua vergogna e di spazzarla via, o di rotolarmici dentro con te, a seconda del giorno. Per avermi amato, per avermi permesso di amarti.

«Per esserti aggiudicato quell'asta.»

È raggiante. «I migliori soldi che abbia mai speso.»

FINE

Una lettera da Leta

Caro lettore,

Grazie mille per aver letto *Un Daddy per Natale*!

Nel novembre del 2021, questi personaggi sono apparsi inaspettatamente nella mia mente. Devo ammettere che ho cercato di respingerli. Non facevano parte del mio piano di scrittura per l'anno, ma non volevano andarsene. Hanno fatto ogni tipo di dolce promessa: «Saremo carini, adorabili, *facili*. Lo promettiamo.» *Inserire lo sguardo di Jim Halpert che guarda in camera* Giusto? Che bugiardi sfacciati!

Immagino che Matthew ed Erik siano adorabili, ma per tutto il resto? *Facili*? Ridicolo.

Forse suona un po' smaccato dire che i personaggi "appaiano" nella mia mente o che mi mentano, ma questo è il modo in cui lo vivo, e non posso parlarne in altro modo.

Anche se questo libro non è stato come me lo aspettavo, sono felice di aver lasciato che questi uomini mi convincessero a scrivere la loro storia. Alcune parti di questo libro mi hanno sconvolta, alcune mi hanno persino spaventata, ma la storia rappresenta la cruda verità di Erik e Matthew. Spero che anche voi possiate sentirla.

Se vi sono piaciuti RJ e Aaron, venite a conoscerli in *La lista dei cattivi*. È una lettura meravigliosa e so che vi piacerà assistere allo sbocciare del loro amore.

Assicuratevi di seguirmi su BookBub o Amazon per essere avvisati delle nuove uscite. Il modo migliore per tenersi aggiornati su ciò che accade in campo librario è iscriversi alla mia newsletter che vi permetterà di ricevere frammenti della vita quotidiana di scrittura, annunci importanti, sconti e altro ancora. Inoltre, per vedere alcune fonti della mia ispirazione, potete seguirmi su Instagram.

Se il libro vi è piaciuto, vi invito a lasciare una recensione. Le recensioni non solo aiutano i lettori a determinare se un libro è adatto a loro, ma aiutano anche il libro a comparire nelle ricerche sul sito.

Grazie mille per aver letto!
Leta

Newsletter Gay Romance

La newsletter di Leta vi terrà aggiornati sulle sue ultime uscite, su sconti e offerte, sui progetti di scrittura futuri e su molto altro ancora del mondo del romance M/M. Iscrivetevi oggi stesso alla mailing list di Leta qui!

letablake.com

Leta Blake su Patreon

Entra a far parte della community Patreon di Leta Blake per sostenere le sue spese di pubblicazione indipendente e per accedere a contenuti esclusivi, scene eliminate, extra e interviste.

www.patreon.com/letablake

Altri libri di Leta Blake

In ogni singola vita
Cuore di ghiaccio
Un fiume in piena
Smoky Mountain Dreams
Angelo imperfetto
Un uomo fortunato

The Training Season Series
Training Season. La stagione dell'allenamento
Training Complex. Il complesso dell'allenatore

Home for the Holidays
Cuore di ghiaccio
La lista dei cattivi
Mr. Jingle Bells

Serie Calore d'amore
Calore inatteso
Calore proibito
Calore amaro
Calore pericoloso

'90s Coming of Age Series
Ritratti di te
Tu non sei me

Leta Blake e Indra Vaughn
Vespertine

Cowboy cerca marito

**The Wake Up Married serial
Leta Blake e Alice Griffiths**
Svegliarsi sposati
2 & 3
4 & 5
6 & 7

**Gay Fairy Tales
Leta Blake**

Flight
La leggerezza del principe

Leta Blake con lo pseudonimo di Blake Moreno
Le differenze
Calore in vendita

Scopri di più sull'autrice online:
Leta Blake
letablake.com

A proposito di Leta

Autrice del bestseller *Smoky Mountain Dreams* e dei libri preferiti dai fan come *Training Season, Will & Patrick Wake Up Married* e *Slow Heat*, Leta Blake affascina i lettori di romance M/M da oltre un decennio. Sia che scriva romance contemporanei che fantasy, mette a frutto la sua formazione in psicologia creando personaggi complessi e storie d'amore che sembrano reali. A casa, nel sud degli Stati Uniti, Leta lavora duramente per raggiungere un equilibrio tra la scrittura e la vita familiare.